羊城学术文库·文化传承与创新专题

元嘉文学研究

The Research on the Yuanjia Literature

白　崇　著

社会科学文献出版社
SOCIAL SCIENCES ACADEMIC PRESS (CHINA)

羊城学术文库学术委员会

主　　　任　曾伟玉
委　　　员　丁旭光　马卫平　马　曙
　　　　　　王志雄　张　强　朱名宏
　　　　　　吴如清　周成华　邵国良
　　　　　　黄远飞　柳宏秋　谢博能
编辑部主任　陈伟民　金迎九

羊城学术文库
总　序

　　学术文化作为文化的一个门类，是其他文化的核心、灵魂和根基。综观国际上的知名城市，大多离不开发达的学术文化的支撑——高等院校众多、科研机构林立、学术成果丰厚、学术人才济济，有的还产生了特有的学术派别，对所在城市乃至世界的发展都产生了重要的影响。学术文化的主要价值在于其社会价值、人文价值和精神价值，学术文化对于推动社会进步、提高人的素质、提升社会文明水平具有重要的意义和影响。但是，学术文化难以产生直接的经济效益，因此，发展学术文化主要靠政府的资助和社会的支持。

　　广州作为岭南文化的中心地，以其得天独厚的地理环境和人文环境，其文化博采众家之长，汲中原之精粹，纳四海之新风，内涵丰富，特色鲜明，独树一帜，在中华文化之林中占有重要的地位。改革开放以来，广州成为我国改革开放的试验区和前沿地，岭南文化也以一种崭新的姿态出现在世人面前，新思想、新观念、新理论层出不穷。我国改革开放的许多理论和经验就出自岭南，特别是广州。

　　在广州建设国家中心城市、培育世界文化名城的新的历史进程中，在"文化论输赢"的城市未来发展竞争中，需要学术文化发挥应有的重要作用。为推动广州的文化特别是学术文化的繁荣发展，广州市社会科学界联合会组织出版了《羊城学术文库》。

《羊城学术文库》是资助广州地区社会科学工作者的理论性学术著作出版的一个系列出版项目,每年都将通过作者申报和专家评审程序出版若干部优秀学术著作。《羊城学术文库》的著作涵盖整个人文社会科学,将按内容分为经济与管理类,文史哲类,政治、法律、社会、教育及其他等三个系列,要求进入文库的学术著作具有较高的学术品位,以期通过我们持之以恒的组织出版,将《羊城学术文库》打造成既在学界有一定影响力的学术品牌,推动广州地区学术文化的繁荣发展,也能为广州增强文化软实力、培育世界文化名城发挥社会科学界的积极作用。

广州市社会科学界联合会
2016 年 6 月 13 日

目录 CONTENTS

绪 论 …………………………………………………………… 001

第一章   论元嘉文学思潮 ………………………………………… 007
　第一节   文学总结思潮的出现与文学特质认识的加深 …… 007
　第二节   儒学复兴对玄风升降的影响 ……………………… 018
　第三节   文体观念的革新 …………………………………… 023
　结 论 …………………………………………………………… 027

第二章   论元嘉文学集团 ………………………………………… 028
　第一节   元嘉宫廷文学集团及其活动 ……………………… 028
　第二节   元嘉诸王文学集团及其活动 ……………………… 045
　第三节   元嘉时期家族文学集团与文友文学集团 ………… 051
　总结   元嘉文学集团对文学发展的影响 …………………… 058

第三章   论元嘉"诗运转关" …………………………………… 061
　第一节   "仲文始革孙、许之风，叔源大变太元
　　　　　之气" ……………………………………………… 061
　第二节   元嘉诗歌艺术特征的建立 ………………………… 066
　第三节   元嘉诗风之变——"休鲍之风" ………………… 077

第四章   "元嘉体"体制辨析 …………………………………… 087
　第一节   "元嘉体"的诗体长度 …………………………… 088
　第二节   "元嘉体"的骈对 ………………………………… 091

第三节　"元嘉体"的声律 …………………………………… 100
　　第四节　"元嘉体"的用韵 …………………………………… 114
　　结　论 ………………………………………………………… 119

第五章　文运转关
　　　　——论元嘉散文 …………………………………………… 120
　　第一节　元嘉散文题材的变化 ………………………………… 120
　　第二节　元嘉散文抒情性内涵 ………………………………… 129
　　第三节　元嘉散文的骈散之别 ………………………………… 139
　　总结　元嘉散文的艺术特征 …………………………………… 148

第六章　论元嘉文学对永明文学的影响 …………………………… 151
　　第一节　元嘉文风在永明时期的延续 ………………………… 151
　　第二节　元嘉文学对永明文学的启迪 ………………………… 161

第七章　后世对元嘉文学历史地位的认识 ………………………… 171
　　第一节　钟嵘、萧统、刘勰对元嘉文学的总体评价 ………… 171
　　第二节　盛唐诗人对鲍照、谢灵运的继承与超越 …………… 183
　　第三节　明代文人对谢灵运诗典范意义的认识 ……………… 196

元嘉文学系年 ………………………………………………………… 204

参考文献 ……………………………………………………………… 281

绪 论

一

元嘉是宋文帝的年号（424～453），学术界通常以"元嘉文学"来通称刘宋时期的文学。对于元嘉文学的上下限问题，罗宗强先生认为："代表元嘉文学思想倾向的作家的创作活动，则上起晋宋之交，如谢灵运和颜延之；下及大明、泰始之际，如鲍照和谢庄。"[①] 元嘉文学早期代表谢灵运生于晋太元十年（385），谢灵运入仕之前的时间，依然是玄风流行阶段，政治上也较为稳定，从文化上看应归属东晋。元兴三年（404），谢灵运二十岁，步入仕途。关于谢灵运入仕时间，目前学术界依然有争论，但从谢灵运《初去郡》中所说"牵丝及元兴"看，他在元兴入仕无疑。而且本年刘裕等人起兵击败桓玄，进入建康，成为真正的执政人物。历史已经步入一个新的阶段。所以笔者认为将元兴三年（404）定为元嘉文学的上限是合适的。对元嘉文学下限，笔者认为定在泰始二年（466）比较合适。因为这一年，元嘉文学后期的代表人物鲍照在荆州被杀，谢庄病逝。同年，永明文学的代表人物沈约二十六岁，已经步入仕途，开始文学创作。而在泰始二年（466）之后，基本上已经是永明作家的活动阶段，应当归属于永明文学。

元嘉文学是南朝文学的开端，也是中古文学摆脱玄言文风影响的第一个阶段。它对后来文学的发展有重要的影响，因而也被人称为"诗运一转关也"[②]。这一时期涌现了谢灵运、颜延之、谢惠连、

[①] 罗宗强：《魏晋南北朝文学思想史》，中华书局1996年版，第173页。
[②] 沈德潜：《说诗晬语》，《清诗话》，上海古籍出版社1963年版，第532页。

谢瞻、王微、鲍照、范晔、傅亮、袁淑、谢庄、王僧达、汤惠休等深具影响力的著名作家，各体文学都取得了一定成就。所以，系统梳理元嘉文学的艺术特征，分析其艺术成就，归纳其历史定位，对于理解我国中古文学发展具有深刻的意义。

二

元嘉文学在六朝文学中具有很高的地位，这决定了它在过去与现在都不会被人忽视。现代学术界对元嘉文学的研究在"五四"之后有了三个较为突出的阶段。

第一个阶段是20世纪的20年代到40年代，学术界开始关注元嘉文学，尤其是关于元嘉三大家，产生了很多具有开创性的成果。在作家生平与诗文系年的研究中，代表性的成果有丁陶庵《谢灵运年谱》[1]、季冰《颜延之年谱》[2]、缪钺《鲍明远年谱》[3]、吴丕绩《鲍照年谱》[4] 等，这是进行作家文学分析的基础。在作家思想与文学成就的研究方面，刘大杰《鲍明远之思想及其文艺》[5]、萧涤非《读谢康乐诗札记》[6]、许文雨《谢灵运研究》[7]、饶宗熙《芜城赋发微》[8] 很有代表性。这一时期的研究已经基本奠定了元嘉文学研究的基本特点：重点作家、重点文学现象的研究，其中又以作家生平考订为重点。这些研究成果发轫之功巨大，而且这些研究者中很多都有深厚的国学基础，他们的研究较之今天的学者更加重视实证，因而有很多具有启发性的结论，成为后来进一步研究的基础。当然，这一阶段的研究在占有资料上较之当今并无优势，有些研究较为粗疏，给后人留下的研究空白较多。

第二个阶段是20世纪的50年代至70年代。新中国成立之后，元嘉文学研究在50年代又出现了一次高潮。虽然从数量上看不多，

---

[1] 丁陶庵：《谢灵运年谱》，《京报》1925年1月17日附设第六种周刊。
[2] 季冰：《颜延之年谱》，《清华周报》1933年11月、12月第四十卷第6、9期。
[3] 缪钺：《鲍明远年谱》，《文学月刊》1932年第三卷第1期。
[4] 吴丕绩：《鲍照年谱》，商务印书馆1940年版。
[5] 刘大杰：《鲍明远之思想及其文艺》，《晨报副镌》1925年3月26～29日。
[6] 萧涤非：《读谢康乐诗札记》，《清华中国文学会月刊》1931年8月。
[7] 许文雨：《谢灵运研究》，《国风》1933年6月第一卷第11号。
[8] 饶宗熙：《芜城赋发微》，《东方杂志》1945年第四十一卷第4期。

但多数成果达到了前所未有的高度。在作家谱系研究方面,这一阶段的研究在前人的基础上,多有补正,如郝昺衡《谢灵运年谱》[①],对谢灵运的生平以及创作进行了较为全面的整理。叶笑雪《谢灵运诗选》[②],选诗65首,注释简洁浅显,书后又附《谢灵运传》,非常通俗,也较为全面。又如黄节《谢康乐诗注》[③],以明代焦竑校本为底本,仅注诗歌部分,注释翔实,非常精到,并附诸家评论,参考价值很大。黄氏又有《鲍参军诗注》[④],以钱振伦(清末人)注本为底本,进行补充,较为详赡。最值得注意的是钱仲联在1959年出版了《鲍参军集注》[⑤],以明代张溥《汉魏六朝百三名家集》之《鲍参军集》为底本,汇集钱振伦、黄节等人成果,并在此基础上进行补充,成为研究鲍照最基本的参考书。书后附《鲍照年表》,更能看出钱氏研究成果的价值。但较为遗憾的是,60年代、70年代,由于受到政治领域"左"倾思潮的影响,学术界对元嘉文学的研究较为沉寂,有价值的成果不多。

第三阶段为"文革"之后,学术受思想解放潮流的影响开始活跃。80年代至今,是元嘉文学研究的第三个高潮,国内外发表了数以千计的研究论文,出版了近百部研究专著、注释,并出现了大量硕、博士学位论文。但偏重重点作家、偏重诗歌的研究格局依然没有改变。

"文革"后对谢灵运的研究以钟优民、顾绍柏为代表。钟优民先生在1985年出版了《谢灵运论稿》[⑥],从社会背景、生平经历、哲学思想、诗歌创作、散文创作以及对后世的影响等几个方面系统论述了谢灵运的生平思想与文学成就。而顾绍柏先生于1987年出版了《谢灵运集校注》[⑦],鉴于以前各家谢集多有缺失与错误,顾先生另起炉灶,广泛收集,订正前人失误,故该本成为目前最为齐备的谢灵运诗文集。书前附谢灵运行踪图三幅(总图、在会稽、在

---

① 郝昺衡:《谢灵运年谱》,《华东师范大学学报》1957年第3期。
② 叶笑雪:《谢灵运诗选》,古典文学出版社1957年版。
③ 黄节注《谢康乐诗注》,人民文学出版社1958年版。
④ 黄节注《鲍参军诗注》,人民文学出版社1957年版。
⑤ 钱仲联注《鲍参军集注》,中华书局上海编辑所1959年版。
⑥ 钟优民:《谢灵运论稿》,齐鲁书社1985年版。
⑦ 顾绍柏校注《谢灵运集校注》,中州古籍出版社1987年版。

永嘉），前言则对谢灵运生平、思想进行简单描述。书后又附《谢灵运生平事迹及诗文系年》，对过去不少有争论的问题提出了独到见解。对鲍照的研究以曹道衡先生、丁福林先生成果最为突出。曹道衡先生分别在《文史》第七辑、第十六辑发表《关于鲍照的家世与籍贯》《鲍照几篇诗文的写作时间》①，对鲍照研究中很多有争论、悬而未决的问题有了较为翔实的考订。丁福林先生则分别在《文史》第十五辑、第二十二辑、第六十三辑发表《虞炎〈鲍照集序〉的一处传写错误》《鲍照任前军参军的时间》《鲍照著作考》②，2004 年上海古籍出版社出版了丁福林先生的《鲍照年谱》，是他对鲍照生平研究的总结。

"文革"之后对元嘉诗歌的研究也开始繁荣，但绝大多数集中在对山水诗与乐府诗的研究上。如关于山水诗的产生，有徐宗文《也论山水诗兴盛的原因》③、詹福瑞《论晋宋之际山水诗潮兴起的内外因缘》④ 等，从时代、文学演进机制等方面对山水文学的兴盛作了归纳研究。又如对山水诗艺术成就的概括，代表性的成果有周勋初《论谢灵运山水文学的创作经验》⑤，此文对谢灵运山水诗创作作了非常准确的总结。关于鲍照乐府诗的研究也是一个热点，如刘则鸣《上追汉魏，不染时风——鲍照拟古乐府诗述论》⑥、吴功正《鲍照诗美成就论》⑦。这两篇文章对鲍照诗歌的艺术特征作了较为透彻的分析，中肯评价了鲍照在中国古典诗歌（尤其是七言诗）发展中的地位。然而对山水诗与鲍照诗的研究也存在很大问题，不少研究陈陈相因，仅仅停留在对作品的解读上，论文数量虽多，有价值的却很少。很多研究者另辟蹊径，从佛教角度研究山水诗，也取得了引人注目的成就，如马晓坤《论谢灵运山水诗的佛学意韵》⑧、胡遂《谢灵

---

① 分见《文史》1979 年第七辑、1982 年第十六辑，中华书局出版。
② 分见《文史》1982 年第十五辑、1984 年第二十二辑、2003 年第六十三辑。
③ 徐宗文：《也论山水诗兴盛的原因》，《辽宁大学学报》1987 年第 5 期。
④ 詹福瑞：《论晋宋之际山水诗潮兴起的内外因缘》，《中国文学研究》1991 年第 4 期。
⑤ 周勋初：《论谢灵运山水文学的创作经验》，《文学遗产》1989 年第 5 期。
⑥ 刘则鸣：《上追汉魏，不染时风——鲍照拟古乐府诗述论》，《内蒙古大学学报》2000 年第 6 期。
⑦ 吴功正：《鲍照诗美成就论》，《社会科学战线》1994 年第 3 期。
⑧ 马晓坤：《论谢灵运山水诗的佛学意韵》，《社会科学战线》2002 年第 4 期。

运诗文与般若空观及涅槃境界》①、普慧《弥陀净土信仰与谢灵运的山水文学创作》②，从不同的角度论述了山水诗与佛教之间的关系。这些研究成果很有启发性。

20世纪80年代以来，元嘉文学中的非重点作家也逐渐为人关注，如谢庄。王运熙先生《谢庄作品简论》③较为系统全面地介绍了谢庄的文学创作特色。又如颜延之，吴怀东先生《颜延之诗歌与一段被忽略的诗潮》④论述了颜延之在诗歌发展中的地位。而范晔，学术界的研究基本集中在对其史学成就的分析上，文学上有程方永《从骈俪倾向谈范晔〈后汉书〉的序、论》⑤，论述了范晔的散文成就。这些论文对深化元嘉文学研究都很有价值。

虽然现在还没有对元嘉文学整体性研究的论著出现，但在很多综合性著作中也有一些非常值得注意的成果。如钱志熙先生《魏晋诗歌艺术原论》⑥，书中第六章"晋宋之际诗歌的因革"实际上对元嘉诗歌的艺术传统作出非常有启发性的探索。又如王仲陵先生《中国中古诗歌史》第九编"声色大开的宋诗"，以谢灵运、颜延之、鲍照为典型个案，深入分析元嘉诗歌的艺术特征，有很多精辟的论断。

元嘉文学研究也成为硕士、博士研究生选题的热点，近几年出现的博士学位论文就有8篇，如邢宇皓《谢灵运山水诗研究》（2005年）、杨晓斌《颜延之生平与著述考》（2005年）、罗春兰《鲍照诗歌接受史研究》（2004年）、白振奎《陶渊明、谢灵运诗歌比较研究》（2001年）、李雁《谢灵运研究》（1999年，已出版）、马晓坤《晋宋之际佛道并兴及陶渊明、谢灵运诗境之研究》（1999年）、吕寅喆《鲍照论》（1999年）、胡耀震《元嘉诗歌研究》（1999年）。硕士学位论文更是层出不穷。元嘉文学的研究现在依然得到学术界的重视。

---

① 胡遂：《谢灵运诗文与般若空观及涅槃境界》，《湖南师范大学学报》2004年第4期。
② 普慧：《弥陀净土信仰与谢灵运的山水文学创作》，《学术月刊》2004年第3期。
③ 王运熙：《谢庄作品简论》，《南阳师范学院学报》2002年第3期。
④ 吴怀东：《颜延之诗歌与一段被忽略的诗潮》，《山东大学学报》1998年第4期。
⑤ 程方永：《从骈俪倾向谈范晔〈后汉书〉的序、论》，《中国社会科学院研究生院学报》2005年第1期。
⑥ 钱志熙：《魏晋诗歌艺术原论》，北京大学出版社1993年版。

三

通过对元嘉文学研究现状的描述，不难发现，学术界对谢灵运（山水诗）、鲍照（乐府诗）的过分重视导致对元嘉文学的整体研究依然薄弱，而且这种过度关注也影响了对元嘉文学理解的深化。元嘉文学在中古文学发展中具有关键作用，很多文学现象应当引起足够重视，如儒学兴起与文学变化的关系、元嘉文学思潮对文学发展的影响、元嘉诗歌演进过程、"元嘉体"的体制特征、元嘉散文在中古散文发展中的地位、元嘉文学与永明文学的关系，等等，但这些问题恰恰很少被人关注。再如颜延之、谢惠连、谢瞻、王微、范晔、傅亮、袁淑、谢庄、王僧达、汤惠休等作家，在当时有很高的地位，但由于现存材料较少，很少被人关注，他们对元嘉文学的发展也曾起到一定作用，是元嘉文学不可缺少的组成部分，没有理由忽视他们在元嘉文学中的地位。因此，有必要对元嘉文学进行系统研究，摆脱对谢灵运（山水诗）与鲍照（乐府诗）的过分依赖，真正找出元嘉文学在中古文学发展中的作用，才能进一步推动元嘉文学研究的发展。需要说明，本书不把《世说新语》列入研究范围。这部书虽然历来为人重视，但在当时它却不属于文学范畴，被归入子史一类。因此，本书只取其中相关材料，不作专门研究。

本书在研究上坚持文学本位，注重文学作品与历史文献的结合，注重从文学材料本身入手，以实证的态度分析文学材料，在深刻把握作品的基础上，厘清元嘉文学发展的内在机制、文学特性、历史地位等问题，揭示元嘉文学之所以成为"诗运转关"的真正原因，从而给出准确的价值定位。

第一章
论元嘉文学思潮

元嘉文学有两个方面特别引人注意：其一，文学在社会中获得独立地位；其二，玄言诗风被革除。这些现象学术界给予了足够的重视，视为中古文学转折。但文学为什么会在元嘉时期独立？玄风为什么会在元嘉时期淡化？这些问题目前并没有令人信服的答案。文学思潮是隐藏在文学现象之下的本质因素，是理解文学发展的基础，笔者认为元嘉时期文学的独立以及玄风的消退与这一时期文学思潮的变更有关。

第一节　文学总结思潮的出现与文学特质认识的加深

《宋书·隐逸传·雷次宗传》记："元嘉十五年，征次宗至京师，开馆于鸡笼山，聚徒教授，置生百余人。会稽朱膺之、颍川庾蔚之并以儒学，监总诸生。时国子学未立，上留心艺术，使丹杨尹何尚之立玄学，太子率更令何承天立史学，司徒参军谢元立文学，凡四学并建。"[1] 这是文学与儒学、玄学、史学分列的第一次记载，被视为文学独立的标志。笔者认为，文学在元嘉时期获得独立，是多种因素共同作用的结果。

一　文学总结思潮的出现

中国古典文学发展到汉魏时期取得了巨大进步，但是对文学自身特征的探讨却极为薄弱，这主要是在汉代儒学作用下，人们主动将文学置于经学之下的缘故。而且对于历代文学成果，汉魏时期一

---

[1]　沈约:《宋书》，中华书局1974年版，第2293~2294页。

直缺乏系统整理。

汉末、建安时期，文学飞速发展，人们对文学本身的认识伴随文学的进步也开始进步。两晋时期，总结思潮开始萌芽。陆机的《文赋》从创作论角度论述了文学的创作本质，而挚虞的《文章流别集》则成为第一部带有总结性质的总集，晋代文人显然已经感觉到文学发展到了需要总结的时期，然而可惜的是这些只是个别现象，没有对时代文学走向起到指导作用。

到元嘉时期，前代文学已经有较大积累，而科技进步对文学媒介与思维产生了根本影响。查屏球先生在《纸简替代与汉魏晋初文学新变》一文中指出，纸简替代在东汉三国前期的完成，改变了简册写作的思维方式，缩短了简册写作的构思过程，扩大了文本内容，使得抒情达意更加自由，提升了文学的价值。① 这篇文章对解释元嘉文学的兴盛很有意义。纸张对简册的取代，极大促进了文学与文学思想的进步。元嘉文学正好处于纸质文本大兴后的第一个阶段，这对元嘉文学的繁荣有着非常重要的意义。如《金楼子·聚书》云："是为一部，合二十帙，一百一十五卷，并是元嘉书，纸墨极精奇。又聚得元嘉后汉并史记、续汉、春秋、周官、尚书及诸子集等可一千余卷。"② 可见元嘉时期文学创作、文化传播都得到极大突破，为作家整理、对比前人的文学遗产提供了极为便利的条件。整理总结前代文学遗产的活动在元嘉时期活跃起来，标志就是总集的大量出现。

元嘉时期出现的总集数量非常多，而之前的魏晋时期却很少出现。《隋书·经籍志》记载有：《集林》一百八十一卷，宋临川王刘义庆撰，梁二百卷。《赋集》九十二卷，谢灵运撰。《赋集》五十卷，宋新渝惠侯撰。《赋集》四十卷，宋明帝撰。徐爰注《射雉赋》一卷。《百赋音》十卷，宋御史褚诠之撰。《秦帝刻石文》一卷，宋会稽太守褚淡撰。《诗集》五十卷，谢灵运撰。宋侍中张敷、袁淑补谢灵运《诗集》一百卷。《诗集》一百卷，并例、录二卷，颜峻撰。《诗集》四十卷，宋明帝撰。《杂诗》二十卷，宋太子洗马刘和注。《诗集钞》十卷，谢灵运撰。《杂诗钞》十卷，录一卷，

---

① 查屏球：《纸简替代与汉魏晋初文学新变》，《中国社会科学》2005年第5期。
② 萧绎：《金楼子》，《龙溪精舍丛书》，潮阳郑氏用知不足斋本校刻。

谢灵运撰。《诗英》九卷,谢灵运集。《太乐歌诗》八卷、《歌辞》四卷,张永记。《回文集》十卷,谢灵运撰。《颂集》二十卷,王僧绰撰。《四帝诫》三卷,王诞撰。《妇人训诫集》十一卷并录,宋司空徐湛之撰。《赞集》五卷,谢庄撰。《诔集》十五卷,谢庄撰。《七集》十卷,谢灵运集。《碑集》十卷,谢庄撰。《连珠集》五卷,谢灵运撰。《连珠》一卷,陆机撰,何承天注。《晋宋杂诏》八卷,王韶之撰。《杂逸书》六卷,梁二十二卷,徐爰撰。《诽谐文》三卷,袁淑撰。《傅阳秋》一卷,宋零陵令辛邕之撰。另外《旧唐书·经籍志》记有《七悟集》一卷,颜延之撰。《元嘉西池宴会诗集》三卷,颜延之撰。《妇人诗集》二卷,颜竣撰。《诗集新撰》三十卷,宋明帝撰。《设论集》五卷,谢灵运撰。《策集》六卷,谢灵运撰。《晋元氏宴会游集》四卷,谢灵运撰。《新撰录乐府集》十一卷,谢灵运撰。一共三十九种。

这些总集现在都已经散失,所以人们很多时候忽视了它们的价值。但如此众多的总集在元嘉时期集中出现,表明了文学思潮领域正在发生变革,对认识元嘉文学思想具有巨大的意义。

首先,这些总集收集、保存了大量前代文学成果。根据钟嵘《诗品序》"谢客集诗,逢诗辄取"[①]看,部分元嘉作家对前人成果的收集非常全面。这种工作为当时作家提供了文学发展的完整材料,人们可以通过这些总集认识文学的发展与变化,也可以通过这些总集学习、思考并推动新的文学因素产生。

其次,从文人大量进行作品的汇集整理可知,人们非常重视文学遗产的整理,而这种整理可以使读者获得对某一文体整体性的认识,有利于发现其中包含的文学特征以及某一文体的文体特征,其中显然带有总结的意图。《隋书·经籍志》曰:"总集者,以建安之后,辞赋转繁,众家之集,日以滋广,晋代挚虞,苦览者之劳倦,于是采摘孔翠,芟剪繁芜,自诗赋下,各为条贯,合而编之,谓为《流别》。是后文集总钞,作者继轨,属辞之士,以为覃奥,而取则焉。"[②]从这一材料中可以看出,总集的作用是备后人"取则",也就是为了建立某种文体的规范,以供学习、模仿。这说明

---

① 钟嵘著,陈延杰注《诗品注》,人民文学出版社1961年版,第4页。
② 魏征:《隋书》,中华书局1982年版,第1089~1090页。

当时文人已经对某些文学的独特特征有所了解，文体观念正在加深。梁代萧统编纂《文选》，元嘉作家所整理的文体多数存在于其中，可见元嘉时期人们对文学文体的认识与梁代较为接近。

最后，不妨对这些总集进行分析。这些总集涉及诗、赋、赞、诔、碑、设论、诏、策、连珠等诸种文体，除了刘义庆《集林》带有总括各种文体的意味外，其他总集都只涉及一种文体。在这些总集中，最引人注目的是诗，共有十二种，另外还有回文与乐府三种，总计将近四百一十卷。诗歌的真正兴起是从汉末开始的，建安、太康是两个高潮时期，但在东晋百年时间，诗歌的发展实际走入了歧途，陷入低谷。诗歌需要得到总结并找出发展的真正道路。元嘉作家尤其是谢灵运，切实地进行了这一工作，元嘉诗歌之所以成为诗运转关，与这种总结调整关系密切。值得注意的是，谢灵运所撰辑的总集中有《回文集》十卷，回文诗是以技巧取胜的特殊诗歌，风格华丽，反映了当时文学思想中对技巧、对诗歌艺术本身的重视。元嘉总集中有赋集五种，其中作品集三种，共一百八十二卷；赋注一种，一卷；赋音注一种，十卷。赋是汉代最重要的一种文体，在汉末诗歌兴起之后，它在文人心中的地位并没有下降，历代文人对赋都非常重视。不过与诗歌相比，无论是题材还是艺术手法，赋的发展余地并不大，但元嘉文人对赋的热情并没有减退，他们依然对前代赋作进行了整理，而且从元嘉辞赋看，还是很有时代特色的。诗和赋都是当时最有文学性的文体，元嘉作家对它们的重视，实际反映了作家对文学的重视，这是文学脱离经学的重要基础。

从上面的论述中可以看出，元嘉时期存在对文学遗产的总结思潮，这种总结有利于他们通过对前人文学作品的汇集与阅读，找到文学发展的线索，也有利于他们对文学本身特征有更为清晰的认识，文学从经学中独立的时机在魏晋时期已经出现端倪，但到元嘉时期，无疑已经成熟。

需要注意的是，元嘉文学馆的建立是宋文帝"留心艺术"的结果，"艺术"显然与经学不同，而与文艺相近。但宋文帝选择的文学馆主持者却是并不以文学著称的谢元。《宋书》中并没有谢元传记，只是将其附于何承天传中："承天与尚书左丞谢元素不相善，二人竞伺二台之违，累相纠奏。太尉江夏王义恭岁给资费钱三千万，布五万匹，米七万斛。义恭素奢侈，用常不充，（元嘉）二十一年，逆就尚书换明年资费。而旧制出钱二十万，布五百匹以上，并应奏闻，元辄命议以钱二百万给太尉。事发觉，元乃使令史取仆射孟颇命。元时新除太尉谘议参军，未拜，为承天所纠。上大怒，遣元长归田里，禁锢终身。元时又举承天卖苓四百七十束与官属，求贵价，承天坐白衣领职。元字有宗，陈郡阳夏人，临川内史灵运从祖弟也。以才学见知，卒于禁锢。"[1] 这说明谢元是以"才学"见长，而"才学"，从《宋书·礼志》及《宋书·王弘传》所引谢元论述看，是指儒学。这说明，元嘉时期文学虽然与儒学、史学、玄学分立，可以独立，却依然带有旧思想的残留。对文学独立特征的彻底认识，留给了后来的文人。

二 文艺思想的繁荣与文学观念的革新

文艺思想的繁荣是元嘉文学走向独立的另外一个关键因素。因为没有文艺理论著作的流传，元嘉时期好像是文学理论的消歇阶段。但恰恰相反，元嘉时期的文学理论非常繁荣。首先从理论著作的产生看，钟嵘《诗品序》提到汉魏以来的文学理论著作时说："陆机《文赋》，通而无贬；李充《翰林》，疏而不切；王微《鸿宝》，密而无裁；颜延论文，精而难晓；挚虞《文志》，详而博赡，颇曰知言：观斯数家，皆就谈文体，而不显优劣。"[2] 也就是说，在钟嵘认为有特色、有价值的文论著作中，元嘉时期有两种。又如《宋书·何尚之传》记："（尚之）爱尚文义，老而不休，与太常颜延之论议往反，传于世。"[3] 可见，当时人们讨论文学的著作应当不少。另外从挚虞《文章流别论》以及后来萧统《文选序》看，元嘉时期出现的大量总集中，也应该带有大量文论作品。可惜的是这些作品今天都已经散失。然而，我们依然可以根据现有的文献，勾勒出这一时期文学思想的一般特征。

第一，文学"性情"说。谢灵运《山居赋》序云："言心也，黄屋实不殊于汾阳。即事也，山居良有异乎市廛。抱疾就闲，顺从

---

[1] 沈约：《宋书》，中华书局1974年版，第1710~1711页。
[2] 钟嵘著，陈延杰注《诗品注》，人民文学出版社1961年版，第4页。
[3] 沈约：《宋书》，中华书局1974年版，第1738页。

性情，敢率作乐，而以作赋。"赋中云："伊其韶龀，实爱斯文。援纸握管，会性通神。"自注云："谓少好文章，及山栖以来，别缘既阑，寻虑文咏，以尽暇日之适。便可得通神会性，以永终朝。"①

在上述材料中，谢灵运要求"顺从性情""而以作赋"，"性情"为"作赋"之内因。又要"援纸握管"以达到"会性通神"或"通神会性"，则通"性情"又为"作赋"之目的。故赋中又云"研书赏理，敷文奏怀"。"性"一般有本性、本质的意思。而"情"，《礼记·礼运》云"何谓人情？喜、怒、哀、惧、爱、恶、欲，七者弗学而能"②，可见"情"是人真实本质的体现。"性情"说之内涵就有尊重本性、个性与情绪的倾向，不虚伪不隐饰。谢灵运在文学中讲究"性情"就是要求文学因"性情"而发，把文学当作个人情绪、本性的真正体现。

谢灵运"性情"说涉及两个方面，一为文学缘起，二为文学功能，其实际源头在"诗言志"说。《尚书·尧典》云："诗言志，歌咏言。"③仅言诗之功能，对"志"并无限制。《汉书·艺文志》承之，进而论及文学缘起："《书》曰：'诗言志，歌咏言。'故哀乐之心感，而歌咏之声发。诵其言谓之诗，咏其声谓之歌。"④"哀乐之心"不仅是"诗""歌"的起点，也是"志"的内涵。但《毛诗序》认为诗之"志"必须"发乎情，止乎礼义"⑤，也就是说汉代诗学要求文学所表达之"志"必须符合社会思想规范。"情"虽然还是文学之源，但如果它不能"止乎礼义"，就失去了成为文学缘起的权利。汉代经学对"志"与"情"的区分，实际是用外在标准限制文学情感表现，限制了作家的创作自由。由于汉代儒学影响巨大，这种区分被社会广泛接受。谢灵运"性情"说取消了这一外在制约标准，纯以"情性"为文学产生的唯一根据，文以"性情"而起，以"性情"而终，力图恢复"情"与"志"的同等地位，具有摆脱经学束缚的特征。

---

① 本文所涉及谢灵运散文均据顾绍柏本《谢灵运集校注》，中州古籍出版社1987年版。
② 《礼记》，《汉魏古注十三经》，中华书局1998年版，第82页。
③ 《尚书》，《汉魏古注十三经》，中华书局1998年版，第7页。
④ 班固：《汉书》，中华书局1983年版，第1708页。
⑤ 《毛诗》，《汉魏古注十三经》，中华书局1998年版，第1页。

第一章 论元嘉文学思潮

由于谢灵运将文学缘起及功能归于"性情",实际就是归于自身精神,开启了六朝尚真情、贵本心的文学潮流。六朝文论对文学缘起的看法基本可归为两派:一派主张外部之感兴,如陆机,他虽然提出"诗缘情而绮靡",但依然将"情"的起源归结于外在感兴:"伫中区以玄览,颐情志于《典》《坟》。遵四时以叹逝,瞻万物而思纷。悲落叶于劲秋,喜柔条于芳春。"① 刘勰和钟嵘也有这一倾向。如《文心雕龙·明诗》:"人禀七情,应物斯感,感物吟志,莫非自然。"② 《诗品序》:"气之动物,物之感人,故摇荡性情,行诸舞咏。"③ 这一派实际继承《礼记·乐记》"凡音之起,由人心生也。人心之动,物使之然也"④ 的观念,在对文学功能的认识上大多具有传统特征,比较重视文学的社会功能。另一派则以谢灵运为先导,主张以"性情"或"志"作为文学缘起。他的这种观点得到了同时代作家范晔的认可。在《狱中与甥侄书》中,范晔说:"常谓情志所托,故当以意为主,以文传意。"⑤ 又在《后汉书·文苑列传》赞中说:"情志既动,篇辞为贵。"⑥ 这种观念对后来的齐梁作家也产生了重要影响,如沈约《宋书·谢灵运传》论:"夫志动于中,则歌咏外发。"⑦ 萧子显《南齐书·文学传》论:"文章者,盖情性之风标,神明之律吕也。蕴思含毫,游心内运,放言落纸,气韵天成。莫不禀以生灵,迁乎爱嗜,机见殊门,赏悟纷杂。"⑧ 萧纲也在《与湘东王书》中说:"未闻吟咏性情,反拟《内则》之篇;操笔写志,更摹《酒诰》之作。"⑨ 如果说钟嵘与刘勰以理论胜的话,沈约等人则是以创作胜,更能代表文学发展的实际情况。沈约是永明文学的领袖人物,其《宋书》不列《文苑传》,而于《谢灵运传》后大发宏论,同样将"志动于中"作为文学产生的源头。萧子显是梁天监时期著名作家,他以"性情"评价

---

① 张少康:《文赋集释》,人民文学出版社 2002 年版,第 20 页。
② 周振甫:《文心雕龙今译》,中华书局 1986 年版,第 56 页。
③ 钟嵘著,陈延杰注《诗品注》,人民文学出版社 1961 年版,第 1 页。
④ 《礼记》,《汉魏古注十三经》,中华书局 1998 年版,第 131 页。
⑤ 沈约:《宋书》,中华书局 1974 年版,第 1830 页。
⑥ 范晔:《后汉书》,中华书局 1973 年版,第 2658 页。
⑦ 沈约:《宋书》,中华书局 1974 年版,第 1778 页。
⑧ 萧子显:《南齐书》,中华书局 1987 年版,第 907 页。
⑨ 严可均:《全上古三代秦汉三国六朝文》,中华书局 1958 年版,第 3011 页。

南齐文学,实际上揭示了永明文学与元嘉尤其是谢灵运文学的内在联系。萧纲则是永明文学之后宫体诗人代表,他同样要求以"性情"为文学之根本。宫体诗人毫无顾忌的抒写风格,也可以看作是一种"性情"的表现。从这条线索看,谢灵运"性情"说的历史地位就非常重要,它基本指导了南朝文学发展,对南朝文学表现形态产生了巨大作用。

第二,文"味"说。王微也是元嘉时期的著名作家,《宋书·王微传》记:"微既为始兴王浚府吏,浚数相存慰,微奉答笺书,辄饰以辞采。微为文古甚,颇抑扬,袁淑见之,谓为诉屈。王因此又与从弟僧绰书曰:'……吾少学作文,又晚节如小进,使君公欲民不偷,每加存饰,酬对尊贵,不厌敬恭。且文词不怨思抑扬,则流澹无味。文好古,贵能连类可悲,一往视之,如似多意。当见居非求志,清论所排,便是通辞诉屈邪。尔者真可谓真素寡矣。其数旦见客小防,自来盈门,亦不烦独举吉也。此辈乃云语势所至,非其要也。'"① 王微要求文学作品要有"味"。所谓的"味"如何体现?文词需要"怨思抑扬",也就是作品要有足够的抒情内涵。但需要注意,王微认为能够达到文之"味"的情感是"怨思"。而且王微认为,"文好古,贵能连类可悲"。"连类",钱锺书先生认为即"词采"②,即是在讲究词采的基础上,又能给人以深刻的精神感动。王微对文学的情感表达要求带有汉末建安时期以悲为美的特征,也就是追求文学作品的精神感染力。所以袁淑称之为"诉屈"。从王微现存的文章看,他注重抒情,语言讲究气势流畅,辞采也较为可观。但也可以看出王微并不刻意讲究形式华美,而是骈散结合,与当时崇尚骈对之美的文风有一定距离,体现出一种"古"的风格。他的文学思想虽然带有传统色彩,但这种观念体现了汉魏文风在元嘉时期影响的存在。

颜延之对文学情感表达倾向的认识与王微有相近之处。《庭诰》云:"逮李陵众作,总杂不类,元是假托,非尽陵制。至其善写,有足悲者。"③ 他虽然认为历史上托名李陵的作品是伪作,但对这

---

① 沈约:《宋书》,中华书局1974年版,第1666~1667页。
② 钱锺书:《管锥编》,中华书局1982年版,第324页。
③ 严可均:《全上古三代秦汉三国六朝文》,中华书局1958年版,第2637页。

些诗歌中所表达出的"悲"的情感表示赞赏,同样表达出对文学悲美特征的喜好。

以王微为代表的文"味"说的出现,体现了作家对文学情感共鸣特征的重视,也说明元嘉作家中依然流行魏晋时期的文学观念。

第三,崇尚"丽""则"的创作观念。谢灵运《山居赋》序云:"扬子云云:'诗人之赋丽以则',文体宜兼,以成其美。"按,"诗人之赋"指楚辞。楚辞抒情真挚深沉,既有很高的艺术成就,也有较高的思想价值。《史记·屈原贾生列传》云:"《国风》好色而不淫,《小雅》怨诽而不乱。若《离骚》者,可谓兼之矣。"① 班固《离骚序》亦云:"其文弘博丽雅,为辞赋宗。"② 楚辞是华美形式与深刻思想的完美结合,是文质彬彬的艺术典范,《文心雕龙·辨骚》云"《骚经》《九章》朗丽以哀志;《九歌》《九辩》绮靡以伤情"③,其艺术成就引起后世作家的重视。谢灵运很喜欢楚辞,其作品引用楚辞的地方很多。他认同"诗人之赋丽以则",是将楚辞当作一种理想的文学范本。"文体宜兼"显然是指文学应该既"丽"又"则",这种思想也体现在下面的材料中。

(一)《拟魏太子邺中集八首·平原侯植》:"副君命饮宴,欢娱写怀抱。……众宾悉精妙,清辞洒兰藻。"这几句写宴饮之中,宾客述怀写志,"清辞""兰藻"显然指所写诗文的辞藻华美清秀。而谢灵运对此颇为赞赏,可见其对诗文华美的认可。

(二)《诗品》"晋记室左思"条评左思诗:"文典以怨,颇为精切,得讽谕之致。虽野于陆机,而深于潘岳。"又记:"谢康乐尝言:'左太冲诗,潘安仁诗,古今难比。'"④ 左思诗歌"典","得讽喻之旨";潘岳诗则"《翰林》叹其翩翩然如翔禽之有羽毛,衣服之有绡縠,犹浅于陆机。谢混云:'潘诗烂若舒锦,无处不佳。陆文如披沙简金,往往见宝'"⑤。他们一可称"则",一可称"丽",故灵运称之"古今难比"。许文雨云:"康乐诗实擅有二种之长:一曰妙合自然,取之于喻,犹如初发芙蓉。二曰经纬绵密,

---

① 司马迁:《史记》,中华书局1982年版,第2482页。
② 严可均:《全上古三代秦汉三国六朝文》,中华书局1958年版,第611页。
③ 周振甫:《文心雕龙今译》,中华书局1986年版,第45页。
④ 钟嵘著,陈延杰注《诗品注》,人民文学出版社1961年版,第28页。
⑤ 钟嵘著,陈延杰注《诗品注》,人民文学出版社1961年版,第26页。

察诸其文,恒见丽典络绎。自前者言之,潘诗轻华,容有螺蛤之思。由后者言之,左思精切,尤笃平生之好。"①

(三)《南史·谢惠连传》:"灵运见其(惠连)新文,每曰:'张华重生,不能易也。'"② 张华是西晋太康时期重要作家,他知识渊博,文词华美,钟嵘评其诗"其体华艳,兴托不奇。巧用文字,务为妍冶"③。谢惠连诗歌特色,钟嵘以为:"才思富捷……又工为绮丽歌谣,风人第一。"④ 与张华诗歌在风格倾向上的确有近似之处。谢灵运虽然批评张华诗歌"虽复千篇,犹一体耳"(《诗品》"晋司空张华"条),但以张华诗比惠连,绝非贬语,是对惠连诗巧思华美的认可。而且从谢灵运本人的诗歌看,也有这种巧丽特征。

谢灵运在《山居赋》序中说:"今所赋既非京都宫观游猎声色之盛,而叙山野草木水石谷稼之事,才乏昔人,心放俗外,咏于文则可勉而就之,求丽,邈以远矣。览者废张、左之艳辞,寻台、皓之深意,去饰取素,傥值其心耳。"似乎谢灵运有去饰返朴的态度。不过这一材料不能看作谢灵运真实文学观的表现。《山居赋》创作时,谢灵运仕途不畅,心怀郁闷,几乎是被迫隐居,他对社会有许多怨言而尽力掩盖,并用道家思想抚平自己心中的沟壑,虽言"去饰",并非真心为之。而《山居赋》体格宏大,丽辞新语并出,正是追步张、左之艳辞。同时,谢灵运诗歌追求华美,甚至累于"繁富"(《诗品》语),并无朴素可言。

文学"丽""则"观念在颜延之思想中也很明显。《庭诰》云:"荀爽云:诗者古之歌章,然则雅颂之乐篇全矣。以是后之口诗者,率以歌为名。及秦勒望岱,汉祀郊宫,辞著前史者,文变之高制也。虽雅声未至,宏丽难追矣。"⑤ 从这段话中可以看出,"雅"是颜延之文学风格认识中的最高范畴,"丽"是除"雅"之外的另一重要部分,二者构成了颜延之文学风格观的两个最高层面。

谢灵运与颜延之虽然都表现出对文学"雅""丽"观的推崇,

---

① 引自曹旭《诗品集注》,上海古籍出版社1994年版,第158页。
② 李延寿:《南史》,中华书局1983年版,第537页。
③ 钟嵘著,陈延杰注《诗品注》,人民文学出版社1961年版,第45页。
④ 钟嵘著,陈延杰注《诗品注》,人民文学出版社1961年版,第33页。
⑤ 严可均:《全上古三代秦汉三国六朝文》,中华书局1958年版,第2637页。

但二人对这两个方面的态度还是有区别的。在上面的材料中也可以发现，谢灵运非常重视太康作家。太康诗歌虽然受汉魏经学影响，典雅平稳，但华美的一面已经非常突出。《文心雕龙·明诗》云："晋世群才，稍入轻绮。……或析文以为妙，或流靡以自妍。"①《宋书·谢灵运传》论亦云："降及元康（晋惠帝年号），潘、陆特秀，律异班、贾，体变曹、王，缛旨星稠，繁文绮合。"②谢灵运不仅认同太康诗歌，还用太康诗歌的标准来衡量同时代的其他作家，说明他对文学中"丽"的一面较为重视。而颜延之则不同，他的文学观传统色彩较为明显，推崇雅颂之乐，较为重视文学"雅"的一面。

颜延之与谢灵运对文学的态度影响了同时代其他作家对文学的认识，崇尚"雅""丽"的观念在当时非常明显。如谢惠连在《雪赋》中说："抽子秘思，骋子妍辞。"③范晔在《后汉书·文苑列传》赞中说："言观丽则，永监淫费。"④这一观念对元嘉文学形态具有基础性的影响。

第四，文笔之辨在元嘉时期也非常引人注目，如《宋书·颜延之传》记："元凶弑立，以为光禄大夫。先是，子竣为世祖南中郎谘议参军。及义师入讨，竣参定密谋，兼造书檄。劭召延之，示以檄文，问曰：'此笔谁所造？'延之曰：'竣之笔也。'又问：'何以知之？'延之曰：'竣笔体，臣不容不识。'"⑤又，《宋书·颜竣传》记："太祖问延之：'卿诸子谁有卿风？'对曰：'竣得臣笔，测得臣文，㚟得臣义，跃得臣酒。'"⑥文笔之分乃是当时文坛大事。从颜延之的话中可以看出，他所谓的"笔"是指应用文体，而"文"则指诗赋等偏向文学的文体。不过笔者认为刘勰所云"有韵者文，无韵者笔"的说法并不全面，当时应用文体也用韵。颜延之区分文笔，显然是认识到应用文体与传统文学文体之间的区别，反映了当时作家对文学本身属性的关注。这方面学术界已经给予足够

---

① 周振甫：《文心雕龙今译》，中华书局1986年版，第61页。
② 沈约：《宋书》，中华书局1974年版，第1778页。
③ 严可均：《全上古三代秦汉三国六朝文》，中华书局1958年版，第2623页。
④ 范晔：《后汉书》，中华书局1973年版，第2658页。
⑤ 沈约：《宋书》，中华书局1974年版，第1903页。
⑥ 沈约：《宋书》，中华书局1974年版，第1959页。

重视，本书不赘。

从上面的论述中可以看出，在总结思潮的作用下，元嘉作家对文学的本质特征进行了卓有成效的探索，对文学独特性的认识更加清晰，文学从儒学中独立出来的时机已经成熟。所以，无论是宋文帝设文学馆还是后来宋明帝设总明观，都是这种文学独立性认识的直接表现。

第二节　儒学复兴对玄风升降的影响

晋宋时期社会思想变动较为巨大，对文学变迁产生了深刻影响。学术界对此给予了足够的重视，但多数情况下集中在对佛、道两种思想的探讨上。的确，佛教在刘宋时期影响了整个社会，其对文学也产生了极大的作用；道家道教思想对六朝文学的影响也非常深刻，这是学界的共识。但元嘉儒学对文学的影响基本被学术界忽视，笔者认为，儒学在晋宋时期文学变迁中起到重要作用，对玄风的淡化尤为关键。

刘宋儒学复兴是当时政治格局变化的产物。东晋政权在士族的支持下建立，渡江之初"王与马共天下"[1]，中央王权实际服从士族安排，所以东晋一朝实际并没有集中的王权。而儒学发展恰恰需要中央集权的政治格局，因为它的政治功能适应于集权政治。所以在东晋时期，儒学虽然有人提倡，但在缺乏中央强权支持的政治环境中，地位衰落是一个不争的事实。刘宋王朝与东晋最大的不同是，从刘裕执政开始，就非常注意对政权的控制，因而中央集权程度逐渐加强。在政治活动中，宋武帝、宋文帝都重视儒家思想的贯彻，这对恢复儒学社会地位极为重要。[2] 尤其值得注意的是，衰败已久的国学在刘宋帝王提倡儒学的政策中得到了复兴。刘裕曾想把国子学建立起来，可惜未成。文帝即位以后，为建立国学进行了长期准备。元嘉十五年（438）、十六年（439）又建立四学[3]，在国学尚未建立的时候，四学显然具有国学的特征，只不过在制度上还

---

[1] 房玄龄等：《晋书》，中华书局1974年版，第2554页。
[2] 参见刘振东《中国儒学史》（魏晋南北朝卷）第四章，广东教育出版社1998年版。
[3] 参见许嵩《建康实录》，中华书局1986年版，第432页。

第一章 论元嘉文学思潮

不完备。到元嘉十九年（442），社会已经得到将近二十年的恢复，建立国学的时机成熟，本年正月文帝下诏曰："夫所因者本，圣哲之远教；本立化成，教学之为贵。故诏以三德，崇以四术，用能纳诸义方，致之轨度。盛王圣世，咸必由之。永初受命，宪章弘远，将陶钧庶品，混一殊风，有诏典司，大启庠序，而频遘屯夷，未及修建。永瞻前猷，思敷鸿烈。今方隅乂宁，戎夏慕响，广训胄子，实维时务。便可式遵成规，阐扬景业。"①十二月又下诏曰："胄子始集，学业方兴。自微言泯绝，逝将千祀，感事思人，意有慨然。奉圣之胤，可速议继袭。于先庙地，特为营造，依旧给祠置令，四时飨祀。阙里往经寇乱，黉校残毁，并下鲁郡修复学舍，采召生徒。昔之贤哲及一介之善，犹或卫其丘垄，禁其刍牧，况尼父德表生民，功被百代，而坟茔荒芜，荆棘弗翦。可蠲墓侧数户，以掌洒扫。"② 第二年，国学建立，何承天任国子祭酒。国学建立对儒学地位的上升影响深刻，对此，沈约在《宋书》卷五十五传论中说："高祖受命，议创国学，宫车早晏，道未及行。迄于元嘉，甫获克就，雅风盛烈，未及曩时，而济济焉，颇有前王之遗典。天子銮旗警跸，清道而临学馆，储后冕旒黼黻，北面而礼先师，后生所不尝闻，黄发未之前睹，亦一代之盛也。"③ 元嘉时期的确可以称得上是儒学在六朝时期的一个高潮。

元嘉儒学的恢复对文学思想的整体转移有至关重要的影响。

首先，统治者对儒家思想的重视，使政治生活中的儒学活动频繁，刺激了文学的创作。政治活动中的文化活动与文学的关系极为密切，如《宋书·乐志（一）》记宋武帝永初元年（420）七月，有司奏："皇朝肇建，庙祀应设雅乐，太常郑鲜之等八十八人各撰立新哥。黄门侍郎王韶之所撰哥辞七首，并合施用。"十二月，又奏："依旧正旦设乐，参详属三省改太乐诸哥舞诗。黄门侍郎王韶之立三十二章，合用教试，日近，宜逆诵习。辄申摄施行。"又记元嘉十八年（441）九月，"有司奏：'二郊宜奏登哥。'又议宗庙舞事，录尚书江夏王义恭等十二人立议同，未及列奏，值军兴事

---

① 沈约：《宋书》，中华书局1974年版，第89页。
② 沈约：《宋书》，中华书局1974年版，第89~90页。
③ 沈约：《宋书》，中华书局1974年版，第1553页。

寝。二十二年，南郊，始设登哥，诏御史中丞颜延之造哥诗，庙舞犹阙。"① 又如元嘉二十二年（445），太子释奠，祭礼完毕，文帝亲临国学宴会，太子与群臣参与，这次活动有很多宫廷文人参与，并进行了文学创作活动。其他带有儒学色彩的文学活动更是不胜枚举，大量的文学作品得以产生。宫廷文化与文学之间的密切联系，对儒学观念影响文学创作起到关键作用。

在统治者的重视下，儒家思想在知识阶层思想中地位上升，直接影响了社会审美风尚的转移。东晋玄言文学的流行，主要是因为士人思想受到玄学的指导。在元嘉时期，作家思想中的儒家思想重新占据了重要地位，玄学对文学创作的指导性减弱，而儒家思想的指导性加强。这使得元嘉作家的创作，在整体倾向上与东晋文学明显不同。

儒学的复兴促进了文化在社会上的传播，扩大了作家队伍，改变了东晋以来士族作家占主导地位的格局，对文学发展具有深刻影响。南渡以来"学在家门"的局面非常明显，当文化被士族控制时，封闭性特征就非常突出，玄学实际就是士族文人独占社会文化的一个表现，因为没有深湛学术背景的寒族士人是无法参与其中的。而儒学的普及，逐渐消除了士族对文化的控制。元嘉时期寒族作家队伍壮大非常值得关注，鲍照、汤惠休、区惠恭、戴法兴、苏宝生等都有一定成就，他们的文学观念与士族文人不同，文学表现自然也有所区别。寒族作家队伍的壮大改变了元嘉作家队伍的组成，有利于廓清文学中玄风的影响，也有利于文学观念的多样性发展。

此外，儒家思想在元嘉政治中的积极实践，改变了玄学与政治之间的关系，进而影响到士人的思想与文学创作。

东晋政治思想受到玄学名教自然合一观念的指导，因而玄学能够深入社会中的方方面面。但儒家思想在元嘉时期的兴起，源于统治者对儒学政治观念的积极实践，改变了东晋政治松散状态，玄学的政治地位被儒学取代，促进了社会文化的转折。

从《宋书》中可以看出，刘裕通过强权形式改变了士族控制政治的局面。失去对政治控制能力的士族为了适应新的环境，被迫进

---

① 并见沈约《宋书》，中华书局1974年版，第541页。

行思想调整。他们一改对寒族的鄙视，汇集到刘裕周围，并为刘裕代晋积极奔走，如《宋书·王弘传》记："义熙十一年，征为太尉长史，转左长史。从北征，前锋已平洛阳，而未遣九锡，弘衔使还京师，讽旨朝廷。"① 又如《宋书·傅亮传》："宋国初建，令书除侍中，领世子中庶子。徙中书令，领中庶子如故。从还寿阳，高祖有受禅意，而难于发言，乃集朝臣宴饮，从容言曰：'桓玄暴篡，鼎命已移，我首唱大义，复兴皇室，南征北伐，平定四海，功成业著，遂荷九锡。今年将衰暮，崇极如此，物戒盛满，非可久安。今欲奉还爵位，归老京师。'群臣唯盛称功德，莫晓此意。日晚坐散，亮还外，乃悟旨，而宫门已闭，亮于是叩扉请见，高祖即开门见之。亮入便曰：'臣暂宜还都。'高祖达解此意，无复他言，直云：'须几人自送？'曰：'须数十人便足。'于是即便奉辞。亮既出，已夜，见长星竟天。亮拊髀曰：'我常不信天文，今始验矣。'至都，即征高祖入辅。"② 再如王诞，《南史·王诞传》记："诞为宋武帝太尉长史，尽心归奉，帝甚仗之。卢循自蔡洲南走，刘毅固求追讨。诞密白帝曰：'公既平广固，复灭卢循，则功盖终古，勋无与二。如此大威，岂可使余人分之？毅与公同起布衣，一时相推耳。今既丧败，不宜复使立功。'帝纳其说。"③ 到刘宋建立之后，集权趋势更加明显，所有涉及权力争夺的事件都以皇权对立面的失败告终。很多士族成员在这一过程中，主动维护集权政治格局，成为皇权的支持者、维护者。从这个角度看，士族在很大程度上抛弃了玄学名教自然合一的政治观念，重新接受儒家政治观念。玄学仅仅流行于个别士人的小圈子里，对社会的影响力大为减弱。

在两种思想交替的过程中，部分世族成员出现不适应。从《宋书》《南史》各传中不难发现，元嘉士人在行为上既有顺从皇权的一面，又有狂狷的一面，与正始文人在行为上颇为相似。如谢灵运，他"多愆礼度""构扇异同，非毁执政"，为司徒徐羡之等人所恶，出为永嘉太守。"郡有名山水，灵运素所爱好，出守既不得志，遂肆意游遨，遍历诸县，动逾旬朔。民间听讼，不复关怀。所

---

① 沈约：《宋书》，中华书局1974年版，第1312页。
② 沈约：《宋书》，中华书局1974年版，第1336～1337页。
③ 李延寿：《南史》，中华书局1983年版，第618页。

至辄为诗咏,以致其意焉。在郡一周,称疾去职"。"狂"的特征愈加明显,简直肆无忌惮。后来任职京城,"王昙首、王华、殷景仁等,名位素不逾之,并见任遇,灵运意不平,多称疾不朝直。穿池植援,种竹树菒,驱课公役,无复期度。出郭游行,或一日百六七十里,经旬不归,既无表闻,又不请急,上不欲伤大臣,讽旨令自解。灵运乃上表陈疾,上赐假东归"①。谢灵运的"狂"与他的处境有直接关系,"狂"只是他对自己政治地位不满的行为表现。再如颜延之,《宋书》本传记其:"延之好酒疏诞,不能斟酌当世,见刘湛、殷景仁专当要任,意有不平,常云:'天下之务,当与天下共之,岂一人之智所能独了!'辞甚激扬,每犯权要。谓湛曰:'吾名器不升,当由作卿家吏。'……晋恭思皇后葬,应须百官,湛之取义熙元年除身,以延之兼侍中,邑吏送札,延之醉,投札于地曰:'颜延之未能事生,焉能事死!'"②从他们的行为中可以明显看出,很多士人还没有适应新的政治环境,还存在玄学政治观念。也就是说,他们的思想与现实之间存在矛盾。

  思想矛盾的存在是文学得以产生的重要因素,也是文学得以感人的重要来源。当作家处于思想无矛盾状态时,文学创作基本失去了情感基础。东晋时期,士族完成了对政治与社会文化的控制,士族作家在政治生活中较为顺利,政治观念与士族群体观念一致性很强,他们的精神与现实很少出现冲突。即使有冲突,他们也有意识地用玄虚取代对现实的理解,放弃对现实的反映。玄言诗的质木无文反映了作家主体观念的淡薄,导致了诗歌文学性丧失。但元嘉文人尤其是文学家,他们适应了玄学带来的精神自由,与政治现实存在不适应。这种不适应无法用玄虚消除,除非心甘情愿退出政治舞台,这恰恰是元嘉时期士族作家所不愿做的。他们感受到了来自政治的压力,感到了人生艰难,并由此产生了强烈情绪,这成为文学创作的真正基础。如谢灵运,他因为思想难以与现实同步,多次受到打击。他的诗歌虽然有玄言残留,但总体上反映他在现实中志向难申、备受压抑的精神状态。其他作家如颜延之不惧权臣,用诗歌表达自己对现实的不满;鲍照坎坷一生,用诗歌尽情表达壮志难申

---

① 见沈约《宋书·谢灵运传》,中华书局1974年版,第1735~1736、1772页。
② 沈约:《宋书》,中华书局1974年版,第1893页。

的苦闷；傅亮、范晔等人也都用文学表达自己在现实中的真实感触。元嘉文学中的主体意识得到了增强，文学重新成为作家精神世界的反映。

罗宗强先生认为："当（元嘉士族）门第虽仍高华而权力已不再无可争议时，人生之多艰的感慨也就随之而来了，于是便自然而然地发人生之感慨而淡忘了玄思冥想。"① 但政治地位改变的实际原因是儒家政治观念对玄学政治观念的取代。两种政治思想的交替，影响了作家的精神状态，从根本上改变了玄言文学存在的基础，恢复了文学反映主体精神、表达个人情志的功能，促进了文学的健康发展。

从上面的论述中可以看出，儒家思想在元嘉时期的复兴，改变了社会的主导思想，扩大了作家队伍，改变了作家的精神基础，推动了社会思潮中玄风的退化，使文学重新回到建康发展的道路上。

第三节 文体观念的革新

文学的进步很大程度上得益于文学思维进步，而文体上的变革更能体现文学思维的发展。对于元嘉时期的文体观念，由于没有文体学著述的保留，学术界并不重视，因而很少出现这方面的论述。笔者认为，元嘉时期文体观念也得到了发展，其特征有两个方面：一是受艺术思维中理性上升的影响，追求整齐骈对；二是受文学独立的影响，以提高文学性为指导，呈现出自由探索的局面。

元嘉文体观念中追求整齐对称思想与魏晋以来艺术思维中理性成分上升有关。由无序走向有序、追求规范与规律是理性发展对形式艺术的必然要求。魏晋时期作家已经要求理性因素参与到创作中，"选义按部，考辞就班"（陆机《文赋》）②，文学创作不再是感情的直接产物，而是理性思维的产物，理性必须参与到语言等文学要素的组合中。同时，魏晋时期作家对形式美的认识也有了进步，对骈对等艺术技巧有了初步的探索。到元嘉时期，文学中的理性思维发展较为成熟。作家对艺术规范美、对称美的追求更加明

---

① 罗宗强：《魏晋南北朝文学思想史》，中华书局1996年版，第183页。
② 张少康：《文赋集释》，人民文学出版社2002年版，第60页。

显。笔者曾对汉魏晋宋时期骚体句式的运用进行过统计，元嘉时期"○○○兮○○○""○○兮○○"占绝大多数，而汉魏两晋时期最常见的"○○○○○○兮，○○○○○○"句式很少在元嘉时期出现（仅为一篇作品采用，且只有两句）。"○○○兮○○○"与"○○兮○○"句式本身就有对称、整饬、精巧的特征，从元嘉作家对骚体句式的运用转移中明显可以看出，作家对形式之美非常认可。反映在诗歌中就表现为作家对骈对艺术极度重视，从各个角度进行了积极探索，这一点可以参见本书第四章的有关论述。

但元嘉时期文体观念中还有自由探索的一面。作家积极挖掘各种文体的艺术潜力，反映了人们用文学标准来对待各种文体的思想。如在诗歌中，七言得到了较多运用，这对七言诗定型具有积极意义。七言一直受到部分文人轻视，所以两汉魏晋时期文人很少运用七言这种形式进行创作。但在元嘉时期，谢灵运、谢惠连、鲍照、汤惠休等人都创作了七言诗歌。尤其是鲍照，他对七言的运用极具创造性，对七言诗定型具有关键作用。五言在魏晋时期得到积极的创作实践，体制上取得了较大进步。元嘉作家在魏晋诗人的基础上，对诗歌骈对艺术、声韵艺术进行了有益探索，为中国诗歌彻底定型做出了巨大贡献（参见第四章）。

在散文领域，元嘉作家从文体角度也进行了积极探索，而且这种探索与文学观念的进步具有直接关联。先看颂赞文。谢灵运的赞文创作很值得注意，其《侍泛舟赞》残文载《初学记》卷二五（严可均《全宋文》未收该文）：

　　泛画鹢兮游兰池，渚相委兮石参差，日隐云兮月照林，风辽泠兮水涟漪。①

这篇作品从题目"侍"可以看出，应该与宫廷文学有关，宫廷文学作品要典雅，一般使用四言。但这篇作品残文则使用的是骚体。骚体句式用在赞文中，就目前的文献来说，谢灵运此作是首创。从文体风格上看，赞文在形式上非常讲究典雅，最常用的句式是诗经体四言以及六言（○○○△○○，△为非"兮"虚词），内

---

① 徐坚：《初学记》，中华书局1962年版，第612页。

容以言志谈理为主，文学色彩很淡。谢灵运的作品用骚体句式写景，不仅改造赞文的形式，也变革其内容，增强赞文的文学性。谢灵运还用五言创作颂赞文，如《〈维摩诘经〉中十譬赞八首·幻》："幻工作同异，谁复谓非真？一从逝物过，既往亦何陈？谬者疑久近，远者皆自宾。勿起离合情，会无百代人。"又如《和从弟惠连无量寿颂》，其云："法藏长王宫，怀道出国城。愿言四十八，弘誓拯群生。净土一何妙，来者皆清英。颓年欲安寄，乘化必晨征。"颂与赞都是有严格文体要求的韵文，《文心雕龙·颂赞》云："原夫颂惟典雅，辞必清铄，敷写似赋，而不入华侈之区；敬慎如铭，而异乎规戒之域。"又云："赞，明也、助也。……然本其为义，事生奖叹，所以古来篇体，促而不广，必结言于四字之句，盘桓乎数韵之辞，约举以尽情，昭灼以送文，此其体也。"① 作为雅体韵文，赞、颂句式运用有明显的倾向性，五言、七言句则由于"于俳谐倡乐多用之"（挚虞《文章流别论》）②，一般不会采用，汉魏两晋赞、颂就是如此。谢灵运在赞、颂创作中都用了五言句式，反映了他具有突破原有文体局限、采用新起句式改造旧文体并增强其艺术性的观念，也体现了他主动提高五言文体学地位的思想。

元嘉作家对哀策文也进行了改造。哀策文是哀悼类文章中比较特殊的一类，兼有哀辞与策文两种功能，体制上分为序与正文两部分。序以叙述死者生平及功绩品行为主，正文则多表达对死者的哀悼。哀策文非常讲求文辞典雅，情绪表达要有节制，在句式运用上多用四六言组合或四言。尤其是正文，绝大多数是四言，因为在人们的观念中，诗经体的四言最为典雅。在这种观念影响下，在元嘉之前，骚体句式以及新起诗体五言、七言句式都没有出现在哀策文中，哀策文因而显得典正刻板有余而生气不足。但在谢庄《皇太子妃哀策文》中，骚体句式出现在正文之中：

> 霍岫亏天，灞流凝汉，祥发桐珪，庆昭金筭。……筵既诀兮奠既撤，背青闼兮去神闱。旌掩郁而还泛，盖逶迟而顾低，素绋敛维，华輀解驭。山燧恒阴，松阿不曙。离天涯兮就销

---

① 周振甫：《文心雕龙今译》，中华书局1986年版，第87、88～89页。
② 严可均：《全上古三代秦汉三国六朝文》，中华书局1958年版，第1905页。

沉，委白日兮既冥暮。菊有秀兮蘅有芬，德方远兮声弥树。

由于骚体句式的加入，哀策文形式变得活泼，在情感表达上更能体现对逝者的哀悼与存者的伤感。这种改造，突破了传统艺术思想对哀策文的束缚，形式与效果都取得明显进步。

元嘉作家还打破某些句式约定俗成的使用规范，使文体显得更加自由。以骚体句式为例。骚体句式与诗赋句式的关系本来就非常密切，但由于楚辞的巨大影响，骚体句式与其他句式具有一定区别。即使骚体句式出现在诗、赋中，人们也自觉将它们组成句群，这不仅表明作家有意识通过骚体句造成文章整体波澜起伏，也显示他们对骚体独立句式特征的认可。但在刘宋时期，出现了人们开始将骚体句式与其他句式混同的倾向。如：

嗟王母之奇果，特华实兮兼副。既陶煦之夏成，又凌寒而冬就。（伍辑之《园桃赋》）

步江皋兮骋望，感春柳之依依。垂柯叶而云布，飏零华而雪飞。（伍辑之《柳花赋》）

霏云起兮泛滥，雨霭昏而不消。意气悄以无乐，音尘寂而莫交。（刘骏《离合诗》）

德不孤兮必有邻，唱和之契冥相因。譬如虬虎兮来风云，亦如形声影响陈。心欢赏兮岁易沦，隐玉藏彩畴识真。（谢灵运《鞠歌行》）

玳枝兮金英，绿叶兮金茎。不入君王杯，低彩还自荣。（汤惠休《赠鲍侍郎诗》）

霞辉兮涧朗，日静兮川澄。风轻桃欲开，露重兰未胜。（鲍照《与谢尚书庄三联句》）

在这些例子中，前三例均只有一句骚体句式，后三例中骚体句式与诗体五言、七言杂糅。例中包含的三种骚体句式"○○○兮○○○"、"○○兮○○"与"○○○兮○○"，从使用规范的角度看应是同类多句组合使用，但在上述六例中，这种规范都被取消：前三例中，六言（○○○△○○，△为非"兮"虚词）与骚体"○○○兮○○"取得对等地位，"兮"字虽是骚体句式的标志，但在前三例的使用环境中,它的作用等同于"之""而"等虚词,其特质实际已经被消解;后三例中,作家借用诗体五言、七言的形式来规范"○○○兮○○○"与"○○兮○○"句式,实质上将骚体句式与诗体五、七言句式混同起来。这样,一方面减弱骚体句式的特质,另一方面则进一步解放骚体句式,使其在运用上更加自由。

文学思维进步引导了元嘉作家对文学本身美学特征的发掘,促进了文学的发展。而在文学独立的引导下,作家主动用文学性改造、调整各种文体,增强其文学特质,总体上反映了文学的进步特征。

结　论

从上面的论述可以看出,元嘉时期的文学思潮呈现出这样的特点:一是与文献载体发展同步,纸质文献的大量出现导致了作品汇集较之以前更加容易,作家的文学视野更为广阔,并由此产生了总结思潮,引领了文学本质特征的明晰,对文学本身的探索则促进了对文学特质理解的深化,从而推动文学的独立。二是政治的发展导致了社会思想发生巨变,玄学思想开始消退,而儒学在社会中的上升,改变了玄学在士人思想中的地位,思想的交替促使了文学抒情本质的回归,玄风从社会中开始淡化。三是社会思想的发展带动了作家文体意识的萌动,文体之间的交叉融合开始出现。而文学思维的进步则推动了作家对文学美学特质的挖掘,并促进了各种文体文学性的上升。可见,思潮的变迁带动了文学的变迁,这对理解元嘉文学具有基础性作用。

第二章
论元嘉文学集团

对于元嘉时期的文学集团，胡大雷先生在《中古文学集团》①第六章"家族集团、文友集团与诸王集团——东晋、刘宋几种类型的文学集团"中，曾进行过简单梳理，但并不全面，对元嘉文人集团的整体特征及其在文学发展中的作用也缺乏论述。事实上，元嘉文学集团相当复杂，对当时文学发展所起作用尤其重要，有进一步探索的价值。

需要说明的是，本章所论及的文学集团必须有可考察的文学活动或文学作品，所以有些文人团体不列入本章考察范围。

第一节　元嘉宫廷文学集团及其活动

一　以刘裕为核心的宫廷文学集团

东晋后期，刘裕已经成为最高统治者。为了扩大自己的势力，他不遗余力地收拢人才，为其所用，汇集了大量文人。刘裕虽出身寒门，却重视文化，所以这一集团的文学性很强。义熙、元熙年间，刘裕名义上还不是皇帝，但为了全面认识这一集团，本章将晋末刘裕幕府文人及活动也考察在内。

这一集团的主要文人有：

王弘，字休元，琅邪临沂人，《隋书·经籍志》记其有集一卷。他是刘裕禅代的功臣，"高祖为镇军，召补谘议参军。……高祖复命为中军谘议参军，迁大司马右长史，转吴国内史。义熙十一年，

---

① 胡大雷：《中古文学集团》，广西师范大学出版社1994年版。

征为太尉长史，转左长史"①。

傅亮，字季友，北地灵州人，《隋书·经籍志》记其有集三十一卷，并有《应验记》一卷，《续文章志》二卷。《宋书》本传记："亮博涉经史，尤善文词。……会西讨司马休之，以为太尉从事中郎，掌记室。……亮从征关、洛，还至彭城。宋国初建，令书除侍中，领世子中庶子。徙中书令，领中庶子如故。……高祖登庸之始，文笔皆是记室参军滕演；北征广固，悉委长史王诞；自此后至于受命，表策文诰，皆亮辞也。"②

谢晦，字宣明，陈郡阳夏人，是刘裕的重要谋士，也是当时重要的文学家。《宋书》本传记："晦初为孟昶建威府中兵参军。昶死，高祖问刘穆之：'孟昶参佐，谁堪入我府？'穆之举晦，即命为太尉参军。……涉猎文义，朗赡多通。高祖深加爱赏，群僚莫及。"③

王诞，字茂世，琅邪临沂人，《宋书》本传记："诞少有才藻，……高祖请为太尉谘议参军，转长史。尽心归奉，日夜不懈，高祖甚委仗之。"④

臧焘，字德仁，东莞莒人，是当时著名的儒学家。《宋书》本传记其："少好学，善《三礼》。……参高祖中军军事……迁通直郎，高祖镇军、车骑、中军、太尉谘议参军。"⑤

徐广，字野民，东莞姑幕人，晋宋之际著名的儒学家，《隋书·经籍志》记其有集十五卷，并有《毛诗背隐义》二卷，《礼论答问》八卷，《礼论答问》十三卷，《礼答问》二卷，《三礼答问》四卷，《晋纪》四十五卷，《车服杂注》一卷，《弹棋谱》一卷。曾任刘裕"镇军谘议参军，领记室"⑥。

何承天，东海郯人，是刘裕集团中重要的文人，《宋书·乐志》记"鼓吹铙歌十五首，何承天义熙中私造"⑦。《隋书·经籍志》记

---

① 沈约：《宋书》，中华书局1974年版，第1312页。
② 沈约：《宋书》，中华书局1974年版，第1336、1337页。
③ 沈约：《宋书》，中华书局1974年版，第1347~1348页。
④ 沈约：《宋书》，中华书局1974年版，第1491~1492页。
⑤ 沈约：《宋书》，中华书局1974年版，第1544~1546页。
⑥ 沈约：《宋书》，中华书局1974年版，第1547~1548页。
⑦ 沈约：《宋书》，中华书局1974年版，第661页。

其有集二十卷（梁时三十卷），并有《礼论》三百卷，《八明士制》三卷，《孝经注》一卷，《春秋前传》十卷，《春秋前杂传》九卷，《宋元嘉历》二卷，《历术》一卷，《验日食法》三卷，《漏刻经》一卷，并合《皇览》一百二十三卷。曾任刘裕"太尉行参军"①。

谢灵运，陈郡阳夏人，《宋书》本传记："毅伏诛，高祖版为太尉参军，入为秘书丞，坐事免。"②后谢灵运入世子刘义符幕中，刘义符世子幕府实际是刘裕集团的外延。他是宋初宫廷文人代表，"朝廷唯以文义处之"，这说明当时朝廷对他的文学才华也很重视。谢灵运是元嘉时期著名作家，《隋书·经籍志》记其有集十九卷，另有《要字苑》一卷，《晋书》三十六卷，《游名山志》一卷，《居名山志》一卷，等等。

颜延之，字延年，琅邪临沂人，元嘉代表作家，《隋书·经籍志》记其有集二十五卷（梁三十卷），并有《逆降议》三卷、《诂幼》二卷。宋国建，"奉常郑鲜之举为博士"，是当时重要的宫廷文人，《宋书》记："雁门人周续之隐居庐山，儒学著称，永初中，征诣京师，开馆以居之。高祖亲幸，朝彦毕至，……上使问续之三义，续之雅仗辞辩，延之每折以简要。即连挫续之，上又使还自敷释，言约理畅，莫不称善，徙尚书仪曹郎，太子中舍人。"③

谢瞻，字宣远，陈郡阳夏人，谢晦之兄，宋初著名作家，《隋书·经籍志》记其有集三卷。《宋书》记："年六岁，能属文，为《紫石英赞》、《果然诗》，当时才士，莫不叹异。……寻为高祖镇军、琅邪王大司马参军，转主簿，安成相，中书侍郎，宋国中书、黄门侍郎，相国从事中郎。"④谢瞻是当时著名文学家。

蔡廓，字子度，济阳考城人，《隋书·经籍志》记其有集九卷（梁时十卷）。《宋书》本传记："廓博涉群书，言行以礼。……（任）高祖太尉参军……以方鲠闲素，为高祖所知。及高祖领兖州，廓为别驾从事史，委以州任。寻除中军谘议参军，太尉从事中郎。未拜，遭母忧。……服阕，相国府复板为从事中郎，领记室。宋台

---

① 沈约：《宋书》，中华书局1974年版，第1702页。
② 沈约：《宋书》，中华书局1974年版，第1742页。
③ 沈约：《宋书》，中华书局1974年版，第1892页。
④ 沈约：《宋书》，中华书局1974年版，第1557页。

建，为侍中。"①

孔宁子，《隋书·经籍志》记其有集十一卷。《宋书·王华传》记："先是，会稽孔宁子为太祖镇西谘议参军，以文义见赏。"②

裴松之，字世期，河东闻喜人，元嘉时期著名史学家，《隋书·经籍志》记其有集十三卷（梁二十一卷），并注陈寿《三国志》，另有《集注丧服经传》一卷。《宋书》本传记："高祖北伐，领司州刺史，以松之为州主簿，转治中从事史。"③

有一些作家，他们在这一集团时间较短，或文学成就不高，如刘穆之、徐羡之、檀道济、谢绚、王镇恶、刘虔之、刘简之、庾悦、谢景仁、张茂度、江夷、羊玄保、袁湛、褚秀之、褚淡之、褚叔度、庾登之、殷穆、羊徽、刘湛、谢述、谢方明、孔季恭、王华、沈叔任、徐长宗、裴寿孙等人，本书不再详细叙述。

从上面的梳理中可以看出，刘裕集团中有文学之士，如谢灵运、谢瞻、谢晦、颜延之等；有儒学名家何承天、臧焘、徐广；有史学家裴松之；等等。刘裕出身寒素，没有多少知识，心理上存在自卑感。如《宋书·郑鲜之传》记："高祖少事戎旅，不经涉学，及为宰相，颇慕风流，时或言论，人皆依违之，不敢难也。鲜之难必切至，未尝宽假，要须高祖辞穷理屈，然后置之。高祖或有时惭恶，变色动容。"④ 为了使自己被士族接纳，刘裕对自身文化素质提高非常重视，如《宋书·刘穆之传》记："高祖书素拙，穆之曰：'此虽小事，然宣彼四远，愿公小复留意。'高祖既不能厝意，又禀分有在，穆之乃曰：'但纵笔为大字，一字径尺，无嫌。大既足有所包，且其势亦美。'高祖从之，一纸不过六七字便满。"⑤ 刘裕也很热心文学，在他的领导参与下，这一集团的文学活动非常频繁。

刘裕集团最引人注意的文学活动是彭城大会。《宋书·王昙首传》记："（高祖欲北伐，昙首）与从弟球俱诣高祖，时谢晦在坐，高祖曰：'此君并膏粱盛德，乃能屈志戎旅。'昙首答曰：'既从神武之师，自使懦夫有立志。'晦曰：'仁者果有勇。'高祖悦。行至

---

① 沈约：《宋书》，中华书局1974年版，第1569～1570页。
② 沈约：《宋书》，中华书局1974年版，第1676页。
③ 沈约：《宋书》，中华书局1974年版，第1699页。
④ 沈约：《宋书》，中华书局1974年版，第1696页。
⑤ 沈约：《宋书》，中华书局1974年版，第1305页。

彭城，高祖大会戏马台，豫坐者皆赋诗，昙首文先成，高祖览读，因问弘曰：'卿弟何如卿？'弘答曰：'若但如民，门户何寄。'高祖大笑。"① 此次活动应当发生在义熙十二年（416）九月至十三年（417）正月之间，与义熙十四年（418）刘裕彭城大会相区别。《南史·谢晦传》记："帝于彭城大会，命纸笔赋诗，晦恐帝有失，起谏帝，即代作曰：'先荡临淄秽，却清河洛尘。华阳有逸骥，桃林无伏轮。'于是群臣并作。"同传本条后又记："刘穆之遣使陈事，晦往往异同，穆之怒曰：'公复有还时不？'及帝欲以晦为从事中郎，穆之坚执不与，故终穆之世不迁。及穆之丧问至，帝哭之甚恸，曰：'丧我贤友。'"② 刘裕北伐期间，刘穆之在京总领机务，"（义熙）十三年，疾笃，诏遣正直黄门郎问疾。十一月卒，时年五十八。高祖在长安，闻问惊恸，哀惋者数日。本欲顿驾关中，经略赵、魏。穆之既卒，京邑任虚，乃驰还彭城"③。可见在义熙十二年（416）刘裕驻扎彭城期间，曾经举行过文学活动，刘裕甚至还要一试身手。此次活动成员除材料中出现的以外，其他现在已经难以考证。

刘穆之病卒后，京师空虚，刘裕恐他人乘虚而入，义熙十四年（418）正月，放弃北伐，转回彭城。驻扎彭城期间，孔季恭辞职还乡。为送别孔季恭，刘裕集团也举行了文学活动。《宋书·孔季恭传》记："高祖北伐，季恭求从，以为太尉军谘祭酒、后将军。从平关、洛。高祖为相国，又随府迁。宋台初建，令书以为尚书令，加散骑常侍，又让不受，乃拜侍中、特进、左光禄大夫。辞事东归，高祖饯之戏马台，百僚咸赋诗以述其美。"④ 谢灵运、谢瞻均参加了这次活动，都创作了《九日从宋公戏马台集送孔令诗》。曹道衡、沈玉成先生《中古文学史料丛考》以为，此次大会参加者中又有王昙首、谢晦、刘义恭等。⑤ 刘义恭不可能参加此次活动并有诗作留下，《宋书·江夏文献王义恭传》记义恭于前废帝永光元年（465）被杀，时年五十三岁，则其生于东晋义熙九年（413）。刘

---

① 沈约：《宋书》，中华书局1974年版，第1678页。
② 并见李延寿《南史》，中华书局1983年版，第522页。
③ 沈约：《宋书》，中华书局1974年版，第1306页。
④ 沈约：《宋书》，中华书局1974年版，第1532页。
⑤ 曹道衡、沈玉成：《中古文学史料丛考》，中华书局2003年版，第249页。

义恭不大可能五岁就能写诗,他的《彭城戏马台集诗》当作于后来他自己出守彭城时,考另见。

在北伐过程中,也有一些文学活动,如《宋书·武帝纪》记:"军次留城,经张良庙,令曰:'夫盛德不泯,义在祀典,微管之叹,抚事弥深。张子房道亚黄中,照邻殆庶,风云玄感,蔚为帝师。大拯横流,夷项定汉,固以参轨伊、望,冠德如仁。若乃神交圯上,道契商洛,显晦之间,窈然难究,源流渊浩,莫测其端矣。涂次旧沛,仵驾留城,灵庙荒残,遗象陈昧,抚迹怀人,慨然永叹。过大梁者或仵想于夷门,游九原者亦流连于随会。可改构榱桷,修饰丹青,蘋蘩行潦,以时致荐。以纾怀古之情,用存不刊之烈。'"① 此文为傅亮所作。张良是辅佐刘邦成就帝业的重要人员,刘裕自认是汉楚元王刘交之后,自然想与汉代皇统建立联系,他礼敬张良的意图非常明显。对于此次文学活动,南齐王俭《七志》记:"宋高祖游张良庙,并命僚佐赋诗,谢瞻所赋,冠于一时。"② 谢瞻与郑鲜之的《经张子房庙诗》保留至今,其他作品惜乎不传。以谢瞻诗歌为例,诗中先颂扬了张良助汉高祖安定天下的功绩,然后云:"神武睦三正,裁成被八荒。明两烛河阴,庆霄薄汾阳。銮旌历颓寝,饰像荐嘉尝。圣心岂徒甄,惟德在无忘。"③ 这几句赞美了刘裕北伐的伟大成就以及不忘先朝旧臣的"圣心",基本已经将刘裕作为比肩尧舜的圣君看待,其诗意《文选》六臣所注甚详,可参看。④

刘裕登基之前,这一集团的其他文学活动如《南史·谢晦传》记:"武帝闻咸阳沦没,欲复北伐,晦谏以士马疲怠,乃止。于是登城北望,慨然不悦,乃命群僚诵诗,晦咏王粲诗曰:'南登霸陵岸,回首望长安。悟彼下泉人,喟然伤心肝。'帝流涕不自胜。"⑤ 此次活动不是进行创作,而是朗诵前人名作,借以述怀,说明刘裕对诗歌的遣情功能有所了解。又如《宋书·王弘传》记:"高祖因宴集,谓群公曰:'我布衣,始望不至此。'傅亮之徒并撰辞欲盛称

---

① 沈约:《宋书》,中华书局1974年版,第41页。
② 何文焕:《历代诗话》,中华书局1984年版,第551页。
③ 逯钦立:《先秦汉魏晋南北朝诗》,第1133页。
④ 李善等:《六臣注文选》,浙江古籍出版社1999年版,第374页。
⑤ 李延寿:《南史》,中华书局1983年版,第522页。

功德。弘率尔对曰：'此所谓天命，求之不可得，推之不可去。'时人称其简举。"① 从"并撰辞，欲盛称功德"可以看出，刘裕集团的文学活动中，歌功颂德的成分在义熙年间就已经明显，初步具备了宫廷文学集团的特征。

刘裕登基之后，这一集团的活动开始偏向于宫廷文化建设。如《宋书·乐志》记："宋武帝永初元年（420）七月，有司奏：'皇朝肇建，庙祀应设雅乐，太常郑鲜之等八十八人各撰立新哥。黄门郎王韶之所撰哥辞七首，并合施用。'诏可。十二月，有司又奏：'依旧正旦设乐，参详属三省改太乐诸哥舞诗。黄门侍郎王韶之立三十二章，合用教试，日近，宜逆诵习。辄申摄施行。'诏可。"② 而群体性文学活动如永初二年（421）的曲水宴会，谢灵运有《三月三日侍宴西池诗》，其中云："详观记牒，鸿荒莫传。降及云鸟，曰圣则天。虞承唐命，周袭商艰。江之永矣，皇心惟眷。矧乃暮春，时物芳衍。滥觞逶迤，周流兰殿。礼备朝容，乐阕夕宴。"③ 顾绍柏认为此诗作于永初二年（421）三月三日曲水之会上，因为诗中明显有颂扬刘裕禅代的意味，其说可从。④ 颜延之此次聚会也有作品问世，其《三月三日诏宴西池诗》云"於赫有皇，升中纳禅"，明显是作于永初中，与谢灵运作在内容上是一致的。此次聚会肯定还有其他文人，当然也有作品问世，现已不可考。

另外，永初三年（422）武帝驾崩，宫廷文人的文学活动也很集中，谢灵运有《武帝诔》，颜延之有《武帝谥议》，其他作家也应当有相关作品问世，惜乎不存。

二　以宋文帝为核心的宫廷文学集团

宋文帝刘义隆早年受到较好的教育，与其父一样重视文学。元嘉二十三年（446），他在诏书中说："吾少览篇籍，颇爱文义。游玄玩采，未能息卷。"⑤ 可见他很早就对文学感兴趣。《隋书·经籍志》记宋文帝有集七卷，根据逯钦立《先秦汉魏晋南北朝诗》，他

---

① 沈约：《宋书》，中华书局1974年版，第1313页。
② 沈约：《宋书》，中华书局1974年版，第541页。
③ 逯钦立辑《先秦汉魏晋南北朝诗》，中华书局1983年版，第1153页。
④ 顾绍柏：《谢灵运集校注》，中州古籍出版社1987年版，第28～29页。
⑤ 沈约：《宋书》，中华书局1974年版，第2341页。

的诗歌现有3首。但他对权力有极强的掌控欲。《宋书·颜竣传》记"元嘉中,上不欲诸王各立朋党"①,因此元嘉时期诸王幕府成员流动性极大,而宫廷文学集团却非常庞大。

文帝继位之前,虽然只是一个藩镇诸侯,但颇得刘裕倚重,他周围也有一些很优秀的人才,如谢弘微、王球、王华、王昙首、羊徽②,人数虽少,却都出身名门,而且长期在他府中任职。即位后,社会上最优秀的人才也被吸引到他的周围。

谢灵运。第一次隐居会稽时期,谢灵运诗名大盛,元嘉三年(426),徐羡之等诛后,文帝起谢灵运为秘书监,并让范泰敦劝其出山。谢灵运入京之后,"寻迁侍中,日夕引见,赏遇甚厚。灵运诗书皆兼独绝,每文竟,手自写之,文帝称为二宝"③。后谢灵运数次被人诬告谋反,文帝多方救济,但权臣义康为树立权威,借口杀死了谢灵运。谢灵运对文帝的创作有直接影响,文帝有《登景阳楼诗》,其风格明显有学谢的特点。

范泰。他是晋宋之际的著名作家,文帝初期,主要活动于京城,其《论沙门踞食表》也是为回答文帝而作。

颜延之。元嘉之初,颜延之被排挤,出守始安,元嘉三年(426),徐羡之等诛后,文帝立即将他召回,《宋书》本传记:"征为中书侍郎,寻转太子中庶子,顷之,领步兵校尉,赏遇甚厚。"④在谢灵运被杀后,颜延之得罪权臣义康,文帝同样多方保护。颜延之免官闲居期间,文帝依然对他的文学才华极为重视,元嘉十七年(440)袁皇后薨,文帝召其作诔。同年,义康败,颜延之复出,从此之后基本没有离开京城,成为当时著名的宫廷文人。

何承天主要以儒学著称,据《宋书》本传,自元嘉十六年(439)后,何承天一直在京城任职,成为当时著名的宫廷作家。《宋书·符瑞志》记:"宋文帝元嘉十八年八月庚午,会稽山阴商世宝获白鸠,眼足并赤,扬州刺史始兴王浚以献。"⑤时任太子率

---

① 沈约:《宋书》,中华书局1974年版,第1959页。
② 他们为宋文帝幕僚事分见《宋书·谢弘微传》《宋书·王球传》《宋书·王华传》《宋书·王昙首传》《宋书·羊欣传》。
③ 沈约:《宋书》,中华书局1974年版,第1772页。
④ 沈约:《宋书》,中华书局1974年版,第1893页。
⑤ 沈约:《宋书》,中华书局1974年版,第848页。

更令的何承天上表及颂。《宋书·五行志》记："宋文帝元嘉十八年秋七月，天有黄光，洞照于地。太子率更令何承天谓之荣光，太平之祥，上表称庆。"①

范晔，元嘉时期著名的史学家、文学家，也是一位音乐家，文帝非常欣赏他的才华，任其为左卫将军、太子詹事，参与机密。《宋书·范晔传》记："（晔）善弹琵琶，能为新声，上欲闻之，屡讽以微旨，晔伪若不晓，终不肯为上弹。上尝宴饮欢适，谓晔曰：'我欲歌，卿可弹。'晔乃奉旨。"②《隋书·经籍志》记其有集十五卷，并撰《后汉书》九十七卷，《后汉书赞论》四卷，《汉书缵》十八卷。

沈演之，字台真，吴兴武康人，据《宋书》本传，沈演之出身将门，却喜爱读书，"读《老子》日百遍，以义理业尚知名"③。《宋书·符瑞志》记："元嘉二十四年七月乙卯，嘉禾旅生华林园及景阳山，园丞梅道念以闻，……中领军吉阳县侯沈演之奏上《嘉禾颂》。"④又记"元嘉二十四年九月，白鸠又见"，中领军沈演之上表及颂。⑤沈演之先在义康府中，尽心于朝廷，义康败后，得文帝重用。

释慧琳，他虽是僧人，却是一位文义之士。他先得庐陵王刘义真赏识，在元嘉年间又极得文帝赏爱。《宋书·颜延之传》记："时沙门释慧琳，以才学为太祖所赏爱，每召见，常升独榻。"⑥《宋书·夷蛮传》记："慧琳者，秦郡秦县人，姓刘氏。少出家，住冶城寺，有才章，兼外内之学，为庐陵王义真所知。尝著《均善论》……太祖见论赏之，元嘉中，遂参权要，朝廷大事，皆与议焉。"⑦《均善论》作于元嘉十一年（434）左右，又《宋书·彭城王义康传》记义康败后，"上又遣沙门释慧琳视之"。⑧显然，元嘉十一年到十七年（434~440），慧琳已经是文帝身边一个重要人物。《隋书·经籍志》记其有集九卷。

---

① 沈约：《宋书》，中华书局1974年版，第990页。
② 沈约：《宋书》，中华书局1974年版，第1820页。
③ 沈约：《宋书》，中华书局1974年版，第1685页。
④ 沈约：《宋书》，中华书局1974年版，第829~831页。
⑤ 沈约：《宋书》，中华书局1974年版，第849页。
⑥ 沈约：《宋书》，中华书局1974年版，第1902页。
⑦ 沈约：《宋书》，中华书局1974年版，第2388~2391页。
⑧ 沈约：《宋书》，中华书局1974年版，第1792页。

王僧绰，琅邪临沂人，王昙首子。《宋书》本传记其"幼有大成之度，弱年众以国器许之。好学有理思，练悉朝典。年十三，太祖引见，下拜便流涕哽咽，上亦悲不自胜。袭封豫宁县侯，尚太祖长女东阳献公主"①。元嘉二十八年（451），迁侍中，参与机密，为文帝亲信大臣，后为刘劭所杀。《隋书·经籍志》记其有集一卷。

袁淑，字阳源，袁豹子，元嘉时期著名文学家。《宋书》本传记其"不为章句之学，而博涉多通，好属文，辞采遒艳，纵横有才辩"。又记"元嘉二十六年，迁尚书吏部郎。其秋，大举北伐，淑侍坐从容曰：'今当鸣銮中岳，席卷赵、魏，检玉岱宗，今其时也。臣逢千载之会，愿上《封禅书》一篇'"②。是当时著名宫廷作家，后为刘劭所杀。《隋书·经籍志》记其有集十一卷。

裴松之，《宋书》本传记他奉文帝之命注《三国志》，书成，文帝称之为"不朽"之作。又继何承天编纂国史，对元嘉时期文化发展做出了巨大贡献。

何尚之，《宋书》本传记："尚之雅好文义，从容赏会，甚为太祖所知。"③ 尚之有《列叙元嘉赞扬佛教事》一文，记载了元嘉时期文帝与何尚之关于佛教的一次谈话。可见，文帝对何尚之是比较重视的。《隋书·经籍志》记其有集十卷。

徐爰，字长玉，南琅邪开阳人，是出身寒门的才学之士。《宋书·恩幸·徐爰传》记："太祖初，又见亲任，历治吏劳，遂至殿中侍御史。……太祖每出军行师，常悬授兵略。"④ 《隋书·经籍志》记其有集六卷（梁时十卷），并有《系辞注》二卷，《礼记音》二卷，《宋书》六十五卷，又合《皇览》五十卷。

还有一些青年作家，在元嘉宫廷中也崭露头角，代表人物是谢庄。谢庄，字希逸，陈郡阳夏人，谢弘微子。《宋书》本传记其："年七岁，能属文，通《论语》。及长，韶令美容仪，太祖见而异之，谓尚书仆射殷景仁、领军将军刘湛曰：'蓝田出玉，岂虚也哉。'"⑤ 据《宋书》本传，元嘉二十九年（452），谢庄除太子中庶

---

① 沈约：《宋书》，中华书局1974年版，第1850页。
② 沈约：《宋书》，中华书局1974年版，第1835～1836页。
③ 沈约：《宋书》，中华书局1974年版，第1733页。
④ 沈约：《宋书》，中华书局1974年版，第2306～2307页。
⑤ 沈约：《宋书》，中华书局1974年版，第2167页。

子,在一次宫廷文学活动中,其所作《赤鹦鹉赋应诏》,为袁淑所赏叹。

以文帝为核心的宫廷文学集团的文学活动也非常频繁。

元嘉初年,社会处于发展之中,宫体文学活动不多,但也值得注意。如《高僧传·宋京师道场寺释慧观》记:"元嘉初三月上巳,车驾临曲水谦会,命观与朝士赋诗。观即坐先献,文旨清婉,事适当时。"① 这一材料记述了元嘉初年一次宫廷文学活动,产生的文学作品现在已经难以考察,但它记载了佛教徒参与宫廷文学活动的事实。又如《南史·颜延之传》记:"延之与陈郡谢灵运俱以辞采齐名,而迟速县绝。文帝尝各敕拟《乐府北上篇》,延之受诏便成,灵运久之乃就。"② 此次活动时间难以确定,但据此可以看出,谢灵运、颜延之才性有别,也说明二人均得文帝赏识,君臣之间存在文学上的交流。

元嘉十年之后,社会得到了较大发展,宫廷文学集团的活动比较频繁。如元嘉十一年,江夏王刘义恭、衡阳王刘义季出藩,据颜延之《应诏谦曲水作诗》题下注引《宋略》记:"文帝元嘉十一年三月丙申,禊饮于乐游苑。且祖道江夏王义恭、衡阳王义季。有诏会者赋诗。"③ 颜延之《三月三日曲水诗序》备叙其事:"加以二王于迈,出饯戒告,有诏掌故,爰命司历。献洛饮之礼,具上巳之仪。南除輦道,北清禁林。……方且排凤阙以高游,开爵园而广宴,并命在位,展诗发志,则夫诵美有章,陈言无愧者欤。"④ 此次活动除颜延之有一诗一文保留之外,其他作品均已散失。又如元嘉十八年(441),在文帝的参与下,也有文学活动,颜延之《赭白马赋》序云:"乃有乘舆赭白,……服御顺志,驰骤合度。齿历虽衰,而艺美不忒。袭养兼年,恩隐周渥。岁老气殚,毙于内栈。……有恻上仁,乃诏陪侍,奉述中旨。末臣庸弊,敢同上赋。"此赋据文中"惟宋二十有二载"看,当作于元嘉十八年(441),是文帝诏群臣所作赋中一篇,其他作品无考。又如元嘉二十二年(445),皇太子释奠国子学,《宋书·礼志》(一)记:"元嘉二十二年,太

---

① 释慧皎:《高僧传》,中华书局1992年版,第264~265页。
② 李延寿:《南史》,中华书局1983年版,第881页。
③ 逯钦立:《先秦汉魏晋南北朝诗》,中华书局1983年版,第1225页。
④ 严可均:《全上古三代秦汉三国六朝文》,中华书局1958年版,第2640页。

子释奠,采晋故事,官有其注。祭毕,太祖亲临学宴会,太子以下悉豫。"①《礼志》(四)亦云:"宋文帝元嘉二十二年四月,皇太子讲《孝经》通,释奠国子学,如晋故事。"② 皇太子释奠是当时社会中的大事,宫廷作家借此机会颂扬皇权,展示才华,产生了很多作品,现存如颜延之《皇太子释奠会作诗》(题下注云:"《宋略》曰:文帝元嘉二十年三月,皇太子劭释奠于国学。"③《宋略》所记时间当有误或后来字有所脱)、王僧达《释奠诗》、何承天《释奠颂》等。又如《宋书·谢庄传》记:"二十九年,除太子中庶子。时南平王铄献赤鹦鹉,普诏群臣为赋。太子左卫率袁淑文冠当时,作赋毕,赍以示庄,庄赋亦竟,淑见而叹曰:'江东无我,卿当独秀。我若无卿,亦一时之杰也。'遂隐其赋。"④ 袁淑赋现已佚失,其他作家作品亦难考,唯有谢庄的作品保存下来。

  还有一些文学活动,仅能大致确定其时间。如文帝、颜延之、江夏王义恭均有《登景阳楼诗》,应当是同时同题之作。《景定建康志》卷二十一"景阳楼"条记:"今法华寺西南精锐中军寨内,遗址尚存,里俗称为景阳台。""考证"曰:"《舆地志》宋元嘉二十二年广华林园,筑景阳山,始造景阳楼。"⑤《宋书·何尚之传》记:"(元嘉)二十二年,迁尚书右仆射,加散骑常侍。是岁造玄武湖,上欲于湖中立方丈、蓬莱、瀛州三神山,尚之固谏乃止。时又造华林园,并盛暑役工人,尚之又谏,宜加休息,上不许。"⑥ 但《宋书·文帝纪》元嘉二十三年(446)记:"是岁,大有年。筑北堤,立玄武湖,筑景阳山于华林园。"⑦《宋书·张永传》记:"二十三年,造华林园、玄武湖,并使永监统。"⑧ 可见玄武湖与华林园开工于元嘉二十二年(445),二十三年(446)可能完工。文帝与颜延之、义恭之作当作于二十三年(446)之后。文帝诗云:"崇堂临万雉,层楼跨九成。……蔓藻媛绿叶,芳兰媚紫茎。""士

---

① 沈约:《宋书》,中华书局1974年版,第367~368页。
② 沈约:《宋书》,中华书局1974年版,第485页。
③ 逯钦立:《先秦汉魏晋南北朝诗》,中华书局1983年版,第1226页。
④ 沈约:《宋书》,中华书局1974年版,第2167~2168页。
⑤ 《景定建康志》卷二十一,文渊阁四库全书本。
⑥ 沈约:《宋书》,中华书局1974年版,第1734页。
⑦ 沈约:《宋书》,中华书局1974年版,第94页。
⑧ 沈约:《宋书》,中华书局1974年版,第1511页。

女眩街里,轩冕曜都城。"显然写春天于高楼上所见之景。颜延之诗云:"观风要春景,月榭迎秋光。沿波被华若,随山茂贞芳。"义恭诗云:"弱蕊布遐馥,轻叶振远芳。""通川溢轻舻,长街盈方箱。"他们的诗歌反映出的时令、内容一致,故可以确定是同时所作。而且此次登楼活动时间应该在元嘉二十四年(447)或二十五年(448),因为二十六年(449)春,文帝巡行丹徒,五月返京,二十七年(450)军兴,二十八年(451)春军罢,二十九年(452)社会尚未从战争之后恢复,不可能出现"士女眩街里,轩冕曜都城""通川溢轻舻,长街盈方箱"景象。因此定于作于元嘉二十四年(447)或二十五年(448)是合适的。

另外,在宫廷文学集团成员之间,也有文学活动。如颜延之《白鹦鹉赋》序云:"余具职崇贤,预观神秘,有白鹦鹉焉,被素履玄,性温言达,九译绝区,作瑞天府,同事多士,咸奇思赋。"《宋书·符瑞志》记:"元嘉二十四年十月甲午,扬州刺史始兴王浚献白鹦鹉。"① 而颜延之此时当在国子祭酒任上,故云"具职崇贤"。从此序中可以看出,始兴王浚献白鹦鹉后,宫廷中的作家曾进行过文学活动,现存的作品仅有颜延之之赋。

宋文帝执政时期是南朝文学发展的黄金阶段,元嘉文风的形成与之关系密切。一方面,文帝对文坛的推动之功不容忽视,他将社会上最优秀的文人汇集到自己周围,组织、参与文学活动,逐渐将展现帝王治下社会的和谐优美、颂扬君王的文治武功作为新的文学内涵渗透到社会文学思潮之中,并由此建立了自己认可的文学话语内涵,使这一时期的文学充满了浓郁的宫廷气息。元嘉诗坛对外物细腻描写的写作习惯与范式,虽然是谢灵运所创,但真正能将其推及整个诗坛的,却是具有文化核心地位与文化扩散能力的宫廷,因为此时之宫廷正是社会话语权的集中体现者。文帝对文学的热爱,在一定程度上鼓舞了当时文坛。纵观文帝时期的应制诗歌,作品数量多,而且成就高,如颜延之有《应诏观北湖田收诗》《车驾幸京口侍游蒜山作诗》《车驾幸京口三月三日侍游曲阿后湖作诗》《拜陵庙作诗》,范晔有《乐游应诏诗》等,均为《文选》收录。因此,元嘉时期的应制诗歌具有一定的典范意味,文帝掌控话语权的

---

① 沈约:《宋书》,中华书局1974年版,第872页。

文学实践无疑是成功的。

三 以孝武帝为核心的宫廷文学集团

孝武帝在文帝诸子中最富文学才华,《宋书·鲍照传》曾记:"世祖以照为中书舍人。上好为文章,自谓物莫能及。"① 无论这句话的真实性如何,都说明孝武帝精通文学。据《隋书·经籍志》,孝武帝有集二十五卷(梁时三十一卷),现存诗歌二十六首,赋两篇、颂两篇、赞五篇、铭一篇。在《诗品》中被列入下品,钟嵘称其诗"雕文织彩,过为精密"②。

孝武帝文学集团的主要成员可以分为两部分:一部分是孝武帝为藩王时的幕府成员,另一部分是文帝时期遗留下来的宫廷文人。其幕府成员主要有:张畅,曾任刘骏安北将军长史③;王僧达,元嘉三十年曾任刘骏长史④;颜师伯,曾任刘骏安北行参军、南中郎府参军事、主簿⑤;等等。在孝武帝的幕僚中颜竣特别重要。颜竣,字士逊,颜延之子,《隋书·经籍志》记其有集十四卷。《宋书》本传记:"初为太学博士,太子舍人,出为世祖抚军主簿,甚被爱遇,竣亦尽心补益。……遂随府转安北、镇军、北中郎府主簿。……世祖镇寻阳,迁南中郎记室参军。三十年春,以父延之致仕,固求解职,不许。赐假未发,而太祖崩问至,世祖举兵入讨。转谘议参军,领录事,任总外内,并造檄书。世祖发寻阳,便有疾,领录事自沈庆之以下,并不堪相见,唯竣出入卧内,断决军机。时世祖屡经危笃,不任咨稟,凡厥众事,竣皆专断施行。"⑥

孝武帝即位之后的宫廷文人主要有:

颜延之。颜延之卒于孝建三年(456),孝武即位时已经处于晚年,但孝武帝对他还是非常重视,在抚恤袁淑一事中,颜延之起草了两份诏书。又《南史·谢庄传》记孝武帝问延之谢庄《月赋》事,可见在文学上非常推崇颜延之。

---

① 沈约:《宋书》,中华书局1974年版,第1480页。
② 钟嵘著,陈延杰注《诗品注》,人民文学出版社1961年版,第63页。
③ 沈约:《宋书》,中华书局1974年版,第1599页。
④ 沈约:《宋书》,中华书局1974年版,第1952页。
⑤ 沈约:《宋书》,中华书局1974年版,第1992页。
⑥ 沈约:《宋书》,中华书局1974年版,第1959~1960页。

谢庄。谢庄是孝武帝时期宫廷文人的代表，《隋书·经籍志》记其有集十九卷。他在孝武登基之后基本在朝任职，参与了众多宫廷文学活动。不仅是朝廷重臣，也是当时最负盛名的作家。

沈怀文，字思明，吴兴武康人，《隋书·经籍志》记其有集十二卷（梁时十六卷），并有《随王入沔记》四卷。《宋书》本传记其"少好玄理，善为文章，尝为楚昭王二妃诗，见称于世"①。孝武大明中任侍中，得孝武宠信，因直言得罪孝武，被杀。

鲍照，字明远，东海人，他是元嘉时期最著名的作家之一。《隋书·经籍志》记其有集十卷。元嘉年间，鲍照一直混迹于诸王幕府中，而孝武帝因为赏识他的文学才能而将其吸收到自己周围，虞炎《鲍照集序》记："孝武初，除海虞令，迁太学博士，兼中书舍人。"②但《宋书》记"照悟其旨（孝武帝好为文章，自谓物莫能及），为文多鄙言累句"③。事实并非如此，鲍照集中有《夜听妓二首》《咏史诗》《咏秋诗》《秋夜诗二首》；孝武帝也有《夜听妓诗》《咏史诗》《咏秋诗》《秋夜诗》。现在虽然找不到证据说明这些诗歌是同题同时之作，却也值得注意，而且鲍照诗歌中也存在应孝武帝诏作品，如《侍宴覆舟山诗二首》，题下注曰"敕为柳元景作"，钱仲联以为此诗是鲍照元嘉三十年（453）秋，奉孝武之命为柳元景作。④

江智渊，《隋书·经籍志》记其有集九卷。《宋书》本传记："智渊爱好文雅，词采清赡，世祖深相知待，恩礼冠朝。上燕私甚数，多命群臣五三人游集，智渊常为其首。"⑤

何偃，字仲弘，何尚之子，是孝武帝时期著名宫廷作家，《隋书·经籍志》记其有集十九卷，并有《毛诗释》一卷。《宋书》本传记："元凶弑立，以偃为侍中，掌诏诰。……会世祖即位，任遇无改，……亲遇隆密，有加旧臣。……侍中颜竣至是始贵，与偃俱在门下，以文义赏会，相得甚欢。"⑥

---

① 沈约：《宋书》，中华书局1974年版，第2102页。
② 严可均：《全上古三代秦汉三国六朝文》，中华书局1958年版，第2929页。
③ 沈约：《宋书》，中华书局1974年版，第1480页。
④ 见钱仲联《鲍参军集注》，上海古籍出版社1980年版，第255~256页。
⑤ 沈约：《宋书》，中华书局1974年版，第1609~1610页。
⑥ 沈约：《宋书》，中华书局1974年版，第1608页。

第二章　论元嘉文学集团

苏宝生，是孝武时期出身寒门的作家，《隋书·经籍志》记其有集四卷，传附《宋书·王僧达传》后，记其："苏宝者，名宝生，本寒门，有文义之美。元嘉中立国子学，为《毛诗》助教，为太祖所知，官至南台侍御史，江宁令。"又《宋书·恩幸传·戴明宝传》记武陵国典书令董元嗣被刘劭所杀，"世祖事克，追赠员外散骑侍郎，使文士苏宝生为之诔焉"①。

徐爰，《宋书·恩幸传·徐爰传》记："时世祖将即大位，军府造次，不晓朝章，爰素谙其事，既至，莫不喜说，以兼太常丞，撰立仪注。"徐爰还是当时著名的史学家，本传记："先是元嘉中，使著作郎何承天草创国史，世祖初，又使奉朝请山谦之、南台御史苏宝生踵成之。（大明）六年，又以爰领著作郎，使终其业。爰虽因前作，而专为一家之书。"②

值得一提的是，孝武帝猜忌诸王，重用寒素，导致宫廷作家中寒族文人比例开始上升，给逐渐走向极端的元嘉文风留下了再次转移的契机。这些寒族作家的代表是鲍照、苏宝生、汤惠休、徐爰、戴法兴等人，他们的文学成就很高，鲍照是元嘉三大家之一，苏宝生、戴法兴、汤惠休则位列《诗品》下品。在宫廷背景下，他们的文学创作要向孝武帝的话语体系靠近，但宫廷也给他们机会与当时文坛核心人物颜延之、谢庄等人交流、学习，从而提高他们的文学素养。然而在私人创作语境中，他们则拥有相对自由的创作空间。较之士族，这些寒族作家受儒家雅正文学观念影响小，容易接受新的文学因素，他们的文学创作也因而与主流文风略异。鲍照与汤惠休诗歌造语新奇，感情表达较之士族作家更加自由，大胆运用歌行体、吴歌西曲等乐府体制，在当时文坛独树一帜。在宫廷，这些寒族作家的创作必须服从孝武帝的话语权，但他们同时也是孝武帝控制朝臣政治手段的组成部分，代表了皇权的威压。所以在与外界的交往中，这种身份，则有利于他们扩展自己的文学影响。

以孝武帝为核心的宫廷文学活动较多。如孝建三年（456），他曾与臣下有联句活动，其《华林都亭曲水联句效柏梁台诗》云："九宫盛事予矜纩（帝）。三辅务根诚难亮（扬州刺史江夏王义恭）。

---

① 沈约：《宋书》，中华书局 1974 年版，第 1958、2306 页。
② 沈约：《宋书·恩幸传·徐爰传》，中华书局 1974 年版，第 2307、2308 页。

策拙枌乡惭恩望（南徐州刺史竟陵王诞）。折冲莫效兴民谤（领军将军元景）。侍禁卫储恩逾量（太子右率畅）。臣谬叨宠九流旷（吏部尚书庄）。喉唇废职方思让（侍中偃）。明笔直绳天威谅（御史中丞颜师伯）。"① 据《宋书·孝武帝纪》，义恭任扬州刺史时间在孝建二年（455）十月至三年（456）秋七月；竟陵王刘诞任南徐州刺史是从孝建二年（455）十月开始；颜师伯任御史中丞据《宋书·颜师伯传》在臧质反之前，即孝建二年（455）之前。综合上述材料，此诗作于孝建三年（456）三月三日。又据《宋书·谢庄传》记："时河南献舞马，诏群臣为赋……又使庄作《舞马歌》，令乐府歌之。"②《宋书·孝武帝纪》记大明三年（459）十一月"西域献舞马"③，此次活动中其他作家的作品均已散失，唯谢庄的《舞马赋应诏》得以保留。大明五年，宫廷文学活动较多，可考者如《宋书·鲜卑吐谷浑传》所记："世祖大明五年，拾寅遣使献善舞马，四角羊。皇太子、王公以下上《舞马歌》者二十七首。"④ 此次活动参加者不可考，作品亦无保留。又如《宋书·符瑞志》记："大明五年正月戊午元日，花雪降殿庭。时右卫将军谢庄下殿，雪集衣，还白，上以为瑞。于是公卿并作花雪诗。"⑤ 谢庄有《和元日雪花应诏诗》一诗传世，其他作品现已佚失。大明六年（462）孝武帝宠妃宣贵妃去世，宫廷作家包括孝武帝本人都作文哀悼，主要有孝武帝《伤宣贵妃拟汉武帝李夫人赋》、谢庄有《宋孝武宣贵妃诔》《殷贵妃谥策文》、殷琰有《宣贵妃诔》、丘灵鞠有《挽歌诗三首》⑥、谢超宗作《殷淑仪诔》⑦ 等。

孝武帝宫廷文学集团中还有一些文学活动时间难以确定，如

---

① 逯钦立：《先秦汉魏晋南北朝诗》，中华书局1983年版，第1224页。
② 沈约：《宋书》，中华书局1974年版，第2175～2176页。
③ 沈约：《宋书》，中华书局1974年版，第125页。
④ 沈约：《宋书》，中华书局1974年版，第2373页。
⑤ 沈约：《宋书》，中华书局1974年版，第873页。
⑥ 《南齐书·文学传》："灵鞠少好学，善属文。……宋孝武殷贵妃亡，灵鞠献挽歌诗三首，云'云横广阶暗，霜深高殿寒'。帝摘句嗟赏。"见《南齐书》，中华书局1987年版，第889页。
⑦ 《南齐书·谢超宗传》记："新安王子鸾，孝武帝宠子，超宗以选补王国常侍。王母殷淑仪卒，超宗作诔奏之，帝大嗟赏。曰：'超宗殊有凤毛，恐灵运复出。'"见《南齐书》，中华书局1987年版，第635页。

《宋书·沈庆之传》记："上（孝武帝）尝欢饮，普令群臣赋诗，庆之手不知书，眼不识字，上逼令作诗，庆之曰：'臣不知书，请口授师伯。'上即令颜师伯执笔，庆之口授之曰：'微命值多幸，得逢时运昌。朽老筋力尽，徒步还南岗。辞荣此圣世，何愧张子房。'上甚悦，众坐称其辞意之美。"[1] 沈庆之虽不是文人，却能作出这样的诗，说明了当时社会对文学已经普遍较为热衷，也说明了孝武帝非常热衷于此类宫廷文学活动。

需要指出，始平王子鸾集团实际是孝武帝宫廷文人集团的外延。子鸾，字孝羽，孝武帝第八子。孝建三年（456）生，《宋书》本传记："大明四年，年五岁，封襄阳王，食邑二千户。仍为东中郎将、吴郡太守。其年，改封新安王，户邑如先。五年，迁北中郎将、南徐州刺史，领南琅邪太守。母殷淑仪，宠倾后宫，子鸾爱冠诸子，凡为上所盼遇者，莫不入子鸾之府、国。"[2] 因此在子鸾周围也有一些著名文人。同时顾琛、萧道成、张岱、何戢、王僧虔、谢超宗、到㧑、张融、丘灵鞠、江淹等永明作家也被引入，所以由于子鸾集团的存在，元嘉文学与永明文学之间的联系得以加强。但在子鸾集团中，缺少可考察的文学活动，故本书不对其进行考察。

第二节　元嘉诸王文学集团及其活动

根据有无可考察的文学活动或文学作品这一标准，笔者认为始兴王刘浚集团、江夏王刘义恭集团、临川王刘义庆集团、彭城王刘义康集团具有文学集团的特征，笔者拟对这几个幕府进行考察。

一　始兴王刘浚集团

刘浚，字休明，在文帝诸子中地位颇高，《宋书·二凶传·刘浚传》记："浚少好文籍，姿质端妍。母潘淑妃有盛宠。时六宫无主，潘专总内政。浚人才既美，母又至爱，太祖甚留心。建平王宏、侍中王僧绰、中书侍郎蔡兴宗并以文义往复。"[3] 但在元嘉三

---

[1] 沈约：《宋书》，中华书局1974年版，第2003页。
[2] 沈约：《宋书》，中华书局1974年版，第2063页。
[3] 沈约：《宋书》，中华书局1974年版，第2436页。

十年（453），他依附太子，弑文帝，最后被孝武帝诛杀。在元嘉时期始兴王幕府非常值得注意，因为元嘉时期的才俊人物大多与这一集团有联系，如范晔，《宋书》本传记其"为始兴王浚后军长史，领南下邳太守。及浚为扬州，未亲政事，悉以委晔"①。袁淑，曾"出为始兴王征北长史、南东海太守"②。王僧绰，曾任始兴王文学。③ 颜延之，《宋书》本传记："刘湛诛，起延之为始兴王浚后军谘议参军，御史中丞。"④ 王僧达，《宋书》本传记："年未二十，以为始兴王浚后军参军。"⑤ 谢庄，《宋书》本传记："初为始兴王浚后军法曹行参军，转太子舍人。"⑥ 鲍照，南齐虞羲《鲍照集序》记："宋临川王爱其才，以为国侍郎。王薨，始兴王浚又引为侍郎。"⑦ 沈璞，字道真，吴兴武康人，《宋书·自序》记："元嘉十七年，始兴王浚为扬州刺史，宠爱殊异，以为主簿。……（元嘉）二十二年，范晔坐事诛，于时浚虽曰亲览，州事一以付璞。"⑧

刘浚比较爱好文学，与幕中文人的文学交往较多。如《宋书·自序》记："璞尝作《旧宫赋》，久而未毕，浚与璞疏曰：'卿常有速藻，《旧宫》何其淹耶，想行就耳。'璞因事陈答，辞义可观。浚重教曰：'卿沈思淹日，向聊相敦问，还白斐然，遂兼纸翰。昔曹植有言，下笔成章，良谓逸才赡藻，夸其辞说，以今况之，方知其信。执省踟蹰，三复不已。吾远惭楚元，门盈申、白之宾，近愧梁孝，庭列枚、马之客，欣怃交至，谅唯深矣。薄因末牍，以代一面。'又与主簿顾迈、孔道存书曰：'沈璞淹思逾岁，卿研虑数句，瑰丽之美，信同在昔。向聊问之，而远答累翰，辞藻艳逸，致慰良多。……复裁少字，宣志于璞，聊因尺纸，使卿等具知厥心。'"⑨ 又如鲍照集中亦有《蒜山被始兴王命作诗》《代白纻舞歌词四首》。后者是奉始兴王之命作，鲍照《奉始兴王白纻舞曲启》云："侍郎

---

① 沈约：《宋书》，中华书局1974年版，第1820页。
② 沈约：《宋书》，中华书局1974年版，第1836页。
③ 沈约：《宋书》，中华书局1974年版，第1850页。
④ 沈约：《宋书》，中华书局1974年版，第1902页。
⑤ 沈约：《宋书》，中华书局1974年版，第1951页。
⑥ 沈约：《宋书》，中华书局1974年版，第2167页。
⑦ 严可均：《全上古三代秦汉三国六朝文》，中华书局1958年版，第2929页。
⑧ 沈约：《宋书》，中华书局1974年版，第2461页。
⑨ 沈约：《宋书》，中华书局1974年版，第2461~2462页。

臣鲍照启：被教作《白纻舞歌辞》，谨竭庸陋，裁为四曲，附启上呈。识方�悴，思途狠局。言既无雅，声未能文，不足以宣赞圣旨，抽拔妙实。谨遣简余，惭随悚盈。谨启。"① 所作诗歌亦存。又如《宋书·王微传》记："微既为始兴王浚府吏，浚数相存慰，微奉答笺书，辄饰以辞采。微为文古甚，颇抑扬，袁淑见之，谓为诉屈。"② 说明刘浚与王微之间书信往来较为频繁，这些书信当时在社会上应当有流传。

二 江夏王刘义恭集团

刘义恭，《宋书》本传记其"幼而明颖，姿颜美丽，高祖特所钟爱，诸子莫及也。饮食寝卧，常不离于侧。高祖为性俭约，诸子食不过五盏盘，而义恭爱宠异常，求须果食，日中无算，得未尝啖，悉以乞与傍人。庐陵诸王未尝敢求，求亦不得"。而且义恭本人爱好文学，本传记"义恭涉猎文义"，③《隋书·经籍志》记其有集十一卷。在刘宋诸王之中，义恭与临川王刘义庆、建平王刘铄最具有文人气质，因此在义恭周围也汇集了大量文人。义恭幕下主要文人有：王僧达，曾任江夏王义恭太傅长史，又徙太宰长史。④ 谢庄，曾任"江夏王义恭太宰长史"⑤。萧道成，字绍伯，南兰陵人，《隋书·经籍志》记其有集一卷。《南齐书·高帝纪》记："孝建初，除江夏王大司马参军，随府转太宰，迁员外郎、直阁中书舍人，西阳王抚军参军，建康令。"⑥ 丘巨源，兰陵人。《南齐书·文学传》有传，记："巨源少举丹阳郡孝廉，为宋孝武所知。大明五年，敕助徐爰撰国史。帝崩，江夏王义恭取为掌书记。"⑦《隋书·经籍志》记其有集十卷。

江夏王刘义恭在元嘉诸王中最为长寿，以他为核心的文学集团是元嘉中、后期文学必要的连接。而且刘义恭也是元嘉年间重要的

---

① 本书所涉及鲍照文基本依据钱仲联《鲍参军集注》，上海古籍出版社1980年版。
② 沈约：《宋书·王微传》，中华书局1974年版，第1666页。
③ 并见沈约《宋书》，中华书局1974年版，第1640页。
④ 沈约：《宋书》，中华书局1974年版，第1957页。
⑤ 沈约：《宋书》，中华书局1974年版，第2176页。
⑥ 萧子显：《南齐书》，中华书局1987年版，第4页。
⑦ 萧子显：《南齐书》，中华书局1987年版，第894页。

宫廷作家，元嘉十七年（440）义康败后，义恭入朝任职。义恭鉴于义康之失，在朝多逢迎之举，歌功颂德之作较多，如《宋书·符瑞志》记元嘉二十四年（447）七月，嘉禾旅生华林园以及景阳山，义恭上表及颂。① 又如《宋书》义恭本传记："时世祖严暴，义恭虑不见容，乃卑辞曲意，尽礼祗奉，且便辩善附会，俯仰承接，皆有容仪。每有符瑞，辄献上赋颂，陈咏美德。大明元年，有三脊茅生石头西岸，累表劝封禅，上大悦。"② 所以刘义恭集团具有宫廷文学集团外延的特征，也起到联系元嘉、永明两个文学阶段的作用。

江夏王刘义恭集团中的文学活动，可以从义恭本人的作品中看出一些线索，如义恭有《丹徒宫集序》③。丹徒宫在京口，是刘裕之旧宫。京口是南徐州刺史驻地，《宋书》义恭传记义恭任南徐州刺史在元嘉二十九年（452）冬至孝建二年（455）冬。此诗所反映的文学集会当发生于这段时间。义恭又有《彭城戏马台集诗》，此诗当作于义恭在彭城时。据《宋书》义恭本传元嘉三年（426）义恭曾任徐州刺史，但未行。元嘉二十七年（450），义恭出镇彭城，次年军事活动大起，故而此次集诗活动是在义恭初至彭城、时局安定时期。这两次集诗活动具体的参加者除义恭外，难以考察，作品鲜有流传。

三　临川王刘义庆集团

刘义庆，长沙王刘道怜之子。临川王刘道规无子，义庆过继给道规，并嗣位。在刘宋宗室诸子中，义庆为其中才俊，刘裕对他偏爱有加，《宋书·临川武烈王道规传·刘义庆传》记："义庆幼为高祖所知，常曰：'此我家丰城也。'年十三，袭封南郡公。除给事，不拜。义熙十二年，从伐长安，还拜辅国将军、北青州刺史，未之任，徙督豫州诸军事、豫州刺史，复督淮北诸军事，豫州刺史、将军并如故。永初元年，袭封临川王。"④ 在诸王之中，义庆最热心文学文化事业，义庆本传记："在（荆）州八年，为西土所

---

① 沈约：《宋书》，中华书局1974年版，第829页。
② 沈约：《宋书》，中华书局1974年版，第1650页。
③ 逯钦立《先秦汉魏晋南北朝诗》题为《丹徒宫集诗》，内容实际相同。
④ 沈约：《宋书》，中华书局1974年版，第1475页。

第二章　论元嘉文学集团

安。撰《徐州先贤传》十卷,奏上之。又拟班固《典引》为《典叙》,以述皇代之美。……为性简素,寡嗜欲,爱好文义,才词虽不多,然足为宗室之表。……招聚文学之士,近远必至。太尉袁淑,文冠当时,义庆在江州,请为卫军谘议参军,其余吴郡陆展、东海何长瑜、鲍照等,并为辞章之美,引为佐史国臣。太祖与义庆书,常加意斟酌。"① 这一集团是元嘉时期最著名的文人团体,也最为今人注意,曹道衡、沈玉成先生考订义庆幕下文士有:张畅、何偃、鲍照、袁淑、萧思话、盛弘之、何长瑜、陆展。② 除此之外,还有一些应当补充。

申恬,字公休,魏郡魏人。《宋书》本传记:"曾祖钟,为石虎司徒。高祖平广固,恬父宣、宣从父兄永皆得归国,并以干用见知。"可见恬亦是士族中人,本传又记:"临川王义庆镇江陵,为平西中兵参军、河东太守。"③ 又如释慧观,《宋书·王僧达传》记僧达"性好鹰犬,与闾里少年相驰逐,又躬自屠牛。义庆闻如此,令周旋沙门慧观造而观之,僧达陈书满席,与论文义,慧观酬答不暇,深相称美"④。

临川王刘义庆幕府之所以被后人重视,主要在于这一集团进行了大量文学文化活动。《隋书·经籍志》记刘义庆著述除有《临川王义庆集》八卷外,还有《徐州先贤传赞》九卷、《江左名士传》一卷、《宣验记》十三卷、《幽明录》二十卷、《世说》八卷、《集林》一百八十一卷,合计共二百四十卷,另有《典叙》一书,可能在隋代已经散失。如此众多的著述凭一人之力显然无法完成,必有幕僚参与。

刘义庆文学才华一般,幕下文人却多有文学才华。在这一集团中,文学活动应该比较丰富,然而现在却难以考证。略可知者如鲍照《野鹅赋》序云:"有献野鹅于临川王,世子慜其樊挚,命为之赋。"在刘宋诸王中,刘义庆非皇帝亲子,因此其政治地位不如始兴王刘濬、江夏王刘义恭、彭城王刘义康。因此,临川王幕府成员

---

① 沈约:《宋书》,中华书局1974年版,第1477页。
② 曹道衡、沈玉成:《中古文学史料丛考》,中华书局2003年版,第325~326页。
③ 沈约:《宋书》,中华书局1974年版,第1723页。
④ 沈约:《宋书》,中华书局1974年版,第1951页。

数量较上述三个幕府少。① 但由于刘义庆重视文学,这一集团的成就最为突出。

四 彭城王刘义康集团

在元嘉时期还有彭城王刘义康集团值得注意,它的特殊之处在于:前面提到的文学集团,均存在以府主为核心的文学活动,但刘义康对文学并不热心,政治上却极有地位。虽然也吸引了大量文人,但这个集团缺乏府主与幕下文人的文学交往,集团中的文学交流主要存在于成员之间,对当时文学发展也有贡献。

元嘉十年(433)以后,文帝身体状况不好,义康逐渐成为执政人物,《宋书·彭城王义康传》记:"义康性好吏职,锐意文案,纠剔是非,莫不精尽。既专总朝权,事决自己,生杀大事,以录命断之。凡所陈奏,入无不可,方伯以下,并委义康授用。由是朝野辐凑,势倾天下。"② 义康本无学术,不热心文学,所以义康集团规模虽然巨大,文学性却较为淡薄。其中著名文士有:

范晔,曾任彭城王义康冠军参军。③ 范广渊、王深,《宋书·范晔传》记:"元嘉元年冬,彭城太妃薨,将葬,祖夕,僚故并集东府。晔弟广渊,时为司徒祭酒,其日在直。晔与司徒左西属王深宿广渊许,夜中酣饮,开北牖听挽歌为乐。"④ 谢综,谢述子,"有才艺,善隶书"⑤。《宋书·范晔传》记:"(谢)综为义康大将军记室参军。"⑥ 谢惠连,谢方明子,元嘉著名文学家,《隋书·经籍志》记其有集六卷。"元嘉七年,(惠连)方为司徒彭城王义康法曹参军。是时义康治东府城,城堑中得古冢,为之改葬,使惠连为祭文,留信待成,其文甚美。又为《雪赋》,亦以高丽见奇。文章并传于世。"⑦ 袁淑,曾任彭城王义康司徒祭酒。⑧

---

① 胡大雷《中古文学集团》认为刘义庆集团"最具规模",见书中第104页,广西师范大学出版社1996年版。
② 沈约:《宋书》,中华书局1974年版,第1790页。
③ 沈约:《宋书》,中华书局1974年版,第1819页。
④ 沈约:《宋书》,中华书局1974年版,第1819~1820页。
⑤ 沈约:《宋书》,中华书局1974年版,第1479页。
⑥ 沈约:《宋书》,中华书局1974年版,第1821页。
⑦ 沈约:《宋书》,中华书局1974年版,第1525页。
⑧ 沈约:《宋书》,中华书局1974年版,第1835页。

义康集团中很多成员精于吏治，在文学上没有什么建树，故略而不考。这一集团的文学活动可考的不多，如谢惠连的《祭古冢文》，从创作背景上看，明显与这一集团有关。又如《诗品》下"宋监典事区惠恭"条记："惠恭本胡人，为颜师伯干。颜为诗，辄偷笔定之。后造《独乐赋》，语侵给主，被斥。及大将军修北第，差充作长。时谢惠连兼记室参军，惠恭时往共安陵嘲调。末作《双枕诗》以示谢；谢曰：'君诚能，恐人未重。且可以为谢法曹造。'遗大将军。见之赏叹，以锦二端赐谢。谢辞曰：'此诗，公作长所制，请以锦赐之。'"① 说明义康对才学之士与文学创作并不反感。只是义康本人"本无学术"（《宋书》义康传语），影响了这一集团的文学成就。

第三节　元嘉时期家族文学集团与文友文学集团

胡大雷先生在《中古文学集团》中提到，东晋、刘宋时期还存在家族文学集团以及文友文学集团两类。的确，南渡以来，许多士族都带有文学家族的特征。而且，由于文学得到统治者的热爱，在社会上影响日益扩大，文人之间的文学交往频繁。他们组合自由，虽然具有规模小、存在时间短等特征，对当时文学的发展却有极为积极的作用。

一　元嘉家族文学集团

元嘉时期的家族文学集团最为突出的是陈郡谢氏。谢氏家族重视对文学人才的培养，《世说新语·言语》记："谢太傅问诸子侄：'子弟亦何预人事，而正欲使其佳？'诸人莫有言者，车骑答曰：'譬如芝兰玉树，欲使其生于阶庭耳。'"② 这种思想使谢氏在南朝人才辈出，因而谢氏家族文学集团一向为研究者注意，如乌衣之游的参加者，李雁先生《"乌衣之游"考述》认为有谢混、谢灵运、

---

① 钟嵘著，陈延杰注《诗品注》，人民文学出版社1961年版，第65页。
② 余嘉锡：《世说新语笺疏》（修订本），上海古籍出版社1993年版，第145页。

谢晦、谢瞻、谢曜、谢弘微等六七人①，他们的活动文学特征很明显，对谢灵运的创作有深刻的影响②。而《宋书·谢灵运传》《南史·谢晦传》所记谢灵运与谢惠连、谢晦与谢世基的交往，也是这一家族中文学性的表现。尤其是谢灵运与谢惠连的交往，对谢惠连文学特征形成有关键作用。

琅邪王氏成员中间也存在文学上的交流活动，如《南史·王诞传》记："诞少有才藻，晋孝武帝崩，从叔尚书令珣为哀策，出本示诞，曰：'犹恨少序节物。'诞揽笔便益之，接其'秋冬代变'后云：'霜繁广除，风回高殿。'珣叹美，因而用之。"③另据《宋书·王微传》记，王微不满袁淑对自己文风的批评，写信给从弟王僧绰，说明王微认为僧绰与自己对文风的理解较为一致，与袁淑等人有不同。而在《以书告弟僧谦灵》中，他也提到他们之间的文学交往："一字之书，必共咏读，一句之文，无不研赏，浊酒忘愁，图籍相慰。"王氏子弟之间的文学交流虽然没有谢氏那么明显，也很值得注意。

除谢氏、王氏之外，以颜延之为核心的颜氏家族也值得注意。颜延之是元嘉时期著名作家，也是著名学者，他对子女的教育非常重视，专门作《庭诰》来指导子女成长，内容涉及为人处世的方方面面。他为社会培养了几名优秀成员，如《宋书·颜竣传》记："太祖问延之：'卿诸子谁有卿风？'对曰：'竣得臣笔，测得臣文，㚟得臣义，跃得臣酒。'"④尤其是颜竣，成为孝武帝刘骏的得力助手，他的文学功底也很好。《宋书·颜延之传》记："元凶弑立，以为光禄大夫。先是，子竣为世祖南中郎谘议参军。及义师入讨，竣参定密谋，兼造书檄。劭召延之，示以檄文，问曰：'此笔谁所造？'延之曰：'竣之笔也。'又问：'何以知之？'延之曰：'竣笔体，臣不容不识。'"⑤颜延之对颜竣文风如此熟悉，说明了他们平常的文学交流相当密切，而颜竣继承了颜延之之"笔"，颜测继承了他的

---

① 李雁：《"乌衣之游"考述》，《山东教育学院学报》2000年第5期。
② 可参见阮忠《谢灵运的山水诗创作与谢氏家族风习》，《华中师范大学学报》2003年第4期。
③ 李延寿：《南史》，中华书局1983年版，第617页。
④ 沈约：《宋书》，中华书局1974年版，第1959页。
⑤ 沈约：《宋书》，中华书局1974年版，第1903页。

"文",显然与家庭教育有直接的关系。颜测、颜矂也有作品留下。

二 文友文学集团及其活动

元嘉早期的文友集团主要以谢灵运为核心。他与谢氏家族之外的作家交往也很密切,如《宋书·谢灵运传》记元嘉五年(428),谢灵运返回会稽,此后的两三年,"与族弟惠连、东海何长瑜、颍川荀雍、太山羊璿之,以文章赏会,共为山泽之游,时人谓之四友"①。家族的文学活动又有了非家族成员的参与。谢灵运有《登临海峤初发疆中作与从弟惠连可见羊何共和之诗》,"羊"即羊璿之,"何"即何长瑜,二人事迹并见谢灵运传。

隐居时期,谢灵运还结交了很多隐士、僧人。《宋书·谢灵运传》记:"灵运父祖并葬始宁县,并有故宅及墅,遂移籍会稽,修营别业,傍山带江,尽幽居之美。与隐士王弘之、孔淳之等纵放为娱,有终焉之志。"②王弘之,《宋书·隐逸传》有传,云:"王弘之字方平,琅邪临沂人,宣训卫尉镇之弟也。……始宁沃川有佳山水,弘之又依岩筑室。谢灵运、颜延之并相钦重。"③孔淳之,《宋书·隐逸传》亦有传,其云:"孔淳之字彦深,鲁郡鲁人也。祖愉,尚书祠部郎。父粲,秘书监征,不就。淳之少有高尚,爱好坟籍,为太原王恭所称。居会稽剡县,性好山水,每有所游,必穷其幽峻,或旬日忘归。"④谢灵运对这些隐士很敬重,为此还写信给庐陵王义真,云:"会境既丰山水,是以江左嘉遁,并多居之。但季世慕荣,幽栖者寡;或复才为时求,弗获从志。至若王弘之拂衣归耕,逾历三纪;孔淳之隐约穷岫,自始迄今;阮万龄辞事就闲,纂成先业;浙河之外,栖迟山泽,如斯而已。既远同羲、唐,亦激贪厉竞。殿下爱素好古,常若布衣,每意昔闻,虚想岩穴;若遣一介,有以相存,真可谓千载盛美也。"从此信中可以看出,他的隐士友人除上述二人外,还有阮万龄。万龄《宋书·隐逸传》亦有传。东晋以来的隐士对山水非常热爱,他们大多具有很高的文学素养。谢灵运与处于山水佳境中的隐士交往,饱览了秀丽景色,也领

---

① 沈约:《宋书》,中华书局1974年版,第1774页。
② 沈约:《宋书》,中华书局1974年版,第1754页。
③ 沈约:《宋书》,中华书局1974年版,第2281~2282页。
④ 沈约:《宋书》,中华书局1974年版,第2283~2284页。

悟了山水中自由精神,这对他的创作,对山水诗的发展都有意义。

谢灵运在会稽的文学集团中还有僧人参与,《高僧传·下定林寺释僧镜传》附《昙隆传》记:"上虞徐山,先有昙隆道人。少善席上,晚忽苦节过人,亦为谢灵运所重,常共游嶀嵊。亡后,运迺诔焉。"① 《山居赋》中也提到僧人,"苦节之僧,明发怀抱"一节自注曰:"谓昙隆、法流二法师也。二公辞恩爱,弃妻子,轻举入山,外缘都绝,鱼肉不入口,粪扫必在体,物见之绝叹,而法师处之夷然。诗人西发不胜造道者,其亦如之。"佛教渐渐对谢灵运的思想与创作产生影响。

谢灵运与范泰、颜延之也形成了一个文学小团体。范泰在元嘉元年(424)立祇洹寺,谢灵运有《答范光禄书》,其中有"辱告慰企""信如来告""忽见诸赞,叹慰良多。可谓俗外之咏,寻览三复,味玩增怀,辄奉和如别。……从弟惠连,后进文悟,衰宗之美,亦有一首,并以远呈。"可见,范泰作诸赞,寄给谢灵运,谢灵运不仅自己作了赞(《和范光禄祇洹像赞三首》《和从弟惠连无量寿赞》),谢惠连也创作了赞文,谢灵运一并寄给范泰。而在元嘉三年(426),文帝诛杀傅亮、徐羡之、谢晦之后,重新起用谢灵运,也是托范泰、颜延之写信敦劝,而谢灵运则作了《还旧园作,见颜范二中书诗》,颜延之也有《和谢监灵运诗》。所以很明显,从作家群体活动看,谢灵运实际是当时文坛的中心人物。之所以他能对时代文风转移起到重要作用,与这种核心地位密不可分。

谢灵运在元嘉十年(433)被杀之后,颜延之实际成为当时文坛的代表。但由于颜延之个性狷介狂放,得罪了权臣,数年闲居。之后,颜延之调整了自己的处世原则,以谨慎为主。所以,以颜延之为核心的文学集团规模较小,仅限于好友同道的交往。如隐逸之交,《宋书·隐逸传·王弘之传》记:"谢灵运、颜延之并相钦重。……弘之四年卒,时年六十三。颜延之欲为作诔,书与弘之子昙生曰:'君家高世之节,有识归重,豫染豪翰,所应载述。况仆托慕末风,窃以叙德为事,但恨短笔不足书美。'诔竟不就。"② 《宋书·隐逸传·陶渊明传》记:"先是,颜延之为刘柳后军功曹,

---

① 释慧皎:《高僧传》,中华书局 1992 年版,第 293 页。
② 沈约:《宋书》,中华书局 1974 年版,第 2282~2283 页。

在寻阳，与潜情款。后为始安郡，经过，日日造潜，每往必酣饮致醉。临去，留二万钱与潜，潜悉送酒家，稍就取酒。"① 后来陶渊明病逝，颜延之作诔悼念。又《宋书·隐逸传·关康之传》亦记："关康之字伯愉，河东杨人。世居京口，寓属南平昌。少而笃学，姿状丰伟。下邳赵绎以文义见称，康之与之友善。特进颜延之见而知之。"② 又如文友之交，《宋书·何尚之传》记："（尚之）爱尚文义，老而不休，与太常颜延之论议往反，传于世。"③《宋书·王球传》记："颇好文义，唯与琅邪颜延之相善。"④ 同书《颜延之传》亦记："中书令王球名公子，遗务事外，延之慕焉，球亦爱其材，情好甚款。延之居常罄匮，球辄赡之。"⑤ 颜延之与王僧达也有文学交往，延之有《赠王太常僧达诗》，王僧达亦有《答颜延年诗》，颜延之去世后，王僧达为其作诔文。颜延之与当时文人交往虽然少，文学性却较为明显。也就是说，在颜延之周围虽然没有形成成规模的文学集团，但他与其他文人的文学交往也有价值。

鲍照是元嘉文学中后期代表。在元嘉年间，他已经是一名非常活跃的作家，和很多作家有交往。如王僧达，鲍照有《和王丞》一诗，钱仲联认为，王丞为王僧绰。《宋书·王僧绰传》记僧绰曾任始兴王文学、秘书丞，时间在元嘉二十六年之前。钱氏云："盖僧绰为始兴王文学时，照为国侍郎，同在王府，遂相款恰，故僧绰转为秘书丞，由此唱和之作。"⑥ 这是一首和诗，王僧达应当有赠诗，现已佚失。又有《送别王宣城》《学陶彭泽体》（本集题下有注云："奉和王义兴"）《和王义兴秋夕》《和王义兴七夕》等，皆为奉和王僧达作。王僧达任宣城太守、义兴太守事据《宋书·王僧达传》记："（僧达）服阕，为宣城太守。……元嘉二十八年春，索虏寇逼，都邑危惧，僧达求入卫京师，见许。贼退，又除宣城太守，顷之，徙任义兴。"⑦ 僧达《求解职表》云："赐莅宣城，极其穷踬。

---

① 沈约：《宋书》，中华书局 1974 年版，第 2288 页。
② 沈约：《宋书》，中华书局 1974 年版，第 2296 页。
③ 沈约：《宋书》，中华书局 1974 年版，第 1738 页。
④ 沈约：《宋书》，中华书局 1974 年版，第 1594 页。
⑤ 沈约：《宋书》，中华书局 1974 年版，第 1893 页。
⑥ 钱仲联：《鲍参军集注》，上海古籍出版社 1980 年版，第 285 页。
⑦ 沈约：《宋书》，中华书局 1974 年版，第 1951~1952 页。

仲春移任，方冬便值虏南侵"，则其任宣城太守、义兴太守在元嘉二十七年（450）、二十八年（451）左右，这些诗歌的创作时间也应当在这两年。鲍照又有《和王护军秋夕》，《宋书·王僧达传》记："上（孝武帝）即位，以为尚书右仆射，……仍补护军将军。"① 王僧达是当时著名的士族文人，鲍照以才学周旋其间，说明他的文学才华得到了士族文人认可。又如汤惠休。汤惠休是一名精通文学的僧人，事迹见《宋书·徐湛之传》。鲍照有《秋日示休上人》《答休上人菊诗》，汤惠休亦有《赠鲍侍郎诗》。从惠休称鲍照"侍郎"看，他们的文学交往主要发生在元嘉年间，时汤惠休尚未还俗，而鲍照也在王国之中任侍郎职务。

鲍照与元嘉后期宫廷文人代表谢庄也有交往。鲍照有《与谢尚书庄三联句》，此诗当作于孝建时期，因为据钱仲联《鲍参军集注》，孝建年间鲍照在京城任职，为太学博士。② 而谢庄在孝建时期也在京城任吏部尚书。谢庄联句现已佚失。鲍照在京城任职期间与其他文人的文学交往如《月下登楼连句》，其曰"髣髴萝月光，缤纷篁雾阴。乐来乱忧念，酒至歇忧心。（鲍博士）露入觉牖高，萤萤测苑深。清气澄永夜，流吹不可临。（王延秀）密峰集浮碧，疏澜道瀛寻。嗽玉延幽性，攀桂藉知音。（荀原之）辰意事沦晦，良欢戒勿浸。昭景有遗驷，疏贾无留金。（荀中书万秋）"可见是鲍照与王延秀、荀原之、荀万秋等人登楼赏月之作，显然作于鲍照在京城任太学博士期间。

鲍照随临海王刘子顼赴荆州后也有文学活动。鲍照有《在荆州与张使君李居士联句》，张使君、李居士不详。

从鲍照的诗歌中可以看出，与谢灵运、颜延之相比，鲍照周围的文学人员更为复杂，如顾墨曹（《赠顾墨曹》），傅都曹（《赠傅都曹别》），傅大农（《和傅大农与僚故别》），鲍道秀（《送从弟道秀别》），伍侍郎（《与伍侍郎别》），庾中郎（《吴兴黄浦亭庾中郎别》），马子乔（《赠故人马子乔》六首）等，这些人多数与鲍照一样出身寒素，他们虽有才华，却因为出身，在当时都没能产生什么影响。他们史书无记，生平不详，故录而不考。

---

① 沈约：《宋书》，中华书局1974年版，第1952页。
② 钱仲联：《鲍参军集注》，上海古籍出版社1980年版，第435页。

第二章　论元嘉文学集团

除了以谢灵运、颜延之、鲍照为中心的文学团体外，元嘉时期还有很多零散的文学集团，他们的组合、活动都很自由，也值得注意。如《宋书·沈怀文传》记："隐士雷次宗被征居钟山，后南还庐岳，何尚之设祖道，文义之士毕集，为连句诗，怀文所作尤美，辞高一座。"① 雷次宗讲学事见《宋书·隐逸传·雷次宗传》："元嘉十五年，征次宗至京师，开馆于鸡笼山，聚徒教授，置生百余人。会稽朱膺之、颍川庾蔚之并以儒学，监总诸生。……久之，还庐山，公卿以下，并设祖道。二十五年，诏曰：'前新除给事中雷次宗，笃尚希古，经行明修，自绝招命，守志隐约。宜加升引，以旌退素。可散骑侍郎。'"② 此次聚会具体时间难考，但肯定发生在元嘉二十五年（448）以前。而何尚之是文帝时期著名学者，《宋书》尚之本传记元嘉十三年（436）置玄学，尚之为主持。后国子学建立，又为国子祭酒。何尚之与雷次宗都是当时的文化名流，在当时京城文人中具有一定号召力。所以在雷次宗离开京城的时候，何尚之能够召集文士饯别，并进行文学活动，京师文人之间的活动从此可见一斑。

又如范广渊有《征虏亭饯王少傅》、孔法生有《征虏亭祖王少傅》。考元嘉时期任少傅职务的王姓士人乃王敬弘，《宋书·王敬弘传》记："（元嘉）十二年，征为太子少傅。敬弘诣京师上表曰：'伏见诏书，以臣为太子少傅，承命震惶，喜惧交悸。臣抱疾东荒，志绝荣观，不悟圣恩，猥复加宠。东宫之重，四海瞻望，非臣薄德，所可居之。今内外英秀，应选者多，且版筑之下，岂无高逸，而近私愚朽，污辱清朝。呜呼微臣，永非复大之一物矣。所以牵曳阙下者，实瞻望圣颜，贪《系》表之旨。臣如此而归，夕死无恨。'诏不许，表疏屡上，终以不拜。东归，上时不豫，自力见焉。"③ 关于宋文帝元嘉中病危事，《宋书·檀道济传》有记："道济立功前朝，威名甚重，左右腹心，并经百战，诸子又有才气，朝廷疑畏之。太祖寝疾累年，屡经危殆，彭城王义康虑宫车晏驾，道济不可复制。十二年，上疾笃，会索虏为边寇，召道济入朝。既

---

① 沈约：《宋书》，中华书局1974年版，第2102页。
② 沈约：《宋书》，中华书局1974年版，第2293~2294页。
③ 沈约：《宋书》，中华书局1974年版，第1730~1731页。

至，上间。十三年春，将遣道济还镇，已下船矣，会上疾动，召入祖道，收付廷尉。"① 又《宋书·文帝纪》记："（元嘉十三年）三月己未，司空、江州刺史檀道济有罪伏诛。"② 可见王敬弘返家在元嘉十二年（435）底到十三年（436）春之间。孔法生，生平不详。范广渊，《宋书·范泰传》记："（泰）少子广渊，善属文，世祖抚军谘议参军，领记室，坐晔事从诛。"③ 此次活动还有哪些作家参与，现已难考。

又如《南史·王僧虔传》记："为太子舍人，退默少交接。与袁淑、谢庄善，淑每叹之曰：'卿文情鸿丽，学解深拔，而韬光潜实，物莫之窥，虽魏元阳之射，王汝南之骑，无以加焉。'"④ 从这段话中可以看出，他们讨论的内容涉及文学，可惜没有作品留下。又如谢瞻有《王抚军庾西阳集别时为豫章太守庾被征还东》，题下注："集曰：谢还豫章，庾被征还都，王抚军送至湓口南楼作。""王抚军"指王弘，"庾"指庾登之，时间当在元熙元年（419）⑤。

又如《宋书·徐湛之传》记湛之在任前军将军、南兖州刺史期间，"善于为政，威惠并行。广陵城旧有高楼，湛之更加修整，南望钟山。城北有陂泽，水物丰盛。湛之更起风亭、月观、吹台、琴室，果竹繁茂，花药成行，招集文士，尽游玩之适，一时之盛也。时有沙门释惠休，善属文，辞采绮艳，湛之与之甚厚。世祖命使还俗。本姓汤，位至扬州从事史"⑥。徐湛之是刘宋开国功臣徐逵之之子，母会稽长公主。但是这一集团中除汤惠休之外，并没有文学上有成就者，且没有可以考察的文学活动，更没有作品保留。故而不再详考。

总结　元嘉文学集团对文学发展的影响

元嘉时期众多类型文学集团的存在对文学的影响巨大。这种影

---

① 沈约：《宋书》，中华书局1974年版，第1343~1344页。
② 沈约：《宋书》，中华书局1974年版，第84页。
③ 沈约：《宋书》，中华书局1974年版，第1623页。
④ 李延寿：《南史》，中华书局1983年版，第600~601页。
⑤ 曹道衡、沈玉成：《中古文学史料丛考》，中华书局2003年版，第248~249页。
⑥ 沈约：《宋书》，中华书局1974年版，第1847页。

响体现在以下几个方面。

首先，文学集团的存在对刘宋皇室文化素质的提高、文化观念的形成有重要作用。刘宋皇室本是寒门，刘裕没有多少文化，也存在文化自卑心理。但他向往文化，主动与文人交流，并且注意对子女的培养。在文学集团成员的帮助下，刘宋皇室的文化素质整体上升很快，第二代中宋文帝刘义隆、江夏王刘义恭、临川王刘义庆等都能诗善赋。到了第三代，孝武帝刘骏、建平王刘铄、南平王刘宏、始兴王刘浚的文学创作较为可观，前三位的还被钟嵘《诗品》列入下品，说明已经被社会所认可。而这种局面的形成，与当时存在的众多文学集团密不可分，它们成为皇室文化素质提高的土壤。同时，文学集团在提高皇室文化素质的同时，也引导了皇室文化观念的形成。刘裕以开国之君，大力倡导文学，对元嘉文学发展具有深刻作用。也就是在刘裕的影响下，刘宋诸帝多有好文特征。宋文帝、孝武帝热爱文学，元嘉年间的宫廷文化活动非常发达。重视文学成为刘宋诸帝的一大共同特征。这对元嘉文学的繁荣具有基础性的作用。刘勰在《文心雕龙·时序》中对元嘉时期皇室与文学的关系进行了总结，其曰："自宋武爱文，文帝彬雅；秉文之德，孝武多才，英采云构。自明帝以下，文理替矣。尔其缙绅之林，霞蔚而飙起。王袁联宗以龙章，颜谢重叶以风采，何范张沈之徒，亦不可胜数也。盖闻之于世，故略举大较。"[①] 文学集团引导了皇室的文化态度，反过来促进了文学发展、提高文学社会地位的作用，给元嘉文学的繁荣打下了良好的基础。

其次，元嘉文学集团直接影响了文学创作的繁荣。从上文的梳理中可以看出，元嘉时期各类文学集团活动相当频繁，产生了大量作品，涉及众多作家，对文学创作有很大促进作用。从现存的作品看，依然有相当数量的作品明显产生于文学集团的群体性活动中，说明这些作品在艺术上也有可称道之处。

再次，元嘉时期部分文学集团中的政治因素，对元嘉文风的形成有一定影响。无论是宫廷、诸王幕府还是普通的地方官幕府，形成文学集团的背后都有政治因素。这种特殊的关系，使文学集团中的活动与创作都不可能不受其影响。从本章的梳理中可以看出，元

[①] 周振甫：《文心雕龙今译》，中华书局1986年版，第409页。

嘉时期宫廷文学集团、诸王文学集团都较为庞大、活动频繁，这对元嘉文风的形成有直接的作用。因为作家在创作的时候，要考虑政治的主导思想，考虑府主（帝王、诸王）欣赏的风格，在本书第一章中可以看出，刘宋时期重视儒家思想，社会中儒学的地位上升。统治者所重视的文学必须体现这一思想主流，文学集团活动中的创作也必须围绕这一思想，因而这一时期宫廷文学具有华丽、典雅的一般特征。加之这一时期著名作家几乎都有宫廷文人经历，他们的创作受宫廷文化影响非常深刻，无形中将宫廷文化带入整个文学之中。政治中的儒学观念通过宫廷、幕府文学集团传递到文学中，文学集团起到了发散政治核心思想的作用，成为社会思想转移影响文学的中介，对元嘉文学整体风格的形成具有深刻影响。

最后，元嘉文学成为作家交流、发散影响的最佳舞台。当文人处于孤立状态时，他的文学创作很难提高，但当大量的各种类型的文学集团存在时，便给作家提供了各种创作的背景，更给他们提供了较多的交流切磋的机会。集团之中的作家都可以从其他人的作品中吸取创作的营养。而对于时代中最杰出的作家而言，文学集团则成为他们发散影响最好的途径。如谢灵运与颜延之，他们之所以成为元嘉文风的代表，与他们在元嘉文学集团中的地位是密不可分的。当然他们也存在文学交往：二人先同在刘裕世子幕下，后又成为宋初宫廷文人，交情甚好。虽然二人在文学上各有特色，但也表现出很强的共性。在各种文学集团中，他们都有举足轻重的地位，而他们的创作则先得到最高统治者的认可，而被社会接受。他们所在的文学集团成为接受他们影响的第一个环节。而各个文学集团之间的交流则使他们的影响进一步扩大，这对元嘉文学的整体进步和整体风格的形成有直接的关系。

可以看出，宫廷文学集团的壮大对元嘉文学的发达具有深刻影响。宫廷文人改变了出身寒门的皇族的文化水平，也使皇室重视文学，从而促进了文学发展。宫廷文学一般风格缺乏必要的变化，反映社会的能力较为薄弱，成就有限。但在元嘉时期，宫廷文学集团对文学复兴的作用，对元嘉文学工丽典雅、崇尚渊深特征形成的影响都不容忽视。其他类型文学集团对元嘉文学的繁荣也起到了重要作用，同样具有研究的价值。

第三章
论元嘉"诗运转关"

　　元嘉诗坛所发生的巨大变化一向为人注意。清代沈德潜《说诗晬语》卷上曰："诗至于宋,性情渐隐,声色大开,诗运一转关也。"① 这句话揭示了元嘉诗歌在中古诗歌发展中的历史地位。"性情渐隐,声色大开"不难理解,虽然本书第一章曾提出元嘉文学思想中存"性情"说与文"味"说,但从整体上看,元嘉诗人虽然不放弃文学对情感的抒发,但更侧重于对艺术形式的探索与对词采的追求,在情感表达的深度与广度上较之汉魏甚至两晋都有退步。而对"诗运一转关"的理解,目前学术界大多与刘勰在《文心雕龙·明诗》中所说"宋初文咏,体有因革,庄老告退,而山水方滋"② 混同,将"诗运转关"理解为晋宋之际文学所发生的变迁。③ 但从沈德潜本人的叙述中可以看出,他将元嘉诗歌视为一个整体,并置于整个诗歌发展过程中,从而看到了它的转折意义,并非仅就晋宋之际诗歌变革而言。笔者认为,诗运转关是一个复杂的概念,它指向于元嘉诗歌在中国诗歌发展中的独特地位与作用。

第一节　"仲文始革孙、许之风, 叔源大变太元之气"

　　沈约在《宋书·谢灵运传论》中说："仲文始革孙、许之风,叔源大变太元之气。"④ 刘孝标在注《世说新语·文学》"简文乘虚

---

① 沈德潜:《说诗晬语》,《清诗话》,上海古籍出版社1963年版,第532页。
② 周振甫:《文心雕龙今译》,中华书局1986年版,第61页。
③ 参见王澧华《晋宋之际的诗运转关》,《湖南大学学报》2005年第5期。
④ 沈约:《宋书》,中华书局1974年版,第1778页。

掾云：'玄度五言诗，可谓妙绝时人'"时引《续晋阳秋》曰："正始中，王弼何晏好《庄》、《老》玄胜之谈，而世遂贵焉。至江左李充尤盛，故郭璞五言始会合道家之言而韵之。（许）询及太原孙绰转相祖尚，又加以三世之辞，而《诗》、《骚》之体尽矣。询、绰并为一时文宗，自此作者悉体之。至义熙中，谢混始改。"[1] 这两种说法基本一致。"孙、许之风"是指以孙绰、许询为代表的玄言诗风。"太元"是东晋孝武帝的年号，"太元之气"与"孙、许之风"的意义是一致的。仲文与叔源分别是晋末著名作家殷仲文、谢混的字。沈约认为是殷、谢二人在晋末改变了玄言诗风，那么他们从什么角度去改变玄言诗风呢？

很多研究者认为谢混和殷仲文是用山水廓清了玄言，如曹道衡、沈玉成二先生在《南北朝文学史》中说："晋宋之交，对山水诗作出贡献的是殷仲文、谢混""山水题材在他们的诗作中已经成为主要的部分"。[2] 王钟陵先生认为："到谢混《游西池诗》出现时，山水诗派就正式揭开了兴起的序幕。"[3] 这两种看法都值得商榷。首先，殷仲文和谢混的诗歌现存都不多，很难说山水题材在他们诗歌中占有什么样的地位。其次，谢混和殷仲文现存完整诗歌中的确存在山水描写成分，然而在魏晋时期很多作家的作品中，山水描写已经比较普遍，如曹植、曹操、陶渊明、湛方生，他们诗歌中对山水的描写并不比殷、谢逊色，学术界并不把他们当成山水诗的发起者。因此，说谢混、殷仲文以山水改变玄言难以成立。

认为谢混、殷仲文用山水诗改变了玄言诗的观点实际是对晋宋文学发展的一种误解，笔者认为他们的确对玄言诗风的转移有重要的影响，但并不是从山水的角度，而是从以下三个方面改变了玄言诗发展的进程。

第一，他们恢复了诗歌中对文辞的追求。殷仲文《晋书》卷九十九有传，记其"少有才藻，……善属文，为世所重"[4]，现存诗歌三首，皆五言。谢混，谢灵运族叔，《晋书》卷九十七有传，其诗现存五首，其中《秋夜长》为杂言，其余皆五言。二人保留至今

---

[1] 余嘉锡：《世说新语笺疏》（修订本），上海古籍出版社1993年版，第262页。
[2] 曹道衡、沈玉成：《南北朝文学史》，人民文学出版社1991年版，第34页。
[3] 王钟陵：《中国中古诗歌史》，人民出版社2005年版，第349页。
[4] 房玄龄等：《晋书》，中华书局1974年版，第2604~2605页。

的作品很少,难以窥其全豹。但从六朝诗评家以及二人现存作品看,他们诗歌的文辞较为华美,钟嵘在《诗品》下"晋征士戴逵、晋东阳太守殷仲文"条记:"义熙中,以谢益寿、殷仲文为华绮之冠。"① 又在《诗品》"宋豫章太守谢瞻等"条评谢混诗曰"其源出于张华,才力苦弱,故务其清浅,殊得风流媚趣"②。张华是西晋时期崇尚华丽的作家,谢混诗歌延续了张华诗歌在文辞上的特征。玄言诗朴素特征较为明显,而殷、谢的诗歌重新走到华美的道路上,这对当时诗歌发展有启发意义。

第二,他们的诗风改变了玄言诗平淡特征。钟嵘认为谢混诗歌"清浅",得"风流媚趣"。而殷仲文诗歌的艺术特征,钟嵘直言其华美,但从钟嵘将其与戴逵同列可以看出,殷诗风格特征近于戴,戴诗特征,钟嵘云:"安道诗虽嫩弱,有清上之句。"③ 可见殷诗也有"清"的特点,与谢混较为接近。先看"清浅"一词的含义,显然是指诗歌具有清新浅易的特征。钟嵘认同儒家文学思想,要求典雅、有深意,但由于谢混等人"才力苦弱"而"浅",所以在语气上并不是十分赞同。无论钟嵘对"浅"的态度认可与否,"清浅"对于纠正玄言诗风却有巨大价值。玄言诗"理过其词,淡乎寡味"(钟嵘《诗品序》),"清浅"显然可以救渊深之失。而且谢混诗"殊得风流媚趣",对于这句话,曹旭先生认为当作"风流潇洒,婉约柔媚之致"解④,这种艺术特征恰恰可以拯玄言诗平典枯燥之病。殷仲文的《南州桓公九井作诗》和谢混的《游西池诗》在当时很有名,均为《文选》所收录。我们具体分析一下这两首诗。

> 四运虽鳞次,理化各有准。独有清秋日,能使高兴尽。景气多明远,风物自凄紧。爽籁惊幽律,哀壑叩虚牝。岁寒无早秀,浮荣甘夙陨。何以标贞脆,薄言寄松菌。哲匠感萧晨,肃此尘外轸。广筵散泛爱,逸爵纡胜引。伊余乐好仁,惑袪吝亦泯。猥首阿衡朝,将贻匈奴哂。(《南州桓公九井作诗》)

---

① 钟嵘著,陈延杰注《诗品注》,人民文学出版社1961年版,第61页。
② 钟嵘著,陈延杰注《诗品注》,人民文学出版社1961年版,第45页。
③ 钟嵘著,陈延杰注《诗品注》,人民文学出版社1961年版,第61页。
④ 曹旭:《诗品集注》,上海古籍出版社1994年版,第281页。

悟彼蟋蟀唱，信此劳者歌。有来岂不疾，良游常蹉跎。逍遥越城肆，愿言屡经过。回阡被陵阙，高台眺飞霞。惠风荡繁囿，白云屯曾阿。景昃鸣禽集，水木湛清华。褰裳顺兰沚，徙倚引芳柯。美人愆岁月，迟暮独如何。无为牵所思，南荣戒其多。（《游西池诗》）

殷诗气调沉郁古朴，抒情性强，语言清丽华美；谢诗清丽秀雅，思致宛转，其中写景更是有巨有细，明媚生动，"水木湛清华"一句，境界纯美清幽，历来被人称颂。另外，殷诗中"四运虽鳞次，理化各有准"与谢诗中"无为牵所思，南荣戒其多"具有玄言特征，但除此之外，已经看不出与玄言诗有什么联系。上文已经提到，谢混诗歌风格类似西晋太康时期的张华。的确，《游西池诗》在辞藻上较为优美，景物描写细腻，情感表达略带哀伤柔婉，与玄言诗存在本质的区别。

第三，从艺术源流上看，他们都抛弃了玄言诗风气，而继承了建安、太康诗歌传统。上文提到钟嵘认为谢混在诗歌风格上源出于张华，却未明言殷仲文的诗歌源头，但从作品的对比中，也不难发现殷仲文诗风的来源。不妨看下列诗歌。

日夕阴云起，登城望洪河。川气冒山岭，惊湍激岩阿。归雁映兰畤，游鱼动圆波。鸣蝉厉寒音，时菊耀秋华。引领望京室，南路在伐柯。大厦缅无觌，崇芒郁嵯峨。总总都邑人，扰扰俗化讹。依水类浮萍，寄松似悬萝。朱博纠舒慢，楚风被琅邪。曲蓬何以直，托身依丛麻。黔黎竟何常，政成在民和。位同单父邑，愧无子贱歌。岂敢陋微官，但恐忝所荷。（潘岳《河阳县作诗二首》二）

殷诗在结构方法、语体特征、情绪倾向上都明显接近潘岳。潘岳诗，孙绰谓"浅而净"（《世说新语·文学》）[①]，又以华丽著称。《诗品》"晋黄门郎潘岳"条引李充《翰林论》称潘诗云"翩翩然

[①] 余嘉锡：《世说新语笺疏》（修订本），上海古籍出版社1993年版，第269页。

如翔禽之有羽毛，衣服之有绡縠"①。如从"净""浅""华美"这些特征看，殷诗确近于潘诗。很明显，殷、谢二人作品都带有太康诗歌的特征。

当然，说殷仲文、谢混彻底改变了玄言诗的进程也不妥当，他们有发轫之功，正如余嘉锡语"益寿之在南朝，率然高蹈，邈焉寡俦。革历朝之积弊，开数百年之先河，其犹唐初之陈子昂乎?"②他们文学创作的价值在于启发元嘉诗人，扬弃玄言诗风回归到建安、太康诗歌的正常轨道。

从元嘉诗人创作中可以明显看出这一引导的巨大影响。首先，钟嵘看到了元嘉诗人与魏晋诗人的密切联系，在艺术源流上，多将元嘉诗人归于建安、太康作家，如谢灵运出于曹植，颜延之出于陆机，谢瞻、王微、袁淑、王僧达、鲍照出于张华等。也就是说，元嘉作家即使与玄言诗风在时间上很近，但他们所接受的是建安、太康诗风中繁富、雅致、崇尚抒情等特征，抛弃了玄言诗风。其次，元嘉诗人大量模仿魏晋文人诗。对此，罗宗强先生说："拟古只是一种体裁的借用与模拟，而就其实质来说，乃是继承文学的抒情特质的发展脉络。自建安时期文学的抒情特质受到重视之后，中间曾因玄理化倾向的出现而未能继续发展，重新重视抒情特质，乃是对玄理化的反拨。与其说是复古，不如说是文学特质的进一步张扬的又一个阶段，是重文学特质的文学思想主潮发展的不同环节。"③

但应当看到，元嘉诗歌相对于魏晋诗歌而言存在独立意义。元嘉作家虽然大量模拟魏晋诗歌，但更加重视对艺术本身的追求，如对艺术技巧的接受与革新，对对仗、声律、用韵的探索（可参见第四章），都与魏晋诗歌不同，体现出两个文学阶段不同的审美特征与艺术追求。

综上所述，殷仲文与谢混的诗歌在艺术审美的追求上改变了玄言诗风的进程，恢复了魏晋诗歌传统，将元嘉诗歌重新引导到了正确的发展道路上，对元嘉诗歌本身特征的确立具有积极意义。他们引导完成了诗运转关的第一步。

---

① 钟嵘著，陈延杰注《诗品注》，人民文学出版社1961年版，第26页。
② 余嘉锡：《世说新语笺疏》（修订本），上海古籍出版社1993年版，第267页。
③ 罗宗强：《魏晋南北朝文学思想史》，中华书局1996年版，第200页。

第二节 元嘉诗歌艺术特征的建立

元嘉诗歌艺术特征实际应当包括两个方面：一个是诗歌体制上的进步，另一个是风格与艺术境界的创新。对于前者，很少有人进行探讨，但限于篇幅，本书拟在对元嘉体的辨析中具体分析这一问题。而后者目前的研究已经较为深入。但作为研究元嘉文学无法回避的问题，笔者只能在前贤时哲的基础上对元嘉诗歌艺术特征进行概括性的描述，并对其中三个问题进行分析。

一 元嘉诗风特征描述

元嘉诗风以谢灵运、颜延之为代表，对此学术界基本达成共识。在特征上，第一，以他们为代表的诗风都有华美、繁富的特点。钟嵘评颜诗"体裁绮密"。"绮"，古代指有花纹的细布，《汉书·高帝纪下》："贾人毋得衣锦绣绮縠纻罽，操兵、乘骑马。"颜师古注曰："绮，文缯也，即今之细绫也。"[①] 则"绮"延伸出了"华美""细致"的含义。汤惠休评颜诗"错彩镂金"，鲍照评颜诗"铺锦列绣"，皆可与之相发明。"密"，笔者认为有两重意思：一指诗中意象安排比较繁密，如颜延之《车驾幸京口三月三日侍游曲阿后湖作诗》："山祇跸峤路，水若警沧流。神御出瑶軿，天仪降藻舟。万轴胤行卫，千翼泛飞浮。凋云丽璇盖，祥飚被彩斿。"每个小句几乎都由两个意象加上一个动词构成，具有辞赋的铺排特征，而且这些名词都有一个非常华美、庄严的形容成分，如"神御""瑶軿""藻舟"等。正是钟嵘所称之"绮密"。"密"的另一个意思指诗歌用典繁密，这一点在颜延之、谢灵运诗歌中表现都很明显。

第二，颜延之与谢灵运一样，重视抒情。在第一章中，笔者提到谢灵运、颜延之对文学的情感特征都很重视，他们诗中均有很多抒情真挚、流畅通达的作品。而且谢灵运与颜延之都经历过很多挫折，谢灵运山水诗的艺术魅力不仅在于展示了自然美，更在于它们是作者精神矛盾的真实写照；颜延之狷介、持才自傲，他的经历比

---

① 班固撰、颜师古注《汉书》，中华书局1962年版，第65~66页。

第三章　论元嘉"诗运转关"

谢灵运更加复杂，在政治上也多次被人打击，他的某些作品抒情性也很突出，如《秋胡行》成功了描写行旅游宦、游子思归之情，尤其是第三章，借景抒情，情景交融，格调哀伤悲怨，情真意切。清代贺贻孙评云："读延之诗，悲酸动人，辄复不忍。若其浑古淡宕，汉、魏而后，所不多得也。"① 再看《五君咏》，平实畅达，风骨俊朗，在六朝诗歌中可称佳作，后世也给予很高评价，如清代叶矫然评云："颜延之《五君咏》，盖忿其出守永嘉，托以自寓也。词旨矜练，千载绝调。"②

第三，"尚巧似"。谢灵运通过精心体悟，用恰切精美的语言去展示景物中的美，达到了精巧的艺术效果。陈延杰先生举例说："如《石壁精舍还湖中作诗》：'昏旦变气候，山水含清晖。'《游南亭诗》：'密林含余清，远峰隐半规。'《游赤石进帆海》：'溟涨无端倪，虚舟有超越。'等，并得其巧似者。"③ 颜延之的诗歌也具有"巧似"特征。曹旭先生认为："延之虽喜古事，铺陈繁密，然其写景状物，亦多工巧之句，如'峤雾下高鸟，冰沙固流川'（《从军行》）、'故国多乔木，空城凝寒云'（《还至梁城作》）、'松风遵路急，山烟冒陇生'（《拜陵庙作》）、'庭昏见野阴，山明望松雪'（《赠王太常僧达》）等皆是。"④ 颜延之诗歌对景物的表现通过精心雕琢而实现，这一点与谢灵运具有相似性。

第四，典雅。在本书第一章中，笔者提到，以颜延之、谢灵运为代表的诗人对"雅""丽"文风较为重视。这一观念在元嘉诗歌中表现也很突出，"丽"与繁富、华美有关。但元嘉诗人在创作中并不是单纯追求文辞的华美、用典的精准，也对诗歌总体风格有所要求，就是"雅"。元嘉诗风的源头是建安、太康，颜、谢同出于曹植，而曹植出于《国风》，也就是说，元嘉诗风的主流依然是《国风》一派，即典雅一派。虽然在元嘉后期以鲍照为代表的士人对诗风进行了改革，但鲍照的很多作品也体现出典雅特征，与这一整体特点不存在矛盾。

---

① 贺贻孙：《诗筏》，《清诗话续编》，上海古籍出版社1983年版，第157页。
② 叶矫然：《龙性堂诗话初集》，《清诗话续编》，上海古籍出版社1983年版，第965页。
③ 钟嵘著，陈延杰注《诗品注》，人民文学出版社1961年版，第30页。
④ 曹旭：《诗品集注》，上海古籍出版社1994年版，第273页。

第五，重视声律与骈对。重视声律与骈对在颜延之、谢灵运诗歌中都有明显的体现，也是元嘉诗歌的共同特征，对构成元嘉诗歌艺术特征具有积极意义。可参看本书第四章有关论述。

颜延之与谢灵运共有的诗风在元嘉时期很有代表性。王僧达、鲍照、谢庄、刘义恭、谢惠连、孝武帝刘骏等人的诗歌也都有追求华美典奥的明显特征。谢惠连的"绮丽"（《诗品》"宋法曹参军谢惠连"），鲍照的"善制形状景写物之词"（《诗品》"宋参军鲍照"），孝武、刘铄、刘宏之"雕文织采，过为精密""轻巧"（《诗品》"宋孝武帝、宋南平王铄、宋建平王宏"），谢庄"尤为繁密"（《诗品序》）等，都与颜、谢诗风相似。

二　颜、谢诗风渊源辩

由于谢灵运、颜延之共同代表了元嘉诗风，后人认为他们在诗歌风格的源流上是同源的。但对二人诗风之源头，却存在不同的认识。

第一种观点以钟嵘为代表。《诗品》"宋临川太守谢灵运"条曰：

> 其源出于陈思，杂有景阳之体。故尚巧似，而逸荡过之，颇以繁富为累。嵘谓若人兴多才高，寓目辄书，内无乏思，外无遗物，其繁富，宜哉！然名章迥句，处处间起；丽典新声，络绎奔会。譬犹青松之拔灌木，白玉之映尘沙，未足贬其高洁也。[1]

再看颜延之诗风之源，《诗品》"宋光禄大夫颜延之"条云：

> 其源出于陆机。尚巧似。体裁绮密，情喻渊深。动无虚散，一句一字，皆致意焉。又喜用古事，弥见拘束，虽乖秀逸，是经纶文雅才。雅才减若人，则蹈于困踬矣。[2]

---

[1] 钟嵘著，陈延杰注《诗品注》，人民文学出版社1961年版，第29页。
[2] 钟嵘著，陈延杰注《诗品注》，人民文学出版社1961年版，第43页。

第三章 论元嘉"诗运转关"

根据《诗品》，陆机也源出曹植。也就是说钟嵘认为颜、谢同出于曹植。

但在《诗品》之外还有一种看法，谢灵运诗歌也出于陆机。如胡应麟《诗薮》"灵运之词，渊源潘陆"①，又如李梦阳《刻陆谢诗后》"其（谢灵运）始本于陆平原，陆谢二子则又并祖曹子建"②。

陆机虽然在诗风上也源出曹植，但说颜、谢同出曹植与同出陆机是不同的。那么两种观点哪一个正确，出现这种现象的根源何在？这些问题需要进行探讨。

陆机诗歌华美的特征很突出，《诗品》"晋平原相陆机"条曰："才高词赡，举体华美。气少于公干，文劣于仲宣。尚规矩，不贵绮错，有伤直致之奇。然其咀嚼英华，厌饫膏泽，文章之渊泉也。"③ 葛洪称"（陆）机文犹玄圃之积玉，……其弘丽妍赡，英锐漂逸，亦一代之绝乎！"④ 但陆机与曹植也有不同，他的诗歌不仅文辞华美，形式亦渐趋工整，诗句讲究对仗排偶，开骈对之先河，陈延杰曰："士衡体尚藻绘，排偶愈工，故钟氏以华美目之。"⑤ 而且陆机学识渊博，《晋书》本传记："年二十而吴灭，退居旧里，闭门勤学，积有十年。"⑥ 其诗歌中举熔炼前人文学遗产，《晋书·陆机传》记张华语："人之为文，常恨才少，至子更患其多。"⑦ 钟嵘评其诗"咀嚼英华，厌饫膏泽"，曹旭注曰："此二句均言陆机博览群籍，吸取文学遗产之精华。"⑧ 甚是。颜延之、谢灵运都极有才华，加之学识丰博，创作中运用典故非常娴熟。而且从观念上讲，他们也非常重视文学中的才学表现，谢灵运尤其如此，如其《答纲、琳二法师书》云："藻丰论博，蔚然满目。""藻丰"指文章辞采丰赡，"论博"则指作品中学识丰博。谢灵运以此称赞二位法师，可见他认可在文章中表现才学的做法。颜延之是当时硕学之人，极为重视学识的积累，《庭诰》云："观书贵要，观要贵博，

---

① 胡应麟：《诗薮》内编，上海古籍出版社1979年新1版，第23页。
② 李梦阳：《空同集》卷五十，文渊阁四库全书集部201册，第464页。
③ 钟嵘著，陈延杰注《诗品注》，人民文学出版社1961年版，第24～25页。
④ 房玄龄等：《晋书》，中华书局1974年版，第1481页。
⑤ 钟嵘著，陈延杰注《诗品注》，人民文学出版社1961年版，第25页。
⑥ 房玄龄等：《晋书》，中华书局1974年版，第1467页。
⑦ 房玄龄等：《晋书》，中华书局1974年版，第1480页。
⑧ 曹旭：《诗品集注》，上海古籍出版社1994年版，第138页。

博而知要，万流可一。咏歌之书，取其连类合章，比物集句。"所以他们的作品存在对才学的展示不足为奇。因此，在对艺术形式的重视以及对才学的展示上，颜、谢与陆机诗歌的确存在很多相似性，这也许就是李梦阳、胡应麟认为颜谢同出陆机的原因。

但是，开魏晋文学华美之风的代表人物是曹植，钟嵘在《诗品》中评价曹植的诗歌：

> 其源出于《国风》。骨气奇高，词采华茂，情兼雅怨，体被文质，粲溢今古，卓尔不群。嗟乎！陈思之于文章也，譬人伦之有周、孔，鳞羽之有龙凤，音乐之有琴笙，女工之有黼黻。俾尔怀铅吮墨者，抱篇章而景慕，映徐晖以自烛。故孔氏之门如用诗，则公幹升堂，思王入室，景阳潘陆，自可坐于廊庑之间矣。①

《三国志·曹植传》亦曰"陈思文才富艳"②，《宋书·谢灵运传论》曰："二祖陈王，咸蓄盛藻，甫乃以情纬文，以文被质。"③而陆机继承了这种诗歌传统，并多方拓展，因此钟嵘认为陆机出于曹植是有道理的。那么，同出陆机与同出曹植的区别在哪里？这涉及颜延之、谢灵运诗风差异问题。

颜、谢诗风差异在当时就有"错彩镂金"与"芙蓉出水"之说。从作品的表现看，颜延之诗歌对"经纶文雅"的表现较为突出，因此体现出作者鲜明的儒家气质，与陆机诗歌华美、尚规矩有近似之处。因为陆机诗歌虽然追求华美，但他本人却受儒家思想的深刻影响，《晋书》本传称其"服膺儒术，非礼不动"④，这种思想使他诗歌有明显的儒家色彩。而谢灵运诗歌除有华美典雅的特征外，还有表现自由、思想活跃等特征，钟嵘称之为"逸荡"。"逸荡"内涵如皎然所云："曩者尝与诸公论康乐为文，直于情性，尚于作用，不顾词彩，而风流自然。"⑤ 又如陈祚明所云："详谢诗格

---

① 钟嵘著，陈延杰注《诗品注》，人民文学出版社1961年版，第20页。
② 陈寿：《三国志》，中华书局1982年版，第577页。
③ 沈约：《宋书》，中华书局1974年版，第1778页。
④ 房玄龄等：《晋书》，中华书局1974年版，第1467页。
⑤ 皎然：《诗式》，《历代诗话》，中华书局1981年版，第30页。

调……大抵多发天然，少规往则，称性而出，达情务尽，钩深索隐，穷态极妍。"① 所以从谢灵运的诗歌中可以明显看出作者的文学家气质与玄学家气质，其中的文学家气质与曹植较为接近。关于谢灵运诗歌中的"逸荡"，钟嵘认为与张协有关，张协诗歌具有"风流调达"的特点，首开六朝"俊逸"一派，对谢灵运产生了一定影响。所以表面上看，谢灵运诗歌风格有近似陆机之处，却存在本质的区别。

综上所述，谢灵运与颜延之、陆机的诗歌有共同的一面，但在文学精神上又与他们有明显的不同，而是更接近于曹植诗风。颜延之与陆机他们共同延续了曹植诗风中的华美特征，并在完善形式上加以推动。所以从诗风的源头上看，谢灵运与陆机、颜延之诗风源出曹植，却又存在明显不同。钟嵘看到了这一点。胡应麟、李梦阳说谢灵运出于陆机有其原因，但显然不如钟嵘精到。

三　语汇扩大与元嘉诗歌艺术特征构成

语汇是诗歌表达的基本要素。从汉末诗歌兴盛到元嘉时期，五言诗一直处于探索之中，中间又受到玄言诗的影响，诗歌语汇的扩大受到很大影响。元嘉时期，作家思想更加复杂，对诗歌的艺术特征进行了较为全面的探索，无形中扩大了诗歌语汇，使诗歌的表现能力更加强大，进而影响到诗歌艺术特征的形成。尤其是人们对自然的观察体验更加深入，许多很有创造性的词语在诗歌中大量涌现。

下面通过对谢灵运、鲍照诗歌中的山水、草木、鸟兽、天文气象语汇的考察，具体看元嘉诗歌语汇的特征。

1. 山水语汇

石间、连峰、丹丘、神皋、华岳、旧山、幽石、曾巅、远峰、孤屿、奔峭、西岑、连鄣、兰皋、椒丘、大薄、长洲、千圻、万岭、峒郊、兰渚、林壑、绝嶝、苔岭、林陬、疏峰、沙垣、密石、远山、青崖、远堤、长汀、沙岸、阳崖、阴峰、环洲、春岸、广川、连冈、千仞壑、万寻巅、修畛、石磴、寒山、（紫）洲、（连绵）渚、积石、乳穴、积峡、平途、沙道、山径、丹穴壁、曾崖；

---

① 陈祚明：《采菽堂古诗选》卷十七，乾隆十三年刻本。

惊湍、背流、清泚、龙池、明泉、灵䨩、浚潭、寒潭、春渚、归潮、兰薄、江皋、流潮、沧海、清涟、回江、逆流、（潺湲）水、中川、乱流、穷海、（委）涧、飞泉、春流、回溪、石下潭、飞泉、回渚、惊流、秋泉、碧涧、红泉、沫江、漪涟、长津、两溪、飞泉、阳水、巨海、弱水湄、长沙渚、兰汜、华沼（以上取自谢灵运诗）。丹磴、重崖、锋石、云崖、雾岑、峰壁、霞石、春山、云峰、松磴、深崖、穹岫、高岑、长崖、阴崖、阳谷、乱山、暖谷、寒峰；江上波、长浪、长波、清潭、冈涧、汤泉、云潭、椒潭、珠渊、洞涧、金涧、旋渊、瑶波、复涧、飞潮、乱江泉、渌泉、珠水（以上取自鲍照诗）。

2. 草木语汇

阴灌、园柳、阳丛、茂松、松杞、噪柳、林檀、阴柯、秋槁、衰林、青密林、空林、高林、荒林、密林、阳林、团栾、（迥）林、长林、（丹）枫叶、绿柳、红桃、夭袅桃、灼灼桃、山桃、绿杞、桂树、幽篁、后霜柏、密竹、乔木杪、白杨、弱枝、初篁、绿箨、寒条、疏木、山木、幽树、棹葛、松茑、芳荑、春兰、魏王瓠、绿筱、春草、芳草、泽兰、芙蓉、菱荷、山椒、宿莽、白芷、新苕、绿苹、蒲稗、蕙、若、三春荑、（滑）苔、（弱）葛、苹萍、菰蒲、新蒲、薜萝、芳荪、野蕨、兰苕、蕙草、苑中兰、冲风菌；凋华、堕萼、英华、阳卉、白花、紫蘭、残红、落英、瑶华、红萼；初叶、初绿（以上取自谢灵运诗）。青梅、梅花、樱梅、青梧、长松、涧松、松桂、耸树、高柯、枯桑、寒山木、柔桑、劲秋木、暮林、烟树、花木、桑柘；丹葩、深草、葵藿、早蒲、晚篁、花萼、青苔、葵堇、泉花、云萼、劲草、白苹、野田稻、高冈草、卷蓬、泪竹、幽篁、玄草、野籊、冻草、软兰、园葵、园草、苦荠、秋兰、紫兰、朱华、阳条（以上取自鲍照诗）。

3. 天文气象语汇

晨风、秋松气、穴风、疾风、涧下风、和风、悲风、清风、（阴）岚气、绪风、行飙；朝日、浮阳、白日、新阳、（西驰）日；明月、秋月、初月、石上月、晓月；夕星、明星、河汉、玉衡、北辰、霄汉；朝露、速露、晓霜、朝露；层冰、春冰；霰雪、日雪、素雪、霜雪；檐上云、轻云、彤云、风云、天云、夕阴、白云、阴霞、夕曛、（归）云、云霞、夕霏、清晖、清霄、归云、升云烟、庆云（以上取自谢灵运诗）。朝光、清晖、净冬晖；夜月、行月、归月、宵月、高月；兰蕙露、雨露、皓露、清露、月露；桃李风、芳风、氛雾、野风、流风、北风、惊飙、凉海风、振风、旦风、行风、迅风；日氛、寒雾、暄雾、流霞、夜雾、江上雾、长雾、曛雾、烟霾、丰雾、密雾、流雾、黄雾；岭云、云霓、严云、聚云、飞霞、绿云；胡霜、冰上霜；夏雪、朔雪、封雪；春冰、阴冰；雾雨、骤雨；丽日（以上取自鲍照诗）。

4. 鸟兽语汇

寒禽、黄鸟、差池燕、飞飞燕、习燕、秋蝉、止栖黄、云鸟、鸣鹄、鸣禽、飞鸿、羁雌、迷鸟、哀禽、鸥、海鸥、天鸡、阳鸟、旅雁、云中雁；兕虎、虬虎、云龙、条上猿、石华、海月、潜虬、食萍鹿、哀猿（以上取自谢灵运诗）。野鼠、城上羊、野鹿、夜猿、孤兽、赤鲤、饥猿、麋鹿、槛中猿、硕鼠、丹蛇；伤禽、翔禽、园中鸟、泽雉、晨禽、凫鹄、双黄鹄、乳燕、春燕、双凫、别鹤、杜鹃、野鸟、鸣鸡、离鸿、轻鸿、孤雁、伤雁、旅雁、冒霜雁、带云雁、胡雁、鸣鸟、鞲上鹰、双鹤、独飞鸟、思鸟、朋鸟、灵鸟、川上鹄、白鸥、号鸟、双燕、鸣鹤、出凤鹤、山雀、海鹤、负霜鹤、凫雏、野雀、群鸡；草虫、巢蜂、蓼虫、白蚁、秋蚕、玄蜂、苍蝇（以上取自鲍照诗）。

从这些语汇中可以看出：一是山水、草木、气象、鸟兽语汇在元嘉诗歌中极为丰富，表明作家对自然界的观察较之以前诗人更加主动也更加细心，许多来自自然的优美语汇直接进入诗歌中，丰富了中国诗歌的语言库。二是元嘉时期语汇具有华美、新奇甚至有点险怪的特点。华美新奇的语汇特征以谢灵运诗歌体现最为明显，而险怪一派以鲍照为代表，明显反映了元嘉诗歌前后风气的变化。尤其是鲍照，他的诗歌语汇不仅新奇险怪，而且华丽艳冶，色彩斑斓，在某种程度上影响了元嘉后期诗风的转移。

如果我们将元嘉与汉魏两晋诗歌进行比较，就不难看出元嘉作家在诗歌语汇扩大上做出了巨大贡献。为了方便对比，笔者从古诗、苏李诗、建安诗（王粲、陈琳、曹植）、太康诗（陆机、潘岳）中选取有代表性、能体现创新的同类语汇如下。

山水类：古诗、苏李诗（涧中石、深山、南山；曲池、素波、绿水、绿池）；建安诗（王粲、陈琳、曹植：清池、太谷、高冈、

修坂）；太康诗（陆机、潘岳：回溪、峻阪、幽谷、峻岩、高岸、崇山、深谷、穷谷、长峦、洪崖；惊湍、白水、素石、华池、沧浪渊、飞泉、玉泉、微澜）。

草木类：古诗、苏李诗（河畔草、秋草、白杨、华实、乔木、北林、孤生柳、葵、瓜、荆棘、莵丝）；建安诗（王粲、陈琳、曹植：幽兰、芙蓉、红华、嘉木、绿叶、芳草、秋兰、朱华、山树）；太康诗（陆机、潘岳：青柳、落英、野田蓬、时菊、绿槐、芳林、春苔、女萝、轻条、密叶、兰林、秀木、嘉卉）。

天文气象类：古诗、苏李诗（浮云、晨风、飞云、寒风、严霜、秋云）；建安诗（王粲、陈琳、曹植：凉风、白露、白日、云霓、清夜、寒冰、凉风、宁霜、朝云、霖雨、朝霜）；太康诗（陆机、潘岳：长风、皎日、寒冰、凝冰、积雪、阴雪、玄云、鲜云、零雪、崇云、朝云）。

鸟兽类：古诗、苏李诗（黄鹄、胡马、蟋蟀、豺狼、虎豹、双凫、戎马、阳鸟、鸳鸯）；建安诗（王粲、陈琳、曹植：飞鸾、孤鸟、寒蝉、潜鱼、春鸠、归鸟、孤兽、孤雁、翔鸟、游鱼）；太康诗（陆机、潘岳：鸣蝉、寒鸟、鸣鸠）。

很明显，汉末、建安、太康诗歌中的山水、草木、气象、鸟兽语汇都较为简单，并不是非常的丰富。而且这些语汇较为朴素，附带的修饰性词语较为单调。作家对自然的观察体会显然没有达到习之入微的程度。元嘉时期的这四类语汇，不仅丰富，而且体现了作家极大的创造性，如雁就有离鸿、轻鸿、孤雁、伤雁、胡雁、旅雁、冒霜雁、带云雁、旅雁、云中雁等，又如云，有檐上云、轻云、彤云、风云、天云、夕阴、白云、阴霞、（归）云、云霞、夕霏、归云、升云烟、庆云、岭云、严云、聚云、绿云等。从这些语汇中可以看出，元嘉作家在继承前人成果的基础上，对语汇的扩大投入了巨大的创作力，元嘉诗歌也因此多姿多彩，在表现上异于建安、太康诗歌。

语言的进步能够影响文学的形态，其中语汇的丰富则给文学更为准确表达提供了更大的可能。元嘉作家以巨大的创造性与艺术匠心，不遗余力地扩大诗歌语汇，这是他们对中古文学语言发展做出的巨大贡献，不仅提高了诗歌的表现能力，而且对构建新的诗歌美学特征具有基础性作用，对后来诗歌发展产生了深刻影响。

四 谢灵运、鲍照自然美认识差异及原因

元嘉时期，鲍照的乐府诗创作最为后世称道，但他的山水诗也有一定成就。由于文化背景的不同，在自然美创造上，鲍照与谢灵运有所不同。对此学术界也有所注意，如鲁红平先生认为谢灵运笔下的山水往往是"春夏欣欣向荣、生机勃勃的清新艳丽的景色"，而鲍照则往往描写"秋冬肃杀凄凉之景"，[①] 这种总结并不完全准确。

谢灵运山水诗倾向于描写清丽之美，揭示自然的纯净、幽远、生机勃勃。如"差池燕始飞，夭袅桃始荣"（《悲哉行》），如"远岩映兰薄，白日丽清皋。原隰荑绿柳，墟囿散红桃"（《从游京口北固应诏诗》），如"白云抱幽石，绿筱媚清涟"（《过始宁墅诗》），如"连鄣叠巘崿，青翠杳深沈"（《晚出西射堂诗》），"初景革绪风，新阳改故阴。池塘生春草，园柳变鸣禽"（《登池上楼诗》），如"密林含余清，远峰隐半规"（《游南亭诗》），如"川后时安流，天吴静不发"（《游赤石进帆海诗》），如"乱流趋孤屿，孤屿媚中川。云日相辉映，空水共澄鲜"（《登江中孤屿诗》）。因此很多人认为谢灵运诗歌中的这种清美之境过于客观，很多时候还带有体玄的痕迹，思想较为单薄。[②] 的确，如果从感情抒发的角度看，这种境界确实反映不出什么深刻的感情，但是它们体现了作家精神与自然的和谐。而这种清美之境之所以能够打动人，亦在于它能使读者在阅读中，唤起潜意识中对自然之境、清幽之境的向往，能在精神上给人一种美的感觉，这是元嘉诗人对诗美境界的一大贡献。值得注意的是，这些纯净清美之境中都有水、草木、鸟兽、白云、风等意象的参与。而这几类意象，特别是水、鸟兽意象本身是有动感的，它们反映了作者对自然界细微之处的把握，找出了山水之中的优美内容，因而境界清丽俊朗。

[①] 鲁红平：《论谢灵运、鲍照山水诗之差异》，《湛江师范学院学报》1996 年第 1 期。

[②] 如王钟陵先生认为"谢灵运诗文的思想内涵比较单薄"，见《中国中古诗歌史》，人民出版社 2005 年版，第 373 页。余冠英先生认为谢诗："好摹写山水，往往工妙，但有时累于繁富，伤于刻划，或夹杂玄言理语，淡而少味。"《汉魏六朝诗选》，人民文学出版社 1958 年版，第 212 页。

而鲍照的山水诗主要塑造奇险壮阔之美。如"千岩盛阻积,万壑势回萦。宠狱高昔貌,纷乱袭前名。洞涧窥地脉,耸树隐天经。松磴上迷密,云窦下纵横。阴冰实夏结,炎树信冬荣。嘈嚖晨鹍思,叫啸夜猿清。深崖伏化迹,穿岫闶长灵。"(《登庐山诗二首》一)又如"含啸对雾岑,延萝倚峰壁。青冥摇烟树,穹跨负天石。霜崖灭土膏,金涧测泉脉。旋渊抱星汉,乳窦通海碧。"(《从登香炉峰诗》)又如"高山绝云霓,深谷断无光。昼夜沦雾雨,冬夏结寒霜。淖坂既马领,碛路又羊肠。"(《登翻车岘诗》)等。这种奇险壮阔之美大多与山川有关,作者把握到山川最为突出的特征,将其奇之美、险之美、壮阔之美用文字展现出来,给人耳目一新的感觉。

当然,谢灵运诗中也有"积峡忽复启,平途俄已闭"(《登庐山绝顶望诸峤诗》)这样险峻的诗句。鲍照的诗歌中也有"晨光被水族,晓气歇林阿"(《还都至三山望石头城诗》)"松色随野深,月露依草白"(《过铜山掘黄精诗》)这样秀美清新的意境。但从总体上看,二人确实存在差别。需要指出的是,作家在面对景物时的感受受到作家本身才性、经历以及艺术思维的影响,这反映到文学创作中就会产生不同的风格。谢灵运和鲍照对自然美的认识明显不同,这种区别背后有着复杂的因素。首先,谢灵运出身高华,受过良好的教育,虽然仕途不顺,却官至一方守宰;他又是个玄学家,山水之于他,能成为精神寄托与体悟对象,求其自然平和,不求奇险。鲍照则出身较为低下,他才华横溢,善于抓住山水尤其是山最突出、最引人注意之处,求其险、奇;而且鲍照仕途不畅,心中充盈不平之气,壮阔之美更能打动他,也更能给他提供创作的灵感。其次,与谢灵运所处的环境大多山清水秀不同,鲍照一生游宦四方,江州、荆州皆有名山大川,眼界所至,笔下自然有所区分。最后,从文艺思想看,谢灵运受传统文艺思想影响,他的创作不求险怪,而以清雅为主;但鲍照的思想比谢灵运少了很多束缚,写作起来少了许多顾忌,自然锋芒毕露。这些区别造成了二人对山水美的不同偏好。

第三节　元嘉诗风之变——"休鲍之风"

在元嘉后期，诗风发生了转移。《南齐书·文学传论》曰："颜、谢并起，乃各擅奇，休、鲍后出，咸亦摽世。"① 明显把元嘉文学分成了两个连续的阶段。钟嵘《诗品》卷下"齐黄门谢超宗等"条也提到"大明、泰始中，鲍、休美文，殊已动俗"②。这说明在元嘉后期，诗坛上已经出现了新特征。对于鲍照、汤惠休所代表的新诗风，目前学术界有不同的看法。王钟陵先生认为主要是"险俗"："'险俗'，正是一个中下层文人诗歌的艺术特征。'险俗'二字，基础是一个'俗'字。'俗'首先是一个表现内容的问题。鲍照由于他'孤门贱生''鹪栖草泽'（《解褐谢侍郎表》）的家世出身和生活经历，因而在诗中反映了一些下层生活。"③ 而《中国诗学》第一册"休鲍"条说："休鲍合称主要是因为他们都受到民间乐府民歌（主要是吴声、西曲）的影响，以柔媚婉约的风格表现男女艳情。"④ 这两种说法都有正确的一面，但也明显存在失误。王钟陵先生看到鲍照诗歌内容与传统文人诗的区别，但以表现下层生活为俗，这种结论站不住脚。寒士生活与思想在左思、陶渊明的诗中都存在，也是中古诗歌中常见的主题，并不能称之为俗。而《中国诗学》认为他们受到乐府民歌的影响以及有表现艳情的地方都是正确的，但以艳情为休鲍诗歌的核心，显然不全面，也没有揭示休鲍诗歌的价值所在。那么"休鲍之风"的内涵是什么呢？

笔者以为"休鲍之风"的第一个特征是诗歌语言平易化。《南史·颜延之传》记鲍照评颜谢云："谢五言如初发芙蓉，自然可喜。君（颜延之）诗若铺锦列绣，亦雕缋满眼。"⑤ 汤惠休也有一个大体相近的评语。鲍照和汤惠休都看到了谢灵运诗歌"自然"的一面，认为谢诗中流畅、清新的风格"可喜"，但对以颜延之为代表的典雅深密诗风则没有表现出赞许态度，显然他们更认同谢灵运诗

---

① 萧子显：《南齐书》，中华书局1987年版，第908页。
② 钟嵘著，陈延杰注《诗品注》，人民文学出版社1961年版，第68页。
③ 王钟陵：《中国中古诗歌史》，人民出版社2005年版，第614页。
④ 汪涌豪、骆玉明：《中国诗学》第二册，东方出版中心1999年版，第377页。
⑤ 李延寿：《南史》，中华书局1983年版，第881页。

歌风格，追求自然流畅。

　　从作品的角度看，鲍照的乐府诗最能体现平易化特点。由于鲍照从小生活在民歌发达的江南，又生活在社会下层，有更多机会亲身接触到民间文学。这一点是处于上层的谢灵运、颜延之等士族作家所不具备的。也正因为这个原因，鲍照的诗集中保存了数量很大的民歌与乐府诗。如《中兴歌十首》：

> 千冬迟一春，万夜视朝日。生平值中兴，欢起百忧毕。
> 中兴太平运，化清四海乐。祥景照玉台，紫烟游凤阁。
> 碧楼含夜月，紫殿争朝光。彩墀散兰麝，风起自生芳。
> 白日照前窗，玲珑绮罗中。美人掩轻扇，含思歌春风。
> 三五容色满，四五妙华歇。已输春日欢，分随秋光没。
> 北出湖边戏，前还苑中游。飞縠绕长松，驰管逐波流。
> 九月秋水清，三月春花滋。千金逐良日，皆竞中兴时。
> 穷泰已有分，寿夭复属天。既见中兴乐，莫持忧自煎。
> 襄阳是小地，寿阳非帝城。今日中兴乐，遥冶在上京。
> 梅花一时艳，竹叶千年色。愿君松柏心，采照无穷极。

　　这些小诗明白如话，清新小巧，还明显带有民间气息。鲍照以著名作家身份去模拟民间小诗，说明民间文学对当时文学发展起到了积极作用。

　　鲍照创作成就最突出的是拟乐府作品。他所拟的乐府诗大多是两汉魏晋时期的旧题，如《代蒿里行》《代东门行》《代放歌行》等。这些乐府旧题在魏晋时期受到了文人的改造，摆脱了民歌的质朴，呈现出华美倾向，但鲍照的拟乐府很好地继承了汉魏乐府传统，风格平易，抒情真挚。如：

> 伫立出门衢，遥望转蓬飞。蓬去旧根在，连翩逝不归。念我舍乡俗，亲好久乖违。慷慨怀长想，惆怅恋音徽。人生随事变，迁化焉可祈。百年难必果，千虑易盈亏。（《代邽街行》）
> 少年远京阳，遥遥万里行。陋巷绝人径，茅屋摧山冈。不睹车马迹，但见麋鹿场。长松何落落，丘陇无复行。边地无高木，萧萧多白杨。盛年日月尽，一去万恨长。悠悠世中人，争

第三章 论元嘉"诗运转关"

此锥刀忙。不忆贫贱时,富贵辄相忘。纷纷徒满目,何关慨予伤。不如一亩中,高会抱清浆。遇乐便作乐,莫使候朝光。(《代边居行》)

主人且勿喧,贱子歌一言。仆本寒乡士,出身蒙汉恩。始随张校尉,占募到河源。后逐李轻车,追虏穷塞垣。密途亘万里,宁岁犹七奔。肌力尽鞍甲,心思历凉温。将军既下世,部曲亦罕存。时事一朝异,孤绩谁复论。少壮辞家去,穷老还入门。腰镰刈葵藿,倚杖牧鸡豚。昔如鞲上鹰,今似槛中猿。徒结千载恨,空负百年怨。弃席思君幄,疲马恋君轩。愿垂晋主惠,不愧田子魂。(《代东武吟》)

这三首乐府第一首写游子思乡,第二首写感时伤逝,第三首写老军被弃的凄凉,风格古朴,很少用典,即使用典也非常明了,对理解诗意不构成障碍,也没有生僻字眼,诗句通俗,甚者带有一定的口语特征,情感真挚,抒情直接,很有古诗特色,直可追步汉魏。

鲍照非乐府诗中的很多作品,也保留了平易这一风格。如:

旅人乏愉乐,薄暮增思深。日落岭云归,延颈望江阴。乱流灇大壑,长雾匝高林。林际无穷极,云边不可寻。惟见独飞鸟,千里一扬音。推其感物情,则知游子心。君居帝京内,高会日挥金。岂念慕群客,咨嗟恋景沈。(《日落望江赠荀丞诗》)

枯桑叶易零,疲客心易惊。今兹亦何早,已闻络纬鸣。回风灭且起,卷蓬息复征。怆怆箪上寒,凄凄帐里清。物色延暮思,霜露逼朝荣。临堂观秋草,东西望楚城。白杨方萧瑟,坐叹从此生。(《秋日示休上人诗》)

昨夜宿南陵,今旦入芦洲。客行惜日月,崩波不可留。侵星赴早路,毕景逐前俦。鳞鳞夕云起,猎猎晚风道。腾沙郁黄雾,翻浪扬白鸥。登舻眺淮甸,掩泣望荆流。绝目尽平原,时见远烟浮。倏忽坐还合,俄思甚兼秋。未尝违户庭,安能千里游。谁令乏古节,贻此越乡忧。(《上浔阳还都道中作诗》)

这三首诗风格较之乐府诗典雅了许多，但并不深奥。第一首诗，薄暮之中，在外的旅人眺望远方，大江苍苍，无边无涯，远方林木笼罩在浓雾之中，一切都显得沉寂苍凉。作者就像那只孤独的飞鸟，思念着远方的朋友。最后两句，既有对友人的羡慕，又带有希望得到帮助的意味。这首诗以简单的语言，表达了非常复杂的思想。第二首，深秋之中，身心疲惫的作者远在他乡，孤独寂寞，心中充满迷茫。这种感情他无处可诉，只好向好友诉说。第三首诗是作者早年跟从临川王刘义庆从江州返回建康时作，在诗中他描述了自己行程以及路上所见，词句虽有雕琢痕迹，但还是较为平易。总体上看，鲍照的诗歌虽然也有追求典雅的一面，但却走上了平易化道路，改变了魏晋以来逐渐加强的典雅深奥诗风。

"休鲍之风"的第二个特征是诗歌内容、表现手法与儒家文学观存在距离。无论是鲍照还是汤惠休，他们创作的很多诗歌都与女性有关。他们或者在诗歌中以观者的身份去描写女性，如：

窗中多佳人，被服妖且妍。靓妆坐帐里，当户弄清弦。鬟夺卫女迅，体绝飞燕先。为君歌一曲，当作朗月篇。（鲍照《代朗月行》）

阳春孟春月，朝光散流霞。轻步逐芳风，言笑弄丹葩。晖晖朱颜酡，纷纷织女梭。满堂皆美人，目成对湘娥。虽谢侍君闲，明妆带绮罗。筝笛更弹吹，高唱好相和。万曲不关心，一曲动情多。（鲍照《代堂上歌行》）

朱唇动，素腕举。洛阳少童邯郸女，古称渌水今白纻，催弦急管为君舞。穷秋九月荷叶黄，北风驱雁天雨霜，夜长酒多乐未央。（鲍照《代白纻曲二首》一）

这些诗歌描写宴会中歌舞女子的服饰、体貌、形容以及她们动人的舞姿与歌声。此前的诗歌中虽然也存在对女性的直接描写，但描写对象一般是贵族女子。而鲍照将描写的对象转为歌女、舞女，视角下移，这一点与前人不同。不仅如此，鲍照与汤惠休的诗歌大量采用为女子代言的手法，很多诗歌本身就是以女子的口吻写出。如：

第三章　论元嘉"诗运转关"

眇眇蜎挂网，漠漠蚕弄丝。空惭不自信，怯与君画期。（鲍照《幽兰五首》四）

洛阳名工铸为金博山，千斲复万镂，上刻秦女携手仙。承君清夜之欢娱，列置帷里明烛前。外发龙鳞之丹彩，内含麝芬之紫烟。如今君心一朝异，对此长叹终百年。（鲍照《拟行路难十八首》二）

璇闺玉墀上椒阁，文窗绣户垂罗幕。中有一人字金兰，被服纤罗蕴芳藿。春燕差池风散梅，开帷对景弄禽雀。含歌揽涕恒抱愁，人生几时得为乐。宁作野中之双凫，不愿云间之别鹤。（鲍照《拟行路难十八首》三）

明月照高楼，含君千里光。巷中情思满，断绝孤妾肠。悲风荡帷帐，瑶翠坐自伤。妾心依天末，思与浮云长。啸歌视秋草，幽叶岂再扬。暮兰不待岁，离华能几芳。愿作张女引，流悲绕君堂。君堂严且秘，绝调徒飞扬。（汤惠休《怨诗行》）

琴瑟未调心已悲，任罗胜绮强自持。忍思一舞望所思，将转未转恒如疑。桃花水上春风出，舞袖逶迤鸾照日。徘徊鹤转情艳逸，君为迎歌心如一。（汤惠休《白纻歌三首》一）

秋风嫋嫋入曲房，罗帐含月思心伤。蟋蟀夜鸣断人肠，长夜思心飞扬。他人相思君相忘，锦衾瑶席为谁芳。（汤惠休《白纻歌三首》三）

这些诗歌中的艺术形象是思妇、怨妇、舞女、闺中女子，她们情思飘荡、婉转动人，但满怀愁怨。《诗经》中也有很多以女子口吻写作的诗歌，但从创作者的角度看，《诗经》中很多作品确实是女性创作的。而确定男性为女性代言的作品是楚辞，如《九歌》中的《湘君》与《山鬼》。所以，屈原实际是中国诗歌代言手法的源头。有些研究者认为，鲍照诗歌中的这种手法学习了南朝民歌，但南朝民歌与《诗经》一样，创作者难以确定。而且从上述所引的作品看，作者笔下的这些主人公渴望与"君"的和谐，她们的一切怨恨也都源于"思而不得"。如果联系鲍照、汤惠休的思想与经历，这显然是代言手法。所以他们更有可能学习楚辞。

然而无论是屈原还是鲍照、汤惠休，他们的这种艺术手法并不为儒家诗评家赞同。因为古代中国是男权社会，在古代知识分子的

意识中,女性只不过是被欣赏的对象,虽然称赞她们的美丽,但在内心却并不把她们放在与自己同等的地位。孔子云:"唯女子与小人为难养也。近之则不逊,远之则怨。"(《论语·阳货》)① 而男女之情更是不入大雅之堂,《诗经》虽有《关雎》等描写男女恋情的诗篇,在汉代却被文人用儒家思想进行阐释,成为政治观念的体现。这反映了汉代诗学对男女之情同样持否定、反对的态度。楚辞中大量出现男女之情的描写,受到了汉代文人的批评,如班固就批评道:"多称昆仑冥婚宓妃虚无之语,皆非法度之政、经义所载。"② 后来的刘勰也认为:"至于托云龙,说迂怪,丰隆求宓妃,鸩鸟媒娀女,诡异之辞也;康回倾地,夷羿弊日,木夫九首,土伯三目,谲怪之谈也;依彭咸之遗则,从子胥以自适,狷狭之志也;士女杂坐,乱而不分,指以为乐,娱酒不废,沉湎日夜,举以为欢,荒淫之意也:摘此四事,异乎经典者也。"③ 也就是说,屈原在作品中以女子代言或直接描写女子,在儒家文人看来是不可取的。

但楚辞自从成为经典以来,一直受到人们的喜爱,六朝文人尤其是晋宋文士更是热爱楚辞,如《世说新语·任诞》曰:"王孝伯言:'名士不必须奇才,但使常得无事,痛饮酒,熟读《离骚》,便可称名士。'"④ 在文学创作中,作家非常喜欢借用楚辞中语汇、句意。鲍照也如此,但他更进一步接受了楚辞的艺术手法。值得注意的是,这种艺术手法有一定的地域性。屈原生于楚地,楚地本来盛行巫鬼之术,楚辞中的浪漫情调具有地域文化的痕迹。鲍照祖籍是东海郡,属北方,但永嘉之乱,鲍照先祖由北方迁居江南,故而他从小生长在江南吴楚文化环境中。鲍照到过故楚旧地,《宋书》本传记:"临海王子项为荆州,照为前军参军,掌书记之任。"⑤ 大明六年(462)秋,鲍照随子项赴荆州,至遭乱遇害尚有四五年时间。荆州刺史治所在江陵,为战国时期楚国的中心地区。鲍照深受楚文化熏陶,对以楚辞为代表的楚文化有明显接受。这给那些深受

---

① 《论语》,《汉魏古注十三经》,中华书局1998年版,第79页。
② 严可均:《全上古三代秦汉三国六朝文》,中华书局1958年版,第611页。
③ 周振甫:《文心雕龙今译》,中华书局1986年版,第43页。
④ 余嘉锡:《世说新语笺疏》(修订本),上海古籍出版社1993年版,第763页。
⑤ 沈约:《宋书》,中华书局1974年版,第1480页。

第三章 论元嘉"诗运转关"

儒家思想影响的文人留下了批评的空间,因为在天监时期,儒家思想出现了魏晋以来的一次高潮,诗论家视鲍照等人之诗为"俗",必矣。

"休鲍之风"的第三个方面是,艺术风格与魏晋诗歌主流有所不同。由于鲍照等人在艺术手法上学习了楚辞与民歌,他们的诗歌在风格上呈现出华靡、轻艳、色彩斑斓的特征。鲍照诗歌对楚辞的华艳特征继承比较明显,如《宋书·鲍照传》说鲍照诗"文辞赡逸"[1],虞炎在《鲍照集序》中也说"虽乏精典,而有超丽"[2]。上面所引用的诗歌大多具有这一特点。不仅如此,鲍照诗歌在情感表达特征上也继承了楚辞。楚辞在抒情上有"哀志""伤情"的特点。需要指出的是,"哀志"与"伤情"在意义上并不等同。《说文解字》曰"情,人之阴气有欲者"[3],《荀子·正论》曰"性之好、恶、喜、怒、哀、乐谓之情"[4]。"情"带有直接体验的色彩,而"志"比"情"要复杂得多。《毛诗序》曰"诗者,志之所之也,在心为志,发言为诗",又曰"发乎情""止乎礼义"。[5] 可见在汉代人观念中,"情"必须加以约束,而"志"带有对"情"的提升与约束的意味。刘勰思想受儒学影响深刻,对"志"与"情"这两个概念的理解带有汉代诗学特点。从楚辞作品看,《离骚》直指理想、志向的难以实现,情绪抒发激烈,富于悲壮之美,有"哀志"的一面;而《九歌》主题复杂,多借男女思恋表现伤感缠绵情绪,有阴柔纤美倾向,体现出"伤情"的特征。鲍照的诗歌在情感表达上,同样着力抒写自己的人生困顿,手法丰富,既有愤激昂扬之气度,又有婉转哀怨之情调,与楚辞"哀志""伤情"相类。而且鲍照诗歌情感表达激抑奔放,恣肆无拘,具有"险"的特征,而更近于楚骚,整体风貌以及诗歌精神上与以颜、谢为代表的雅丽诗风明显不同,与儒家诗教"温柔敦厚"也有距离。汤惠休则走得更远,华靡伤怨特征更为明显。

同时,鲍照与汤惠休所代表的诗歌被称为"俗",还有文人雅

---

[1] 沈约:《宋书》,中华书局1974年版,第1477页。
[2] 严可均:《全上古三代秦汉三国六朝文》,中华书局1958年版,第2929页。
[3] 许慎:《说文解字》,中华书局2002年版,第217页。
[4] 王先谦:《荀子集解》,中华书局1988年版,第412页。
[5] 《毛诗》,《汉魏古注十三经》,中华书局1998年版,第1页。

俗观念的因素。雅，古通"夏"，指中原地区的语言。古人以中原文化为正，而视其他民族为鄙俗，因为这些民族在文化上处于落后状态。如《荀子·荣辱》曰："越人安越，楚人安楚，君子安雅。"王先谦云："雅，正也，正而有美德者谓之雅。"① 楚越皆属四夷，故荀子以雅对楚越。《荀子·王制》又云："使夷俗邪音不敢乱雅。"王氏云："夷俗，谓蛮夷之乐。雅，正声也。"② "雅"明显在文化上凌驾于"夷俗"之上。所以，从一开始雅观念就具有正统化、精英化的特征。后来儒家在对自我的界定中多次将"君子"与"小人"对举。"君子"者，有道德、有知识之士；"小人"者，普通下层人。这可以说是古代雅俗观的推广。具体到文学上，雅，就是符合文化主流，思想纯正。但"俗"就不一样。俗，《礼记集说》："下所习谓之俗。"③《释名》："俗，欲也，俗人所欲也。"④ 这一概念带有大众性、文化落后性即非精英性特征。鲍照与汤惠休的诗歌用通俗平易的语言，反映了社会大众乐于接受的内容（人们认为鲍照、汤惠休学习民歌大约是因为这一点），更有利于突破雅观念的范畴，为更多读者接受，也正是这个原因，他们的诗歌才能"动俗"。钟嵘认为鲍诗"险俗"，汤诗"淫靡"，萧子显也认为："发唱警挺，操调险急，雕藻淫艳，倾炫心魂，亦犹五色之有红紫、八音之有郑卫，斯鲍照之遗烈也。"这些观点均是在雅正文学观的前提下得出的结论。

必须指出，元嘉后期以鲍照为代表的平易、"俗艳"诗风的出现，具有一定的社会因素。首先，刘宋皇室成员对民歌乐府的重视，引导了民间文学对文人的浸染。这一点吴怀东先生在《民歌升降与刘宋后期诗风》中有过论述。⑤ 当时在幕府中的确有一股欣赏与模拟民间乐府的浪潮。由于元嘉作家尤其是后期作家，如鲍照等人，都有长期的幕府生涯，府主对民间文学的喜爱直接影响到他们。幕府实际成为民歌浸染文人创作的中介。那种形式活泼小巧、

---

① 王先谦：《荀子集解》，中华书局 1988 年版，第 62 页。
② 王先谦：《荀子集解》，中华书局 1988 年版，第 168 页。
③ 卫湜撰：《礼记集说》，《文渊阁四库全书》经部 113 册，台湾商务印书馆，第 97 页。
④ 王先谦：《释名疏证补》，上海古籍出版社 1984 年版，第 189 页。
⑤ 吴怀东：《民歌升降与刘宋后期诗风》，《宁夏大学学报》2001 年第 1 期。

风格艳丽清秀的小诗不仅包含着一定的娱乐因素，更具有新的文学因素，所以，它们不仅吸引了达官贵人，也吸引了思想较为开放的文人。其次，元嘉后期出现以鲍照为代表的平易、"俗艳"诗风也与这一时期寒族作家群体对文学影响力增强有关。元嘉前中期作家队伍的组成基本以士族文人为主，他们都具有儒家思想背景，诗歌风格总体上倾向于典雅华丽。随着元嘉时期社会的安定以及学校教育的重新建立，文化出现了下移，许多寒族成员也开始掌握文化并进入文学创作队伍中，如鲍照兄妹、汤惠休。除他们之外，还有一些寒族作家也值得注意。如钟嵘在《诗品》下"宋御史苏宝生等"条记载了四位元嘉时期的寒族作家：苏宝生、陵修之、任昙绪、戴法兴，并称许他们的诗作曰："苏、陵、任、戴，并著篇章，亦为搢绅之所嗟咏。人非文才是愈，甚可嘉焉。"[1] 又在"宋监典事区惠恭"条记载了一位胡人区惠恭曰："惠恭本胡人，为颜师伯干。颜为诗，辄偷笔定之。后造《独乐赋》，语侵给主，被斥。及大将军修北第，差充作长。时谢惠连兼记室参军，惠恭时往共安陵嘲调。末作《双枕诗》以示谢。谢曰：'君诚能，恐人未重。且可以为谢法曹造。'遗大将军。见之赏叹，以锦二端赐谢。谢辞曰：'此诗，公作长所制，请以锦赐之。'"[2] 又在"齐参军毛伯成"条记有"齐朝请吴迈远"，此条实误，吴迈远卒于刘宋时期[3]，钟嵘称其诗曰"吴（迈远）善于风人答赠。……汤休谓远云：'我诗可为汝诗父。'以访谢光禄，云：'不然尔，汤可为庶兄。'"[4] 这些材料说明，元嘉后期的确出现了一批创作风格较为相近的寒族作家。相对于士族作家而言，他们缺少深厚儒家思想基础，儒家诗教观对他们的影响相对淡薄，在文学风格上，他们更为自由。而且他们多数没有深湛的学识，无法达到谢灵运、颜延之的水准，因而他们的创作注定与颜、谢所代表的诗风不同。同时，这些寒族作家的出现，使鲍照与汤惠休代表的诗风得到了接受认同的群体。

这里顺带对刘宋时期的一桩公案发表一点见解。《南史·颜延之传》记："延之每薄汤惠休诗，谓人曰：'惠休制作，委巷中歌

---

[1] 钟嵘著，陈延杰注《诗品注》，人民文学出版社1961年版，第65页。
[2] 钟嵘著，陈延杰注《诗品注》，人民文学出版社1961年版，第65页。
[3] 曹道衡、沈玉成：《中古文学史料丛考》，中华书局2003年版，第354页。
[4] 钟嵘著，陈延杰注《诗品注》，人民文学出版社1961年版，第69页。

谣耳，方当误后生。'"① 颜延之对汤惠休的批评，并不是如《诗品》下"齐惠休上人"条所记羊曜璠语"忌鲍之文"②，而是颜延之发现鲍照诗歌在带有元嘉诗风某些特征的基础上，出现了"险俗"特征；而汤惠休的诗歌"淫靡，情过其才"，与元嘉诗风、儒家诗教的距离颇大。颜延之站在儒家思想的基础上对汤惠休进行批评，并从诗歌的社会功用上认为汤诗"误后生"，其中并不涉及多少个人私念。颜延之鄙薄汤惠休事件说明，元嘉中后期两种诗风已经呈现出并存格局，而且越到后来，"休鲍之风"愈烈。

从文学发展的角度上看，以鲍照、汤惠休为代表的诗歌创作不仅改变了元嘉时期渊深典奥、雅丽工巧的总体趋势，也改变了诗歌单一的典雅格局，给中国诗歌增添了很多新的内涵，对艺术手法的丰富、艺术境界的扩展，都有巨大作用。"休鲍之风"引导了元嘉诗风的转移，促使了中古诗歌多样性发展。

---

① 李延寿：《南史》，中华书局1983年版，第881页。
② 钟嵘著，陈延杰注《诗品注》，人民文学出版社1961年版，第66页。

第四章
"元嘉体"体制辨析

严羽在《沧浪诗话》"诗体"中说:"以时而论,则有:建安体(汉末年号。曹子建父子及邺中七子之诗),黄初体(魏年号。与建安相接,其体一也),正始体(魏年号。嵇阮诸公之诗),太康体(晋年号。左思潘岳三张二陆诸公之诗),元嘉体(宋年号。颜鲍谢诸公之诗),永明体(齐年号。齐诸公之诗),齐梁体(通两朝而言之),南北朝体(通魏周而言之,与齐梁体一也)。"[1] 这是笔者目前所见第一次提出"元嘉体"概念的文献。严羽从时间的角度去审视文学特别是诗歌的发展,注意到诗歌在某些特殊阶段具有独立特征,这很有价值,但他并没有对"元嘉体"的概念进行说明。汪涌豪、骆玉明主编的《中国诗学》曾从题材与风格角度对"元嘉体"进行界定,认为其特征有:1. 把诗歌从玄理中解放出来,题材有了进一步拓展。2. 风格绮丽繁富,博奥典重。[2] 这一界定是较为表面化的,并没有看到"元嘉体"特征的真正核心。元嘉诗歌对中古诗歌发展影响巨大,人们甚至将其视为诗运转关,"元嘉体"作为元嘉诗歌的核心,它的体制特征是什么?它又从哪些角度影响了诗歌发展?都需要进行深入分析。

在展开论述之前,先对"元嘉体"的研究范围进行界定。严羽对"元嘉体"的界定是"宋年号。颜鲍谢诸公之诗。"从这一界定中可以推导出下面几点:首先,在时间范围上,严羽认为"元嘉体"包括了颜延之、鲍照、谢灵运等作家的诗歌,而在本书绪论中就已经提到,从谢灵运到鲍照,已非元嘉三十年所能容纳,所以,严羽的"宋年号"应当是一个概念化的词语。如果从时间上界定的

---

[1] 严羽:《沧浪诗话》,《历代诗话》,中华书局1981年版,第689页。
[2] 汪涌豪、骆玉明主编《中国诗学》(二),东方出版中心1999年版,第372页。

话,"元嘉体"所反映的时间应当与元嘉文学一致。但是笔者认为,如果将元嘉时期所有体式的诗歌都纳入"元嘉体"研究范围的话,必然出现驳杂无序的状况,不利于诗歌发展规律的总结。而且严羽将建安体、黄初体、太康体、元嘉体、永明体、齐梁体并列起来考察,这说明他是按照诗歌发展的主线来看待历代诗歌发展的。从建安到齐梁时期,诗歌发展的主要体式是五言诗,五言诗的发展实际代表了这一阶段诗歌的发展。当然这也是由于四言诗在六朝时期已经走入末路,而七言诗则方兴未艾的原因。所以笔者认为,"元嘉体"的主要内涵是这一时期的五言诗,本书主要通过对元嘉五言诗的诗体长度、对偶、声律、用韵四个方面来探讨"元嘉体"体制特征,并分析其中蕴涵的文学发展因素。

第一节 "元嘉体"的诗体长度

刘跃进先生在《门阀士族与永明文学》中提道:"魏晋南北朝的诗歌发展逐渐由长变短,句式渐渐趋于定型。"① 诗体长度实际反映了作家创作中对诗歌本身的认识,南朝五言诗的长度变迁同样具有时代意义。那么处于转折过程中的元嘉诗歌是否如刘跃进先生所说,也处于由长变短的过程中呢?不妨从作品本身入手进行探讨。

由于元嘉诗歌散失严重,现存的很多作品都是后人从各种类书中辑录出来的,所以有很多诗歌的完整性值得怀疑。好在六朝时期出现了两部总集:《文选》与《玉台新咏》。这两部书中收录了很多汉代以来的五言诗,基本是完整的,所以本节所讨论的诗歌基本以《文选》与《玉台新咏》收录的为主。需要说明的是,《文选》《玉台新咏》所收元嘉诗歌在题目上与本书前面章节中所依据的逯钦立《先秦汉魏晋南北朝诗》有所不同,为了前后统一,本节所取诗歌题目依逯《先秦汉魏晋南北朝诗》。

讨论元嘉五言诗诗体长度问题,最好就是将其置于中古五言诗

---

① 刘跃进:《门阀士族与永明文学》,生活·读书·新知三联书店1996年版,第107页。另外,刘跃进先生在"永明体的句式辨析"一节中讨论诗体长度问题。本书认为用"句式"一词来讨论诗体长度并不合适,因为"句式"这一概念指向是句子本身的特征。

的发展过程中。建安时期五言诗开始兴起，曹植与王粲是当时最具代表性的作家。《文选》收王粲五言诗11首，收曹植五言诗23首。《玉台新咏》收曹植五言诗2首，未收王粲作品。所以，两部总集共收曹、王五言诗36首。这些诗歌的长度情况如下表所示。

长度\作家	8句	12句	14句	16句	18句	20句	24句	26句	28句	30句	32句	34句	80句	合计
曹植	1	5	3	5	1	2	2	1	2	1	0	1	1	25
王粲	0	0	0	0	2	3	2	1	0	0	1	0	0	11
总计	1	5	3	5	3	5	4	2	2	1	1	1	1	36

需要说明的是，曹植诗中一首80句诗为《文选》所收之《赠白马王彪》，这首诗的特别之处在于它虽然是一首诗，但诗内部分节，80句诗共分7节，其中4节每节12句，其余分别为8句、10句、14句。实际上这是一首由多首诗组成的诗歌，每一节都表达了相对独立的意义，同时又在整首诗中承担不同的意义层次。但为了方便论述，还是把它看作一首完整的诗。

太康诗歌的代表作家史称"三张、两潘、二陆、一左"，但实际上最具有代表性的当属陆机和潘岳。潘岳五言诗为《文选》所收者8首，为《玉台新咏》所收者2首，共10首。陆机五言诗为《文选》所收者45首，为《玉台新咏》所收者2首，其中有一首两书并收，故共计46首。二人诗歌长度情况分布如下。

长度\作家	8句	10句	12句	14句	16句	18句	20句	22句	24句	26句	28句	34句	38句	40句	合计
潘岳	0	0	0	1	0	1	0	1	0	3	2	1	1	0	10
陆机	1	5	4	5	3	8	4	15	1	1	0	0	2	0	1	46
总计	1	5	5	4	8	5	15	2	1	3	2	3	1	1	56

元嘉诗歌的代表作家是谢灵运、颜延之和鲍照，谢灵运五言诗为《文选》所收者共40首，为《玉台新咏》所收者共2首，实际共42首。颜延之五言诗为《文选》所收者17首，为《玉台新咏》所收者2首，其中《秋胡行》二书并收，实际共计18首。鲍照五言诗为《文选》所收者17首，为《玉台新咏》所收者5首，共计

22 首。三人诗歌长度情况如下表所示。

长度 作家	4句	8句	10句	14句	16句	18句	20句	22句	24句	26句	28句	32句	40句	42句	90句	共计
颜延之	0	5	0	2	0	0	4	1	1	4	0	0	0	0	1	18
谢灵运	2	0	0	2	4	5	7	12	2	3	0	3	1	1	0	42
鲍照	0	0	1	4	1	0	8	3	2	2	1	0	0	0	0	22
总计	2	5	1	8	5	5	19	16	5	9	1	3	1	1	1	82

现在我们对上面三个表格进行分析。如果按照句子数量 1~8、10~18、20~28、30~38 以及 40 以上对上述三个表格进行区间划分的话，就会形成下面一组表格。

时代	区间	2~8句	10~18句	20~28句	30~38句	40句以上	总计
建安	篇数	1	18	13	3	1	36
	比例	2.8%	50%	36.1%	8.3%	2.8%	100%
太康	篇数	1	27	23	4	1	56
	比例	1.8%	48.2%	41.1%	7.1%	1.8%	100%
元嘉	篇数	7	19	50	3	3	82
	比例	8.5%	23.2%	61%	3.7%	3.7%	100%

从这一组表格中可以看出一个很明显的现象，建安时期占主导地位的 10~18 句诗歌在太康、元嘉时期诗歌中的比例逐渐下降，而 20 句以上的长篇诗歌在逐渐上升，尤其是 20~28 句的诗歌在元嘉时期占到了一半以上。同时，刘跃进先生曾对永明时期诗歌长度进行过统计，"竟陵八友"的诗歌中占主导地位的是 10 句以下的短诗，占到了 74% 的份额，而 20~28 句的长诗仅占 7.8%。[①] 所以根据上面的数据，我们可以得出这样的结论：汉魏六朝诗歌的长度呈现一种抛物线的状态，而元嘉诗歌正处于这个抛物线的顶端。

这种情况是元嘉诗歌"繁富"特征的一个表现，同时也是魏晋以来文学思想发展的具体体现。建安、太康时期"诗赋欲丽"（曹

[①] 刘跃进：《门阀士族与永明文学》，生活·读书·新知三联书店 1996 年版，第 107 页。

丕《典论·论文》)、"诗缘情而绮靡"（陆机《文赋》)① 观念的出现，导致了作家在创作中踵事增华，到元嘉时期达到顶峰。可以说，元嘉作家对文学繁富的创作理念进行了最彻底的实践。但是如果仅仅把目光停留在元嘉诗歌的繁富上，就无法发现元嘉作家对诗体长度探索的真正贡献。因为每一种文学观念被实践到无以复加的时候，突破时机也就随之而来。从上面的表格中，我们还可以看出，从建安开始，10 句以下的诗歌在作品中所占比例开始上升。上升幅度虽然并不大，到元嘉时期才占 8.5%，但这个数据是很有价值的。因为从鲍照开始，五言四句诗就开始大量出现，这些诗歌由于是受民歌影响的最初产物，文人一般不大注意，但它们对诗歌发展有影响。另外，谢灵运、颜延之对诗歌趋短萌芽也有其贡献。谢灵运《酬从弟惠连诗》与《登临海峤初发疆中作与从弟惠连可见羊何共和之》都分章，每一章都是五言 8 句；颜延之《秋胡行》共九章，每章都是五言 10 句。在以前的分章组成诗歌中，每一章的句数一般是不一致的，但在谢灵运与颜延之那里，每个章节都整齐了，这说明，他们在潜意识里已经有用短诗构建长诗的观念，而且对于短诗的理解，他们都把范围定在 10 句以下。如颜延之《五君咏五首》都是 8 句，已经明显是短诗的形态，可见谢灵运和颜延之在沿袭魏晋以来长诗传统的同时，对诗体发展也进行了探索，使元嘉诗歌在走向极度繁富的同时，具备了新的发展萌芽。

第二节 "元嘉体" 的骈对

骈对这种艺术技巧的出现与运用都很早。② 但真正在诗歌中大量运用是在魏晋以后。这主要是因为艺术思维在这一时期出现了长足进展，人们倾向于用整饬有序的思维来构建文学作品，用对称华美来代替朴素简质。但在唐代之前，骈对之风真正达到高潮是在元嘉时期。许学夷在《诗源辨体》中称颜延之、谢灵运诗歌"体尽俳偶"③，这种说法虽然有些夸张，却说明了后世文人将元嘉诗歌

---

① 张少康：《文赋集释》，人民文学出版社 2002 年版，第 99 页。
② 参见褚斌杰《中国古代文体概论》，北京大学出版社 1984 年版，第 156~162 页。
③ 许学夷：《诗源辨体》，人民文学出版社 1981 年版，第 108、113 页。

尤其是颜、谢的诗歌当成了六朝骈对的代表。罗宗强先生在《魏晋南北朝文学思想史》中提到"（王力先生在《汉语诗律学》中分对句为十一类二十八门）除干支对、反义连用字对和饮食对之外，其余二十五种在元嘉文学中都已出现，而谢灵运诗中就有二十一种"[①]。但是"出现"与"大量运用"是不同的概念，况且，罗先生在考察元嘉骈对时有的类别取例于赋，如连介对，取鲍照《舞鹤赋》，并没有完全揭示元嘉诗歌骈对情况。笔者通过对元嘉五言诗对句的考察发现，作家对对句的运用非常积极，也非常复杂。需要说明的是，因为本节涉及句，所以在探讨范围上有所扩大。另外在考察标准上，依然依据王力先生《汉语诗律学》[②]。同时，由于元嘉诗歌中对句例句很多，本节只取其中具有代表性的例句。

第一类：
1. 天文对

风至授寒服，霜降休百工。（谢瞻《九日从宋公戏马台集送孔令诗》）

初景革绪风，新阳改故阴。（谢灵运《登池上楼诗》）

蚩云兴翠岭，芳飙起华薄。（谢惠连《三月三日曲水集诗》）

峻节贯秋霜，明艳侔朝日。（颜延之《秋胡行》）

风观要春景，月榭迎秋光。（颜延之《登景阳楼诗》）

鳞鳞夕云起，猎猎晓风遒。（鲍照《上浔阳还都道中作诗》）

流云起行盖，晨风引銮音。（范晔《乐游应诏诗》）

2. 时令对

晨策寻绝壁，夕息在山栖。（谢灵运《登石门最高顶诗》）

早闻夕飚急，晚见朝日暾。（谢灵运《石门新营所住四面高山回溪石濑茂林修竹诗》）

宵登毗陵路，旦过云阳郛。（刘骏《济曲阿后湖诗》）

阶上晓露洁，林下夕风清。（刘义隆《登景阳楼诗》）

蘅若首春华，梧楸当夏翳。（王微《四气诗》）

奔泉冬激射，雾雨夏霖浮。（鲍照《山行见孤桐诗》）

[①] 罗宗强：《魏晋南北朝文学思想史》，中华书局1996年版，第210页。
[②] 王力：《汉语诗律学》（增订本），上海教育出版社1979年新2版，第153～166页。

这一类型的对仗在元嘉之前的五言诗中比较普遍,元嘉作家也有大量运用。

第二类:

1. 地理对

剖竹守沧海,枉帆过旧山。山行穷登顿,水涉尽洄沿。岩峭岭稠叠,洲萦渚连绵。(谢灵运《过始宁墅诗》)

疏峰抗高馆,对岭临回溪。(谢灵运《登石门最高顶诗》)

遵渚攀蒙密,随山上岖嵚。(范晔《乐游应诏诗》)

解萼偃崇丘,藉草绕回壑。(谢惠连《三月三日曲水集诗》)

横海咸飞骊,绝漠皆控弦。(颜延之《从军行》)

游阴腾鹄岭,飞清起凤池。(谢庄《游豫章西观洪崖井诗》)

千涧无别源,万壑共一广。(鲍照《望水诗》)

2. 宫室对

虚馆绝铮讼,空庭来鸟雀。(谢灵运《斋中读书诗》)

凄凄含露台,肃肃迎风馆。(刘铄《拟青青河边草诗》)

崇堂临万雉,层楼跨九成。(刘义隆《登景阳楼诗》)

岩险去汉宇,襟卫徙吴京。(颜延之《车驾幸京口侍游蒜山作诗》)

温宫冬开燠,清殿夏含霜。(刘义恭《登景阳楼诗》)

出入南闱里,经过北堂陲。(鲍照《咏双燕诗二首》一)

这一类型也为建安、太康诗人常用,但随着山水诗在元嘉时期的兴起,对句中关于山水的例句在诗歌中的比例开始上升,尤其以谢灵运最具创造性。

第三类:

1. 器物对

銮旌历颓寝,饰像荐嘉尝。(谢瞻《经张子房庙诗》)

芳尘凝瑶席,清醑满金罇。(谢灵运《石门新营所住四面高山回溪石濑茂林修竹诗》)

北伐太行鼓,南整九疑驾。(孔宁子《前缓声歌》)

丹墀设金屏,瑶榭陈玉床。(刘义恭《登景阳楼诗》)

珠帘无隔露,罗幌不胜风。(鲍照《代陈思王京洛篇》)

2. 衣饰对

束带从王事,结缨奉清祀。(孔欣《祠太庙诗》)

簪玉出北房，鸣金步南阶。(谢惠连《捣衣诗》)
挂冠东门阛，归褐西唐足。(范广渊《征虏亭饯王少傅》)
草服荐同穗，黄冠献嘉寿。(颜延之《侍东耕诗》)
春服候时制，秋纨迎凉造。(刘义恭《游子移》)
舍簪神区外，整褐灵乡垂。(谢庄《游豫章西观洪崖井诗》)
素带曳长飙，华缨结远埃。(鲍照《代放歌行》)

3. 饮食对

堇茹供春膳，粟浆充夏飡。瓠酱调秋菜。白醝解冬寒。(刘骏《四时诗》)

这一类中的衣饰对在元嘉后期作家创作中出现较为普遍，因为诗风的转移，带动了诗人对器物、衣饰以及日常生活的关注，为后来齐梁时期诗歌的服饰描写奠定了基础。而饮食对的薄弱则说明，这一类语汇还没有被诗人在创作中广泛接受。

第四类：

1. 文具对

殷勤诉危柱，慷慨命促管。(谢灵运《道路忆山中诗》)
解佩袭犀渠，卷帙奉卢弓。(鲍照《拟古诗八首》二)
道经盈竹筒，农书满尘阁。(鲍照《临川王服竟还田里诗》)

2. 文学对

孰是金张乐，谅由燕赵诗。(谢灵运《君子有所思行》)
贵史寄子长，爱赋托子云。(谢灵运《北亭与吏民别诗》)
观风久有作，陈诗愧未妍。(颜延之《应诏观北湖田收诗》)
五图发金记，九籥隐丹经。(鲍照《代升天行》)
楚楚秋水歌，依依采菱弹。(刘铄《拟青青河边草诗》)

这一类总体上在元嘉诗歌中运用较少，也明显具有"为对而对"的倾向。

第五类：

1. 草木花果对

苔滑谁能步，葛弱岂可扪。(谢灵运《石门新营所住四面高山回溪石濑茂林修竹诗》)
泽兰渐被径，芙蓉始发池。(谢灵运《游南亭诗》)
白露滋园菊，秋风落庭槐。(谢惠连《捣衣诗》)
蔓藻嬛绿叶，芳兰媚紫茎。(刘义隆《登景阳楼诗》)

帘委兰蕙露，帐含桃李风。（鲍照《幽兰五首》二）
2. 鸟兽鱼虫对
巢幕无留燕，遵渚有归鸿。（谢瞻《九日从宋公戏马台集送孔令诗》）
潜虬媚幽姿，飞鸿响远音。（谢灵运《登池上楼诗》）
萧瑟含风蝉，寥唳度云雁。（谢惠连《秋怀诗》）
乌可循日留，兔自延月夜。（孔宁子《前缓声歌》）
夜蝉堂夏急，阴虫先秋闻。（颜延之《夏夜呈从兄散骑车长沙诗》）
乳燕逐草虫，巢蜂拾花萼。（鲍照《采桑》）

这一类型在元嘉时期诗歌中出现频率最高，随着咏物风气在诗歌创作中的流行以及诗人对自然感悟的加深，他们更乐于从草木鱼虫中寻找词汇，构造精美华丽、流畅生动的诗句。

第六类：
1. 形体对
各勉玄发欢，无贻白首叹。（谢惠连《秋怀诗》）
倾耳聆波澜，举目眺岖嵚。（谢灵运《登池上楼诗》）
鬓夺卫女迅，体绝飞燕先。（鲍照《代朗月行》）
嬛绵好眉目，闲丽美腰身。（鲍照《学古诗》）
2. 人事对
览物起悲绪，顾己识忧端。（谢灵运《长歌行》）
伤彼人百哀，嘉尔承筐乐。（谢灵运《过白岸亭诗》）
集欢岂今发，离叹自古钟。（谢惠连《豫章行》）
壮情抃驱驰，猛气捍朝社。（王微《杂诗二首》一）
豫往诚欢歇，悲来非乐阕。（颜延之《赠王太常僧达诗》）
悲发江南调，忧委子衿诗。（刘铄《拟行行重行行诗》）
常叹乐日晏，恒悲欢不早。（刘义恭《游子移》）
有愿而不遂，无怨以生离。（鲍照《代别鹤操》）

这一类当中的人事对在元嘉诗人笔下运用相当普遍，反映了诗人情感的丰富以及诗歌情感抒发力度的增强。

第七类：
1. 人伦对
仓武戒桥梁，旄人树羽旗。（孔宁子《棹歌行》）

五侯竞书币，群公讴为言。（袁淑《效曹子建白马篇》）
皇心凭容物，民思被歌声。（颜延之《拜陵庙作诗》）
将军既下世，部曲亦罕存。（鲍照《代东武吟》）
笞击官有罚，呵辱吏见侵。（鲍照《拟古诗八首》六）
2. 代名对
负之苦不胜，即之竟无方。（王微《咏愁诗》）
存乡尔思积，忆山我愤懑。（谢灵运《道路忆山中诗》）
嘶声盈我口，谈言在君耳。（鲍照《代门有车马客行》）
子无金石质，吾有犬马病。（鲍照《与伍侍郎别》）
北寒妾已知，南心君不见。（吴迈远《秋风曲》）

这一类对句在构成上对作家的要求较高，如王微一例，实际上运用效果并不成功。

第八类：
1. 方位对
祗召旋北京，守官反南服。……分手东城闉，发棹西江隩。（谢瞻《王抚军庾西阳集别时为豫章太守庾被征还东诗》）
卜室倚北阜，启扉面南江。（谢灵运《田南树园激流植楥诗》）
上施神农萝，下凝尧时髓。（宗炳《登半石山诗》）
东隅诚已谢，西景逝不留。（傅亮《奉迎大驾道路赋诗》）
跂予旅东馆，徒歌属南埔。（颜延之《直东宫答郑尚书道子诗》）
上倚崩岸势，下带洞阿深。（鲍照《山行见孤桐诗》）
2. 数目对
力政吞九鼎，苟虐暴三殇。……神武睦三正，裁成被八荒。（谢瞻《经张子房庙诗》）
心契九秋干，目玩三春荑。（谢灵运《登石门最高顶诗》）
三湘沦洞庭，七泽蔼荆牧。（颜延之《始安郡还都与张湘州登巴陵城楼作诗》）
万轸杨金镳，千轴树兰旌。（刘义隆《登景阳楼诗》）
九里乐同润，二华念分峰。（谢惠连《豫章行》）
跫游越万里，少别数千龄。（鲍照《代升天行》）
3. 颜色对
原隰荑绿柳，墟囿散红桃。（谢灵运《从游京口北固应诏诗》）

第四章 "元嘉体"体制辨析

初篁苞绿箨,新蒲含紫茸。(谢灵运《于南山往北山经湖中瞻眺诗》)

朱华先零落,绿草就芸黄。(刘铄《歌诗》)

腾沙郁黄雾,翻浪扬白鸥。(鲍照《上浔阳还都道中作诗》)

扬芬紫烟上,垂彩绿云中。(鲍照《代陈思王京洛篇》)

绿草未倾色,白露已盈庭。(刘骏《初秋诗》)

这一类中的干支对在现存元嘉五言诗中没有例句。但从对句的构成看,这一类往往由客观性质的名词构成。数目、颜色、方位三种对句在元嘉诗歌中极为普遍,反映了诗人对客观世界体悟的细腻。而且作家经常通过颜色来描写自然美,与这一时期山水文学的兴起有密切关系。

第九类:

1. 人名对

勾践善废兴,越叟识行止。范蠡出江湖,梅福入城市。东方就旅逸,梁鸿去桑梓。(谢灵运《会吟行》)

不同长卿慢,颇悦郑生偃。(谢惠连《秋怀诗》)

山梁协孔性,黄屋非尧心。(范晔《乐游应诏诗》)

韩卿辞辇路,疏傅知殆辱。(范广渊《征虏亭饯王少傅诗》)

仲尼为缀餐,秦王足倾倒。(刘义恭《游子移》)

申黜褒女进,班去赵姬升。(鲍照《代白头吟》)

2. 地名对

鸿门销薄蚀,垓下陨欃枪。……明两烛河阴,庆霄薄汾阳。(谢瞻《经张子房庙诗》)

河外无反正,江介有蠢尼。……高揖七州外,拂衣五湖里。(谢灵运《述祖德诗二首》二)

晓月发云阳,落日次朱方。(谢灵运《庐陵王墓下作诗》)

荆扬春早和,幽冀犹霜霰。(鲍令晖《古意赠今人诗》)

弱水时一濯,扶桑聊蹔舍。(孔甯子《前缓声歌》)

荆魏多壮士,宛洛富少年。(袁淑《效曹子建白马篇》)

在这一类对句中的人名对有一个明显的特征就是,元嘉作家常常用历史中的人物、地名构成对句,而构成对句的人名往往具有同样的文化倾向,如梅福、范蠡——退隐,孔子、尧——圣贤,申生、班婕妤——贤士,等等,作者实际通过这些古人表达自己的某

种思想，理解这些历史人名对理解诗歌有一定帮助。

第十类：

1. 同义连用字对

士女眩街里，轩冕曜都城。（刘义隆《登景阳楼诗》）
扶宫罗将相，夹道列王侯。（鲍照《代结客少年场行》）
尊贤永昭灼，孤贱长隐沦。（鲍照《行药至城东桥诗》）
亲友四面绝，朋知断三益。（鲍照《代贫贱苦愁行》）

2. 反义连用字对

水宿淹晨暮，阴霞屡兴没。（谢灵运《游赤石进帆海诗》）
崇替非无征，兴废要有以。（刘义隆《北伐诗》）
荣悴迭去来，穷通成休戚。（谢灵运《过白岸亭诗》）
表里跨原隰，左右御川梁。（刘骏《北伐诗》）
同尽无贵贱，殊愿有穷伸。（鲍照《代蒿里行》）
欣悲岂等志，甘苦诚异身。（鲍照《送盛侍郎饯候亭诗》）

3. 连绵字对

履运伤荏苒，遵途叹缅邈。（谢瞻《于安城答灵运诗》）
逶迤傍隈隩，迢递陟陉岘。（谢灵运《从斤竹涧越岭溪行诗》）
超遥行人远，宛转年运徂。（颜延之《秋胡行》）
慷慨发相思，惆怅恋音徽。（谢惠连《却东西门行》）
徒谓久别离，不见长孤寡。（王微《杂诗二首》一）

4. 重叠字对

亲亲子敦余，贤贤五尔赏。（谢瞻《于安城答灵运诗》）
苕苕历千载，遥遥播清尘。（谢灵运《述祖德诗二首》一）
迟迟和景婉，夭夭园桃灼。（谢惠连《三月三日曲水集诗》）
杲杲群木分，岌岌众峦起。（宗炳《登白鸟山诗》）
迟迟前途尽，依依造门基。（颜延之《秋胡行》）
蔼蔼雾满闺，融融景盈幕。（鲍照《采桑》）
袅袅临窗竹，蔼蔼垂门桐。（鲍令晖《拟青青河畔草诗》）

　　这一类中的对句类型都与文字本身有关。前两类主要涉及文字意义，而后两类主要与文字读音有关。这些对句在元嘉时期运用相当普遍，反映了诗人在创作中对文字各种内涵的重视，也说明作家对骈对艺术的掌握已经相当熟练。同时这一类型对句兴起于汉末建安时期，也反映了元嘉作家对魏晋诗歌传统的重视。

第四章 "元嘉体"体制辨析

第十一类：
1. 副词对
岩下云方合，花上露犹泫。（谢灵运《从斤竹涧越岭溪行诗》）
既笑沮溺苦，又哂子云阁。（谢灵运《斋中读书诗》）
是节最暄妍，佳服又新烁。（鲍照《采桑》）
徒结千载恨，空负百年怨。（鲍照《代东武吟》）
淳朴久已凋，荣利迭相驱。（孔欣《相逢狭路间》）

2. 助词对
伟哉横海鲸，壮矣垂天翼。（谢世基《连句诗》）
诚哉曩日欢，展矣今夕切。（谢惠连《夜集叹乖诗》）
悲矣采薇唱，苦哉有馀酸。（谢灵运《苦寒行》）
遽矣远征人，惜哉私自怜。（颜延之《从军行》）
凄矣自远风，伤哉千里目。（颜延之《始安郡还都与张湘州登巴陵城楼作诗》）

从上面所列举的情况不难看出，王力先生列出的二十八种对仗类型除干支对、连介对之外，在元嘉诗歌中都已经出现，而且除饮食对、文字对、文学对之外，其他类型对句均得到了大量运用。元嘉作家在构建诗歌对称美上可谓不遗余力。从上面有些类型中，如连绵字对、助词对、地名对、人名对等，明显可以看出元嘉作家对对仗的追求是积极主动的。除了上述类型之外，笔者认为元嘉诗歌中还有一种对句，就是字形对，如：

迍邅已穷极，疢疴复不康。（伍辑之《劳歌二首》一）
连鄣叠巘崿，青翠杳深沉。（谢灵运《晚出西射堂诗》）
苹萍泛沈深，菰蒲冒清浅。（谢灵运《从斤竹涧越岭溪行诗》）
駊騀安局步，骐骥志千里。（刘义隆《北伐诗》）
啸吒英豪萃，指挥五岳分。（范泰《经汉高庙诗》）
沾渥云雨润，葳蕤吐芳馨。（谢惠连《塘上行》）
涟漪繁波漾，参差层峰峙。（谢惠连《泛南湖至石帆诗》）
漫漫鄢郢途，渺渺淮海径。（鲍照《与伍侍郎别诗》）
嘈嘈晨鹍思，叫啸夜猿清。（鲍照《登庐山诗二首》一）

099

这种类型中，诗人希望构成对仗，但受制于意义，所以通过字形上的连绵，形成一种形式上的整齐。这种类型从构成对仗的思维上看，与前举第十类较为接近，却存在根本的不同，它不是依靠语音、意义，而是依靠形体一致造成对应的效果，独具匠心。

以上考察的主要是严格工对，王力先生在《汉语诗律学》之"对仗的讲究和避忌"中提到，还有其他一些宽对。① 宽对在元嘉诗歌中的存在更为普遍，考察的价值不如严格的工对，本书限于篇幅，在此不再举例。

通过考察可以看出，元嘉诗人对诗歌形式之美非常重视，追求对称的艺术思维在他们思想中扎下了深根。通过对诗歌对仗艺术的深入探索，整饬之美也成为元嘉诗歌非常明显的一个特征。虽然元嘉作家在骈对的追求中出现了一定的失误，如"为对而对"现象，但这为后来诗人进一步探索对仗艺术留下了扬弃的标本，对诗歌艺术的进一步成熟有巨大意义。

第三节 "元嘉体"的声律

在过去的论著中，人们一般认为声律论的发现与运用是永明诗人的专利。然而客观规律是：每一种新事物的出现都不是凭空的，而是有根据、有准备的。作为永明文学先导的元嘉文学，在许多方面已经为永明文学形态的形成作出了铺垫，这中间包括了声律的探索与运用。钟嵘在《诗品序》中谈到声律问题时引南齐王融的话："宫商与二仪俱生，自古词人不知之。唯颜宪子乃云律吕音调，而其实大谬；唯见范晔、谢庄，颇识之耳。"② 从这一材料中可以看出，颜延之对声律问题已经有所论述，说明他对声律有一定见解，只是他的探索处于早期，难免存在失误。声律的探索到了范晔与谢庄那里，出现了突破。范晔爱好音乐，也精通乐理，他在《狱中与诸甥侄书》中提到自己"性别宫商"，并对自己能够理解文学中的声律问题颇为自负。而谢庄，范晔认为他在后进诸人中"最有其

---

① 王力:《汉语诗律学》（增订本），上海教育出版社 1979 年新 2 版，第 166~183 页。
② 钟嵘著，陈延杰注《诗品注》，人民文学出版社 1961 年版，第 5 页。

分"①，可见谢庄代表了元嘉时期人们对声律认识的最高水平。而且，谈到声律论问题，很多人都将其与佛教联系起来，认为声律的出现受到了佛教的启示。实际上，元嘉时期已经出现了在佛教启示下的声律著作。这就是谢灵运的《十四音训叙》。《高僧传·宋京师乌衣寺释慧睿传》记："陈郡谢灵运笃好佛理，殊俗之音，多所达解，乃咨睿以经中诸字，睿并众音异旨，于是著《十四音训叙》，条列梵汉，昭然可了，使文字有据焉。"② 从这一材料中可以看出，谢灵运本来就对音韵问题较为熟悉，而《十四音训叙》又是在佛教经典的基础上对两种语音系统进行统一。诸正史都没有著录《十四音训叙》，说明散失较早。今人王邦维进行了辑补③，可参考。我们有理由相信，元嘉文学在声律问题上已经进行了探索，是永明声律论的先导。下面我们就从作品的角度对这一时期的声律运用进行考察，考察对象是《文选》与《玉台新咏》中所选的元嘉作家的五言诗。

《文选》与《玉台新咏》共收录了13位元嘉作家的五言诗116首2396句，具有一定的代表性。王力先生认为后来的五言律诗中典型的律句有四种：仄仄平平仄、仄仄仄平平、平平平仄仄、平平仄仄平。④ 下面分别看元嘉诗人对这四种典型律句的使用。

（1）"仄仄平平仄"

谢瞻："逝矣将归客"（《九日从宋公戏马台集送孔令诗》）；"忽获愁霖唱"、"牵率酬嘉藻"（《答康乐秋霁诗》）；"发棹西江隩"（《王抚军庾西阳集别时为豫章太守庾被征还东诗》）。

谢灵运："月就云中堕"（《东阳溪中赠答诗二首》二）；"路曜婵娟子"（《会吟行》）；"旅雁违霜雪"（《九日从宋公戏马台集送孔令诗》）；"述职期阑暑"（《永初三年七月十六日之郡初发都诗》）；"皎皎明秋月"（《邻里相送至方山诗》）；"万事俱零落"、"外物徒龙蠖"（《富春渚诗》）；"想属任公钓"（《七里濑诗》）；"抚镜华缁鬓"（《晚出西谢堂诗》）；"狥禄反穷海"（《登池上楼诗》）；"未厌青春好"（《游南亭诗》）。

---

① 沈约：《宋书》，中华书局1974年版，第1830页。
② 释慧皎：《高僧传》，中华书局1992年版，第260页。
③ 文见《国学研究》第三卷，北京大学出版社1995年版。
④ 王力：《汉语诗律学》（增订本），上海教育出版社1979年新2版，第74页。

101

谢惠连："贮以相思箧"（《代古诗》）；"少小婴忧患"、"展转长宵半"（《秋怀诗》）；"并坐相招要"（《泛湖归出楼中望月诗》）；"白露滋园菊"、"肃肃莎鸡羽"（《捣衣诗》）。

颜延之："婉彼幽闲女"（《秋胡行》）；"夙御严清制"（《拜陵庙作诗》）；"豫往诚欢歇"（《赠王太常僧达诗》）；"岁候初过半"（《夏夜呈从兄散骑车长沙诗》）；"吊屈汀洲浦"（《和谢监灵运诗》）；"故国多乔木"、"木石扃幽闼"（《还至梁城作诗》）；"实禀生民秀"（《五君咏·阮始平》）；"但念芳菲歇"（《为织女赠牵牛》）。

鲍照："少壮辞家去"（《代东武吟》）；"使者遥相望"（《代出自蓟北门行》）；"赤阪横西阻"（《代苦热行》）；"弱冠参多士"（《拟古诗八首》二）；"此土非吾土"（《梦归乡诗》）；"出入南闺里"（《咏双燕诗》之一）。

鲍令晖："袅袅临窗竹"、"灼灼青轩女"（《拟青青河畔草诗》）；"愿作阳春曲"（《拟客从远方来诗》）。

（2）"平平仄仄平"

谢瞻："欢馀宴有穷"（《九日从宋公戏马台集送孔令诗》）；"怀劳奏所诚"（《答康乐秋霁诗》）；"方年一日长"（《于安城答灵运》）；"方舟析旧知"（《王抚军庾西阳集别时为豫章太守庾被征还东诗》）；"伊人感代工"（《经张子房庙诗》）。

谢灵运："弦高犒晋师"（《述祖德诗二首》一）；"良辰感圣心"、"河流有急澜"（《九日从宋公戏马台集送孔令诗》）；"飞鸿响远音"（《登池上楼诗》）；"芙蓉始发池"（《游南亭诗》）；"扬帆采石华"（《游赤石进帆海诗》）；"怀新道转回"（《登江中孤屿诗》）；"居常以待终"（《登石门最高顶诗》）；"披云卧石门"（《石门新营所住四面高山回溪石濑茂林修竹诗》）；"攀林搴落英"（《初去郡诗》）；"含凄泛广川"（《庐陵王墓下作诗》）；"如印愿亦愆"（《还旧园作见颜范二中书诗》）。

谢惠连："瞻途意少惊"（《西陵遇风献康乐诗》）；"缝为万里衣"（《捣衣诗》）；"浏浏出谷飙"（《泛湖归出楼中望月诗》）。

颜延之："良人顾有违"、"凉风起坐隅"（《秋胡行》）；"陈诗愧未妍"（《应诏观北湖田收诗》）；"天仪降藻舟"、"祥飙被彩斿"（《车驾幸京口三月三日侍游曲阿后湖作》）；"山烟冒垅生"（《拜陵庙作诗》）；"聆龙瞵九渊"、"舒文广国华"（《赠王太常僧达诗》）；"清氛霁岳阳"（《始安郡还都与张湘州登巴陵城楼作诗》）；"寻山洽隐沦"（《五君咏·嵇中散》）。

鲍照"抽琴试仵思"（《采桑》）；"安知旷士怀"（《代放歌行》）；"非君独抚膺"（《代白头吟》）；"分兵救朔方"（《代出自蓟北门行》）；"焦烟起石圻"（《代苦热行》）；"修杨夹广津"（《行药至城东桥诗》）。

（3）"平平平仄仄"

谢瞻："伊余虽寡慰"（《答康乐秋霁诗》）；"波清源愈浚"（《于安城答灵运》）；"鸿门销薄蚀"（《经张子房庙诗》）。

谢灵运："缘流乘素舸"（《东阳溪中赠答诗二首》二）；"风潮难具论"（《入彭蠡湖口诗》）；"江南歌不缓"（《道路忆山中诗》）；"长与欢爱别"（《还旧园作见颜范二中书诗》）；"佳人殊未适"（《南楼中望所迟客诗》）；"初篁苞绿箨"（《于南山往北山经湖中瞻眺诗》）；"朝游登凤阁"、"平衢修且直"（《拟魏太子邺中集诗·平原侯植》）；"空庭来鸟雀"（《斋中读书诗》）；"长林罗户穴"（《登石门最高顶诗》）；"荒林纷沃若"（《七里濑诗》）。

谢惠连："栏高砧响发"（《捣衣诗》）；"倾羲无两旦"、"朋来当染翰"（《秋怀诗》）；"萧条洲渚际"（《西陵遇风献康乐诗》）。

颜延之："元天高北列"、"宣游弘下济"（《车驾幸京口侍游蒜山作诗》）；"松风遵路急"（《拜陵庙作诗》）；"郊扉常昼闭"、"悲来非乐阕"（《赠王太常僧达诗》）；"炎天方埃郁"（《夏夜呈从兄散骑车长沙诗》）；"虽惭丹腴施"（《和谢监灵运诗》）；"王猷升八表"（《北使洛诗》）；"经途延旧轨"（《始安郡还都与张湘州登巴陵城楼作诗》）。

鲍照："遥遥征驾远"（《代东门行》）；"珠帘无隔露"（《代陈思王京雒篇》）；"后逐李轻车"（《代东武吟》）；"陈钟陪夕谠"（《代陆平原君子有所思行》）；"戈船荣既薄"（《代苦热行》）。

鲍令晖："人生谁不别"、"鸣弦惭夜月"（《拟青青河畔草诗》）。

（4）"仄仄仄平平"

谢瞻："密苑解华丛"（《九日从宋公戏马台集送孔令诗》）；"寝者亦云宁"（《答康乐秋霁诗》）；"比景后鲜辉"（《于安城答灵

运》)。

谢灵运:"三调伫繁音"、"列宿炳天文"、"范蠡出江湖"(《会吟行》);"寡欲不期劳"(《田南树园激流植楥诗》);"拙讷谢浮名"、"有疾像长卿"(《初去郡诗》);"企石挹飞泉"(《从斤竹涧越岭溪行诗》);"得以慰营魂"(《石门新营所住四面高山回溪石濑茂林修竹诗》);"窈窕究天人"(《拟魏太子邺中集诗·魏太子》);"石磴泻红泉"(《入华子冈是麻源第三谷诗》);"九派理空存"(《入彭蠡湖口诗》);"出宿薄京畿"(《初发石首城诗》)。

谢惠连:"客从远方来,赠我鹄文绫"(《代古诗》);"暑运倏如催"(《捣衣诗》);"日落泛澄瀛"(《泛湖归出楼中望月诗》);"落日隐檐楹"(《七月七日夜咏牛女诗》)。

颜延之:"峻节贯秋霜"、"路远阔音形"(《秋胡行》);"夏载历山川"、"积翠亦葱芊"(《应诏观北湖田收诗》);"诞曜应辰明"(《车驾幸京口侍游蒜山作诗》);"夏谚颂王游"、"水若警沧流"(《车驾幸京口三月三日侍游曲阿后湖作诗》);"伏軨出东坰"、"万纪载弦吹"(《拜陵庙作诗》);"玉水记方流"(《赠王太常僧达诗》);"暑晏阕尘纷"(《夏夜呈从兄散骑车长沙诗》);"皓月鉴丹宫"(《直东宫答郑尚书道子诗》);"弱植慕端操,窘步惧先迷。"(《和谢监灵运诗》);"置酒惨无言"(《北使洛诗》)。

鲍照:"是节最暄妍"(《采桑》);"一息不相知"(《代东门行》);"习苦不言非"(《代放歌行》);"桂柱玉盘龙"(《代陈思王京雒篇》);"玷白信苍蝇"(《代白头吟》);"蚁壤漏山阿"(《代陆平原君子有所思行》);"晚志重长生"(《代升天行》)。

刘跃进先生提道:"魏晋五言诗中已经时常出现律句,但数量少,显然不是有意为之。"[①] 但在元嘉诗歌中如此频繁地出现律句,有意为之的可能性非常大,至少说明当时诗人对声律有了朦胧的感觉。

此外,启功先生在《诗文声律论稿》中,认为还有三种

---

① 刘跃进:《门阀士族与永明文学》,生活·读书·新知三联书店1996年版,第115页。

第四章 "元嘉体"体制辨析

变调①：

(1) "平仄仄平平"

谢瞻："遵渚有归鸿"（《九日从宋公戏马台集送孔令诗》）；"长揖愧吾生"（《答康乐秋霁诗》）；"周道荡无章"（《经张子房庙诗》）。

谢灵运："明月在云间"（《东阳溪中赠答诗二首》一）；"自来弥世代"（《会吟行》）；"江北旷周旋"、"孤屿媚中川"（《登江中孤屿诗》）；"愉悦偃东扉"（《石壁精舍还湖中作诗》）；"跻险筑幽居"（《石门新营所住四面高山回溪石濑茂林修竹诗》）；"卑位代躬耕"（《初去郡诗》）；"怀故叵新欢"（《道路忆山中诗》）；"圻岸屡崩奔"（《入彭蠡湖口诗》）；"乘月弄潺湲"（《入华子冈是麻源第三谷诗》）。

谢惠连："升月照帘栊"（《七月七日夜咏牛女诗》）；"轻汗染双题"（《捣衣诗》）；"东睇起凄歌"（《西陵遇风献康乐诗》）。

颜延之："严驾越风寒"（《秋胡行》）；"金驾映松山"、"缇毂代回环"（《应诏观北湖田收诗》）；"襟卫徙吴京"（《车驾幸京口侍游蒜山作诗》）；"千翼泛飞浮"、"箫鼓震溟洲"（《车驾幸京口三月三日侍游曲阿后湖作诗》）；"荣会在逢迎"、"千岁托旒旌"（《拜陵庙作诗》）；"遥睇月开云"（《夏夜呈从兄散骑车长沙诗》）；"王道奄昏霾"、"兴玩究辞凄"（《和谢监灵运诗》）；"游役去芳时"（《北使洛诗》）；"铭志灭无文"（《还至梁城作诗》）；"存没竟何人"（《始安郡还都与张湘州登巴陵城楼作诗》）。

鲍照："车骑四方来"（《代放歌行》）；"班去赵姬升"（《代白头吟》）；"今似槛中猿"（《代东武吟》）；"鱼贯度飞梁"（《代出自蓟北门行》）；"层阁肃天居"（《代陆平原君子有所思行》）；"乘障远和戎"（《拟古诗八首》二）。

(2) "仄平平仄仄"

谢瞻："举觞矜饮饯"、"尽言非尺牍"（《王抚军庾西阳集别时为豫章太守庾被征还东诗》）；"跬行安步武"（《于安城答灵运诗》）。

谢灵运："列筵皆静寂"（《会吟行》）；"段生藩魏国"（《述祖

---

① 启功：《诗文声律论稿》，中华书局1977年版，第42页。

105

德诗二首》一）；"季秋边朔苦"（《九日从宋公戏马台集送孔令诗》）；"楚人心昔绝"（《道路忆山中诗》）；"别时悲已甚"（《酬从弟惠连诗》）；"偶与张邴合"（《还旧园作见颜范二中书诗》）；"德音初不忘"（《庐陵王墓下作诗》）。

谢惠连："昔离秋已两"（《七月七日夜咏牛女诗》）；"虽好相如达"（《秋怀诗》）。

颜延之："作嫔君子室"（《秋胡行》）；"帝晖膺顺动"（《应诏观北湖田收诗》）；"睿思缠故里"、"陟峰腾辇路"（《车驾幸京口侍游蒜山作诗》）；"复与昌运并"（《拜陵庙作诗》）；"亟回长者辙"（《赠王太常僧达诗》）；"侧听风薄木"、"夜蝉当夏急"（《夏夜呈从兄散骑车长沙诗》）。

鲍照："季春梅始落"（《采桑》）；"涕零心断绝"（《代东门行》）；"古来皆歇薄"（《代陈思王京雒篇》）；"爵轻君尚惜"（《代苦热行》）；"兽肥春草短"（《拟古诗八首》三）。

（3）"平仄平平仄"

谢瞻："巢幕无留燕"（《九日从宋公戏马台集送孔令诗》）；"离会虽相杂"（《王抚军庾西阳集别时为豫章太守庾被征还东诗》）。

谢灵运："河外无反正"（《述祖德诗二首》二）；"苔滑谁能步"（《石门新营所住四面高山回溪石濑茂林修竹诗》）；"披拂趋南径"（《石壁精舍还湖中作诗》）；"云日相辉映"（《登江中孤屿诗》）；"何意冲飙激"（《还旧园作见颜范二中书诗》）；"乘月听哀狖"（《入彭蠡湖口诗》）。

谢惠连："金石终消毁"、"清浅时陵乱"（《秋怀诗》）；"还顾情多阙"（《西陵遇风献康乐诗》）。

颜延之："明艳侔朝日"（《秋胡行》）；"阳陆团精气"（《应诏观北湖田收诗》）；"空食疲廊肆"（《车驾幸京口侍游蒜山作诗》）；"周德恭明祀"、"陪厕回天顾"（《拜陵庙作诗》）；"虽秘犹彰彻"、"闻凤窥丹穴"（《赠王太常僧达诗》）；"何以铭嘉贶"（《直东宫答郑尚书道子诗》）；"皇圣昭天德"（《和谢监灵运诗》）；"宫陛多巢穴"（《北使洛诗》）；"丘垄填郛郭"（《还至梁城作诗》）。

鲍照："行子心肠断"（《代东门行》）；"惟见双黄鹄"（《代陈思王京雒篇》）；"心赏犹难恃"（《代白头吟》）；"惊雀无全目"

106

第四章 "元嘉体"体制辨析

(《拟古诗八首》三)。

除此之外，王力先生还认为，有一些诗句实际并没有严格按照上述规范，但由于使用时的约定俗成，人们也把这样的几个句型视为律句的特殊形式。它们是：由"平平平仄仄"调整而成的"平平仄平仄"，由"仄仄平平仄，平平仄仄平"调整而成的"仄仄平仄仄，平平平仄平"以及由"仄仄平平仄，平平仄仄平"调整而成的"仄仄平仄仄，仄平平仄平"。① 这三类特殊律句的后两类实际是以对句出现，刘跃进先生在《门阀士族与永明文学》中将其视为三种独立的特殊律句，加上前一种共四种，即"平平仄平仄"、"仄仄平仄仄"、"平平平仄平"与"仄平平仄平"，本书从之。这四类特殊律句在元嘉作家创作中的运用也很普遍。下面略取数例说明之。

（1）"平平仄平仄"型

谢瞻："轻霞冠秋日"、"扶光迫西汜"（《九日从宋公戏马台集送孔令诗》）；"开轩灭华烛"（《答康乐秋霁诗》）。谢灵运："连峰竟千仞"（《会吟行》）；"清尘竟谁嗣"（《述祖德诗二首》一）；"兰厄献时哲"（《九日从宋公戏马台集送孔令诗》）；"鸣笳发春渚"（《从游京口北固应诏诗》）。谢惠连："行行道转远"（《西陵遇风献康乐诗》）；"孤灯暧幽幔"（《秋怀诗》）；"弥年阙相从"（《七月七日夜咏牛女诗》）。颜延之："开冬眷徂物"（《应诏观北湖田收诗》）；"跂予旅东馆"（《直东宫答郑尚书道子诗》）；"河山信重复"（《始安郡还都与张湘州登巴陵城楼作诗》）。鲍照："融融景盈幕"（《采桑》）；"腰镰刈葵藿"（《代东武吟》）；"穿池类溟渤"（《代陆平原君子有所思行》）；"繁华及春媚"（《咏史诗》）。

（2）"仄仄平仄仄"型

谢瞻："履运伤荏苒"（《于安城答灵运诗》）。谢灵运："拙疾相倚薄"（《过始宁墅诗》）；"久露干禄请"（《富春渚诗》）；"既笑沮溺苦"（《斋中读书诗》）；"悟对无厌歇"（《酬从弟惠连诗》）；"徙倚穷骋望"（《拟邺中集平原侯植》）。谢惠连："奕奕河宿烂"（《秋怀诗》）。颜延之："逮事休命始"、"早服身义重"（《拜陵庙作诗》）；"物谢时既晏"（《和谢监灵运诗》）。鲍照："侧睹君子

---

① 王力：《汉语诗律学》（增订本），上海教育出版社1979年新2版，第100～109页。

论"(《拟古诗八首》二);"六乐陈广坐"(《数名诗》)。

(3)"平平平仄平"型

谢瞻:"来晨无定端"(《王抚军庾西阳集别时为豫章太守庾被征还东诗》)。谢灵运:"离群难处心"(《登池上楼诗》);"云霞收夕霏"(《石壁精舍还湖中作诗》);"幽居犹郁陶"(《酬从弟惠连诗》);"安知千载前"(《入华子冈是麻源第三谷诗》)。谢惠连:"凄凄留子言"(《西陵遇风献康乐诗》)。颜延之:"高张生绝弦"(《秋胡行》)。鲍照:"钟鸣犹未归"(《代放歌行》);"薪刍前见陵"(《代白头吟》);"升高临四关"(《代结客少年场行》)。

(4)"仄平平仄平"型

谢瞻:"布怀存所钦"(《于安城答灵运诗》)。谢灵运:"枉帆过旧山"(《过始宁墅诗》);"入舟阳已微"(《石壁精舍还湖中作诗》);"暮春虽未交"(《酬从弟惠连诗》);"杪秋寻远山"(《登临海峤初发疆中作与从弟惠连可见羊何共和之诗》)。谢惠连:"不知今是非"(《捣衣诗》);"寂寥云幄空"(《七月七日夜咏牛女诗》)。颜延之:"取累非缰牵"(《应诏观北湖田收诗》);"已同沦化萌"(《拜陵庙作诗》);"倚岩听绪风"(《和谢监灵运诗》)。鲍照:"采桑淇洧间"(《采桑》);"度泸宁具腓"(《代苦热行》);"五车摧笔锋"(《拟古诗八首》二)。

可以看出,元嘉作家在创作中已经大量使用律句,这是声律在诗歌中得到运用并能进一步发展的最基本,也是最关键的一步。

元嘉作家不仅单纯运用律句,他们将律句组合起来使用的例子也很多。先看元嘉作家在创作中典型律句之间的组合运用。如:

谢瞻:
忽获愁霖唱,(仄仄平平仄)
怀劳奏所诚。(平平仄仄平)
……
牵率酬嘉藻,(仄仄平平仄)
长揖愧吾生。(平仄仄平平)(《答康乐秋霁诗》)
比景后鲜辉,(仄仄仄鲜平)
方年一日长。(平平仄仄平)(《于安城答灵运诗》)
谢灵运:
季秋边朔苦,(仄平平仄仄)

旅雁违霜雪。（仄仄平平仄）
……
良辰感圣心，（平平仄仄平）
云旗兴暮节。（平平平仄仄）
……
河流有急澜，（平平仄仄平）
浮骖无缓辙。（平平平仄仄）（《九日从宋公戏马台集送孔令诗》）
析析就衰林，（仄仄仄平平）
皎皎明秋月。（仄仄平平仄）（《邻里相送至方山诗》）
即事怨睽携，（仄仄仄平平）
感物方凄戚。（仄仄平平仄）
孟夏非长夜，（仄仄平平仄）
晦明如岁隔。（仄平平仄仄）（《南楼中望所迟客诗》）
晓月发云阳，（仄仄仄平平）
落日次朱方。（仄仄仄平平）
含凄泛广川，（平平仄仄平）
洒泪眺连冈。（仄仄仄平平）（《庐陵王墓下作诗》）
谢惠连：
萧条洲渚际，（平平平仄仄）
气色少谐和。（仄仄仄平平）（《西陵遇风献康乐诗》）
衡纪无淹度，（平仄平平仄）
晷运倏如催。（仄仄仄平平）
……
裁用笥中刀，（仄仄仄平平）
缝为万里衣。（平平仄仄平）（《捣衣诗》）
落日隐檐楹，（仄仄仄平平）
升月照帘栊。（平仄仄平平）
……
昔离秋已两，（仄平平仄仄）
今聚夕无双。（平仄仄平平）（《七月七日夜咏牛女诗》）
颜延之：
婉彼幽闲女，（仄仄平平仄）

109

作嫔君子室。（仄平平仄仄）
峻节贯秋霜，（仄仄仄平平）
明艳侔朝日。（平仄平平仄）（《秋胡行》）
周南悲昔老，（平平平仄仄）
留滞感遗氓。（平仄仄平平）
空食疲廊肆，（平仄平平仄）
反税事岩耕。（平仄仄平平）（《车驾幸京口侍游蒜山作诗》）
夙御严清制，（仄仄平平仄）
朝驾守禁城。（平仄仄平平）
……
松风遵路急，（平平平仄仄）
山烟冒垅生。（平平仄仄平）
……
万纪载弦吹，（仄仄仄平平）
千岁托旒旌。（平仄仄平平）（《拜陵庙作诗》）
蓄宝每希声，（仄仄仄平平）
虽秘犹彰彻。（平仄平平仄）
聆龙瞵九渊，（平平仄仄平）
闻凤窥丹穴。（平仄平平仄）
……
豫往诚欢歇，（仄仄平平仄）
悲来非乐阕。（平平平仄仄）（《赠王太常僧达诗》）
炎天方埃郁，（平平平仄仄）
暑晏阕尘纷。（仄仄仄平平）
……
侧听风薄木，（仄平平仄仄）
遥睇月开云。（平仄仄平平）（《夏夜呈从兄散骑车长沙诗》）
王微：
传闻兵失利，（平平平仄仄）
不见来归者。（仄仄平平仄）
……
寂寂掩高门，（仄仄仄平平）
寥寥空广厦。（平平平仄仄）（《杂诗》之一）

110

箕帚留江介，（平仄平平仄）
良人处雁门。（平平仄仄平）
……
日暗牛羊下，（仄仄平平仄）
野雀满空园。（仄仄仄平平）（《杂诗》之二）
袁淑：
昔隶李将军，（仄仄仄平平）
十载事西戎。（仄仄仄平平）
结车高阙下，（仄平平仄仄）
极望见云中。（仄仄仄平平）（《效古诗》）
刘铄：
明月照高楼，（平仄仄平平）
白露皎玄除。（仄仄仄平平）
迨及凉风起，（仄仄平平仄）
行见寒林疏。（平仄平平仄）（《拟孟冬寒气至诗》）
孝武帝刘骏：
自君之出矣，（仄平平仄仄）
金翠暗无精。（平仄仄平平）
思君如日月，（平平平仄仄）
回还昼夜生。（平平仄仄平）（《自君之出矣》）
鲍照：
春吹回白日，（平平平仄仄）
霜歌落塞鸿。（平平仄仄平）
但惧秋尘起，（仄仄平平仄）
盛爱逐衰蓬。（仄仄仄平平）
坐视青苔满，（仄仄平平仄）
卧对锦筵空。（仄仄仄平平）（《代陈思王京雒篇》）
九途平若水，（仄平平仄仄）
双阙似云浮。（平仄仄平平）
扶宫罗将相，（平平平仄仄）
夹道列王侯。（仄仄仄平平）（《代结客少年场行》）
鸡鸣关吏起，（平平平仄仄）
伐鼓早通晨。（仄仄仄平平）

严车临迥陌,（平平平仄仄）
延眺历城闉。（平仄仄平平）（《行药至城东桥诗》）

元嘉时期典型律句与特殊律句、特殊律句与特殊律句的组合也很多。先看典型律句与特殊律句的组合情况。

谢瞻：
独夜无物役,（仄仄平仄仄）
寝者亦云宁。（仄仄仄平平）（《答康乐秋霁诗》）
华萼相光饰,（平仄平平仄）
嘤鸣悦同响。（平平仄平仄）（《于安城答灵运诗》）

谢灵运：
凄凄阳卉腓,（平平平仄平）
皎皎寒潭絜。（仄仄平平仄）
……
在宥天下理,（仄仄平仄仄）
吹万群方悦。（平仄平平仄）（《九日从宋公戏马台集送孔令诗》）
束发怀耿介,（仄仄平仄仄）
逐物遂推迁。（仄仄仄平平）（《过始宁墅诗》）

谢惠连：
耿介繁虑积,（仄仄平仄仄）
展转长宵半。（仄仄平平仄）
……
高台骤登践,（平平仄平仄）
清浅时陵乱。（平仄平平仄）
……
金石终消毁,（平仄平平仄）
丹青暂凋焕。（平平仄平仄）（《秋怀诗》）

颜延之：
楼观眺丰颖,（平平仄平仄）
金驾映松山。（平仄仄平平）
飞奔互流缀,（平平仄平仄）
缇縠代回环。（平仄仄平平）（《应诏观北湖田收诗》）
林间时晏开,（平平平仄平）

吸回长者辙。(仄平平仄仄)
庭昏见野阴,(平平仄仄平)
山明望松雪。(平平仄平仄)(《赠王太常僧达诗》)
鲍照:
人情贱恩旧,(平平仄平仄)
世议逐衰兴。(仄仄仄平平)(《代白头吟》)
仆本寒乡士,(仄仄平平仄)
出身蒙汉恩。(仄平平仄平)(《代东武吟》)
翩翩类回掌,(平平仄平仄)
恍惚似朝荣。(平仄仄平平)
……
何时与尔曹,(平平平仄平)
啄腐共吞腥。(仄仄仄平平)(《代升天行》)

特殊律句与特殊律句之间的组合,在谢灵运的作品中出现较多,但在其他元嘉作家笔下比较少。从组合规律上看,存在合乎变调规范的诗句,但总体上很自由。略取数例说明之:

谢灵运:
哀音下回鹄,(平平仄平仄)
馀哇彻清昊。(平平仄平仄)
中山不知醉,(平平仄平仄)
饮德方觉饱。(仄仄平仄仄)(《拟魏太子邺中集诗·平原侯植》)
颜延之:
水国周地险,(仄仄平仄仄)
河山信重复。(平平仄平仄)(《始安郡还都与张湘州登巴陵城楼作诗》)
王僧达:
麦垄多秀色,(仄仄平仄仄)
杨园流好音。(平平平仄平)(《答颜延年诗》)
鲍照:
鸡鸣洛城里,(平平仄平仄)
禁门平旦开。(平平平仄平)(《代放歌行》)

从上面的例子中不难看出,元嘉作家对律句的组合运用很熟

练。而且从谢灵运开始，多句连用律句的情况已经比较普遍。当然因为这一时期诗歌长度的原因，全部用律句的情况还不多（在《文选》《玉台新咏》所选元嘉诗歌中仅孝武帝刘骏《自君之出矣》为全用律句者），然而连用律句普遍存在的现象说明，作家已经开始有意识地把音韵错综之美当作诗歌新的艺术追求。有理由相信，六朝时期对声律问题的思考真正开始于元嘉时期。

元嘉五言诗中也有大量的非律句，其中，全平声诗句在作品中的比例很小，有25例；全仄声诗句有42例，二者所占比重仅3%左右。作家在运用非律句的时候一般也会注意形成顿错之美，表现了诗人对诗歌音乐性的充分认识。

第四节　"元嘉体"的用韵

关于元嘉时期诗文中用韵的考查，王力先生《南北朝诗人用韵考》最为详尽[1]，单个作家用韵情况又有欧阳戎元的《鲍照用韵考》[2]，这些论述为我们进一步研究提供了有价值的参考。但王力先生的考查是诗文并重，元嘉诗人的用韵情况也未单独进行论述，欧阳文也仅仅是以考查鲍照为主，并不能给我们以整体的概念，尤其是他们所考查的作品包括诗歌和散文，对五言用韵情况的研究更是单薄，故而我们还有必要对元嘉五言诗的用韵进行考查。

刘跃进先生在提及永明诗歌的用韵情况时，认为永明诗歌在用韵上有三个特征：多押宽韵，但也押窄韵；以押平声韵为主；押本韵甚严，押通韵多已接近唐人。[3] 而从元嘉诗歌的用韵情况看，永明诗歌的前两个特征也同样适合于元嘉诗歌。刘先生认为颜、谢的诗歌"连一首窄韵诗都没有"[4]、"元嘉诗歌仄声韵居多"[5]，这主要是因为刘先生考查的是四句、八句、十句的五言诗，并没有将所有

---

[1]　参见王力《龙虫并雕斋文集》第一册，中华书局1980年版，第1～62页。
[2]　欧阳戎元：《鲍照用韵考》，《语言研究》2002年特刊。
[3]　刘跃进：《门阀士族与永明文学》，生活·读书·新知三联书店1996年版，第132～139页。
[4]　刘跃进：《门阀士族与永明文学》，生活·读书·新知三联书店1996年版，第132页。
[5]　刘跃进：《门阀士族与永明文学》，生活·读书·新知三联书店1996年版，第133页。

为《文选》《玉台新咏》所收录的元嘉五言诗考虑在内。从整体上看,《文选》《玉台新咏》共收元嘉五言诗116首,其中押平声韵的诗歌有63首,占全部的54.3%;而仄声韵有37首,所占比重并不是很大。而且,元嘉作家的诗歌押韵比较自由,平仄间押的情况也很普遍。押窄韵的诗在元嘉时期虽然很少,却也存在,如鲍照《苦热行》通押微韵,主要押文韵的诗歌如颜延之的《夏夜呈从兄散骑车长沙诗》,韵脚为:纷分云闻芬文(文)殷(欣);《还至梁城作》,韵脚为:军群分云文坟君闻(文)勤殷(欣)。永明文学与元嘉文学是紧密联系的两个阶段,不可能出现截然相反的文学现象。

从作家用韵的情况看,押本韵的情况已经较为普遍。在《文选》与《玉台新咏》所收录的元嘉五言诗中,鲍照有四首:《代白头吟》通押蒸韵,《苦热行》通押微韵,《咏史诗》通押至韵,《咏双燕诗》通押支韵。鲍令晖有三首:《拟青青河畔草诗》通押东韵,《拟客从远方来诗》通押侵韵,《代葛沙门二首》(其二)通押寝韵。袁淑有一首:《效古诗》通押东韵。刘铄有二首:《拟明月何皎皎》通押月韵,《拟孟冬寒气至诗》通押鱼韵。孝武帝有二首:《丁都护歌二首》分别通押语、止韵。王僧达有一首:《答颜延年诗》通押侵韵。范晔有一首:《乐游应诏诗》通押侵韵。谢惠连有一首:《代古诗》通押蒸韵,另外,《西陵遇风献康乐》五章中前四章分别押月、侵、脂、尤韵。颜延之有二首:《五君咏·阮步兵》通押送韵,《五君咏·刘参军》通押霰韵。谢灵运有三首:《晚出西射堂诗》通押侵韵,《登池上楼诗》亦通押侵韵,《拟魏太子邺中集·陈琳》通押德韵。谢瞻有一首:《九日从宋公戏马台集送孔令》通押东韵。需要指出的是,考查这些诗作韵脚所依据的材料是代表中古音系的《唐韵》与《切韵》。这说明作家在诗歌用韵上已经与后来的律诗有了近似之处。

但是在很多作品中有这样一个现象:通篇基本押某韵,但又有个别韵脚押的是其他韵部中的字。如上文所引颜延之《夏夜呈从兄散骑车长沙诗》以及《还至梁城作诗》,又如谢灵运《石壁精舍还湖中作》,韵脚为:晖归微霏依扉违(微)推(灰)。又如鲍照《代出自蓟北门行》,韵脚为:阳方强梁霜扬张良殇(阳)望(漾)。又如《文选》所收鲍照《拟古诗》三首中的第二首,韵脚

为：通宫风功戎弓终（东）锋（钟）。虽然东钟、文欣这些韵部的字在元嘉时期可以通押，但从作者主要用某一韵部字的情况看，他是希望韵部能够一致。对此，如果考虑上古音韵与中古音韵之间的联系，就不难发现，在元嘉诗歌中还保留有上古音韵的残留。如"推"在上古音系中也属于微韵。"殷""勤"在上古音系中属于文韵部，在中古时期才转移到欣韵部。而"漾"在上古属于阳韵部，而后来才转入望韵部。"锋"在上古音系中属东部而不属钟部等。也就是说，元嘉时期作家在诗歌用韵上有了本韵的意识，但在个别字上还有古音的保留。

押通韵的现象在元嘉时期非常普遍，王力先生将南北朝时期的韵部重新整理为54部[①]，笔者据此考查元嘉诗人作品中的通韵情况。刘跃进先生认为永明诗人的通韵与唐人接近。元嘉诗人也有些通韵类似唐人，但总体上较为自由。

宵豪通押。谢灵运《从游京口北固应诏诗》，韵脚为：高（豪）超镳椒潮（宵）皋桃（豪）昭苗（宵）巢（肴）遥（宵）；谢惠连《泛湖归出楼望月诗》，韵脚为：桡潮要椒飚（宵）条（萧）嚣朝（宵）。

薛屑同用。谢灵运《邻里相送至方山诗》，韵脚为：越发月歇阙别（薛）薎（屑）。

药铎同用。谢灵运《富春渚》，韵脚为：郭薄错壑托（铎）弱（药）诺落蠖（铎），《斋中读书诗》，韵脚为：壑寞雀作（铎）谑（药）阁乐托（铎）；鲍照《采桑》，韵脚为：作阁籍幕萼（铎）烁（药）藿托诺薄洛涸（铎）酌（药）。

支佳同用。谢灵运《游南亭诗》，韵脚为：驰规歧池移垂斯（支）崖（佳）知（支）。

月没同用。谢灵运《游赤石进帆海诗》，韵脚为：歇（月）没（没）发发月越阙（月）忽（没）伐（月）；颜延之《为织女赠牵牛诗》，韵脚为：月阙发越发（月）没（没）歇（月）；刘铄《七夕咏牛女》，韵脚为：歇月阙发越（月）忽没（没）。

仙先同用。谢灵运《登江中孤屿诗》，韵脚为：旋延川鲜传缘（仙）年（先）。

---

① 王力：《龙虫并雕斋文集》，中华书局1980年版，第58~61页。

钟东江同用。谢灵运《田南树园激流植援诗》，韵脚为：同中风（东）江（江）墉（钟）窗（江）峰（钟）功（东）踪（钟）同（东）；鲍照《代陈思王京雒篇》，韵脚为：窗（江）龙（钟）风（东）容（钟）中鸿蓬空（东）缝浓从（钟）。

先仙山同用。谢灵运《入华子冈是麻源第三谷诗》，韵脚为：山（山）泉（仙）贤阡烟（先）筌传（仙）前（先）湲然（仙）。

真臻同用。谢灵运《拟魏太子邺中集诗·魏太子》，韵脚为：辰津民（真）臻（臻）仁新陈人茵尘珍（真）。

栉质同用。谢灵运《拟魏太子邺中集诗·徐干》，韵脚为：瑟（栉）密毕栗质室一日匹失（质）。

尤侯同用。颜延之《车驾幸京口三月三日侍游曲阿后湖作诗》，韵脚为：游州流舟浮斿（尤）讴（侯）洲畴丘柔（尤）；鲍照《代结客少年场行》，韵脚为：钩（侯）仇游丘州浮（尤）侯（侯）流求忧（尤），《上浔阳还都道中作》，韵脚为：洲留俦遒（尤）鸥（侯）流浮秋游忧（尤）。

东钟同用。颜延之《直东宫答郑尚书道子》，韵脚为：工风（东）墉（钟）中宫穷衷（东）松（钟）充桐（东）。

齐皆同用。颜延之《和谢监灵运诗》，韵脚为：迷栖闺睽（齐）霾乖（皆）蹊黄稽泥（齐）淮（皆）藜畦（齐）偕（皆）凄圭（齐）怀（皆）。

真谆同用。颜延之《五君咏嵇中散》，韵脚为：人神（真）沦驯（谆）；鲍照《行药至城东桥》，韵脚为：晨闉津尘人亲身（真）春沦（谆）辛（真）。

清庚同用。孝武帝《自君之出矣》，韵脚为：精（清）生（庚）。

歌戈同用。王僧达《七夕月下》，韵脚为：波（戈）柯罗河（歌）。

仙先同用。鲍照《赠故人》，韵脚为：燃鲜（仙）坚（先）缘（仙）年（先）。

山先同用。鲍照《学刘公幹》，韵脚为：山（山）前年妍（先）。

东江同用。鲍照《数名诗》，韵脚为：东宫（东）邦（江）鸿丰风（东）钟重容通（东）。

脂微同用。鲍照《梦归乡诗》，韵脚为：逵（脂）畿（微）归机帏辉（微）䔨（脂）徽违飞巍（微）衰谁（脂）。

另外王力先生还提到，德韵字偶尔与烛、屋韵同用，这种情况有谢灵运《东阳溪中赠答诗二首》，韵脚为：足（烛）得（德）。

还有一些诗歌表面上具有通韵特征，如谢瞻《经张子房庙诗》与谢灵运《庐陵王墓下作诗》通押阳唐韵，谢瞻诗韵脚为：章亡殇（阳）光（唐）王昌枪（阳）皇（唐）乡疆（阳）荒（唐）阳尝忘（阳）行（唐）场方良（阳）康（唐）；谢灵运诗韵脚为：方（阳）冈（唐）肠凉忘（阳）行（唐）芳伤妨将常扬章（阳）。这些韵脚中光、皇、荒、行、康、冈等上古音中皆阳韵。又如谢灵运《拟魏太子邺中集诗·魏太子》真臻同用，韵脚为：辰津民（真）臻（臻）仁新陈人茵尘珍（真）。诗中韵脚臻在上古韵中，属于真韵。再如谢灵运《拟魏太子邺中集诗·徐干》栉质同用，韵脚为：瑟（栉）密毕栗质室一日匹失（质）。诗中韵脚瑟上古韵中属于质韵，后中古时期属栉韵。很明显，如果将中古时期韵部的分化演进考虑在内，元嘉体中的一些通韵使用也有通韵的痕迹。这是非常特殊的，也说明通韵之所以后来成为律诗规范，本质是通韵对于诗歌的韵部和谐没有产生影响，甚至有类似押本韵的效果。

元嘉诗人还经常把一些韵用在一起，这应当是当时诗坛的一种独特的用韵习惯，如庚青清耕，谢灵运《初去郡诗》，韵脚为：荣生（庚）名（清）耕（耕）并（清）卿生荆平迎行明英（庚）停（青）情（清）；《拟魏太子邺中集诗·刘桢》，韵脚为：平京英（庚）城情（清）生（庚）轻（清）鸣（庚）声并（清）冥（青）；颜延之《车驾幸京口侍游蒜山作诗》，韵脚为：溟（青）成（清）京（庚）营（清）灵（青）明（庚）坰（青）甍（耕）英（庚）情征（清）氓耕（耕）；《拜陵庙作诗》，韵脚为：灵（青）茔（清）庭（青）情轻（清）形（青）并（清）迎（庚）城（清）坰青（青）生（庚）声旌（清）萌（耕）贞倾（清）；鲍照《代升天行》，韵脚为：城情（清）平荣生（庚）灵经（青）行（庚）庭龄（青）声（清）腥（青）；《赠故人马子乔诗六首》（六），韵脚为：鸣（庚）形（青）城（清）扃（青）明（庚）并（清）；等等。在这些作品中，明、并、停、情、冥、溟、灵、坰、庭、形、青、经、龄、腥、扃等属中古青部的韵脚，在上古音中则

118

属于耕部，所以这些韵部也可以看作庚清耕通押，这三个韵部合用在当时诗坛是一种习惯，到了唐代诗歌则演变为庚清通押。当然，后世的很多诗人在写五言古体的时候，也非常喜欢将庚清耕三部通押。

结　论

从上面的论述中可以归纳出"元嘉体"体制上的特征：从诗体长度上看，"元嘉体"处于极度的踵事增华中。但其中包含了诗体长度短化的因素，有利于后来诗人在民歌引导下，向短诗演进。从声律的运用上看，元嘉诗人进行了初步探索，对抑扬顿挫的声韵之美有了明显的追求，严格律句与特殊律句在诗歌中得到大量运用，并能进行一定的组合。但元嘉诗人对律句的运用还处于初期阶段，与后来永明体相比还不是很熟练，理论化程度也不高。从骈对看，元嘉作家已经形成追求骈对的艺术思维，并在诗歌中进行了大量创作实践。从用韵看，"元嘉体"的用韵在自由的基础上，已经出现了后来律诗用韵的某些特征。可见，"元嘉体"的艺术实践对诗歌体制的发展具有非常重要的意义。它使诗歌摆脱了古诗的质朴面貌，在形式上开始向后来的律诗靠近，为永明诗人的进一步探索打下了良好的基础。

第五章
文运转关
——论元嘉散文

对元嘉时期散文的研究，学术界一般集中在对骈文的讨论上，因而在揭示元嘉散文整体特征上存在明显的缺陷。笔者认为，应该重视四库馆臣对元嘉散文的评价，其曰："宋之文，上承魏晋，清竣之体犹存。下启齐梁，纂组之风渐盛。于八代之内，居文质升降之关，虽涉雕华，未全绮靡。"①"文质升降之关"表明，元嘉散文具有一定的转折意义。

需要说明，文体观古今不同，用现代的散文概念统帅古代除诗歌、小说、戏曲之外的文体是否合适，已经引起学术界的思考。以辞赋为例，清代之前人们往往将辞赋与文分开，但清人严可均《全上古三代秦汉三国六朝文》已经辞赋与散文文体并收。今人郭预衡先生《中国散文史》、于景祥《中国骈文通史》也是将辞赋列入散文之中。因此，在新的标准没有建立之前，本书还是将辞赋列入散文范畴，采用散文的概念来指称元嘉时期的辞赋、颂、赞、书牍文、序文等各种文体。

第一节　元嘉散文题材的变化

一　咏物之风的转变

刘勰在《文心雕龙·物色》中提道："自近代以来，文贵形似，窥情风景之上，钻貌草木之中。吟咏所发，志惟深远，体物为

---

① 永瑢等：《四库全书总目》，中华书局1965年版，第1721页。

妙，功在密附。故巧言切状，如印之印泥，不加雕削，而曲写毫芥。"① 这句话中的"近代"，指刘宋以来的时段，明显针对元嘉咏物之文风而言。的确，在辞赋领域，传统题材在日益萎缩。严可均《全宋文》共收元嘉作家赋76篇②，其中宫室、都邑、行旅登临、感怀等传统题材数量很少，仅有18篇，而动植物题材赋有32篇，占总数的42%。赞文中咏物题材也很多，如动植物题材赞文有12篇，实物赞7篇，所占比例也不小。然而，据笔者统计，建安时期辞赋中的咏物题材已经占到30%以上，太康作家中傅玄、张华、潘岳等人现存的赋作中，咏物题材均已经接近或超过半数，可以说，咏物之风在太康时期已经流行。那么为什么刘勰并不把本节开始引用的那段话用来评价建安、太康文学呢？

元嘉散文咏物之风虽然延续了建安、太康文学，但在艺术本质上已经转移。建安、太康时期，作家往往通过对物的描写，表达对人生、哲学问题的思考，如"盖在先圣，道济生人，拟议天地，错综明神，在璇玑以齐七政，象浑仪于陶钧，考古旁于六气，仰贞观于三辰"（张华《相风赋》）。"嘉康狄之先识，亦应天而顺人，拟酒旗与玄象，造甘醴以颐神"（张载《酃酒赋》）。作者试图从物体本身去探求蕴含于其中的哲学内涵。而张华《鹪鹩赋》则借物表达了对人生的思考，其序云："鹪鹩，小鸟也，生于蒿莱之间，长于藩篱之下，翔集寻常之内，而生生之理足矣。色浅体陋，不为人用，形微处卑，物莫之害，繁滋族类，乘居匹游，翩翩然有以自乐也。彼鹫鹗鹍鸿，孔雀翡翠，或凌赤霄之际，或托绝垠之外，翰举足以冲天，觜距足以自卫，然皆负赠婴缴，羽毛入贡。何者？有用于人也。夫言有浅而可以托深，类有微而可以喻大，故赋之云尔。"这种思维模式决定了魏晋咏物题材具有深刻的思想。当然这种思维在元嘉咏物作品中也有保留，如鲍照《飞蛾赋》借对飞蛾的描写，表达了自己的政治理念。但是从总体上看，元嘉时期大部分咏物题材作品都不再着力挖掘物与哲理、人生的关联，而是集中笔墨于对物的描写上，如谢惠连的《雪赋》：

---

① 周振甫：《文心雕龙今译》，中华书局1986年版，第417页。
② 对于词赋这一概念，有不同的理解，费振纲《全汉赋》中不仅收录了以赋名篇的作品，也收录了七体、对问等作品。但在当时，词赋与七体、对问是有区别的，因此本书所说词赋主要是以赋名篇的作品。

若乃玄律穷，严气升，焦溪涸，汤谷凝，火井灭，温泉冰，沸潭无涌，炎风不兴。北户墐扉，裸壤垂缯。于是河海生云，朔漠飞沙，连氛累霭，掩日韬霞。霰淅沥而先集，雪纷糅而遂多。其为状也，散漫交错，氛氲萧索，蔼蔼浮浮，瀌瀌弈弈，联翩飞洒，徘徊委积。始缘甍而冒栋，终开帘而入隙。初便娟于墀庑，末萦盈于帷席。既因方而为珪，亦遇圆而成璧。眄睐则万顷同缟，瞻山则千岩俱白。于是台如重璧，逵似连璐，庭列瑶阶，林挺琼树。皓鹤夺鲜，白鹇失素。纨袖惭冶，玉颜掩嫮。若乃积素未亏，白日朝鲜，烂兮若烛龙衔曜照昆山。尔其流滴垂冰，缘溜承隅，粲兮若冯夷剖蚌列明珠。

从下雪时的迷蒙，到被白雪覆盖下的宫廷台阁、山野树木都被作者用精美准确的语言描绘出来了。尤其对雪的直接描写："散漫交错，氛氲萧索，蔼蔼浮浮，瀌瀌弈弈，联翩飞洒，徘徊委积。始缘甍而冒栋，终开帘而入隙。初便娟于墀庑，末萦盈于帷席。既因方而为珪，亦遇圆而成璧。眄睐则万顷同缟，瞻山则千岩俱白。于是台如重璧，逵似连璐，庭列瑶阶，林挺琼树。皓鹤夺鲜，白鹇失素。纨袖惭冶，玉颜掩嫮。"这些描述形象生动。尤其在描写大雪纷飞时，作者连用四组重叠词，将雪之朦胧、似浮似沉表现得淋漓尽致。不仅如此，作者连雪过天晴之景亦不放过。"若乃积素未亏，白日朝鲜，烂兮若烛龙衔曜照昆山。尔其流滴垂冰，缘溜承隅，粲兮若冯夷剖蚌列明珠。"展现了明丽阳光下的晶莹纯美世界。

又如鲍照《芙蓉赋》：

青房兮规接，紫的兮圆罗。树妖遥之弱干，散菡萏之轻荷。上星光而倒景，下龙鳞而隐波。戏锦鳞而夕映，曜绣羽以晨过。结游童之湘吹，起榜妾之江歌……被瑶塘之周流，绕金渠之屈曲。排积雾而扬芬，镜洞泉而含绿。叶折水以为珠，条集露而成玉。润蓬山之琼膏，晖葱河之银烛。冠五华于仙草，超四照于灵木。

这篇赋与谢惠连《雪赋》一样，通过对芙蓉的色泽、形态、周围的倒影、波浪甚至叶上的露珠的描写,细腻逼真地展现芙蓉的俊美清秀。两位作家在写作中都侧重于对物的描写,而不再刻意挖掘物中所蕴涵的品质。

元嘉咏物之风出现的新变也体现在颂、赞中。刘勰认为:"赞,明也,助也,……本其为义,事生奖叹,……发源虽远,而致用盖寡,大抵所归,其颂家之细条乎?"① 可见赞与颂一样均有颂物、彰显美德的一面。但在元嘉咏物赞中,纯粹咏物的风气较为明显,如孝武帝刘骏《景阳楼庆云赞》:"非烟非云,曳紫流光。悬华曜藻,奄郁台堂。"短短几句,就把远方庆云的朦胧流荡、流光溢彩表现无遗,但是"奖叹"之义已经非常模糊。再看颂,《文心雕龙·颂赞》云:"三闾《桔颂》,情采芬芳,比类寓意,又覃及细物矣。"② 元嘉咏物题材颂更倾向于用精巧的语言来铺写,如宗炳《甘颂》:"煌煌嘉实,磊磊景星。南金其色,隋珠厥形。"又如颜延之《赤槿颂》云:"日御北至,夏德南宣。玉蒸荣心,气动上玄。华缛闲物,受色朱天。是谓珍树,含艳丹间。"与屈原《橘颂》相比,元嘉作家此类作品缺少深刻的思想基础,更倾向于对物的描写,更多地重视词采,寓意的一面相对淡薄。

元嘉作家对自然的体悟较之魏晋作家深刻,自然中很多过去被忽视的内容被他们发掘出来,直接进入文学中。元嘉散文中的咏物之风在精神实质上与魏晋散文已经出现了明显区别,作家注重对物的描写,因此在表现上精细、华美,但失去了深刻的思想内涵。这也是刘勰特别评价元嘉文学咏物之风的原因。而从散文发展上看,元嘉散文显然摆脱了魏晋传统思维模式,对后来的咏物文学具有启迪作用。

二 山水文学对元嘉散文的渗透

与诗歌中山水描写内容上升一致,散文领域山水内容也在增加,"窥情风景之上"的现象开始明显。代表人物是谢灵运与鲍照。

谢灵运钟情山水,他不仅创作了大量山水诗,也创作了很多山水散文,如《游名山志》《岭表赋》《长溪赋》《山居赋》。《山居

---

① 周振甫:《文心雕龙今译》,中华书局1986年版,第88~89页。
② 周振甫:《文心雕龙今译》,中华书局1986年版,第84页。

赋》中的山水描写很有代表性，这篇赋的创作时间大致在元嘉元年到二年（424～425）①。赋序云"今所赋既非京都宫观游猎声色之盛，而叙山野草木水石谷稼之事"，标明了是以山水田园为主要内容。沈约非常重视这篇作品，在《宋书·谢灵运传》中，不厌其长，将赋、注文全收。而沈约的《郊居赋》，也明显受到了《山居赋》的影响。

顾绍柏先生认为这篇赋在结构上不是十分严密②。的确，文中在叙写田园山川风物时，忽然加入对三教思想的讨论，极不和谐。而叙写田园农事、山林一层更是杂乱。所以，从整体上看，这篇赋的缺陷非常明显。但文中写景非常成功，如：

> 洪涛满则曾石没，清澜减则沉沙显。及风兴涛作，水势奔壮。于岁春秋，在月朔望。汤汤惊波，滔滔骇浪。电激雷崩，飞流洒漾。凌绝壁而起岑，横中流而连薄。始迅转而腾天，终倒底而见壑。此楚贰心醉于吴客，河灵怀惭于海若。

这段文字淋漓尽致地刻画了波涛的声、形，境界壮阔、多变，可与枚乘《七发》以及木华《海赋》中的波涛描写相媲美。又如：

> 求归其路，迤界北山。栈道倾亏，蹬阁连卷。复有水径，缭绕回圆。㴸㴸平湖，泓泓澄渊。孤岸竦秀，长洲芊绵。既瞻既眺，旷矣悠然。及其二川合流，异源同口。赴隘入险，俱会山首。濑排沙以积丘，峰倚渚以起阜。石倾澜而捎岩，木映波而结蔌。径南㵎以横前，转北崖而掩后。隐丛灌故悉晨暮，托星宿以知左右。

在对波涛的描写中，谢灵运展示了波澜壮阔之美。这一段文字则有其山水诗的境界：幽美、细腻，体现了山川的秀美多姿、深远静谧。由于受到辞赋文体的影响，文中在描写景物时，更加细密精到，故而较之诗更加细腻。

---

① 顾绍柏：《谢灵运集校注》，中州古籍出版社 1987 年版，第 334～335 页。
② 顾绍柏：《谢灵运集校注》，中州古籍出版社 1987 年版，第 335 页。

鲍照散文受山水文学的影响较为明显，他的《登大雷岸与妹书》很有代表性。这是鲍照在赴江州任职时写的一封家书，时间大约在元嘉十六年（439）秋天。① 文中写景生气勃郁，动人逼真，如写山："南则积山万状，负高争气，含霞饮景，参差代雄，凌跨长陇，前后相属，带天有匝，横地无穷。"借"争""含""饮""跨"等词语，化静为动，备述山川之雄；写长江："西则回江永指，长波天合。滔滔何穷，漫漫安竭！创古迄今，舳舻相接。思尽波涛，悲满潭壑。烟归八表，终为野尘。而是注集，长写不测，修灵浩荡，知其何故哉。"读来苍凉雄壮，如身临其境。写波涛："腾波触天，高浪灌日，吞吐百川，写泄万壑。轻烟不流，华鼎振渲。弱草朱靡，洪涟陇蹙。散涣长惊，电透箭疾。穿溢崩聚，坻飞岭覆。回沫冠山，奔涛空谷。砧石为之摧碎，倚岸为之整落。仰视大火，俯听波声，愁魄胁息，心惊憬矣！"可谓惊心动魄。用书信这种文体，而能如此形神兼备地刻画山川，反映了作者高妙的才华。又如《石帆铭》。"铭"这种文体有自己的特征，刘勰《文心雕龙·铭箴》云："故铭者，名也，观器必也正名，审用贵乎盛德。"② 鲍照此文却是一篇山水散文。"应风剖流，息石横波，下潭地轴，上猎星罗。吐湘引汉，歃蠡吞沱，西历岷冢，北泻淮河。眇森宏蔼，积广连深，沧天测际，亘海穷阴。云旌未起，风柯不吟，崩涛山坠，郁浪雷沉。"形象地描绘了石帆周围的景物，突破了文体对内容的制约。

元嘉散文中的山水描写对后世影响很大，在谢灵运、鲍照的带动下，南朝出现了很多山水散文名篇。

三　佛教的繁荣对散文题材的影响

佛教在元嘉时期得到了极大发展，士人对佛学思想也产生了极大兴趣，直接影响了元嘉散文。

在佛学理论的探讨中，出现了很多论说文。永初、元嘉之际，竺道生提出了顿悟理论，受到了保守僧众的攻击。但这一理论却得到了谢灵运的回应，在与僧俗众人的论辩中，他创作了《辨宗论》（《答法勖问》《答僧维问》《答慧驎问》《答骠纲问》《答法纲问》

---

① 钱仲联：《鲍参军集注》，上海古籍出版社1980年版，第432页。
② 周振甫：《文心雕龙今译》，中华书局1986年版，第101页。

《答慧琳问》《答王卫军问》)、《答纲琳二法师书》、《答王卫军问辨宗论》等作品，王弘则有《与谢灵运书问辨宗论议》《答谢灵运书》，竺道生也有《答王卫军书》。不过谢灵运对顿悟说的理解有偏差，此次探讨的理论成就不大。

元嘉早期另一次佛教理论探索发生在元嘉三年到五年（426～428），核心人物是范泰，核心问题是僧人该不该遵从世俗的礼节。《论沙门踞食表》曰：

> 臣请此事自一国偏法，非经通永制。外国风俗不同，言语亦异，圣人不变其言，何独苦改其用。言宣意，意达言忘。仪以存敬，敬立形废。是以圣人因事制诫，随俗变法，达道乃可无律。思夫其防弥繁，用舍有时，通塞惟理，胶柱守株，不以疏乎。今之沙门，匠乏善诱，道无长一。各信所见，匙能虚受。乃至竞异于一堂之间，不和于时雍之世，臣窃耻之，况于异臣者乎。司徒弘达悟有理中，不以臣言为非。今之令望，信道未笃，意无前定，以两顺为美，不断为大，俟此而制，河可清矣。慧严、道生，本自不企，慧观似悔始位，伏度圣心，已当有在。今不望明诏孤发，但令圣旨粗达宰相，则下观而化，孰曰不允。

这次讨论参加人员有释慧义、王弘、释慧严、竺道生、释慧观。范泰曾与诸人分别论辩，有《与司徒王弘诸公论道人踞食》《与竺道生释慧观论踞食》，王弘等人的论辩文多数逸失，唯释慧义《答范泰等书》存留。另外，郑鲜之亦有《与沙门论踞食书》，讨论内容与范泰大体一致，大约也是此时所作。

元嘉十一年（434）左右的论争，主要体现了佛教与儒家思想之间的斗争。何尚之《列叙元嘉赞扬佛教事》曰："是时有沙门慧琳，假服僧次，而毁其法，著《白黑论》。衡阳太守何承天……著《达性论》，并拘滞一方，诋呵释教。永嘉太守颜延之、太子舍人宗炳，信法者也，检驳二论，各万余言。"《宋书·夷蛮传》："（慧琳）尝著《均善论》……论行于世。旧僧谓其贬黜释氏，欲加摈斥。"[①] 何承天是元嘉时期著名的儒者，他对佛教的态度接近慧琳，

---

① 沈约：《宋书》，中华书局1974年版，第2388～2391页。

第五章 文运转关

慧琳作《均善论》后，他也作《达性论》，并将慧琳的文章推荐给宗炳、颜延之看，引起了宗炳与颜延之的批驳，而论争也由此开始。论战的真正核心是何承天《答宗居士书》所云：

> 以为佛经者，善九流之别家，杂以道墨，慈悲爱施，与中国不异。大人君子，仁为己任，心无忆念。且以形像彩饰，将谐常人耳目，其为糜损尚微，其所宏益或著，是以兼而存之。至于好事者，遂以为超孔越老，唯此为贵，斯未能求立言之本，而眩惑于末说者也。

也就是佛教是否优于儒道的问题。何承天批驳了某些士人过分推崇佛教的观点，并站在儒家思想的基础上对佛教因果报应等理论提出质疑。此次争论产生了大量论说文，何承天有《与宗居士书论释慧琳白黑论》、《答宗居士书》（《释均善论》）、《答宗居士书》、《答颜光禄》、《重答颜光禄》、《报应问》、《达性论》；颜延之有《释何衡阳达性论》《重释何衡阳达性论》《又释何衡阳达性论》；宗炳作《答何衡阳书》《又答何衡阳书》《明佛论》；另有刘少府（佚名）作《答何衡阳书》。此次论争在社会上的影响较大，从何尚之《列叙元嘉赞扬佛教事》中可以看出，文帝也曾关注过。

元嘉早期佛教论说文都较为质朴，重视说理。如郭预衡先生评何承天《报应问》"通俗质朴，道理说得很透""旨在持论，不假虚辞。而且不是抽象地说理，也没有多少玄学的说教"[①]。谢灵运的佛教论说文虽然比何承天的作品注重文采，但整体上还是侧重说理，不求华美，如《与诸道人辨宗论》：

> 累起因心，心触成累。累恒触者心日昏，教为用者心日伏。伏累弥久，至于灭累。然灭之时，在累伏之后也。伏累灭累，貌同实异，不可不察。灭累之体，物我同忘，有无一观。伏累之状，他己异情，空实殊见。殊实空，异己他者，入于滞矣。一无有，同我物者，出于照也。

[①] 郭预衡：《中国散文史》上，上海古籍出版社2000年版，第458页。

这段话重在说理论辩,与何承天文章一样不假虚词。谢灵运精通玄学,因此这段话思辨色彩非常明显。与辞赋相比,谢灵运的佛教论说文语言较为简洁质朴,气势流畅。

元嘉时期另有交州刺史李淼,生卒事迹不详,他与当时僧人释法明、释僧高之间也存在辩论。李淼有《与道高法明二法师书难佛不见形》,释法明有《答李交州难佛不见形》,释僧高有《道高重答李交州书》。这次辩论产生的影响不大,论文数量也不是很多。

元嘉后期,信奉道教的顾欢有意调和佛道二家的论争,著《夷夏论》,但实际上他偏袒道教,因此引起了袁粲等人的反驳。① 袁粲作《托为道人通公驳顾欢夷夏论》,谢镇之作《与顾欢书折夷夏论》《重与顾欢书》,朱昭之作《与顾欢书难夷夏论》,朱广之作《谘顾欢夷夏论》,释慧通作《驳顾道士夷夏论》,释僧愍作《戎华论折顾道士夷夏论》等。这些作品均为严可均《全宋文》所收,说明产生于刘宋时期。此次论争发生在两种宗教之间,在表现上与儒、佛之争论说文有所不同。元嘉时期,佛、道两种思想斗争激烈,都想压倒对方,因此在论争中往往夹杂个人偏见,因而文章更重视气势,如顾欢《夷夏论》中有一段话:"屡见刻舣沙门,守株道士,交诤小大,互相弹射。或域道以为两,或混俗以为一。是牵异以同,破同以为异。则乖争之由,淆乱之本也。"② 不仅对仗工整,而且文笔犀利,与上文所引何承天等人文章风格已经有明显不同。

由于佛教对士人精神影响的逐渐加强,对颂赞等散文题材选择也产生了影响,颂文中如谢灵运的《和从弟惠连无量寿颂》与鲍照的《佛影颂》。在赞文中出现了范泰《佛赞》、傅亮《文殊师利菩萨赞》《弥勒菩萨赞》、殷景仁《文殊像赞》《文殊师利赞》、谢灵运《和范光禄祇洹像赞》三首、《维摩经十譬赞》八首等等。不仅佛教内容,甚至连僧人都成为赞文题材,如张辨《庐山招提寺释僧瑜赞》《释昙鉴赞》等。铭文中有谢灵运《佛影铭》、鲍照《佛影铭》、张野《远法师铭》。哀诔文中有谢灵运《庐山慧远法师诔》《昙隆法师诔》、张畅《若耶山敬法师诔》、释慧琳《龙光寺竺道生

---

① 见萧子显《南齐书》,中华书局1987年版,第931~935页。
② 萧子显:《南齐书》,中华书局1987年版,第932页。

法师诔》《武丘法纲法师诔》等。可以说，佛教对元嘉散文题材产生了较为全面的影响。

大量佛教内容论说文的出现，说明元嘉文人对佛教理论的理解已经相当深刻，这对拓展元嘉散文表现空间有积极作用，对元嘉文人思辨能力提高也有帮助。

第二节　元嘉散文抒情性内涵

在元嘉散文研究中，艺术形式（骈体）的进步最引人注意。但对元嘉散文的抒情性内涵，学术界关注不够。整体而言，元嘉散文在形式上取得了进展，但抒情色彩并没有出现明显的退步，如果与东晋相比，在抒情的深度与广度上都有可称道之处。

一　命运之忧

在魏晋南北朝时期，正始与元嘉两个阶段，文人的命运最为悲惨。在皇室貌似优裕的环境中，文人的处境并没有得到很大改善，所以他们的思想与正始文人一样，充满着忧郁与恐惧。如《宋书·傅亮传》记："初，亮见世路屯险，著论名曰《演慎》。"其文曰：

> 大道有言，慎终如始，则无败事矣。《易》曰："括囊无咎。"慎不害也。又曰："藉之用茅，何咎之有。"慎之至也。文王小心，《大雅》咏其多福；仲由好勇，冯河贻其苦箴。《虞书》著慎身之誉，周庙铭陛坐之侧。因斯以谈，所以保身全德，其莫尚于慎乎。夫四道好谦，三材忌满，祥萃虚室，鬼瞰高屋，丰屋有蔀家之灾，鼎食无百年之贵。然而徇欲厚生者，忽而不戒；知进忘退者，曾莫之惩。前车已摧，后銮不息，乘危以庶安，行险而徼幸。于是有颠坠覆亡之祸，残生夭命之衅。其故何哉？流溺忘反，而以身轻于物也。故昔之君子，同名爵于香饵，故倾危不及；思忧患而豫防，则针石无用。洪流壅于涓涓，合拱挫于纤蘖，介焉是式，色斯而举，悟高鸟以风逝，鉴醽酒而投绂。夫岂敝著而后谋通，患结而后思复云尔而已哉！……夫以嵇子之抗心希古，绝羁独放，五难之根既拔，立生之道无累，人患殆乎尽矣。徒以忽防于钟、吕，

肆言于禹、汤，祸机发于豪端，逸翮铩于垂举。……非知之难，慎之惟艰，慎也者，言行之枢管乎。夫据图挥刃，愚夫弗为，临渊登峭，莫不惴栗。何则？害交故虑笃，患切而惧深。故《诗》曰："不敢暴虎，不敢冯河。"慎微之谓也。故庖子涉族，怵然为戒，差之一毫，弊犹如此。况乎触害犯机，自投死地。祸福之具，内充外斥，陵九折于邛僰，泛冲波于吕梁，倾侧成于俄顷，性命哀而莫救。呜呼！呜呼！故语有之曰：诚能慎之，福之根也；曰是何伤，祸之门尔。言慎而已矣。①

"演慎"即推演"慎"的道理。根据《宋书》傅亮本传，他先在桓谦幕下任职，桓玄对他也很赏识。后又为孟昶幕僚，又转入刘毅集团，而上述诸人皆不得善终，很多人也因他们而受到株连。在这篇文章中，我们可以很清楚地感觉到作家那种胆战心惊的恐惧心理。后来傅亮转入刘裕幕府，深得刘裕器重。但是他心中的忧惧并没有减少，其《感物赋》序云：

余以暮秋之月，述职内禁，夜清务隙，游目艺苑。于时风霜初戒，蛰类尚繁，飞蛾翔羽，翩翻满室。赴轩幌，集明烛者，必以燋灭为度。虽则微物，矜怀者久之。退感庄生异鹊之事，与彼同迷而忘反鉴之道，此先师所以鄙智，及齐客所以难日论也。怅然有怀，感物兴思，遂赋之云尔。②

《宋书·傅亮传》记："亮布衣儒生，侥幸际会，既居宰辅，兼总重权，少帝失德，内怀忧惧，作《感物赋》以寄意焉。"③ 傅亮在刘裕在位时为朝廷重臣，少帝继位，又为顾命大臣。但少帝沉迷于游嬉，大臣之中已经酝酿事端。傅亮作为一个举足轻重的人物，无论成败都会受到牵连。在这种局面下，傅亮心中对前途充满迷茫。序文中，他感物兴怀，那种忧惧、求退无路的心情显而易见。

---

① 沈约：《宋书》，中华书局1974年版，第1338~1339页。
② 沈约：《宋书》，中华书局1974年版，第1339~1340页。
③ 沈约：《宋书》，中华书局1974年版，第1339页。

第五章 文运转关

又如谢灵运《诣阙自理表》：

> 臣自抱疾归山，于今三载，居非郊郭，事乖人间，幽栖穷岩，外缘两绝，守分养命，庶毕余年。忽以去月二十八日得会稽太守臣颙二十七日疏云："比日异论喧嗷，此虽相了，百姓不许寂默，今微为其防。"披疏骇惋，不解所由，便星言奔驰，归骨陛下。及经山阴，防卫彰赫，彭排马槊，断截衢巷，侦逻纵横，戈甲竟道。不知微臣罪为何事。及见颙，虽曰见亮，而装防如此，唯有罔惧。臣昔忝近侍，豫蒙天恩，若其罪迹炳明，文字有证，非但显戮司败，以正国典，普天之下，自无容身之地。今虚声为罪，何酷如之。夫自古谗谤，圣贤不免，然致谤之来，要有由趣。或轻死重气，结党聚群，或勇冠乡邦，剑客驰逐。未闻俎豆之学，欲为逆节之罪；山栖之士，而构陵上之衅。今影迹无端，假谤空设，终古之酷，未之或有。匪吝其生，实悲其痛。诚复内省不疚，而抱理莫申。是以牵曳疾病，束骸归款。仰凭陛下天鉴曲临，则死之日，犹生之年也。臣忧怖弥日，羸疾发动，尸存恍惚，不知所陈。

《宋书·谢灵运传》云："会稽东郭有回踵湖，灵运求决以为田，太祖令州郡履行。此湖去郭近，水物所出，百姓惜之，颙坚执不与。灵运既不得回踵，又求始宁岯崲湖为田，颙又固执。灵运谓颙非存利民，正虑决湖多害生命，言论毁伤之，与颙遂构雠隙。因灵运横恣，百姓惊扰，乃表其异志，发兵自防，露板上言。灵运驰出京都，诣阙上表。"[①] 可见此文是谢灵运自辩之作，文中叙述了孟颙对自己无端的诬陷与自己的冤屈，因而迫切希望仰赖文帝洗清自己的罪名。从这篇文章中可以看出，谢灵运对孟颙的诬告非常害怕，虽然以前文帝对他多有宽恕，但宋武帝以及少帝时期给谢灵运留下的教训，使他不敢再张狂下去，而是急匆匆赶到京城向文帝求救。那种求生的欲望在这篇文章中展露无遗。

---

① 沈约：《宋书》，中华书局1974年版，第1776页。

二 伤时之叹

每个时代都有失意者,在元嘉社会发生激烈变化的环境中,士人的政治命运更加坎坷。因此在元嘉散文中,对时光匆匆而命运多艰的感叹特别多见。

元嘉三大家在政治生活中都有失意的时候。不过颜延之通过及时调整,在他生命的后半段仕途较为通达。然而谢灵运因为与统治者不能协调,处处受到打击。鲍照出身寒素,在一个实际被士族控制的社会中志向难伸。面对惨淡的人生,他们都有很多感叹,但在表达上又有所区别,谢灵运对命运坎坷多是悲叹,鲍照则在悲叹之余又有愤激成分。

作于临川内史或徙赴广州时期的《感时赋》是谢灵运后期思想的典型体现[1],文曰:

> 相物类以迨已,闵交臂之匪赊。揆大耋之或迨,指崦嵫于西河。鉴三命于予躬,怛行年之蹉跎。于鹈鴃之先号,挹芬芳而夙过。微灵芝之频秀,迫朝露其如何。虽发叹之早晏,谅大暮之同科。

这篇赋带有浓郁的伤感情调,与他后期诗歌在情感表达上较为近似。赋有序,云:"夫逝物之感,有生所同。颓年致悲,时惧其速。岂能忘怀,乃作斯赋。"体现了作者在年岁渐长的心态下对时光匆匆的悲凉与无奈。但"致悲"的仅仅是时光之叹吗?不是。赋中言"鉴三命于予躬,怛行年之蹉跎。于鹈鴃之先号,挹芬芳而夙过"。"鹈鴃"句用楚辞《离骚》"恐鹈鴃之先鸣兮,使夫百草为之不芳"句意。屈原用这句话表达了与"老冉冉其将至兮,恐修名之不立""惟草木之零落兮,恐美人之迟暮"相近的意思,都在感叹年岁将尽而功业不成。谢灵运用这一典故的意义,也表达了自己身处"颓年"而一事无成的伤感。

前文已叙,谢灵运在文学创作中对情感抒发极为重视,他的散文与诗具有同样的抒情功能,赋因为具有铺陈的特征,所以对自我

---

[1] 顾绍柏:《谢灵运集校注》,中州古籍出版社1987年版,第371页。

精神的揭示更为深刻。但是与诗歌相比，谢灵运的赋缺乏创造性，抒情写景中为了铺陈而显得冗长，不如诗歌精到。

鲍照胸怀大志，不甘寂寞。《南史·鲍照传》记："照始尝谒义庆未见知，欲贡诗言志，人止之曰：'卿位尚卑，不可轻忤大王。'照勃然曰：'千载上有英才异士沉没而不闻者，安可数哉？大丈夫岂可遂蕴智能，使兰艾不辩，终日碌碌，与燕雀相随乎？'于是奏诗。"① 但入仕之后，鲍照就像其《舞鹤赋》所写"高洁"的鹤因"掩云罗而见羁"一样，陷于困顿之中。他的诗歌对人生坎坷的感叹表达非常成功，在散文中也毫不逊色。如《瓜步山楬文》："信哉！古人有数寸之鈗，持千钧之关，非有其才施，处势要也。瓜步山者，亦江中眇小山也，徒以因迥为高，据绝作雄，而凌清瞰远，擅奇含秀，是亦居势使之然也。故才之多少，不如势之多少远矣。仰望穹垂，俯视地域，涕洟江河，疣赘丘岳。虽奋风漂石，惊电剖山，地纶维陷，川斗毁宫，毫发盈虚，曾未注言；况乎沉河浮海之高，遗金堆璧之奇，四迁八聘之策，三黜五逐之疵，贩交买名之薄，吮痈舐痔之卑，安足议其是非！"从文中分明可以看出作者在备受压抑之中，心中充满苦闷与牢骚。他借对江中小山的描写，表达了自己对人生困顿的伤感，也表达了对不公平社会的控诉。

三 伤逝之悲

元嘉时期，作家人生体验的丰富对文学情感的增强有直接影响，伤逝之悲成散文中常见的情感，出现了颜延之《陶征士诔》这样的名作。但笔者认为，王微《以书告弟僧谦灵》与颜延之《祖祭弟文》在表达伤逝之悲上最为成功。

这两篇应该说是哀辞，因为它们都是以长吊幼。《文心雕龙·哀吊》云："赋宪之谥，短折曰哀。……原夫哀辞大体，情主于痛伤，而辞穷乎爱惜。"② 本身就有明显的抒情倾向。王微的《以书告弟僧谦灵》之所以值得注意，首先在于它的形式不拘一格，不像一般哀祭文用骈体，而是用散体；其次，由于是哀吊亡弟，且弟之所以亡故又与自己有关，故文辞情感真挚、深沉、复杂。《宋书·

---

① 李延寿：《南史》，中华书局1983年版，第360页。
② 周振甫：《文心雕龙今译》，中华书局1986年版，第117～118页。

王微传》记:"(微)弟僧谦,亦有才誉,为太子舍人,遇疾,微躬自处治,而僧谦服药失度,遂卒。微深自咎恨,发病不复自治,哀痛僧谦不能已,以书告灵。"① 又记僧谦卒后四旬而微终,而微"元嘉三十年,卒,时年三十九"②。可见此文作于元嘉三十年(453)左右。兹录之如下:

> 弟年十五,始居宿于外,不为察慧之誉,独沉浮好书,聆琴闻操,辄有过目之能。讨测文典,斟酌传记,寒暑未交,便卓然可述。吾长病,或有小间,辄称引前载,不异旧学。自尔日就月将,著名邦党,方隆凤志,嗣美前贤,何图一旦冥然长往,酷痛烦冤,心如焚裂。
> 寻念平生,裁十年中耳,然非公事,无不相对,一字之书,必共咏读,一句之文,无不研赏,浊酒忘愁,图籍相慰,吾所以穷而不忧,实赖此耳。奈何罪酷,茕然独坐。忆往年散发,极目流涕,吾不舍日夜,又恒虑吾羸病,岂图奄忽,先归冥冥。反复万虑,无复一期。音颜仿佛,触事历然,弟今何在,令吾悲穷。昔仕京师,分张六旬耳,其中三过,误云今日何意不来,钟念悬心,无物能譬。方欲共营林泽,以送余年,念兹有何罪庚,见此天酷,没于吾手,触事痛恨。吾素好医术,不使弟子得全,又寻思不精,致有枉过,念此一条,特复痛酷。痛酷奈何!吾罪奈何!
> 弟为志,奉亲孝,事兄顺,虽僮仆无所叱咄,可谓君子不失色于人,不失口于人。冲和淹通,内有皂白,举动尺寸,吾每咨之。常云:"兄文骨气,可推英丽以自许。又兄为人矫介欲过,宜每中和。"道此犹在耳,万世不复一见,奈何!唯十纸手迹,封拆俨然,至于思恋不可怀。及闻吾病,肝心寸绝,谓当以幅巾薄葬之事累汝,奈何反相殡送。
> 弟由来意,谓"妇人虽无子,不宜践二庭。此风若行,便可家有孝妇"。仲长《昌言》,亦其大要。刘新妇以刑伤自誓,必留供养;殷太妃感柏舟之节,不夺其志。仆射笃顺,范夫人

---

① 沈约:《宋书》,中华书局1974年版,第1670页。
② 沈约:《宋书》,中华书局1974年版,第1672页。

第五章 文运转关

知礼，求得左率第五儿，庐位有主。此亦何益冥然之痛，为是存者意耳。

吾穷疾之人，平生意志，弟实知之，端坐向窗，有何慰适，正赖弟耳。过中未来，已自悒望，今云何得立，自省惛毒，无复人理。比烦冤困惫，不能作刻石文，若灵响有识，不得吾文，岂不为恨。俛意虑不遂谢能思之如狂，不知所告诉，明书此数纸，无复词理，略道阡陌，万不写一。阿谦！何图至此！谁复视我，谁复忧我。他日宝惜三光，割嗜好以祈年，今也唯速化耳。吾岂复支，冥冥中竟复云何。弟怀随、和之宝，未及光诸文章，欲收作一集，不知忽忽当办此不？今已成服，吾临灵，取常共饮杯，酌自酿酒，宁有仿像不？冤痛！冤痛！①

在这篇文章中，作者首先赞扬亡弟的才华，又回忆兄弟二人亲密无间、心心相通，似琐碎而婉婉道来，悲痛之情，含于字里行间。这种不拘旧格，独抒己情的艺术手法，使人不禁联想到韩愈的《祭十二郎文》以及袁枚的《祭妹文》。它们都没有刻意追求形式上的华美，而是用平实的语言将一种深沉的悲伤隐含在其中，使人读来自悲。王微"文古甚，颇抑扬"，这篇作品无论形式还是内容，都与当时流行的文学风格不同，《文选》亦不收。但从艺术的角度看，这是一篇难得的佳作，沈约不厌其长而将其收入《宋书》，可能正是这个原因。

再看颜延之的《祖祭弟文》：

阖棺穷野，启殡中荒。灵影夙灭，筵寝虚张。人往运来，自秋徂阳。蕃兰落色，宿草滋长。孰云不痛，辞家去乡。尔之于役，爰适兹邑。上秋告来，方春伫立。如何不吊，吉违凶集。六亲憧心，姻朋浩泣。我虽载奔，伊何云及。永怀在昔，追亡悼存。惟兄及弟，瞻母望昆。生无荣嬿，没望归魂。令龟吉兆，祖榇东旋。灵辀次路，严舟在川。廓然何及，痛矣终天。

---

① 沈约：《宋书》，中华书局1974年版，第1670~1672页。

文中所提及颜延之之弟姓名行实失考。从文章中的"孰云不痛,辞家去乡。尔之于役,爰适兹邑"看,延之亡弟去世之前当在外任,且从"生无荣嬿"句看,仕宦亦不达。颜延之才学高超,此文采用骈体,但感情表达得很真实、沉痛,哀伤之情溢于言表。虽然不能判断此文是否完整,但从保留的文字看,足称佳作。

在表达伤逝之情的散文中,谢灵运的《庐陵王诔》与上面几篇文章不同。这篇文章不仅表达了伤逝,还有愤怒。其序写得很感人:

> 事非淮南,而痛深于中雾。迹非任城,而暴甚于仰毒。托体皇极,衔怨至尽。岂惟有识伤慨,故亦率土凄心。盖出罔己之悲,以陈酸切之事云尔。

谢灵运与庐陵王刘义真是很好的朋友,但由于受权臣打击,谢灵运被外放永嘉,刘义真被废杀。在刘义真身上寄托着谢灵运的政治希望。刘义真的无辜被杀引起了谢灵运强烈的愤慨。元嘉三年(426),文帝为刘义真平反,谢灵运亦被召回建康任职。他不仅写了《过庐陵王墓》一诗,亦为好友作诔。在诔序中,他压制不住心中的激愤,直接将对故友无辜被害的强烈情绪以及自己的伤感、怀念写出来,较之正文亦毫不逊色。

四 思乡之切

元嘉时期,士人流动性较大,不可避免要离家远行,思乡之情在散文中多有表达。谢灵运一生多次离家,然而在元嘉八年(431),他遭人诬陷,文帝虽然想保护他,但不知出于何种原因,不愿其返乡,而是任命他为临川内史。本年冬,谢灵运离开京师赴任。《孝感赋》就是在这种背景下产生的。

> 举高樯于杨潭,眇投迹于炎州。贯庐江之长路,出彭蠡而南浮。于时月孟节季,岁亦告暨。离乡眷壤,改时怀气。恋丘坟而萦心,忆桑梓而零泪。孟积雪而抽笋,王斩冰以鲙鲜。萁柔叶于枯木,起春波于寒川。顾微心之庸褊,谢精灵于昭晢。拥永慕而莫从,曾遐感而靡彻。

第五章 文运转关

在"月孟节季,岁亦告暨"时节离家远行,谢灵运心里本来就充满伤感。关键是这次离京外任毫无缘由,联系险恶的现实,他内心充满了疑惧。前途茫茫,吉凶难料。这篇赋把作者复杂的心情表达了出来。

又如谢庄《怀园引》:

> 鸿飞从万里,飞飞河岱起。辛勤越霜雾,联翩溯江汜。去旧国,违旧乡,旧山旧海悠且长。回首瞻东路,延翩向秋方。登楚都,入楚关,楚地萧瑟楚山寒。岁去冰未已,春来雁不还。风肃幌兮露濡庭,汉水初绿柳叶青。朱光蔼蔼云英英,离禽喈喈又晨鸣。菊有秀松有蕤,忧来年去容发衰。流阴逝景不可追,临堂危坐怅欲悲。轩鸟池鹤恋阶墀,岂忘河渚捐江湄。试托意兮向芳荪,心绵绵兮属荒樊。想绿苹兮既冒沼,念幽兰兮已盈园。夭桃晨暮发,春莺旦夕喧。青苔芜石路,宿草尘蓬门。遭吾游夫鄢郢,路修远以萦纡。羌故园之在目,江与汉之不可逾。目还流而附音,候归烟而托书。还流兮潺湲,归烟容裔去不旋。念卫风于河广,怀邶诗于懿泉。汉女悲而歌飞鹄,楚客伤而奏南弦。武巢阳而望越,亦依阴而慕燕。咏零雨而卒岁,吟秋风以永年。

这篇作品逯钦立《先秦汉魏晋南北朝诗》、严可均《全宋文》均收。说明在文体上这篇作品具备了诗、文两种特征。谢庄在元嘉二十年(443)之后,大约七八年时间在外任职,先赴江州,再到荆州,思乡之情较为强烈。在这篇作品中,作者表达了对家乡深切怀念,以及思乡而不得回的伤感。

又如鲍照《游思赋》:

> 指烟霞而问乡,窥林屿而访泊。抚身事而识苦,念亲爱而知乐。苦与乐其何言,悼人生之长役。舍堂宇之密视,坐江潭而为客。对蒹葭之遂黄,视零露之方白。鸿晨惊以响湍,泉夜下而鸣石。结中洲之云萝,托绵思于遥夕。瞻荆吴之远山,望邯郸之长陌。塞风驰兮边草飞,胡沙起兮雁扬翻。虽燕越之异

心,在禽鸟而同戚。怅收情而抆泪,遣繁悲而自抑。此日中其几时,彼月满而将蚀。生无患于不老,奚引忧以自逼?物因节以卷舒,道与运而升息。贱卖卜以当垆,隐我耕而子织。诚爱秦王之奇勇,不愿绝筋而称力。已矣哉,使豫章生而可知,夫何异乎丛棘。

这篇作品表达的情感相当复杂,既有远在他乡对家园的思念,也有人生的感叹,所以在表现上不同于一般的思乡之作,在怀乡之伤感中又带有人生不遇的激愤与无可奈何。

五　决绝之愤

元嘉散文对决绝之愤的表现较少,但竟陵王刘诞《奉表自陈》很值得一提,其云:

> 往年元凶祸逆,陛下入讨,臣背凶赴顺,可谓常节。及丞相构难,臧、鲁协从,朝野恍惚,咸怀忧惧,陛下欲建百官羽仪,星驰推奉,臣前后固执,方赐允俞,社稷获全,是谁之力?陛下接遇殷勤,累加荣宠,骠骑、扬州,旬月移授,恩秩频加,复赐徐、兖,仰屈皇储,远相饯送。臣一遇之感,感此何忘,庶希偕老,永相娱慰。岂谓陛下信用谗言,遂令无名小人来相掩袭,不任枉酷,即加诛剪。雀鼠贪生,仰违诏敕。今亲勒部曲,镇扞徐、兖。先经何福,同生皇家;今有何怨,便成胡、越?陵锋奋戈,万没岂顾,荡定之期,冀在旦夕。右军、宣简、爰及武昌,皆以无罪,并遇枉酷,臣有何过,复致于此。陛下宫帷之丑,岂可三缄。临纸悲塞,不知所言。①

《宋书·竟陵王诞传》记:"上流平定(义宣谋反事),诞之力也。初讨元凶,与上同举兵,有奔牛之捷,至是又有殊勋,上性多猜,颇相疑惮。而诞造立第舍,穷极工巧,园池之美,冠于一时。多聚才力之士,实之第内,精甲利器,莫非上品,上意愈不平。"②

---

① 沈约:《宋书》,中华书局1974年版,第2031~2032页。
② 沈约:《宋书》,中华书局1974年版,第2026~2027页。

又记："上将诛诞，以义兴太守垣阆为兖州刺史，配以羽林禁兵，遣给事中戴明宝随阆袭诞，使阆以之镇为名。阆至广陵，诞未悟也。明宝夜报诞典签蒋成，使明晨开门为内应。成以告府舍人许宗之，宗之奔入告诞。诞惊起，呼左右及素所畜养数百人，执蒋成，勒兵自卫。"[①] 可见刘诞并没有造反的倾向，而是孝武帝多疑猜忌，不能容忍刘诞，故置兄弟之情不顾，先发难而成兵变局面。在此之前，孝武帝于元嘉三十年（453）毒杀建平王刘铄；孝建二年（455）八月，逼杀武昌王刘浑，已经激起了刘诞的不满。而刘诞在拥立孝武、平定义宣叛乱中起到了关键作用，但孝武帝的猜忌心使他对刘诞必欲除之而后快。本无背叛之心，孝武逼人太甚，故而刘诞心中之愤慨积聚，发之于表文，毫无顾忌。既论孝武无恩无义，又责其听信谗言，最后一节尤为凄伤，那种兄弟相残的凄凉，那种义无反顾的决绝，以及对孝武人格的鄙视都很明显地展现出来。

从上面的论述中可以看出，元嘉散文情感表达细腻深刻，从上文所引王微、谢灵运、颜延之、鲍照等人的文章看，无论是表达忧惧，还是哀伤，作家都能深刻把握感情的细微之处，很有感染力。元嘉散文依然沿袭了魏晋时期散文的抒情传统，艺术品质与后来的齐梁散文有所不同。

第三节 元嘉散文的骈散之别

人们一般认为骈文形成于元嘉时期，因此，各本文学史都侧重对元嘉散文骈俪化的分析。但元嘉散文骈散共存、消长变化的现象非常突出，在散文文体演变上具有一定的转折意义。

一 散体的地位与影响

从文体发展的角度看，散体的运用比骈体更早。骈体的运用受作家文学观念、文体特征的影响较为突出。如哀悼文倾向于使用骈体，但王微《以书告弟僧谦灵》所用是散体。又如辞赋、颂赞文等对骈体的运用较为突出，但书牍文、序文更侧重使用散体。这两种情况在元嘉散文中都有体现。

[①] 沈约：《宋书》，中华书局 1974 年版，第 2031 页。

散体在元嘉书牍文、序文中占有主导地位。书牍文即书信，《文心雕龙·书记》中云："详总书体，本在尽言，言以散郁陶、托风采，故宜条畅以任气，优柔以怿怀；文明从容，亦心声之献酬也。"① 抒情直接，少受拘束是书牍文的一大特征。

元嘉书牍文内容复杂，既有关乎政治军事之文，如刘裕《与刘毅书》《函书付朱龄石》《与韩延之书》《与骠骑道临书》，刘义恭《与朱修之书》《与王玄谟书》，臧质《答魏主拓跋焘书》《又与虏众书》《密信说南郡王义宣》等，又有亲人通慰之文，如宋文帝《与衡阳王义季书》，谢灵运《与弟书》《答弟书》。最为普遍的是友人之间的书信，这些书信或讨论佛理，如谢灵运《答王卫军文辩宗论》《答纲、琳二法师书》，范泰《与司徒王弘诸公论道人踞食》《答释慧义书》《与竺道生释慧观论踞食》，宗炳《答何衡阳书》《答颜光禄书》等；或研讨儒学，如蔡廓《答傅亮书》，雷次宗《答袁悠问》《答蔡廓问》等。有举荐之文，如羊希《与孙洗书称陆法真》。有拒荐之文，如王微《报何偃书》等。这些作品大多形式古朴，作家通过简洁的语言、自由的句式表达所要叙说的内容。如王微《报何偃书》：

> 卿昔称吾于义兴，吾尝谓之见知，然复自怪鄙野，不参风流，未有一介熟悉于事，何用独识之也。近日何见绰送卿书，虽知如戏，知卿固不能相哀。苟相哀之未知，何相期之可论。
>
> 卿少陶玄风，淹雅修畅，自是正始中人。吾真庸性人耳，自然志操不倍王、乐。小儿时尤粗笨无好，常从博士读小小章句，竟无可得，口吃不能剧读，遂绝意于寻求。至二十左右，方复就观小说，往来者见床头有数帙书，便言学问，试就检，当何有哉。乃复持此拟议人邪。尚独愧笑扬子之褒赠，犹耻辞赋为君子，若吾篆刻，菲亦甚矣。卿诸人亦当尤以此见议。或谓言深博，作一段意气，鄙薄人世，初不敢然。是以每见世人文赋书论，无所是非，不解处即日借问，此其本心也。
>
> 至于生平好服上药，起年十二时病虚耳。所撰服食方中，粗言之矣。自此始信摄养有征，故门冬昌术，随时参进。寒温

---

① 周振甫：《文心雕龙今译》，中华书局1986年版，第233页。

相补，欲以扶护危羸，见冀白首。家贫乏役，至于春秋令节，辄自将两三门生，入草采之。吾实倦游医部，颇晓和药，尤信《本草》，欲其必行，是以躬亲，意在取精。世人便言希仙好异，矫慕不羁，不同家颇有骂之者。又性知画缋，盖亦鸣鹄识夜之机，盘纡纠纷，或记心目，故兼山水之爱，一往迹求，皆仿像也。不好诣人，能忘荣以避权右，宜自密应对举止，因卷惭自保，不能勉其所短耳。由来有此数条，二三诸贤，因复架累，致之高尘，咏之清鏊。瓦砾有资，不敢轻厕金银也。

而顷年婴疾，沉沦无已，区区之情，竭于生存，自恐难复，而先命猥加，魂气寒蔺，常人不得作常自处疾苦，正亦卧思已熟，谓有记自论。既仰天光，不夭庶类，兼望诸贤，共相哀体，而卿首唱诞言，布之翰墨，万石之慎，或未然邪。好尽之累，岂其如此。绅大骇叹，便是阖朝见病者。吾本佇人，加疹意惛，一旦闻此，便惶怖矣。五六日来，复苦心痛，引喉状如胸中悉肿，甚自忧。力作此答，无复条贯，责布所怀，落漠不举，卿既不可解，立欲便别，且当笑。[1]

王微体弱，无意仕进，而江湛等人推荐其任尚书郎。从文中看，何偃也参与其事，担心被王微责备而先写信给王微，王微作此文以回答。此文风格略似嵇康散文，主要用散体，形式自由、平易晓畅，表明了自己不愿出仕的原因。其中叙述自己青年读书、兴趣爱好等都稳妥自然，娓娓道来。

再如范泰《与谢侍中书》：

卿常言何如？历观高士，类多有情。吾亦许卿以同，何缅邈之过，便是未孤了幽关也。吾犹存旧情，东望慨然，便是有不驰处也。见炽公阡陌，如卿问栖僧于山，诚是美事。屡改骤迁，未为快也。杖策之郡，斯则善也。祇洹中转有奇趣，福业深缘，森兮满目，见形者所不能传。闻言而悟，亦难其人。辞烦而已。于此绝笔。范泰敬谓祇洹塔内赞，因炽公相示，可少留意省之，并同子与人歌而善。

---

[1] 沈约：《宋书》，中华书局1974年版，第1668~1670页。

谢灵运是范泰要好的朋友。在这篇文章中，范泰用简单明了的语言表达了对谢灵运的怀念，以及写信的意图，形式自由朴素。

总体而言，以散体为主的写作格局在元嘉书牍文中非常普遍。这说明，在大部分作家心目中，书牍文依然以散体为主导。

再看序文，王应麟《辞学指南》曰："序者，序典籍之所以作。"① 可见，序主要是描述著作如何产生。在语体上，序与正文存在差别，如作家创作诗、赋、颂、赞、诔时，需要考虑文体对句式运用的要求。但在序文的写作中，句式运用较为自由，多数情况下用散体。所以，序与正文具有各自的文学价值。《文选》中有序文一类，说明人们已经认识到序文独立的文体特征。

元嘉序文现存五十余篇。从种类上看，有诗序（范泰《鸾鸟诗序》、范晔《双鹤诗序》、谢灵运《拟魏太子邺中集诗序》、颜延之《三月三日曲水诗序》、刘义恭《丹徒宫集叙》、王叔之《伤孤鸟诗序》等）、赋序（傅亮《感物赋序》、谢灵运《罗浮山赋序》《撰征赋序》《山居赋序》、颜延之《白鹦鹉赋序》《赭白马赋序》、鲍照《观漏赋序》《野鹅赋序》等）、颂序（何承天《社颂序》、鲍照《河清颂序》等）、赞序（殷景仁《文殊师利赞序》、谢灵运《和范光禄祇洹像赞序》、谢惠连《仙人草赞序》等）、铭序（谢灵运《佛景铭序》、鲍照《凌烟楼铭序》等）、诔序（谢灵运《庐陵王诔序》《庐山慧远法师诔序》、颜延之《陶征士诔序》《阳给事诔序》；释慧琳《龙光寺竺道生法师诔序》等）、画序（宗炳《师子击象图序》《画山水序》等）、著述序（范晔《和香方序》、何承天《三代乐序》《新历叙》、龚庆《鬼遗方序》、释道朗《大涅槃经序》、释慧观《法华宗要序》等）、祭文序（谢惠连《祭古冢文序》等）。

徐师曾曾对序文特点进行过说明："《尔雅》云：'序，绪也。'字亦作'叙'，言其善叙事理次第有序若丝之绪也。"② 可见，序要叙述有序，简单明了。如王叔之《怀旧序》：

---

① 王应麟：《辞学指南》，《文渊阁四库全书》子部254册，第336页。
② 徐师曾：《文体明辨序说》，人民文学出版社1962年版，第135页。

余与从甥孙道济，交好特至。昔寓荆州，同处一室，冬多闲暇，长共学书。余收而录之，欲以为索居之玩。道济因记纸末曰：舅还山之日，览此相存。阅书见其手迹，皎若平日，凄怅伤心。

这篇序用平易朴素的语句，叙述了与外甥的深厚友谊，以及自己的思念，隐含了一种览物思人而斯人不在的伤感，字句之间含有真情，感人至深。又如范晔的《双鹤诗序》：

客有寄余双鹤者，其一扬翰皎洁，响逸九皋。其一翅折志衰，自视缺然。余因叹玩之，遂为之诗。

这篇序用寥寥数语，将双鹤之形、神，以及作者的感叹、创作的原因，非常清楚地表达出来。《双鹤诗》虽然不存，但从序中还是可以知道诗歌的内容的。

由于序文在元嘉时期还较为自由，在描写上也很有优势，如范泰《鸾鸟诗序》：

昔罽宾王结罝峻祈之山，获一鸾鸟，王甚爱之，欲其鸣而不能致也。乃饰以金樊，飨以珍羞，对之愈戚，三年不鸣。其夫人曰：尝闻鸟见其类而后鸣，何不悬镜以映之？王从其言。鸾睹形感契，慨然悲鸣，哀响冲霄，一奋而绝。嗟乎兹禽！何情之深。昔钟子破琴于伯牙，匠石韬斤于郢人。盖悲妙赏之不存，慨神质于当年耳。矧乃一举而殒其身者哉，悲夫。

又如宗炳《师子击象图序》：

梁伯玉说沙门释僧吉云：尝从天竺，欲向大秦。其间忽闻数十里外，哮哮搅搅，惊天怖地。顷之，但见百兽率走，跪地至绝。而四巨象虓焉而至，以鼻卷泥，自辱涂数尺，数数喷鼻，隅立。俄有师子三头，见于山下，直搏四象，崩血若滥泉，巨树草偃。

前者是诗序,诗亦存:"神鸾栖高梧,爱翔霄汉际。轩翼飚轻风,清响中天厉。外患难预谋,高罗掩逸势。明镜悬高堂,顾影悲同契。一激九霄音,响流形已毙。"如果将序文与诗进行比较,不难发现序对鸟的形象刻画较之诗更为成功,更加动人。序可以让人真切感受到鸟的孤独无助以及自见其形时的悲伤,无形间塑造了一只命运悲惨却心志孤高的羁鸟形象。同时,这段话对鸟的描写具有完整的外部环境,所以能够声形并茂。而诗相对而言则显得呆滞,没有特色。后者是画序,其中对狮子搏象的场面描写,惊天动地,有声有色。可以说,在元嘉散文中,这样有特色的描写并不多见。

另外,散体在元嘉前期散文中影响较为突出。郭预衡先生认为"宋初文章尚质"①。这里的"质"当指文章朴素,不讲究华丽。在评价何承天《安边论》时,郭预衡先生说:"构思和用语都还具有汉魏文章的特点,不甚讲究偶对,比较质朴自然。"② 这一特征在傅亮、范泰、谢灵运等人的散文中也有体现,他们更注重文章内容的表达,并不刻意追求华美。因此,散体在宋初散文中运用较为普遍。即便是表章诏书类文章,作家也不会大量运用骈句,追求叙述准确稳妥、风格典雅而已。所以,散体对元嘉散文依然有明显影响,地位不容忽视。这使元嘉散文在走向骈俪的同时,具有了古朴特征。

二 骈体的进步与流行

艺术思维进步促进了作家对文学形式的探索,骈体日益成熟,影响逐渐加深,很多作家主动运用骈体,推动了骈体的进步。因此,很多研究者视元嘉为骈体形成时期,如蒋伯潜、蒋祖怡在《骈文与散文》中说:"这种情形(骈文兴起),在宋初一开其端,整个六朝便浸润在雕饰自炫的波流里。"③ 又如于景祥在《中国骈文通史》中说:"刘宋一代是江左唯美主义文学之开端,更是四六骈文鼎盛之期的第一步。"④ 方子丹在为钱济鄂《骈文考》作序时,引陈含光《俪体文稿》自序云:"俪体文,莫知其始之所自。余以

---

① 郭预衡:《中国散文史》,上海古籍出版社2000年版,第458页。
② 郭预衡:《中国散文史》,上海古籍出版社2000年版,第457页。
③ 蒋伯潜、蒋祖怡:《骈文与散文》,上海书店出版社1997年版,第24页。
④ 于景祥:《中国骈文通史》,吉林人民出版社2002年版,第353页。

第五章 文运转关

为延之，始反东晋道论之风。明远、希逸继之。三君者，措语必双，铸词必炼，此其始也。"① 但江书阁认为："宋齐以前，乃至魏晋以前诸家的作品，虽选家亦多选录，但骈文的某些特征或不尽具备，或虽具而不显。"② 这说明，元嘉骈文还带有明显的探索痕迹，而对此做出突出贡献的确如陈含光所云是颜延之、鲍照与谢庄。

颜延之对骈体的运用在元嘉早期作家中最为突出，代表作品就是他的《三月三日曲水诗序》，其文曰：

夫方册既载，皇王之迹已殊。钟石毕陈，舞咏之情不一。虽渊流遂往，详略异闻。然其宅天衷，立民极，莫不崇尚其道，神明其位。拓世贻统，固万叶而为量者也。有宋函夏，帝图弘远。高祖以圣武定鼎，规同造物；皇上以睿文承历，景属宸居。隆周之卜既永，宗汉之兆在焉。正体毓德于少阳，王宰宣哲于元辅。晷纬昭应，山渎效灵，五方杂遝，四隩来暨。选贤建戚，则宅之于茂典；施命发号，必酌之于故实。大予协乐，上庠肆教，章程明密，品式周备，国容视令而动，军政象物而具。箴阙记言，校文讲艺之官，采遗于内；轺车朱轩，怀荒振远之使，谕德于外。颁茎素毳，并柯共穗之瑞，史不绝书；栈山航海，逾沙轶漠之贡，府无虚月。列燧千城，通驿万里。穹居之君，内首禀朔；卉服之酋，回面受吏。是以异人慕响，俊民间出。警跸清夷，表里悦穆。将徙县中宇，张乐岱郊。增类帝之宫，饬礼神之馆。涂歌邑诵，以望属车之尘者久矣。日躔胃维，月轨青陆。皇祇发生之始，后王布和之辰。思对上灵之心，以惠庶萌之愿。加以二王于迈，出饯戒告，有诏掌故，爰命司历，献洛饮之礼，具上巳之仪。南除辇道，北清禁林，左关岩隥，右梁潮源。略亭皋，跨芝廛，苑太液，怀曾山，松石峻垝，葱翠阴烟。游泳之所攒萃，翔骤之所往还。于是离宫设卫，别殿周徼。旌门洞立，延帷接枑，阅水环阶，引池分席，春官联事，苍灵奉涂，然后升秘驾，胤缇骑，摇玉銮，发流吹，天动神移，渊旋云被，以降于行所，礼也。既而

---

① 方序见钱济鄂《骈文考》，洛杉矶中华诗会、新加坡木屋学社1994年刊印。
② 江书阁：《骈文史论》，人民文学出版社1986版，第7页。

帝晖临幄,百司定列,凤盖俄轸,虹旗委斾,肴蔌芬藉,觞醳泛浮,妍歌妙舞之容,衔组树羽之器,三奏四上之调,六茎九成之曲,竞气繁声,合变争节。龙文饰辔,青翰侍御,华裔殷至,观听骛集,扬袂风山,举袖阴泽,靓庄藻野,祾服缛川。故以殷赈外区,焕衍都内者矣。上赓万寿,下禔百福,匜筵禀和,阁堂依德,情盘景遽,欢洽日斜。金驾捴驷,圣仪载仁,怅钓台之未临,慨酆宫之不悬。方且排凤阙以高游,开爵园而广宴。并命在位,展诗发志。则夫诵美有章,陈言无愧者欤。

从上文的论述中可以看出,序文本来偏重散体,但颜延之这篇序已经基本是成熟的骈文。全篇句式对仗基本工整,而从骈对类型看,有四对四句式,有六对六句式,有四六对四六句式,有六四对六四句式,有四六四对四六四句式,有三对三句式。用词精巧典雅,典故运用恰当,达到了颂美文学的典雅风格、精巧形式与序文功能的完美统一,这也是其为《文选》所收的一大原因。

而且颜延之散文在骈体运用中对音韵之美的探索也值得注意,如《赭白马赋》:

维宋二十有二载,盛烈光乎重叶,武义粤其肃陈,文教迄已优洽。泰阶之平可升,兴王之轨可接。访国美于旧史,考方载于往牒。[叶、接、牒:叶韵]昔帝轩陟位,飞黄服皂。后唐膺箓,赤文候日。汉道亨而天骥呈才,魏德憋而泽马效质。伊逸伦之妙足,自前代而间出。并荣光于瑞典,登郊歌乎司律。所以崇卫威神,扶护警跸,精曜协从,灵物咸秩。[日、质、律、跸、秩:质韵]暨明命之初基,罄九区而率顺。有肆险以禀朔,或逾远而纳尽。闻王会之阜昌,知函夏之充牣。总六服以收贤,掩七戎而得骏。盖乘风之淑类,实先景之洪胤。[顺、牣、骏、胤:震韵]故能代骖象舆,历配钩陈。齿算延长,声价隆振。[陈、振:真韵]信圣祖之蕃锡,留皇情而骤进。徒观其附筋树骨,垂梢植发,双瞳夹镜,两权协月,异体峰生,殊相逸发。超摅绝夫尘辙,驱骛迅于灭没。简伟塞门,献状绛阙。旦刷幽燕,昼秣荆越。[骨、发、月、没、阙、越:月韵]

这篇赋对仗工整，非常精巧。而且讲究用韵，从本书截取部分中可以看出，几乎每个偶数句尾字都是韵脚，每隔几句就换韵，既有错综之感，又有音韵之美。而且用典繁密讲究，非常符合后世对骈文的界定。在骈体艺术的探讨上，颜延之做出了巨大贡献。

鲍照的《登大雷岸与妹书》体现了他对骈体的极度重视。谢灵运、范泰等元嘉早期作家在书信中一般以散体为主。但鲍照这封家书基本采用四言、六言格式，非常工整。很多句子是典型的骈句，如"涂登千里，日逾十晨，严霜惨节，悲风断肌""东顾五洲之隔，西眺九派之分；窥地门之绝景，望天际之孤云""若潨洞所积，溪壑所射，鼓怒之所豗击，涌澓之所宕涤，则上穷获浦，下至狶洲，南薄燕爪，北极雷淀，削长埤短，可数百里。其中腾波触天，高浪灌日，吞吐百川，写泄万壑"等。骈体句式的大量运用，语言的雕琢，声韵的讲究，使之成为"骈文的杰作"①。从文中可以看出，鲍照对骈体的接受非常主动，这对他的散文产生了根本性的影响。

谢庄是元嘉后期宫廷作家代表，具有很高的社会声望。与颜延之、鲍照相比，他对骈句的运用更为积极，在他的笔下，各种文体的美文特征越来越明显。如其《上搜才表》：

> 臣闻功照千里，非特烛车之珍；德柔邻国，岂徒秘璧之贵。故《诗》称珍悴，《誓》述荣怀，用能道臻无积，化至恭己。伏惟陛下，膺庆集图，缔宇开县，夕爽选政，晨旦调风，采言厥舆，观谣反远，斯实辰阶告平，颂声方制。臣窃惟隆陂所渐，治乱之由，何尝不兴资得才，替因失士。故楚书以善人为宝，《虞典》以则哲为难。进选之轨，既弛中代，登造之律，未闻当今。

这种极力讲究骈对的风格，使表章变得华美，可诵可读。与元嘉早期的同类作品相比，在形式上华美了很多。元嘉早期表章并不过分讲究骈句的运用，求其工雅，言事明了而已。但以谢庄为代表

---

① 曹道衡、沈玉成：《南北朝文学史》，人民文学出版社1991年版，第94页。

的元嘉中后期作家,不仅在辞赋等文体中大量运用骈体,在表章中也已开始重视形式对仗整饬,可见骈体之风所及,表章亦在所难免。谢庄在当时文坛地位很高,他对骈体的重视,对当时文坛更具号召力。

骈体在进一步成熟的同时,艺术表现也有了较大发展。作家吸收了诗歌中造境艺术,在散文中也形成了诗一般的境界,如谢庄的《月赋》对月夜的描写:"若夫气霁地表,云敛天末,洞庭始波,木叶微脱,菊散芳于山椒,雁流哀于江濑。"黎经诰称之曰:"数语无一字说月,却无一字非月,清空澈骨,穆然可怀。"① 已经表现出对诗化意境的追求。再看写月,"升清质之悠悠,降澄辉之蔼蔼,列宿掩缛,长河韬映。柔祇雪凝,圆灵水镜。连观霜缟,周除冰净",境界是何等的淡然、幽远、宁静,如诗如画一般的纯美,明显受到了诗歌写景选境手法的影响。一般而言,铺排描写很难形成简洁、优美、深远的艺术境界,因为意象的繁密会使读者对细节的重视大于对整体意境的理解。《月赋》却不同,文中的景物描写也有铺排特征,但通过精心选择意象,使读者在阅读中,整体与细节得到兼顾。这种写法在鲍照等人的作品中也有体现。

从上面的论述中可以看出,虽然散体与骈体在元嘉散文中共存,但总体上散体的地位在退化,骈体的影响在上升。元嘉散文具有古朴自由、华丽骈对的双重特征,呈现过渡的形态,对散文发展具有深刻影响。

总结　元嘉散文的艺术特征

从上面的梳理中可以看出,元嘉散文创作非常繁荣,不少文体取得了较高成就。元嘉散文的艺术特征表现在以下几个方面。

首先,元嘉散文重视抒情内涵。上文所引的很多作品都体现出明显的抒情特征,如谢灵运的《自理表》以及傅亮的《演慎论》等,都不同程度地反映了作家的思想与情感。哀祭文则集中地体现了元嘉文人情感世界的丰富、细腻。鲍照的很多散文和他的诗歌、辞赋一样,反映了他的精神苦闷。虽然在情感抒发的强度上,元嘉

---

① 许梿选,黎经诰笺注《六朝文絜笺注》,上海古籍出版社1982年版,第7页。

散文与诗歌、辞赋存在一定的距离，但它们与诗歌、辞赋一起，完整地反映了元嘉文人的精神世界。

其次，元嘉散文古朴特征较为明显。在书牍文、序文中，作家多数情况下主要使用散体，作品偏重对内容的表达，形式质朴自由。尤其像王微的《以书告弟僧谦灵》，主要采用了散体句式，深刻地表达了内心的悲伤。在诏令表章中，元嘉早期作家也没有刻意运用骈句，讲究叙述明了，风格典雅，延续了魏晋散文创作传统。在论说文中，元嘉作家大多偏重于说理，重视逻辑，并不刻意追求华美。所以，元嘉很多散文呈现朴素简洁的特征。

再次，元嘉作家受到了艺术思维进步的影响，对骈句的运用逐渐频繁。对此做出巨大贡献的是颜延之、鲍照与谢庄。① 在元嘉作家中，颜延之对骈体的实践最值得注意，不仅本章所引《三月三日曲水诗序》极力追求骈对与华美，他的家训之作《庭诰文》也运用了大量骈句，明显体现出对艺术形式的追求。鲍照的散文思想深刻，情感丰富，文辞华美，语言精练，也大量运用骈句，形式与内容的结合较为默契。谢庄散文的骈俪化也很明显，如《上搜才表》。这种极力讲究骈对的做法，使表章变得华美，可诵可读。在他们的引导下，元嘉后期的散文渐渐淡化古朴特征，转而为华美、工整、雕琢、骈俪。元嘉散文开了南朝散文华美化的先河，对以后的散文发展起到了巨大影响。

最后，元嘉散文与诗歌、辞赋的联系密切，并且积极接受诗、赋的艺术影响。如鲍照的《登大雷岸与妹书》采用了辞赋的创作手法，铺陈排比的特点非常明显。《石帆铭》等作品对山水内容的表达，则明显受到了宋初以来山水诗兴盛的影响，更直接受到谢灵运山水赋的启迪。

四库馆臣在梅鼎祚《宋文纪》提要中说："宋之文，上承魏晋，清峻之体犹存。下启齐梁，纂组之风渐盛。于八代之内，居文质升降之关，虽涉雕华，未全绮靡。"②"清峻之体"，显然是指元

---

① 方子丹在为钱济鄂《骈文考》作序时，引陈含光《俪体文稿》自序云："俪体文，莫知其始之所自。余以为延之，始反东晋道论之风。明远、希逸继之。三君者，措语必双，铸词必炼，此其始也。"方序见钱济鄂著《骈文考》，洛杉矶中华诗会、新加坡木屋学社1994年刊印。

② （清）永瑢等：《四库全书总目》，中华书局1965年版，第1721页。

嘉散文重视抒情、质朴自然等特征，而"纂组之风渐盛"则针对元嘉散文骈体的进步与趋向华美而言。从整体看，"清竣之体"的保留，使元嘉散文在日益重视形式、雕琢精细的南朝散文中，达到了"虽涉雕华，未全绮靡"的状态。散体与骈体的共存，使元嘉散文具有古朴自然、华丽骈对的双重特征，呈现过渡的形态，在中国古代散文发展史上具有承前启后的作用。

第六章
论元嘉文学对永明文学的影响

泰始二年（466），鲍照被杀、谢庄去世，元嘉文学尘埃落定。同一年，永明诗人代表沈约二十六岁，已经进入文学创作时期。[①] 永明文学是中国古代诗歌发展的重要阶段，其最突出的成果就是声律说在这一时期理论化、实践化，基本奠定了中国后来诗歌的发展方向。但文学发展是连续的，永明文学的表现特征、永明"声律论"的理论化与实践化并不是突然生成的，它是在以前文学积累基础上的新变产物，元嘉文学的影响尤其关键。对于元嘉、永明两个文学阶段的关系，刘跃进先生《门阀士族与永明文学》和王钟陵先生《中国中古诗歌史》都有论述。刘跃进先生将元嘉文学作为永明文学的参照系，在论述永明文学特征的同时，也涉及了元嘉文学的影响问题。王钟陵先生认为：永明之际，诗歌沿着两条线索在发展：一是谢朓对谢灵运诗风的沿承，二是沈约对鲍照诗路的继续。[②] 但笔者认为，元嘉文学对永明文学的影响可分为两大方面：一是在元嘉文学影响下，永明文学保留了某些元嘉文学特征；二是在元嘉文学的推动下，产生了新的文学特征。

第一节 元嘉文风在永明时期的延续

萧子显认为，永明时期有三种突出的文学风貌："今之文章，作者虽众，总而为论，略有三体。一则启心闲绎，托辞华旷，虽存

[①] 林家骊考订沈约《游钟山应西阳王教》五章作于大明五年，时沈约二十一岁。见《沈约研究》，杭州大学出版社1999年版，第38页。
[②] 王钟陵：《中国中古诗歌史》，人民出版社2005年版，第642页。

巧绮，终致迂回。宜登公宴，本非准的。而疏慢阐缓，膏肓之病，典正可采，酷不入情。此体之源，出灵运而成也。次则缉事比类，非对不发，博物可嘉，职成拘制。或全借古语，用申今情，崎岖牵引，直为偶说，唯睹事例，顿失清采，此则傅咸五经，应璩指事，虽不全似，可以类从。次则发唱惊挺，操调险急，雕藻淫艳，倾炫心魂。亦犹五色之有红紫，八音之有郑、卫，斯鲍照之遗烈也。"① 这三种文风均与元嘉文学有关，并指向不同的方向。现在很多人将这一材料与当时诗歌发展联系起来，但从萧子显的本意看，明显是针对整个文学而言，并非针对诗歌。先看第一体。

萧子显认为第一体以谢灵运为代表。的确，谢灵运诗歌"逸荡""颇以繁富为累"，确实有"迂回、疏慢阐缓""酷不入情"之处。他的散文也有同样缺陷，如《山居赋》，华美繁富，部分章节"疏慢阐缓"。但"托辞华旷""巧绮""典正""宜登公宴"却并非谢灵运专有，颜延之也许较谢灵运更具这方面的代表性，而且颜延之擅长公宴题材，名动一时。他的应制诗六首为《文选》所收，文中《赭白马赋》《阳给事诔》《三月三日曲水诗序》《宋文皇帝元皇后哀策文》也为《文选》所收。而这些作品都具有整饬的形式、华美的文词、典雅的风格，是宫廷文学的典型代表。所以萧子显说此"体"出谢灵运，并非是说其为谢灵运所专有，而是指出了在永明时期，以颜、谢为代表的典雅华丽文风依然在社会上保留，而且居三大潮流之首。

需要指出的是，虽然萧子显将谢灵运当作这一潮流的代表人物，但当时人们对谢灵运却颇有微辞，如《南史·齐高帝诸子·武陵昭王晔传》记："（晔）性刚颖俊出，与诸王共作短句诗，学谢灵运体，以呈高帝。帝报曰：'见汝二十字，诸儿作中，最为优者。但康乐放荡，作体不辩有首尾，安仁、士衡深可宗尚，颜延之抑其次也。'"② 又如萧纲《与湘东王书》记："又时有效谢康乐、裴鸿胪文者……谢客吐言天拔，出于自然，时有不拘，是其糟粕……是为学谢则不屆其精华，但得其冗长。"③ 这两则材料说明，以齐高

---

① 萧子显：《南齐书》，中华书局1987年版，第908页。
② 李延寿：《南史》，中华书局1983年版，第1081页。
③ 严可均：《全上古三代秦汉三国六朝文》，中华书局1958年版，第3011页。

第六章 论元嘉文学对永明文学的影响

帝为代表的某些文人对谢灵运有所不满,而对颜延之颇为欣赏。萧道成生于元嘉四年(427),《南史·齐本纪》记:"儒生雷次宗立学于鸡笼山,帝年十三,就受《礼》及《左氏春秋》。"① 受到儒学的深刻影响,思想中雅正观念较为浓厚,与颜延之比较接近。谢灵运行为狷介,文学个性张扬,在齐高帝看来都不是完美的。而且萧道成青年时期,颜延之恰好主持文坛,对社会影响巨大。所以,萧道成在创作风格上偏向于颜延之,如《诗品》下"齐高帝"等条记:"齐高帝诗,词藻意深,无所云少。"② 说明他的诗歌"词"具有"藻"的特征,"意"具有"深"的特征。与颜延之诗歌"尚巧似。体裁绮密,情喻渊深,动无虚散,一句一字,皆致意焉"是一致的。也就是说,萧道成所欣赏的是以陆机、颜延之为代表的诗风。

永明时期,还有一批作家以颜延之为学习典范,如《诗品》下"齐黄门谢超宗"等条记:"檀、谢七君,并祖袭颜延,欣欣不倦,得士大夫之雅致乎!余从祖正员尝云:'大明、泰始中,鲍、休美文,殊已动俗,惟此诸人,传颜、陆体。用固执不移,颜诸暨最荷家声。'"③ 这七人是指谢超宗、丘灵鞠、刘祥、檀超、钟宪、颜则、顾则心。虽然从成就上看,他们并不突出,但都能够在"鲍休美文"之风中保持典雅的风格,因而为钟嵘赞赏。七人之中,谢超宗、丘灵鞠与元嘉文学联系紧密,曾参与元嘉后期文学集团活动(参见第二章)。陈延杰先生认为丘灵鞠为宋孝武殷贵妃所作《挽歌诗》三首其中"云横广阶暗,霜深高殿寒""信祖袭颜延也"④。而谢超宗是谢灵运之孙,个性上很有其祖风范,孝武帝认为他的文学接近谢灵运,但钟嵘认为他的文学创作走的是颜延之一路,这该如何理解?许文雨《诗品讲疏》云:"《齐书·文学传论》,以颜、谢与休、鲍对举,知颜、谢虽各擅奇,不愧同调。超宗素有灵运复出之誉,其《齐南郊乐章》十三首,《齐北郊乐歌》六首,《齐明堂乐歌》十五首,《齐太庙乐歌》十六首,皆《南齐书·乐志》所谓多删颜延之、谢庄辞者,亦异代之同调矣。《南史》载灵鞠献

---

① 李延寿:《南史》,中华书局 1983 年版,第 97 页。
② 钟嵘著,陈延杰注《诗品注》,人民文学出版社 1961 年版,第 67 页。
③ 钟嵘著,陈延杰注《诗品注》,人民文学出版社 1961 年版,第 68 页。
④ 钟嵘著,陈延杰注《诗品注》,人民文学出版社 1961 年版,第 68 页。

《挽歌》三首，有'云横广阶暗，霜深高殿寒'之句，与延年'流云蔼青阙，皓月鉴丹宫'装点复同。刘、檀二君诗已不见，恐亦受繁密之化者。钟宪诗如《登峰诗标望海》，顾则心诗如《望廨前水竹》，虽较为轻倩悠扬，而仍源于颜、谢之绮织丽组也。"① 元嘉时期颜、谢共同推动了雅诗传统的发展，不过谢诗个性较为突出，而颜诗则步趋于雅正，体现出"士大夫之雅致"。谢超宗等七人继承了颜、谢诗风典雅、华丽的一面，但在才情的展示上，他们更接近于颜延之。这与萧子显并不矛盾。

元嘉文学在形式上较之魏晋更加华美，更切合文学发展的要求。所以，他们成为永明文人学习的对象不难理解。永明作家的作品中，明显带有类似于元嘉文学的典丽风格。下面看具体作品：

> 礼惟国干，义实民端。身由业澡，世以教安。金熔乃器，水术伊澜。渐芳则馥，履冰固寒。瞽宗务时，頖宫善诱。咨此含生，跻彼仁寿。淳移雅缺，历兹永久。游艺莫师，独学谁友。三兆戒辰，八鸾警旦。风动嵩宫，云栖参馆。礼迈仁周，乐超英汉。神保爰格，祝史斯赞。郁邑既终，德馨是与。降冕上庠，升宴东序。槐宰金贞，藩维玉誉。时彦莘莘，国胄楚楚。（王俭《侍皇太子释奠宴诗》）

> 宴镐锵玉銮，游汾举仙旆。荣光泛彩旓，修风动芝盖。淑气婉登晨，天行耸云旆。帐殿临春藟，帷宫绕芳荟。渐席周羽觞，分墀引回濑。穆穆玄化升，济济皇阶泰。将御遗风轸，远侍瑶台会。（沈约《三日侍林光殿曲水宴应制诗》）

> 文钺碧砮之琛，奇干善芳之赋，纨牛露犬之玩，乘黄兹白之驷，盈衍储邸，充仞郊虞；匦牍相寻，鞮译无旷。一尉候于西东，合车书于南北。畅毂埋辚辚之辙，绥袊卷悠悠之旆。四方无拂，五戎不距，偃革辞轩，销金罢刃。天瑞降，地符升，泽马来，器车出；紫脱华，朱英秀，佞枝植，历草孳。云润星晖，风扬月至；江海呈象，龟龙载文。方握河沈璧，封山纪石，迈三五而不追，践八九之遥迹。功既成矣，世既贞矣，信可以优游暇豫，作乐崇德者欤。（王融《三月三日曲水诗序》）

---

① 转引自曹旭《诗品集注》，上海古籍出版社1994年版，第438页。

第六章　论元嘉文学对永明文学的影响

前三例是应制诗。王俭的诗歌延续了两汉以来四言诗典雅的主导风格，不过在词采上更加华丽。沈约的诗歌明显学习了元嘉诗歌，通过对景物的描写衬托皇室的伟大，颂扬皇权的声威，景物明朗壮阔，富于气势。而且用典较为繁密，辞藻华丽，在风格上，接近颜延之的同类作品。王融的《三月三日曲水诗序》与颜延之的《三月三日曲水诗序》非常相似，这两篇作品均为《文选》所收，都有整齐的形式，和谐的音韵，都善于用典，文词华美，精工典雅，是南朝骈文的典型。

永明作家不仅在公宴应诏题材上继承元嘉作家，在其他作品中，也同样继承了元嘉作家的雅丽风格，如：

王乔飞凫舄，东方金马门。从宦非宦侣，避世不避喧。揆予发皇鉴，短翮屡飞翻。晨趋朝建礼，晚沐卧郊园。宾至下尘榻，忧来命绿樽。昔贤侔时雨，今守馥兰荪。神交疲梦寐，路远隔思存。牵拙谬东氾，浮惰及西昆。顾循良菲薄，何以俪玙璠。将随渤澥去，刷羽泛清源。（沈约《酬谢宣城朓诗》）

弱龄倦簪屦，薄晚忝华奥。闲沃尽地区，山泉谐所好。幸遇昌化穆，惇俗罕惊暴。四时从偃息，三省无侵冒。下车遽暄席，纡绂始黔灶。荣辱未遑敷，德礼何由导。泊徂奉南岳，兼秩典邦号。疲马方云驱，铅刀安可操。遗惠良寂寞，恩灵亦匪报。桂水日悠悠，结言幸相劳。吐纳贻尔和，穷通勖所蹈。（谢朓《忝役湘州与宣城吏民别诗》）

升堂践室，金晖玉朗，亹亹大韶，遥遥闲赏，道以德弘，声由业广，义重实归，情深虚往，濠梁在兹，安事遐想。（王俭《竟陵王山居赞》）

沈约诗作于建武三年（496）①，此时谢朓正在宣城太守任上。沈约在诗中用精巧的语言，大量的典故，表达了对谢朓的思念。谢朓的《忝役湘州与宣城吏民别》在内容与风格上都很接近谢灵运的

---

① 此处取林家骊先生考订成果，见《沈约研究》，杭州大学出版社1999年版，第371页。

《北亭与吏民别》,语气谦恭慎重,气势平稳,而且句句讲究,风度翩翩,很有君子风貌,具有典正的特征。王俭精通儒学,其诗歌具有明显的儒家气质,典雅平稳,文亦如此。上文所引作品,语言精巧,华丽典雅,与其诗异曲同工。

　　元嘉文学较之于建安、太康文学,已经呈现出新的特征(精巧、华丽、多变),更适合永明作家的欣赏倾向。同时,元嘉雅丽之风在永明时期的继续,受到了儒学发展的影响。自刘宋以来,儒家思想在社会上的地位越来越高,南齐时期,"建元肇运,戎警未夷,天子少为诸生,端拱以思儒业,载戢干戈,遽昭庠序。永明纂袭,克隆均校,王俭为辅,长于经礼,朝廷仰其风,胄子观其则,由是家寻孔教,人诵儒书,执卷欣欣,此焉弥盛"①。而梁武帝亦极重儒,天监四年(505)置五经博士,"于是以平原明山宾、吴兴沈峻、建平严植之、会稽贺玚补博士,各主一馆。馆有数百生,给其饩廪。其射策通明者,即除为吏。十数年间,怀经负笈者云会京师。又选遣学生如会稽云门山,受业于庐江何胤。分遣博士祭酒,到州郡立学"。七年(508),又诏兴学,"于是皇太子、皇子、宗室、王侯始就业焉。高祖亲屈舆驾,释奠于先师先圣,申之以谦语,劳之以束帛,济济焉,洋洋焉,大道之行也如是。"② 社会对儒家思想的重视会直接影响于文学表现,这一点在元嘉时期与永明时期是一致的。这是典雅诗风在永明时期延续的重要原因。

　　萧子显所说的第二体揭示了永明尚实贵典一派与元嘉文学的密切关系。

　　对于第二体以对偶(非对不发)、用典(缉事比类,博物)为特征的文风,萧子显没有指明代表人物是谁,而以傅咸、应璩为例。傅咸是晋代作家,也是一名精通儒学的文士。钟嵘认为他的诗歌具有"繁富"的特征。③ 而应璩的诗歌,钟嵘认为"祖袭魏文。善为古语,指事殷勤,雅意深笃,得诗人激刺之旨。至于'济济今日所',华靡可讽味焉"④。一个作家的文学作品大体上具有共同的

------

① 萧子显:《南齐书》,中华书局1987年版,第687页。
② 姚思廉:《梁书》,中华书局1973年版,第662页。
③ 钟嵘著,陈延杰注《诗品注》,人民文学出版社1961年版,第59页。
④ 钟嵘著,陈延杰注《诗品注》,人民文学出版社1961年版,第35页。

第六章 论元嘉文学对永明文学的影响

特征，无论诗还是文，都受同样的文学观念指导，所以傅咸、应璩的散文也有"繁富""善为古语"的特征。不过，笔者认为这种文风在六朝时期最为典型的是颜延之，他的诗歌"体裁绮密，情喻渊深，动无虚散，一句一字，皆致意焉。又喜用古事，弥见拘束，虽乖秀逸，是经纶文雅才"（《诗品》"宋光禄颜延之"条）。这一评价与萧子显所说"第二体"的特征实际是一致的。而且如果我们用这一评语来对照颜延之的散文的话，也有"体裁绮密""喜用古事"的特征。说颜延之引领了这种股风气也有历史根据。钟嵘在《诗品序》中说："颜延、谢庄，尤为繁密，于时化之。故大明、泰始中，文章殆同书抄。近任昉、王元长等，词不贵奇，竞须新事。尔来作者，浸以成俗。遂乃句无虚语，语无虚字，拘挛补衲，蠹文已甚。"[①] 可见此风发自元嘉，且以颜延之为主导无疑。

永明时期尚实贵典派的主将是任昉。《诗品》中"梁太常任昉"条云："彦昇少年为诗不工，故世称沈诗任笔，昉深恨之。晚节爱好既笃，文亦遒变，善铨事理，拓体渊雅，得国士之风，故擢居中品。但昉既博物，动辄用事，所以诗不得奇。少年士子，效其如此，弊矣。"[②] 如果我们把钟嵘对颜延之的评语，以及上文所引《诗品序》中材料与对任昉的评语对比一下的话，不难发现三者存在惊人的相似。钟嵘之所以将任昉列入中品，在于其"善铨事理，拓体渊雅，得国士之风"，其意义与颜延之"是经纶文雅才"近；其缺点"动辄用事"，亦与颜延之"喜用古事，弥见拘束"近；最终导致的后果是，任诗"不得奇"，颜诗"弥见拘束"，乖于"秀逸"，并在社会上形成了不良的影响，"大明、泰始中，文章殆同书抄""少年士子，效其如此，弊矣"。所以，任昉与颜延之之间存在共同性。我们虽然不能断然说任昉学习了颜延之，却可以说元嘉尚典贵实之风在永明时期依然存在。

任昉在当时影响甚大。他学识渊博，乐于奖掖后进，被当时士人视为士林领袖。如《梁书·任昉传》云："昉好交结，奖进士友，得其延誉者，率多升擢，故衣冠贵游，莫不争与交好，坐上宾

---

① 钟嵘著，陈延杰注《诗品注》，人民文学出版社1961年版，第4页。
② 钟嵘著，陈延杰注《诗品注》，人民文学出版社1961年版，第52页。

客，恒有数十。时人慕之，号曰任君，言如汉之三君也。"① 又如刘孝标《广绝交论》云："近世有乐安任昉，海内髦杰，早绾银黄，夙昭人誉，遒文丽藻，方驾曹、王，英跱俊迈，联横许、郭。类田文之爱客，同郑庄之好贤。见一善则盱衡扼腕，遇一才则扬眉抵掌。雌黄出其唇吻，朱紫由其月旦。于是冠盖辐凑，衣裳云合。辎軿击轊，坐客恒满。蹈其阃阈，若升阙里之堂，入其隩隅，谓登龙门之坂。"② 任昉晚年倾力为诗与沈约有关，沈工于诗，任工于文，在当时已是定论，这也可以看出二人在才性上的区别。但任昉所处的时代对诗歌非常重视，作为当时与沈约齐名的文坛领袖，他大概对自己诗名不盛而耿耿于怀。但由于才情所限，于是走上颜延之"经纶文雅才""喜用古事"的道路，大量用典，以期在典雅深密上超过沈约。任昉诗才不高，其为诗正可谓"才不可学，而学可学"。任昉《出郡传舍哭范仆射》一诗，就有用典繁密、多用古语的特征：

> 平生礼数绝，式瞻在国桢。一朝万化尽，犹我故人情。待时属兴运，王佐俟民英。结欢三十载，生死一交情。携手遁衰孽，接景事休明。运阻衡言革，时泰玉阶平。浚冲得茂彦，夫子值狂生。伊人有泾渭，非余扬浊清。将乖不忍别，欲以遣离情。不忍一辰意，千龄万恨生。（一章）

根据《文选》李善注③，此诗首句"礼数"出《左传》"名位不同，礼亦异数"；"式瞻"出《女史》"式瞻清懿"；"国桢"出《诗经》"思皇多士，生此王国。王国克生，惟周之桢"。一句之中几乎字字有来历，这种做法实际是回归到了颜延之、谢庄一派的路子上。不仅首句如此，整诗用典都很繁密。而他的散文"善用古语""大量用典"的特征也很明显，如其《王文宪集序》：

> 古语云："仁人之利，天道运行。"故吕虔归其佩刀，郭璞

---

① 姚思廉：《梁书》，中华书局1973年版，第254页。
② 李延寿：《南史》，中华书局1983年版，第1458～1459页。
③ 《六臣注文选》，浙江古籍出版社1999年版，第416～417页。

第六章 论元嘉文学对永明文学的影响

誓以淮水。若离蔿之止杀,吉骏之诚感,盖有助焉。公之生也,诞授命世,体三才之茂,践得二之机。信乃昴宿垂芒,德精降祉,有一于此,蔚为帝师。况乃渊角殊祥,山庭异表;望衢罕窥其术,观海莫际其澜。宏览载籍,博游才义。若乃金版玉匮之书,海上名山之旨;沈郁澹雅之思,离坚合异之谈。莫不揔制清衷,递为心极。斯固通人之所包,非虚明之绝境,不可穷者,其唯神用者乎?

这篇文章为《文选》所收,从李善等人的注释中可以看出,这段话中几乎每一句都用了典故,出处涉及《左传》《晋中兴书》《庄子》《王氏家谱》《史记》《汉书》《周易》《异苑》《论语撰考谶》《论语摘辅象》《孟子》《七略》《抱朴子》等著作。而他的其他作品,如《奏弹刘整》也有这一特色。

那么,颜延之、谢庄这种重视典故的做法,为什么能够"于时化之""少年士子,效其如此"呢?这涉及文学创作中"才"与"学"及文学表现的问题。刘勰在《文心雕龙·事类》中说:"夫姜桂因地,辛在本性;文章由学,能在天资。才自内发,学以外成,有学饱而才馁,有才富而学贫。学贫者迍邅于事义,才馁者劬劳于辞情,此内外之殊分也。是以属意立文,心与笔谋,才为盟主,学为辅佐;主佐合德,文采必霸,才学褊狭,虽美少功。……夫经典沉深,载籍浩瀚,实群言之奥区,而才思之神皋也。扬班以下,莫不取资,任力耕耨,纵意渔猎,操刀能割,必裂膏腴;是以将赡才力,务在博见,狐腋非一皮能温,鸡蹠必数千而饱矣。是以综学在博,取事贵约,校练务精,捃理须核,众美辐辏,表里发挥。"[①] 才与学的结合是文学成功的关键,如曹植、陆机、谢灵运、颜延之等,他们之所以能取得文学上的成功,对社会产生巨大影响,亦在于此。然而并非每个人都具有高超的文学天分。颜延之在创作中大量运用典故,造成一种深密、典雅的效果,给那些学过其才却又向往文学的士人一种启示,颜延之为时人所重亦有此因。另一方面,文学在永明时期得到了全社会的重视,《梁书·江淹、任

---

① 周振甫:《文心雕龙今译》,中华书局1986年版,第341~342页。

昉传》论记"近世取人,多由文史"①,《梁书·文学传序》也说:"高祖聪明文思,光宅区宇,旁求儒雅,诏采异人,文章之盛,焕乎俱集。每所御幸,辄命群臣赋诗,其文善者,赐以金帛,诣阙庭而献赋颂者,或引见焉。"② 在统治者的提倡下,士人阶层对诗歌普遍热衷,钟嵘、裴子野对此都有较为生动的描述。而且,文化在社会中得到普及,文人对知识更加重视,许多人也喜欢运用典故以充门面来展示自己的博学。沈约还曾与梁武帝比过"栗事"。可见在天监之际,才学是衡量一个人的重要标准。这种标准也会直接影响到文学中对典故的崇尚。任昉的做法实际引导了那些与任昉才情相近的青年士人,在当时造成了很大影响。

第三体是对"休鲍之风"在永明时期的流行情况而言,而且主要针对诗歌而言,因为永明时期散文中的俗艳之风并不明显。

艳诗在永明时期较为常见,《玉台新咏》收录了沈约此类作品三十七首,为其诗歌七大题材之一。③ 如果从源流看,艳诗在永明时期的出现,甚至后来成为风气都与元嘉文学有紧密联系。

在元嘉早期,大量创作艳诗的是谢惠连,其《秋胡行》《燕歌行》《捣衣诗》《七月七日夜咏牛女诗》都有流连伤怨、辞句清美的特征。钟嵘称其"工为绮丽歌谣,风人第一"。但需要指出的是,谢惠连诗歌在情感的表达上受雅诗传统的影响,比较节制,丽而不靡,哀而不伤,与张华比较接近。由于谢惠连早亡,他的诗歌在当时影响有限。

真正对永明艳诗之风产生直接影响的是"休鲍之风"。笔者在第三章中曾经提到,"休鲍之风"中具有艳冶、险俗的特征。永明文人虽视其为"俗",却不自觉受到影响。如:

　　生平宫阁里,出入侍丹墀。开笥方罗縠,窥镜比蛾眉。初别意未解,去久日生悲。憔悴不自识,娇羞馀故姿。梦中忽仿佛,犹言承谨私。(谢朓《咏邯郸故才人嫁为厮养卒妇》)

　　紫藤拂花树,黄鸟度青枝。思君一叹息,苦泪应言垂。

---

① 姚思廉:《梁书》,中华书局1973年版,第258页。
② 姚思廉:《梁书》,中华书局1973年版,第685页。
③ 参见《沈约研究》第五章第一节"沈约诗歌的思想内容",杭州大学出版社1999年版。

（虞炎《玉阶怨》）

　　圆魄当虚闼，清光流思延。延思照孤影，悽怨还自怜。台镜早生尘，匣琴又无弦。悲慕屡伤节，离忧亟华年。君如东扶景，妾似西柳烟。相去既路迥，明晦亦殊惑。愿为铜铁辔，以感长乐前。（萧衍《拟明月照高楼》）

　　漠漠床上尘，心中忆故人。故人不可忆，中夜长叹息。叹息想容仪，不言长别离。别离稍已久，空床寄杯酒。（沈约《拟青青河畔草诗》）

　　这些作品在主题与艺术手法上，明显接近鲍照，风格以缠绵悱恻为主。但是永明作家毕竟也受到雅丽诗风的影响，他们调整了"休鲍之风"，使艳诗在思想与艺术上更加适合主流文化。在艳诗的创作中，作家普遍重视抒情，重视诗境，创作态度还比较严肃。上文所引的这些作品，文辞虽然华美，情感虽然伤怨，但并不淫靡，也没有色情的意味，与谢惠连的诗歌风格较为接近。

　　但是到永明后期，艳诗出现了新的变化。在风格上既发展了元嘉艳诗的"艳"，又在主题上发展了元嘉艳诗的"俗"，甚至描写色情，逐渐向宫体文学靠拢。虽然元嘉后期艳诗受到当时咏物诗的影响，但其艺术源头，却不可否认是在元嘉"休鲍之风"。颜延之在"休鲍之风"开始流行的时候，曾担心"方当误后生"。在雅正诗风主流作用下，这种文风不会流行。但到永明后期，"休鲍之风"的确对文坛产生了不利影响，这也是不可否认的。

第二节　元嘉文学对永明文学的启迪

　　元嘉文学对永明文学的影响是多方面的。典丽与尚典之风的保留是显性的，也是低层次的、非主导性的。而元嘉文学对永明文学的启迪作用更有价值。

一　"元嘉体"对"永明体"的先导作用

　　刘跃进先生《门阀士族与永明文学》认为"永明体"有下列特征：句式渐趋定型，以五言四句、八句为主；律句大量涌现，平仄相对的观念已经十分明确；用韵已相当考究，主要表现在押平声

韵、押本韵为本，至于通韵，很多已接近唐人；在风格上追求自然与情理结合的对仗。① 从本书第四章对"元嘉体"体制的有关论述中可以看出，"永明体"的这些特征，其实在"元嘉体"中已有萌芽。

先说诗体趋短。在第四章中，笔者提到元嘉诗人积极实践了诗歌"繁富"观念，拉长了诗体长度，但其中也包含了诗体趋短的因素，逐渐形成了具有规律化特征的短诗观念（八句、十句）。而且元嘉后期，在民歌之风的引导下，鲍照、刘骏等作家都创作过四句小诗，笔者虽然没有对这些小诗进行分析，但它们也是元嘉诗歌重要的组成部分，对"元嘉体"诗体长度的变迁有直接的影响。这些小诗与谢灵运、颜延之对诗体的探索应该是永明小诗的直接源头。

再看声律。在元嘉三大家的诗歌中，律句呈现明显的上升趋势。先看下面一个表格。

	谢灵运	颜延之	鲍照
诗句数量	898	410	466
律句数量	362	185	233
律句比例	40.3%	45.1%	50%

需要说明的是，此处提到的律句包括了严格律句与特殊律句，所选诗歌取自《文选》与《玉台新咏》，与刘跃进先生对永明诗歌律句的统计标准大体一致。根据刘跃进先生统计，南齐永明年间王融的律句比例占到了58%左右，沈约为63%，谢朓为64%。② 从数据角度看，永明三大作家与元嘉三大作家均处于同一个上升过程，而鲍照更成为从元嘉向永明过渡的最明显标志。钟嵘所云"蜂腰鹤膝，闾里已具"③、陆厥所云"前英已早识宫徵，但未屈曲指的"④ 是有根据的。从元嘉诗歌非律句角度看，平仄相间的现象非

---

① 参见刘跃进《门阀士族与永明文学》，生活·读书·新知三联书店1996年版，第150页。
② 刘跃进：《门阀士族与永明文学》，生活·读书·新知三联书店1996年版，第142页。
③ 钟嵘著，陈延杰注《诗品注》，人民文学出版社1961年版，第5页。
④ 萧子显：《南齐书》，中华书局1987年版，第899页。

常普遍。作家在诗歌创作中,较之以前任何一个时期都注意音调的错综与变化。所以,元嘉作家在声律运用上为永明作家打下了良好基础,永明"声律论"是两个文学阶段声律探索的产物。元嘉作家没有在理论上对"声律论"进行总结,但说"声律论"是永明作家的独特发明显然忽视了元嘉作家的贡献。

再看骈对。本书第四章曾对元嘉诗歌中对句进行分析,可以看出元嘉作家从各个角度对诗歌骈对艺术进行了探索。虽然他们的探索存在一定失误,如"为对而对"等,但他们极大地推动了骈对艺术的发展,为永明诗人的进一步探索打下了坚实的基础。永明诗人继承、发展了元嘉诗人的骈对艺术,在形式之美与传情达意的结合上更加完善。

最后,从用韵的角度看,元嘉诗歌用韵较为自由,押本韵的比重并不太大,但基本能做到同摄相押。而且,如果一首诗中存在不同摄的韵脚,作家主要用其中的某一个。可以说,元嘉诗歌的用韵正处于走向整饬的过程中,但古风尚存。这给永明诗人留下了较大的发展余地。

可见,"元嘉体"的创作实践引导了永明诗人的探索,两个文学阶段的继承关系非常明显,"元嘉体"是"永明体"不可忽视的母体。认为永明文人发明了"声律论"的说法,忽视了文学本身的发展规律。因此,元嘉诗人对中国古典诗歌体制的发展,功不可没。

二 元嘉诗歌与永明诗歌清新之风

"清"是诗歌风格中一个较为重要的范畴。它的内涵主要指文风的清新纯净,如《文心雕龙·宗经》所云之"体有六义"中"二则风清而不杂",周振甫先生释为"风格清新而不混杂"[①],是。从"清"这一风格范畴的内涵看,首先应当指风格的清新。其次,笔者认为,"清"还包含流畅、平易的内涵,因为如果诗句过于深密,影响了诗意理解,清新风格就难以形成。但魏晋诗歌由于受到儒家思想影响,主导风格是"雅""丽","清"的体现并不突出。随着文学的独立以及文学观念的进步,诗人对诗歌的理解加深,诗歌中的清新风格较之以前更为明显。根据钟嵘《诗品》,晋宋之际

---

① 周振甫:《文心雕龙今译》,中华书局1986年版,第31页。

谢混、殷仲文、戴逵等人的诗歌已经具有"清"的特征，元嘉时期谢瞻、袁淑、王微、王僧达、谢庄、鲍令晖等人的诗歌中也有"清"的一面。不过，元嘉诗坛占据主导地位的，依然是以颜延之、谢灵运为代表的典丽、深密诗风。然而在永明时期，清新诗风大行于诗坛。如虞羲："子阳诗奇句清拔，谢朓常嗟颂之。"① 如江祐、江祀："祐诗猗猗清润，弟祀，明靡可怀。"② 如沈约："观休文众制，五言最优。详其文体，察其余论，固知宪章鲍明远也。所以不闲于经纶，而长于清怨。"③ 如范云、丘迟："范诗清便宛转，如流风回雪。丘诗点缀映媚，似落花依草，故当浅于江淹，而秀于任昉。"④ 按，《诗品》一般将风格相近的诗人放在同一条中。《诗品集注》引许文雨《诗品讲疏》云："以仲伟所评，知范、丘二家，均务于清浅，较诸江郎古峭之语，筋力于王微者，为殊科矣。若夫任昉博物，动辄用事，视范、丘清浅之章，殊损奇秀之致焉。"⑤ 又如江淹："文通诗体总杂，善于摹拟，筋力于王微，成就于谢朓。"⑥ 按，王微诗"其源出于张华。才力苦弱，故务其清浅，殊得风流媚趣。"⑦ 所以江淹也属于尚"清"一派。而永明时期尚"清"一派的代表作家是谢朓："其源出谢混。微伤细密，颇在不伦。一章之中，自有玉石。然奇章秀句，往往警遒。"⑧ 按，谢混、王微同出张华，其诗清浅，谢朓诗歌沿袭了这一风格，具有平易晓畅、清丽婉转的特征，《南齐书·谢朓传》亦称谢朓"文章清丽"⑨。可以说，永明时期主要作家的诗歌创作，普遍具有了清新之风。永明诗歌改变了元嘉时期主要以华丽、典雅为主流的风格。

根据上面所列材料，永明"清"风似乎源于谢混、王微诸人，而与谢灵运、鲍照等人关系不大。但恰恰相反，永明诗风平易清新品格的出现与以鲍照为代表的"休鲍之风"密不可分，而谢灵运更

---

① 钟嵘著，陈延杰注《诗品注》，人民文学出版社1961年版，第74页。
② 钟嵘著，陈延杰注《诗品注》，人民文学出版社1961年版，第72页。
③ 钟嵘著，陈延杰注《诗品注》，人民文学出版社1961年版，第52~53页。
④ 钟嵘著，陈延杰注《诗品注》，人民文学出版社1961年版，第51页。
⑤ 转引自钟嵘著，曹旭集注《诗品集注》，上海古籍出版社1994年版，第315页。
⑥ 钟嵘著，陈延杰注《诗品注》，人民文学出版社1961年版，第49页。
⑦ 钟嵘著，陈延杰注《诗品注》，人民文学出版社1961年版，第45页。
⑧ 钟嵘著，陈延杰注《诗品注》，人民文学出版社1961年版，第48页。
⑨ 萧子显：《南齐书》，中华书局1987年版，第825页。

第六章 论元嘉文学对永明文学的影响

直接地引导了永明诗人对清新诗风的追求。当然，钟嵘的看法并非错误，他看到永明诗歌清新之风对元嘉诗风的继承。但由于钟嵘不满鲍照"险俗"诗风，忽视了鲍照的巨大影响。

谢灵运诗歌的整体表现特征是华美富赡，但是在谢诗中同样存在清新秀美之气，如鲍照称谢诗"初发芙蓉，自然可喜"。萧纲在《与湘东王书》中则称"谢客吐言天拔，出于自然"①。这些评语均以"自然"评谢诗。"自然"者，语言自然、写景自然、传情自然。后人则直言谢诗清美，如胡仔引《苕溪渔隐丛话》云："为诗：欲词格清美，当看鲍照、谢灵运。"② 明清文人更重视谢灵运诗歌中自然清丽的一面。如王世贞称谢诗"更似天然"③，胡应麟亦称"康乐清而丽"④。谢诗虽有繁富、不辨首尾之病，但是在描写自然美的时候，却以匠心选景，语言平易流畅，即使用典，也与景物描写融合无间。而鲍照在他的直接影响下向平易化的道路上更进一步，共同推动了清新诗风的发展。

永明山水诗不同程度地带有谢灵运、鲍照的痕迹，这不仅体现在题材上，也体现在艺术境界上，如谢朓《游山》：

> 托养因支离，乘间遂疲蹇。语默良未寻，得丧云谁辨。幸莅山水都，复值清冬缅。凌崖必千仞，寻溪将万转。坚崿既崚嶒，回流复宛澶。杳杳云窦深，渊渊石溜浅。傍眺郁篻簩，还望森柟楩。荒隩被葳莎，崩壁带苔藓。鼯狖叫层嶝，鸥凫戏沙衍。触赏聊自观，即趣咸已展。经目惜所遇，前路欣方践。无言蕙草歇，留垣芳可搴。尚子时未归，邴生思自免。永志昔所钦，胜迹今能选。寄言赏心客，得性良为善。

这首诗在结构上与谢灵运山水诗极为相似：先叙述出游心情，再写景，最后表达自己的思考。值得注意的是，这首诗最后也有一些近似玄言的诗句，表达了对退隐的认可，更酷似大谢。中间写景诸语从艺术来源上可分两层。"杳杳云窦深，渊渊石溜浅。傍眺郁

---

① 严可均：《全上古三代秦汉三国六朝文》，中华书局1958年版，第3011页。
② 胡仔：《苕溪渔隐丛话》（前集），人民文学出版社1962年版，第11页。
③ 王世贞：《读书后》，《文渊阁四库全书》集部224册，第35页。
④ 胡应麟：《诗薮》，上海古籍出版社1979年新1版，第186页。

簟篛,还望森柟梗""鼯狖叫层嵁,鸥凫戏沙衍",风格自然清远,宏细兼备,声色并具,用词精准,善于选择有特色的景物,其手法明显接受了谢灵运。但写山诸句,"凌崖必千仞,寻溪将万转。坚崿既崚嶒,回流复宛澶""荒隩被葳莎,崩壁带苔藓"则明显带有清秀峭拔之气,类似于鲍照。所以不能说谢朓山水诗单纯学习了某个作家。谢朓的其他作品如《游敬亭山》《将游湘水寻句溪》《游东田诗》《暂使下都夜发新林至京邑赠西府同僚诗》《之宣城郡出新林浦向板桥》诸作在写景上都明显以清丽秀美为主要特征,其中略带峭拔之气。当然,谢灵运学识渊博,号称大才,又以玄学、史学著称于世,其诗才力学识并举,有深邃博大特征,而谢朓诗则较为"清浅"。

沈约对谢朓也很看重,《南史·谢朓传》曾记:"(朓)长五言诗,沈约常云'二百年来无此诗也'。"① 推崇备至。而他自己的诗歌"宪章鲍明远""清怨"(《诗品》语)。"怨"表现为沈约诗歌善于抒发略带伤婉的情感。② 而"清",笔者认为,表现为语言平易流畅、风格清新工丽。如《早发定山诗》:

凤龄爱远壑,晚莅见奇山。标峰彩虹外,置岭白云间。倾壁忽斜竖,绝峰复孤员。归海流漫漫,出浦水浅浅。野棠开未落,山樱发欲然。忘归属兰杜,怀禄寄芳荃。眷言采三秀,徘徊望九仙。

这首诗写景很成功,视野开阔,清新流丽,取景独具匠心,尤其写山中之水、树,给人一种自然、幽美之感。"野棠开未落,山樱发欲然"一句,生动形象地描绘了春天山中的秀美景象,显得生机勃勃,与谢灵运"原隰荑绿柳,墟囿散红桃"(《从游京口北固应诏诗》)、"山桃发红萼,野蕨渐紫苞"(《酬从弟惠连诗》)境界相似。再如《新安江水至清浅深见底贻京邑游好诗》:

眷言访舟客,兹川信可珍。洞彻随深浅,皎镜无冬春。千仞写乔树,百丈见游鳞。沧浪有时浊,清济涸无津。岂若乘斯

---

① 李延寿:《南史》,中华书局1983年版,第533页。
② 可参见林家骊《沈约研究》第五章"沈约的诗歌创作"有关论述。

去，俯映石磷磷。纷吾隔嚣湾，宁假濯衣巾。愿以潺湲水，沾君缨上尘。

这首诗境界淡远幽静，写水尤为动人，"百丈见游鳞""俯映石磷磷"二句，极写水的清澈纯净，读来如身临其境。但上面所引两首诗中也隐含了作者的深层思想，表达较为隐曲。它们均是沈约齐建武元年（494）出守东阳时期作品，当时竟陵王萧子良新丧，王融被杀，竟陵文士群体瓦解。作为竟陵王集团重要成员的沈约，心中自然暗藏忧惧。他借山水来表达自己远离尘嚣的思想，明显与谢灵运山水诗创作具有相似的心理特征。以所引二诗而言，既可以看出作者脱离政治漩涡的轻松，又可以看出他心中的惆怅。诗写得很清新，却隐含着"怨"的因素。

沈约与谢朓是永明时期最有成就、最具有代表性的作家。尤其是沈约，长期执掌文坛，提携后进，既有很高的文学成就，又有深刻的理论，为当时所推崇。永明清新之风的兴起与他们的创作实践推动密不可分。但从源头上看，清新风格在永明诗歌中的流行实际缘起于元嘉作家的引导。元嘉诗歌在典雅华丽、繁富巧似之中孕育了清新的文学品格，启发了永明作家。

三 元嘉散文艺术进步对永明散文的影响

元嘉和永明时期诗歌和散文都发生了明显变化，元嘉散文的艺术进步在永明作家那里得到了进一步发展。

首先，骈风更加流行。本书第五章中提到，元嘉散文中散体还有一定的影响。但到元嘉后期，骈体之风已经开始流行。当然，并非散体在永明时期退出了文坛，在部分作家的创作中还有保留，如张融，他个性独特，文章也与众不同，"文辞诡激，独与众异"[1]，他自己也认为"吾文体英绝，变而屡奇，既不能远至汉魏，故无取嗟晋宋"[2]。他的散文（除赋外），多用散体。另外，当时的书法家王僧虔，他的文章也是多用散体。但从整体看，骈风的影响更加深入，作家更为主动地运用骈体。如谢朓《临东海饷诸葛璩谷教》：

---

[1] 萧子显：《南齐书》，中华书局1987年版，第725页。
[2] 萧子显：《南齐书》，中华书局1987年版，第729页。

昔长孙东组,降龙丘之节;文举北辀,高通德之称。所以激贪立懦,式扬风范。处士诸葛璩,高风所渐,结辙前修。岂怀珠被褐,韬玉待价,将幽贞独往,不事王侯者邪?闻事亲有啜菽之窭,就养寡藜蒸之给,岂得独享万钟,而忘兹五秉。可饷谷百斛。

谢朓这篇文章虽然较短,却有五组非常工整的对句,而非对句在形式上也非常整饬统一。文中没有一口气进行叙说,而是不断通过转折性的词语来调动文中气势(昔、所以、岂、将),使文章在气势上流畅多变。再如萧统《文选序》:

若夫椎轮为大辂之始,大辂宁有椎轮之质?增冰为积水所成,积水曾微增冰之凛。何哉?盖踵其事而增华,变其本而加厉。物既有之,文亦宜然;随时变改,难可详悉。……荀宋表之于前,贾马继之于末。自兹以降,源流实繁。述邑居则有"凭虚""亡是"之作,戒畋游则有《长杨》《羽猎》之制。若其纪一事,咏一物,风云草木之兴,鱼虫禽兽之流,推而广之,不可胜载矣。又楚人屈原,含忠履洁,君匪从流,臣进逆耳,深思远虑,遂放湘南。耿介之意既伤,壹郁之怀靡诉。临渊有怀沙之志,吟泽有憔悴之容。骚人之文,自兹而作。诗者,盖志之所之也,情动于中而形于言。《关雎》、《麟趾》,正始之道著;《桑间》、《濮上》,亡国之音表。故风雅之道,粲然可观。自炎汉中叶,厥涂渐异。退傅有"在邹"之作,降将著"河梁"之篇。四言五言,区以别矣。又少则三字,多则九言,各体互兴,分镳并驱。颂者,所以游扬德业,褒赞成功。吉甫有"穆若"之谈,季子有"至矣"之叹。舒布为诗,既言如彼;总成为颂,又亦若此。次则箴兴于补阙,戒出于弼匡,论则析理精微,铭则序事清润,美终则诔发,图像则赞兴。又诏诰教令之流,表奏笺记之列,书誓符檄之品,吊祭悲哀之作,答客指事之制,三言八字之文,篇辞引序,碑碣志状,众制锋起,源流间出。譬陶匏异器,并为入耳之娱;黼黻不同,俱为悦目之玩。作者之致,盖云备矣。

第六章 论元嘉文学对永明文学的影响

这篇序不是宫廷宴饮活动的产物,作者依然采用骈散结合的方法,但骈体句在文章中占主导地位,散体只是起到调节的作用,句式之间的变化也较为丰富,与元嘉时期的文章有明显的不同,在骈体的运用上显得更为成熟。

在对声律的运用上,永明作家较之元嘉作家更为积极主动,这方面最典型的例子就是沈约。《梁书·王筠传》记:"约制《郊居赋》,构思积时,犹未都毕,乃要筠示其草,筠读至'雌霓(五激反)连蜷',约抚掌欣忭曰:'仆尝恐人呼为霓(五鸡反)。'次至'坠石碣星',及'冰悬垍而带坻',筠皆击节称赞。约曰:'知音者希,真赏殆绝,所以相要,政在此数句耳。'"[①] 从这一材料中可以看出,在沈约的带动下,当时的作家都对声律加以注意,而沈约本人的散文也有"追求平易"[②]的艺术特征。作为当时的文坛领袖,沈约对文学的革新起到了很大作用,对散文发展也有深刻影响。

其次,永明作家接受了元嘉散文描写上的进步,并有进一步发展。本书第五章提到,元嘉散文在描写上的成就可以从谢惠连的《雪赋》和谢庄的《月赋》体现出来,它们一个是穷形尽相,一个是塑造诗化境界,在散文的艺术发展上具有非常突出的成就。永明作家对这两种倾向都有接收,前者如沈约《天渊水鸟应诏赋》:"天渊池,鸟集水涟漪。单泛姿容与,群飞时合离。将骞复敛翻,回首望惊雌。飘薄出孤屿,未曾宿兰渚。飞飞忽云倦,相鸣集池籞。可怜九层楼,光景水上浮。本来暂止息,遇此遂淹留。若夫侣浴清深,朋翻回旷。翠鬣紫缨之饰,丹冕绿襟之状。过波兮湛澹,随风兮回漾。悚臆兮开萍,蹙水兮兴浪。"作者集中笔墨于描写对象上,从各个角度刻画水鸟的形象,精巧有余而神采不足。但谢朓的一些作品在塑造诗化境界上非常成功,如《游后园赋》:

积芳兮选木,幽兰兮翠竹。上芄芄兮荫景,下田田兮被谷。左蕙畹兮弥望,右芝原兮写目。山霞起而削成,水积明以经复。于是敞风闱之蔼蔼,耸云馆之苕苕。周步楹以升降,对玉堂之沉寥。追夏德之方暮,望秋清之始飚。藉宴私而游衍,

---

① 姚思廉:《梁书》,中华书局1973年版,第485页。
② 参见林家骊《沈约研究》,杭州大学出版社1999年版,第226~227页。

时晤语而逍遥。尔乃日栖榆柳，霞照夕阳；孤蝉已散，去鸟成行。惠气湛兮帷殿肃，清阴起兮池馆凉。陈象设兮以玉瑱，纷兰籍兮咀桂浆。仰微尘兮美无度，奉英轨兮式如璋。藉高文兮清谈，豫含毫兮握芳。则观海兮为富，乃游圣兮知方。

谢朓对山水有非常敏锐的觉察力，能够在繁多的景物中抓住最突出、最具有艺术美的部分，他在这篇赋中以精细之笔描写后园的草草木木，选景眼界开阔，有宏有细，展现了春日的生机勃勃，又展现了园中的秀丽山水，其中多处描写皆有诗境，"积芳兮选木，幽兰兮翠竹"、"山霞起而削成，水积明以经复"、"尔乃日栖榆柳，霞照夕阳；孤蝉已散，去鸟成行"，眼光独到，令人叹服。又如《杜若赋》：

凭瑶圃而宣游，临水木而延伫。柳含色于远岸，泉镜流于枉渚；荫绿竹以淹留，藉幽兰而容与。览兹荣之悦茂，纷为芳于清簜。观夫结根擢色，发曜垂英；缘春峦以纤布，荫凉潭而影清。景奕奕以四照，枝靡靡而叶倾；冒霜蹊以独茜，当春郊而径平。寒汀洲以企予，怀石泉于幽情。嗟中岩之纤草，厕金芝于芳丛。夕舒荣于溽露，旦发彩于春风。承羲阳之光景，庶无悲于转蓬。

其中"柳含色于远岸，泉镜流于枉渚；荫绿竹以淹留，藉幽兰而容与"数句，与所描写的对象并没有什么关联，却是文中最具有诗化境界的佳句，意境明朗纯净。谢朓精通诗歌，他的散文明显受到诗歌造境的影响，更加有意识地将诗歌中的造境手法运用到散文中。上面所举的两篇作品都是应制之作，但作家并没有像元嘉作家那样通过精巧的语言，描写刻画，而是将描写对象置于诗化背景下，这样的描写无疑更具有艺术魅力。永明作家延续了元嘉作家对散文的探索，推动了中古散文的进一步成熟。

综上所述，元嘉文学对永明文学的影响是全方位的。永明作家既保留了元嘉作家某些创作手法、艺术特征，又在形式艺术、风格上对元嘉以来的文学成果进行了推动。永明文学的进步、声律论的理论化与实践化都与元嘉文学有着千丝万缕的联系，只有理清了这一点，才能真正认识到元嘉文学之所以被称为"诗运转关"的深层原因。

第七章
后世对元嘉文学历史地位的认识

对元嘉文学历史地位的认识，每个时代都会因文化取向的差异而不同。然而，由于历史跨度大，又涉及很多其他因素，因此这一问题的研究难度较大，目前学术界很少关注。本章拟对这一问题进行尝试探索，但限于学力与篇幅，本章仅截取齐梁、盛唐、明代三个时段进行分析。

第一节 钟嵘、萧统、刘勰对元嘉文学的总体评价

对于元嘉文学历史地位的评价，永明时期文论家的态度显然具有权威性和说服力。沈约《宋书·谢灵运传》论、萧子显《南齐书·文学传》论对这一问题都有所涉及，但均过于简单。真正能够直接体现南朝作家对元嘉文学总体评价的是钟嵘的《诗品》、萧统的《文选》与刘勰的《文心雕龙》。这三种著作有两种文学批评的专书，态度较为明确；一种文学选集，隐含了对各个阶段文学的评价。本节主要通过对它们的分析，来考察齐梁文人对元嘉文学的评价。

一 钟嵘论元嘉文学

钟嵘卒于梁天监十七年（518），而其《诗品》"其人既往，其文克定；今所寓言，不录存者"[①]。所录卒年最晚者为沈约（卒于

---

① 钟嵘著，陈延杰注《诗品注》，人民文学出版社 1961 年版，第 4 页。

天监十二年［513］），可见《诗品》的成书在天监十二年至十七年之间（513~518）①。钟嵘之所以要撰《诗品》，主要是有感于当时文坛创作与批评皆乏准的："今之士俗，斯风（指好文之风）炽矣。才能胜衣，甫就小学，必甘心而驰骛焉。于是庸音杂体，人各为容。……观王公缙绅之士，每博论之余，何尝不以诗为口实，随其嗜欲，商榷不同。淄渑并泛，朱紫相夺，喧议竞起，准的无依。"② 也就是说，钟嵘有感于诗坛无据而作《诗品》，有通过评价诗人而为诗坛树立标准的意图，这必然会涉及对具体作家甚至是对每个时代文学地位的评价。

《诗品序》云："从李都尉迄班婕妤，将百年间，有妇人焉，一人而已。诗人之风，顿已缺丧。东京二百载中，惟有班固《咏史》，质木无文。降及建安，曹公父子，笃好斯文；平原兄弟，郁为文栋；刘桢、王粲，为其羽翼。次有攀龙托凤，自致于属车者，盖将百计。彬彬之盛，大备于时矣！尔后陵迟衰微，迄于有晋。太康中，三张二陆两潘一左勃尔复兴，踵武前王，风流未沫，亦文章之中兴也。永嘉时，贵黄、老，稍尚虚谈。于时篇什，理过其辞，淡乎寡味。爰及江表，微波尚传。孙绰、许询、桓、庾诸公诗，皆平典似《道德论》，建安风力尽矣。先是郭景纯用隽上之才，变创其体；刘越石仗清刚之气，赞成厥美。然彼众我寡，未能动俗。逮义熙中，谢益寿斐然继作。元嘉中，有谢灵运，才高词盛，富艳难踪，固已含跨刘、郭，陵轹潘、左。"③ 从这段话中，很显然可以看出，钟嵘认为汉代以来诗歌发展的过程是一个波浪形的过程，两汉是五言诗萌发时期，建安是五言诗的盛世，但"尔后陵迟衰微，迄于有晋"，从时间上讲，这一时段所指应当是指正始。从诗歌发展的阶段上看，正始的确无法与建安相比。太康时期"文章中兴"，而后诗坛受玄风影响，再次陷入低谷。元嘉时期，颜、谢并起，又一次将诗歌推向了高潮。也就是说，钟嵘认为建安、太康、元嘉是五言诗的三个高潮时期。从钟嵘言辞中又可以看出，这三个时代似乎又以建安为胜，元嘉次之，太康最下。

---

① 参见曹旭《诗品集注·前言》，上海古籍出版社1994年版。
② 钟嵘著，陈延杰注《诗品注》，人民文学出版社1961年版，第3页。
③ 钟嵘著，陈延杰注《诗品注》，人民文学出版社1961年版，第1~2页。

第七章 后世对元嘉文学历史地位的认识

但这一次序与《诗品》所收录各阶段诗人数量以及品第上似乎略有出入，下面将《诗品》所收作家归入下表。

朝代 作家	汉代	魏 建安	魏 正始	两晋 太康	两晋 东晋	元嘉	齐梁
上品	古诗、李陵、班姬	曹植、刘桢、王粲	阮籍	陆机、潘岳、张协、左思		谢灵运	
中品	秦嘉、徐淑	曹丕、应璩	嵇康、何晏	张华、孙楚、王赞、张翰、潘尼、陆云、石崇、曹摅、何劭、郭泰机	卢谌、刘琨、陶潜、谢混、郭璞、袁宏、顾恺之	谢世基、顾迈、戴凯、颜延之、谢瞻、袁淑、王微、王僧达、谢惠连、鲍照	谢朓、江淹、范云、丘迟、任昉、沈约
下品	班固、郦炎、赵壹	曹操、曹叡、曹彪、徐干		王济、杜预、张载、傅玄、傅咸、阮瑀、欧阳建、嵇含、阮侃、嵇绍、枣据	缪袭、夏侯湛、孙绰、许询、戴逵、殷仲文	傅亮、何长瑜、羊曜璠、范晔、刘骏、刘铄、刘宏、苏宝生、陵修之、任昙绪、戴法兴、惠恭、张永、吴迈远、鲍令晖、惠休上人	道猷上人、释宝月、萧道成、王俭、谢超宗、丘灵鞠、刘祥、檀超、钟宪、颜则、顾则心、毛伯成、许瑶之、韩兰英、张融、孔稚珪、王融、刘绘、江祏（弟祀）、王巾、卞彬、卞录、袁嘏、张欣泰、范缜、陆厥、虞羲、江洪、鲍行卿、孙察
总计	8	9	3	26	13	28	37

需要指出，钟嵘对作家朝代归属的看法与今人有异。如阮籍属正始作家，而钟嵘归之于晋；陶渊明一般被归入东晋，而钟嵘归之于宋，等等。笔者依今人看法。

如果从数量上看，钟嵘最重视的当属两晋，上品收四人，中品收十七人；而建安上品收三人，中品仅二人，即使是下品，也不过四人而已。但钟嵘对每个时代文学的评价，似乎非常看重杰出人才对文学发展的作用，以及某阶段文学是否具有开创、转折意义。如

他评曹植诗曰："其源出于《国风》。骨气奇高，词采华茂，情兼雅怨，体被文质，粲溢今古，卓尔不群。嗟乎！陈思之于文章也，譬人伦之有周孔，鳞羽之有龙凤，音乐之有琴笙，女工之有黼黻。俾尔怀铅吮墨者，抱篇章而景慕，映余晖以自烛。故孔氏之门如用诗，则公干升堂，思王入室，景阳潘陆，自可坐于廊庑之间矣。"①可见，在钟嵘心目中曹植是五言以来第一名手，晋世诸人只能居其下位。而建安是中古诗歌发展的第一阶段，也是诗歌自诗经、楚辞以来的第一次繁荣，对五言诗发展具有举足轻重的意义。太康时期虽然人才辈出，但无开创之功，仅仅是"踵武前王"，虽是"中兴"却绝非"彬彬之盛，大备于时"，故其地位远不及建安。那么反过来再看太康与元嘉，元嘉时有谢灵运，钟嵘虽然认为他的诗有缺点，但成就是主要的。而且，在《诗品序》中钟嵘认为谢灵运"含跨刘、郭，陵轹潘、左"。对于"含跨""陵轹"，曹旭先生均释为"超越"②。刘、郭指两晋之际的刘琨、郭璞，潘、左为西晋潘岳、左思。潘、左在《诗品》中亦入上品。可见钟嵘对谢灵运非常重视。而且，元嘉诗人纠正玄言陋习，对诗歌发展具有重要意义。所以钟嵘把元嘉文学的地位放在了与太康相同甚至更高的层面上。对于元嘉与齐梁，钟嵘明显认为齐梁文学无法与元嘉文学相比。上品不收一人，中品也仅有六人。另外，钟嵘认为："陈思赠弟，仲宣《七哀》，公干思友，阮籍《咏怀》，子卿双凫，叔夜双鸾，茂先寒夕，平叔衣单，安仁倦暑，景阳苦雨，灵运《邺中》，士衡《拟古》，越石感乱，景纯咏仙，王微风月，谢客山泉，叔源离宴，鲍照戍边，太冲《咏史》，颜延入洛，陶公咏贫之制，惠连《捣衣》之作：斯皆五言之警策者也。所以谓篇章之珠泽，文彩之邓林。"③其中涉及元嘉五位作家、六篇诗歌，数量还是很可观的。

对于钟嵘对元嘉文学的理解，有几点需要注意。首先，钟嵘主要考察诗人风格以及诗风的流变，因而较少涉及诗歌内容。如钟嵘并没有论述元嘉山水诗问题，在他所认为可称"五言之警策"的作

---

① 钟嵘著，陈延杰注《诗品注》，人民文学出版社1961年版，第20页。
② 曹旭：《诗品集注》，上海古籍出版社1994年版，第32~33页。
③ 钟嵘著，陈延杰注《诗品注》，人民文学出版社1961年版，第5页。

品中，山水诗仅有一篇。这并不是钟嵘的失误，而是体例的问题。但对山水诗艺术特征缺乏描述确实是《诗品》一个缺陷。也就是说，钟嵘对元嘉诗歌创新的一面认识不够。其次，钟嵘在《诗品序》与正文中对颜延之的态度不同。《诗品序》认为"谢客为元嘉之雄，颜延年为辅。斯皆五言之冠冕，文词之命世也。"但在正文中却仅仅将其列入中品，且评论不高，其云："其源出于陆机。尚巧似。体裁绮密，情喻渊深，动无虚散，一句一字，皆致意焉。又喜用古事，弥见拘束，虽乖秀逸，是经纶文雅才。雅才减若人，则蹈于困踬矣。"① 这与钟嵘的诗歌观念有关，他崇尚自然，反对过分用典以及刻意运用声律，这样有损于诗歌的自然流畅。而颜延之的诗歌恰恰在用典上最为突出。也就是说，颜延之的创作与钟嵘的诗学观念之间存在冲突。这也是钟嵘虽然在《诗品序》中高度评价颜延之，但正文只将其列入中品的原因。

很显然，钟嵘非常重视元嘉诗歌在中古文学发展中的地位，视其为建安之后文学的另一高峰。

二 萧统论元嘉文学

《文选》虽然成于众人之手，但在指导思想上，萧统无疑起到主导作用。关于《文选》对各代文学的评价问题，傅刚先生《〈昭明文选〉研究》下编第四章"《文选》文体论析"中有所涉及，如他认为"作品入选的数量，大致上反映出萧统对作家作用、地位的评价"②。根据这一论断，我们对萧统对元嘉文学的态度进行考察。

萧统等人对元嘉时期的文评价并不高，但有值得注意之处。先看辞赋，根据傅刚先生的统计，《文选》收元嘉赋五篇，在数量上超过了建安、正始，"表明编者对刘宋的创作是很重视的"③，但与两汉、西晋相比，差距很大（西汉八篇、东汉十二篇、西晋十五篇）。元嘉赋在《文选》中虽然不多，却集中在三个类别中：鸟兽一类，颜延之《赭白马赋》和鲍照《舞鹤赋》入选，占该类1/2；

---

① 钟嵘著，陈延杰注《诗品注》，人民文学出版社1961年版，第43页。
② 傅刚：《〈昭明文选〉研究》，中国社会科学出版社2000年版，第252页。
③ 傅刚：《〈昭明文选〉研究》，中国社会科学出版社2000年版，第232页。

物色一类，谢惠连的《雪赋》和谢庄的《月赋》入选，占 2/5；游览一类，鲍照的《芜城赋》入选，占 1/3。从这些数据中可以看出，萧统等人还是非常敏锐地把握到了元嘉赋的特色。本书第五章中提到，元嘉赋中咏物之风流行，而《文选》所收五篇元嘉赋中，四篇与咏物有关。而且这四篇赋都有特色。它们都不是鸿篇巨制，《赭白马赋》体现了典雅风格、华美文辞、和谐音韵的完美结合，是应制赋中的杰作；《舞鹤赋》形神兼备，重视抒情；《雪赋》描写细腻入微，穷形尽相；而《月赋》重视造境，具有诗一般的境界。这些作品是对《文心雕龙·物色》"自近代以来，文贵形似，窥情风景之上，钻貌草木之中。吟咏所发，志惟深远，体物为妙，功在密附。故巧言切状，如印之印泥，不加雕削，而曲写毫芥"的典型体现。①

　　对于赋之外的其他文体，《文选》收录也不多，但有两个方面值得一提。首先，《文选》对元嘉个别作家在某些文体上的创作较为重视，如"教""表"两类中，各收傅亮两篇文章。傅亮是元嘉早期著名作家，擅长公文类文体创作。《宋书·傅亮传》记："高祖登庸之始，文笔皆是记室参军滕演；北征广固，悉委长史王诞；自此后至于受命，表策文诰，皆亮辞也。"②他的作品在当时文坛声誉很高。又如范晔，《文选》"史论"一类中收其四篇作品，"史述"中又收其《后汉书·光武纪》赞。范晔对自己的史论创作非常满意："本未关史书，政恒觉其不可解耳。既造《后汉》，转得统绪，详观古今著述及评论，殆少可意者。班氏最有高名，既任情无例，不可甲乙辨。后赞于理近无所得，唯志可推耳。博赡不可及之，整理未必愧也。吾杂传论，皆有精意深旨，既有裁味，故约其词句。至于《循吏》以下及《六夷》诸序论，笔势纵放，实天下之奇作。其中合者，往往不减《过秦》篇。尝共比方班氏所作，非但不愧之而已。"③如果从思想上看，范晔的史论文视野宽阔，立论独到，有理有据，层次分明，逻辑性极强，经常得出合乎历史逻辑的结论。而且范晔的史论文大量采取骈体句式，非常华美，他又

---

① 周振甫：《文心雕龙今译》，中华书局 1986 年版，第 417 页。
② 沈约：《宋书》，中华书局 1974 年版，第 1337 页。
③ 沈约：《宋书》，中华书局 1974 年版，第 1830～1831 页。

精通声律,日僧遍照金刚在《文镜秘府论》中曾经提到"今读范侯赞论……辞气流靡,罕有挂碍,斯盖独悟于一时,为知声之创首也"①。这一评价实际揭示了范晔史论文的一大特色:声律和美,可诵可读。《文选》显然肯定了他们在散文创作上的突出成就。其次,《文选》对元嘉时期的哀悼类散文很重视,诔、哀、祭文、吊文四类文体中,《文选》共收作品十六篇,其中元嘉作家作品七篇:颜延之《阳给事诔》《陶征士诔》,谢庄《宋孝武帝宣贵妃诔》,颜延之《宋文皇帝元皇后哀策文》,谢惠连《祭古冢文》,颜延之《祭屈原文》,王僧达《祭颜光禄文》。在本书第五章中,笔者侧重分析了王微的《告弟僧谦灵》与颜延之的《祖祭弟文》,这两篇文章在表达情感上非常突出,形式上没有刻意运用骈体。但《文选》所收的作品,对骈俪化的体现较为明显,说明萧统对元嘉骈风流行相当关注。

关于元嘉诗歌,《文选》比较重视。傅刚先生认为"(《文选》)收西晋作家作品(指诗歌)最多,其次为刘宋,再次为建安。这一排列顺序与三个阶段的代表诗人陆机、谢灵运、曹植的排列顺序一样,不能说是巧合。萧统对晋、宋诗歌的高度评价确与同时代人不同"②。这一论断是成立的。

《文选》诗歌部分于先秦时期取一人(荆轲)、选诗一首;于两汉时期选诗人六人、诗十一首,并收古乐府及古诗二十三首;于魏取十人、诗八十一首(于建安取诗人八人、诗五十七首;于正始取二人、诗二十四首);于两晋取二十九人、诗一百四十八首,于元嘉取十人、诗九十八首;于齐梁取九人、诗七十八首。如上文所说,钟嵘认为两晋文坛虽然人才众多,但在诗歌发展过程中的地位却不及建安。而从《文选》选诗数量看,萧统明显认为两晋压过了建安。《文选》选诗最多的是陆机(五十二首),其次是谢灵运(四十首),后几位依次是江淹(三十二首),曹植(二十五首),颜延之、谢朓(均为二十一首),鲍照(十八首)。最为钟嵘所重视的曹植在《文选》中仅列第四,取诗尚不及陆机的一半。这体现了萧统与钟嵘对文学发展中不同阶段的认识。钟嵘看到了建安诗歌

---

① 遍照金刚:《文镜秘府论》,人民文学出版社1975年版,第30页。
② 傅刚:《〈昭明文选〉研究》,中国社会科学出版社2000年版,第277页。

的巨大历史功绩，并给予其高度的评价。而萧统则看到了太康时期诗歌在艺术上的进一步发展，以及文学本身的繁荣。也正是这个原因，二人在对待建安、太康文学的态度上有所不同。但他们对元嘉文学以及谢灵运的态度是一致的，均居于次席。而且如果从时代上看，元嘉时期无论从作家数量还是诗歌数量来说都是位居次席的重要文学阶段，毫无争议地压倒了齐梁时期。

在元嘉诗人的评价上，钟嵘与萧统的区别主要体现在颜延之与鲍照身上。颜延之是元嘉时期与谢灵运齐名的作家。但在《诗品》中，颜延之被置于中品，钟嵘对其亦颇有微辞。但萧统对颜延之却非常重视。从数量上看，《文选》选颜诗二十一首，超过《诗品》上品班婕妤（一首）、李陵（三首）、王粲（十三首）、刘桢（十首）、阮籍（十七首）、潘岳（十首）、张协（十一首）、左思（十一首），真正将颜延之作为第一流的诗人看待。鲍照诗歌创作很有特色，又是元嘉诗风向永明诗风过渡的重要环节，体现出新旧交织的特点。钟嵘将他列入中品，批评鲍诗"颇伤清雅之调""险俗"等。对鲍照文学地位的认识，钟嵘没有萧统客观。《文选》取鲍诗十八首，从数量上看，超过大多数《诗品》中的上品作家，明显将鲍照列入第一流作家的行列。而且《文选》收鲍照乐府八首，位列陆机之后。鲍照乐府诗富于气势、自由奔放、抒情强烈，艺术成就非常突出。萧统显然肯定了鲍照此类作品的艺术成就。当然，鲍照诗歌中那些具有"俗艳"特征的乐府诗，《文选》并没有收录。在这一点上与钟嵘是相同的，只是萧统对鲍照的态度更为客观。

二人对元嘉具体作家评价的区别与他们的诗歌观念有关。钟嵘崇尚"性情"，要求诗歌"干之以风力，润之以丹采"①，反映了他对内容、形式和谐一致的美学要求。所以，他对文辞华美却骨力媚弱的太康诗、齐梁诗不太重视，而以建安为诗歌盛世、元嘉为诗之复兴。他反对用典以及为了追求形式之美而刻意讲究声律，同时也反对违背雅正原则而追求奇险。这是他对颜延之、鲍照评价不高的重要原因。萧统则不同，他"三岁受《孝经》、《论语》，五岁遍读《五经》，悉能讽诵"②，所以他的文艺观受到儒学思想强烈影响，

---

① 钟嵘著，陈延杰注《诗品注》，人民文学出版社1961年版，第1页。
② 姚思廉：《梁书》，中华书局1973年版，第165页。

其《答湘东王求文集及〈诗苑英华〉》云："夫文典则累野，丽则伤浮，能丽而不浮，典而不野，文质彬彬，有君子之致。"①"有君子之致"反映了萧统文学观以儒家诗学为核心，这是他高度评价以陆机为代表的太康诗风的重要原因。因为陆机诗歌不仅才力充沛，而且体现出彬彬之貌，儒家诗风的特征比较明显。他对颜延之的重视也有这方面的原因。另一方面，萧统少年时期，声律说的代表人物沈约为其老师，当时诗坛也是声律大行。萧统生活在这样的文学环境中，所以他对声律说以及永明时期诗歌所发生的变化并无抵触，这些因素造成了他与钟嵘在诗歌评价上的区别。《诗品》与《文选》对待元嘉诗歌的不同，实际上也是钟嵘与萧统诗歌观念差异的体现。

三　刘勰论元嘉文学

《文心雕龙》对元嘉文学提及甚少，对此刘勰说："宋代逸才，辞翰鳞萃，世近易明，无劳甄序。"② 之所以刘勰试图回避对元嘉文学的评价，笔者认为主要应该是元嘉距《文心雕龙》成书时间很近，评论刚刚去世几十年的元嘉作家，对于出身贫寒的刘勰而言，要承担一定风险。所以刘勰对作家的评论基本上以晋末为限。

元嘉毕竟是南朝文学发展的重要阶段，对永明文学影响巨大，因此尽管刘勰有意回避，但还是会涉及对元嘉文学的评价。这有几种情况，一是直接对元嘉文学进行评价。如《明诗》篇："宋初文咏，体有因革，庄老告退，而山水方滋；俪采百字之偶，争价一句之奇，情必极貌以写物，辞必穷力而追新，此近世之所竞也。"③又如《通变》篇："宋初讹而新。"④ 又如《指瑕》："若夫立文之道，惟字与义。字以训正，义以理宣。而晋末篇章，依希其旨，始有'赏际奇至'之言，终无'抚叩酬酢'之语，每单举一字，指以为情。夫'赏'训锡赉，岂关心解？'抚'训执握，何预情理？雅颂未闻，汉魏莫用，悬领似如可辩，课文了不成义，斯实情讹之

---

① 严可均：《全上古三代秦汉三国六朝文》，中华书局1958年版，第3064页。
② 周振甫：《文心雕龙今译》，中华书局1986年版，第432页。
③ 周振甫：《文心雕龙今译》，中华书局1986年版，第61页。
④ 周振甫：《文心雕龙今译》，中华书局1986年版，第272页。

所变,文浇之致弊。而宋来才英,未之或改,旧染成俗,非一朝也。"① 又如《时序》篇:"自宋武爱文,文帝彬雅;秉文之德,孝武多才,英采云构。自明帝以下,文理替矣。尔其缙绅之林,霞蔚而飙起。王袁联宗以龙章,颜谢重叶以凤采,何范张沈之徒,亦不可胜也。盖闻之于世,故略举大较。"② 在这条材料中"王袁""颜谢"均不难理解,"何范张沈"中"沈"被周振甫先生认为是指沈约③,似有不妥。因为《文心雕龙》成书后,据《梁书·刘勰传》记:"初,勰撰《文心雕龙》五十篇,论古今文体,引而次之。……既成,未为时流所称。勰自重其文,欲取定于沈约。约时贵盛,无由自达,乃负其书,候约出,干之于车前,状若货鬻者。约便命取读,大重之,谓为深得文理,常陈诸几案。"④ 书中直评沈约并不合适。此条中皆涉元嘉作家,"沈"不当指沈约。郭绍虞先生《中国历代文论选》认为此"沈"当指沈怀文⑤,较沈约说更妥。《宋书·沈怀文传》记曰:"怀文少好玄理,善为文章,尝为楚昭王二妃诗,见称于世。……隐士雷次宗被征居钟山,后南还庐岳,何尚之设祖道,文义之士毕集,为连句诗,怀文所作尤美,辞高一座。"⑥ 可见沈怀文也是当时著名的文人,虽然现存沈怀文作品很少,但刘勰与之在时间上并不太远,对其文学成就有所认识。二是以"近代"指称元嘉以及元嘉以来的时代,如《定势》篇:"自近代辞人,率好诡巧,原其为体,讹势所变。厌黩旧式,故穿凿取新,察其讹意,似难而实无他术也,反正而已。"⑦ 句中之"近代"按文中时序在魏晋之后,指称元嘉无疑。又如《物色》篇:"自近代以来,文贵形似,窥情风景之上,钻貌草木之中。吟咏所发,志惟深远,体物为妙,功在密附。故巧言切状,如印之印泥,不加雕削,而曲写毫芥。"⑧ 这一段话所说的就是元嘉文学的咏物、"巧

---

① 周振甫:《文心雕龙今译》,中华书局1986年版,第366页。
② 周振甫:《文心雕龙今译》,中华书局1986年版,第409页。
③ 周振甫:《文心雕龙今译》,中华书局1986年版,第409页。
④ 姚思廉:《梁书》,中华书局1973年版,第710~712页。
⑤ 郭绍虞主编《中国历代文论选》(第一册),上海古籍出版社1979年版,第294页。
⑥ 沈约:《宋书》,中华书局1974年版,第2102页。
⑦ 周振甫:《文心雕龙今译》,中华书局1986年版,第282页。
⑧ 周振甫:《文心雕龙今译》,中华书局1986年版,第417页。

似"之风。

从上面的材料中可以看出刘勰对元嘉文学的基本态度。首先，他认为元嘉文学在帝王的引导下繁荣发展，名家辈出。这一点继承了建安文学特征（《时序》）。其次，他认为元嘉时期最突出的文学现象是山水诗对玄言诗的取代（《明诗》），最明显的艺术特征是"讹而新"（《通变》）。最后，他看到元嘉文学艺术取向发生了巨大转移（《物色》《时序》《明诗》），并引导了永明文学，故而用"近代"诸语合称元嘉、永明。但是，刘勰对元嘉文学"新"的态度有所不满，有研究者认为"窥情风景之上，钻貌草木之中"是刘勰对元嘉文学山水题材的至高褒扬。① 但实际上，刘勰肯定的是刘宋以来文学对自然外物描写艺术的进步，对山水题材在这一时期文学中的流行并没有表现出褒贬态度。而且刘勰对元嘉文风中"讹而新""率而诡巧""率多猜忌"并不赞成。"讹"亦为新变之意，然而在语体色彩上却并不是一个中性词或褒义词。因为《定势》云："自近代辞人，率好诡巧，原其为体，讹势所变，厌黩旧式，故穿凿取新，察其讹意，似难而实无他术也，反正而已。"可见，刘勰认为"厌黩旧式"而"穿凿取新"是导致"诡巧""讹"的主要原因，对陈旧的文学表现不满是可以理解的，但因为要追求新变，而"反正"（即违反常规）的做法显然有矫枉过正的嫌疑。

刘勰认为元嘉文学"讹"与他的文艺思想有关。刘勰的思想基础是儒家，其所谓之文也并不是单纯指文学，而是一个宽泛的概念。他认为文要宗经，要明道征圣，要反映雅正的内容；在情与辞的关系上，他更主张情的主导作用："昔诗人什篇，为情而造文；辞人赋颂，为文而造情。何以明其然？盖风雅之兴，志思蓄愤，而吟咏情性，以讽其上，此为情而造文也；诸子之徒，心非郁陶，苟驰夸饰，鬻声钓世，此为文而造情也。故为情者要约而写真，为文者淫丽而烦滥。而后之作者，采滥忽真，远弃风雅。近师辞赋，故体情之制日疏，逐文之篇愈盛。"② 建安文学崇尚抒情，古朴而不

---

① 孙兰：《浅析刘勰对刘宋时代文学的评论》，《山东教育学院学报》1999年第1期。
② 周振甫：《文心雕龙今译》，中华书局1986年版，第289页。

失典雅。但从太康开始,文学中形式追求开始兴起,文词越来越华丽。到元嘉文学,体物之风大盛。元嘉作家虽然不放弃抒情,却更注意对外物的描写,穷其心力在题材、艺术手法甚至语词上进行革新,延续了太康文学重华藻、重形式的一面。所以在文学表现上,元嘉诗歌具有巧似、繁富、华丽的特征,而情感表达并没有实现共同进步。另外,元嘉后期鲍照等人在诗风上进行改变,以俗艳为特征的文风风靡一时,这是刘勰所不能认同的。关键是永明作家在许多方面延续了元嘉作家的作风,如咏物、如重视艺术形式探索等,而以"险俗"为特征的"休鲍之风"更浸染于士大夫创作。刘勰对此更为不满。

但是,《文心雕龙》中又有《丽辞》《事类》《炼字》《声律》诸篇,而这些篇目所论述的文学现象在元嘉时期表现非常突出。刘勰一方面对元嘉文风有所不满,另一方面又从理论的角度整理元嘉文学艺术探索的成就,用一种公正的态度来评述华辞、用典、声律在文学表现上的作用,这似乎是一种矛盾。应该看到,刘勰虽然宣扬雅正的文学观,但对文学的形式表现也非常重视,《情采》篇云:"圣贤书辞,总称'文章',非采而何?夫水性虚而沦漪结,木体实而花萼振:文附质也。虎豹无文,则鞟同犬羊;犀兕有皮,而色资丹漆:质待文也。……故立文之道,其理有三:一曰形文,五色是也;二曰声文,五音是也;三曰情文,五性是也。五色杂而成黼黻,五音比而成韶夏,五情发而为辞章,神理之数也。"① 可见刘勰对文的要求是文质彬彬,他既站在这一角度批评元嘉文学,又站在这一角度接受元嘉文学的启迪。

站在不同的立场上,钟嵘、萧统对元嘉文学的成就与地位给予肯定。而刘勰则对元嘉文学的表现特征进行了批评。但他们都把元嘉文学当作文学发展中的关键阶段,肯定其对玄言诗风的改变,并肯定其对南朝文学的巨大影响。这种态度较为公正客观,为我们评价元嘉文学提供了极有价值的参照。

---

① 周振甫:《文心雕龙今译》,中华书局1986年版,第286~287页。

第二节 盛唐诗人对鲍照、谢灵运的
继承与超越

初唐诗歌与齐梁宫体文学之间的关系较为密切。《新唐书·文学传论》云:"高祖、太宗,大难始夷,沿江左余风,缔句绘章,揣合低卬。"① 高宗时期上官仪"本以词彩自达,工于五言诗,好以绮错婉媚为本。仪既贵显,故当时多有效其体者,时人谓为上官体"②。但盛唐诗歌并没有沿着初唐诗歌继续发展,而是走上了内容充实、风骨俊朗的道路。很多人认为盛唐诗歌是建安风骨与齐梁华艳诗风的完美结合,但在盛唐诗作中,我们却随处可见两位刘宋诗人的影子:谢灵运与鲍照。对于鲍、谢,盛唐诗人的态度颇值得玩味,杜甫《遣兴五首(吾怜孟浩然)》云"赋诗何必多,往往凌鲍谢"③,很显然,从这句话中可以看出鲍、谢是盛唐诗人超越的对象。但是,盛唐诗人是先从他们身上吸收了有益的艺术遗产,再对他们的艺术缺陷进行了扬弃,并最终将二者的优秀之处进行了结合,使鲍、谢真正成为盛唐诗歌艺术品格奠定的基石。试论之如下。

一 盛唐诗人对谢灵运的接受与缺陷理解

山水诗是元嘉时期文学的最高成就,也是对后世影响最深刻的题材,而又以谢灵运为代表。谢灵运极大地拓展了诗歌的表现空间,创造出了令人向往的诗美境界。虽然谢灵运的诗歌存在一定的缺陷,但他的才华,他以匠心所创作的诗歌乃是六朝时期的一座高峰。谢朓虽与谢灵运同称山水诗大家,但其地位在当时人心目中已不如谢灵运。如钟嵘在《诗品》中就将谢灵运列入上品,而谢朓则被列入中品。《文选》中选谢灵运的诗歌数量也远远超出谢朓,谢灵运是山水诗的开创者,而谢朓只是沿着谢灵运开创的道路继续前进的继承者。唐人也基本将谢灵运当作南朝之代表,如杨炯《王勃

---
① 欧阳修、宋祁:《新唐书》,中华书局1975年版,第5725页。
② 刘昫:《旧唐书》,中华书局1975年版,第2743页。
③ 仇兆鳌:《杜诗详注》,中华书局1979年版,第565页。

集序》:"泊乎潘陆奋发,孙许相因,继之以颜谢,申之以江鲍,梁魏群才,周隋众制,或苟求虫篆,未尽力于邱坟。"① 又如李白《留别金陵诸公》"至今秦淮间,礼乐秀群英。地扇邹鲁学,诗腾颜谢名。"② 更不用说皎然《诗式》极力推崇康乐,认为其他诗人无与之比肩者:"诗中之日月也,……上蹑风骚,下超魏晋。"③ 王勃也对谢灵运推崇有加:"邺水朱华,光照临川之笔。"(《秋日登洪府滕王阁饯别序》)④ 他们不仅高度评价谢灵运对诗歌发展的功绩,更在创作中学习、接受谢灵运的艺术技巧和艺术精神。

唐代山水诗的兴盛得益于国家的统一与士人游历之风的盛行。诗人饱览祖国山河,创作灵感被激发,山水成为他们作品中普遍的题材。以张说、王维、孟浩然、李白为代表的诗人们对自然倾注了更多的心力,但从艺术来源上,明显可见他们对谢灵运的接受。

张说是武后至玄宗时期的著名作家,与苏颋并号"燕许大手笔"⑤(《新唐书·苏颋传》)。他的诗歌成就不能与李白等人相比,总体风格有追求华丽的特色。由于其仕途较为顺利,最后官至宰相,所以诗歌雍容之气非常明显。但张说也多次受到打击,被贬外任,大江南北多有涉足,其得江山之助,创作了许多写景之作。这些山水诗保留了南北朝时期华美清丽的特点,明显有对谢灵运的接受。如其《与赵冬曦尹懋子均登南楼》:"危楼泻洞湖,积水照城隅。命驾邀渔火,通家引凤雏。山晴红蕊匝,洲晓绿苗铺。举目思乡县,春光定不殊。"《游湮湖上寺》"湖上奇峰积,山中芳树春。何知绝世境,来遇赏心人。清旧岩前乐,呦嘤鸟兽驯。静言观听里,万法自成轮。"⑥ 这两首诗中的写景都明显受到了谢灵运的影响,用词精工,描写生动。诗不仅有化用谢诗之处,而且在风格上与谢诗亦非常相近,甚至连先写景、结句谈理的结构也与谢诗相仿。前者"山晴红蕊匝,洲晓绿苗铺",色彩运用明显自谢诗中来。

---

① 蒋清翊注《王子安集注》卷首,上海古籍出版社1995年版,第62页。
② 王琦:《李太白全集》,中华书局2011年版,第620页。本书其他所引李白作品皆以此为底本。
③ 李壮鹰:《诗式校注》,人民文学出版社2003年版,第118页。
④ 蒋清翊注《王子安集注》,上海古籍出版社1995年版,第232页。
⑤ 欧阳修、宋祁:《新唐书》,第4402页。
⑥ 本书所引张说作品以熊飞《张说集校注》为底本,中华书局2013年版。

第七章　后世对元嘉文学历史地位的认识

谢诗写景特别喜欢用"红""紫""绿""清""白"等艳色调的色彩，这些色彩词的运用，使景物显得生机勃发，透出自然的俊美，如"原隰荑绿柳，墟囿散红桃"（《从游京口北固应诏》）、"白云抱幽石，绿筱媚清涟"（《过始宁墅》）、"白花皓阳林，紫蘤晔春流"（《东山望海》）等。① 张说写景亦特别喜欢运用这一类词语，而且在总体上也如谢灵运一样以形成自然明丽特征为主要取向，"州白芦花吐，园红柿叶稀"（《岳州晚景》）、"白云半峰起，清江出峡来"（《过蜀道山》）、"绿渚传歌榜，红桥度舞旗"（《清明日诏宴宁王山池赋得飞字》）。还有一些诗歌，"开轩绿池映，命席紫兰芬"（《凤楼寻胜地》）、"山花迷径路，池水拂藤萝"（《相州北亭》）、"绿竹初成苑，丹砂欲化金"（《奉和同玉真公主游大哥山池题石壁》）、"春郊绿畎秀，秋涧白云滋"（《酬崔光禄冬日述怀赠答》）等。其次张说写景之作多化用谢灵运诗，如上文所引《游溇湖上寺》"何知绝世境，来遇赏心人"以及"此中情不浅，遥寄赏心人"（《同刘给事城南宴集》）即化用了谢灵运《相逢行》"邂逅赏心人，与我倾怀抱"；又如"剖竹守穷渚，开门对奇域"（《游洞庭湖湘》二），出自谢灵运《过始宁墅》之"剖竹守沧海，枉帆过旧山"；《相州山池作》有"尝怀谢公咏，山水陶嘉月"，此中谢公当指谢灵运，"嘉月"一词出《种桑诗》"浮阳骛嘉月，艺桑迨间隙"。从这些诗句中可以看出，张说对谢灵运山水诗及其山水诗的意旨理解是相当深刻的。值得一提的是，张说出守相州实为与姚元崇有隙所致，《新唐书·张说传》记："（说）素与姚元崇不平，罢为相州刺史，河北道按察使。坐累徙岳州、停实封，说既失执政意，内自惧。"② 其岳州时期，山水之作大盛，"人谓得山水助云"③。可以说在这种情况下，他的山水诗与谢灵运的山水诗在精神上有某些类似。

盛唐时期著名山水田园诗人王维的作品虽然从脉络上更近陶渊明，但在语言与艺术技巧上对谢灵运山水诗的接受也很明显。首先，王维的诗中有很多句子明显从谢诗中来，如"与世澹无事，自

---

① 本书所引谢灵运作品以顾绍柏校注《谢灵运集校注》为底本，中州古籍出版社1987年版。
② 欧阳修、宋祁：《新唐书》，第4407页。
③ 欧阳修、宋祁：《新唐书》，第4410页。

然江海人"(《晦日游大理韦卿城南别业四声依次用各六韵》)①。"江海人"实出谢灵运《临川被收》"本自江海人,忠义感君子";"开畦分白水,间柳发红桃"(《春园即事》),出自谢诗《入东道路诗》"陵隰繁绿杞,墟囿粲红桃";等等。而且,王维有很多诗题明显与谢灵运有相似之处,如《华岳》《蓝田山石门精舍》《青溪》《饭覆釜山僧》《自大散以往深林密竹磴道盘曲四五十里至黄牛岭见黄花川》《新晴野望》《宿郑州》《早入荥阳界》等。谢灵运诗中则有《石室山》《石壁立招提精舍》《过瞿溪山饭僧》《石门新营所住四面高山回溪石濑修竹茂林》《石门岩山宿》《初发石首城》《登庐山绝顶望诸峤》等。王维诗题与谢灵运诗题之间的相近是一个非常值得注意的现象。对于这种现象,较为合理的解释是王维对谢灵运极为熟悉,他从谢诗中获得了创作的灵感。从内容与艺术特色看,亦如此。如其《蓝田山石门精舍》

落日山水好,漾舟信归风。玩奇不觉远,因以缘源穷。遥爱云木秀,初疑路不同。安知清流转,偶与前山通。舍舟理轻策,果然惬所适。老僧四五人,逍遥荫松柏。朝梵林未曙,夜禅山更寂。道心及牧童,世事问樵客。瞑宿长林下,焚香卧瑶席。涧芳袭人衣,山月映石壁。再寻畏迷误,明发更登历。笑谢桃源人,花红复来觌。

可以将其与谢灵运《石门新营所住四面高山回溪石濑修竹茂林》一诗对比:

跻险筑幽居,披云卧石门。苔滑谁能步,葛弱岂可扪。袅袅秋风过,萋萋春草繁。美人游不还,佳期何由敦。芳尘凝瑶席,清醑满金樽。洞庭空波澜,桂枝徒攀翻。结念属霄汉,孤景莫与谖。俯濯石下潭,俯看条上猿。早闻夕飚急,晚见朝日暾。崖倾光难留,林深响易奔。感往虑有复,理来情无存。庶持乘日车,得以慰营魂。匪为众人说,冀与智者论。

---

① 本书所引王维作品以陈铁民校注《王维集校注》为底本,中华书局1997年版。

第七章 后世对元嘉文学历史地位的认识

二诗在境界上的近似是明显的，都以幽静、深远为主要特征。王维诗描写景物更加直接，抒发了在清幽山水之中的闲适、愉悦。在取景上走的是元嘉以来山水诗的旧路，从第四章的论述中可知，写景精工细密是谢灵运山水诗的一大特色。王维的诗歌在写景中也有这一特征。但王维山水诗显然较谢诗更为完善，少了谢诗中的说理成分，多了自我与山水契合的表达，在这一点上接受了谢朓对山水诗改进的成果，在层次安排上也更为合理。

但是需要指出，王维对谢灵运的接受在某种程度上体现了他们精神上的某些共性。谢灵运的山水诗是其现实苦闷的产物，也是其玄学思想、玄学人格的体现，因此其中带有比较浓厚的隐逸因素。王维早年虽有功业观念，但安史之乱之后他忧惧万分，晚年亦求退隐。二人在山水与隐逸关系的理解上是一致的。而且，谢灵运与王维山水诗多是写其周围之景，《新唐书·王维传》记"（维）别墅在辋川，地奇胜，有华子冈、欹湖、竹里馆、柳浪、茱萸泮、辛夷坞"①。他们热爱山水，都以匠心慧眼审视自然，从中选出优美深远之境，所以他们的山水诗在风格上具有清秀明朗的特征。山水诗在初盛唐时期兴盛的本身就与元嘉山水诗在精神上发生了自然的联系。但略有不同的是，谢灵运以退隐消解现实不满，以山水作为精神之寄托，在精神与山水之间实际还是存在一定的距离。但王维是真心希图以隐者身份自得其乐，所以他能够将精神与山水融为一体。所以谢灵运是山水诗的开创者，而王维实际成为山水诗成型后的推动者。

在对谢灵运的接受上，李白的诗歌也很明显。对这一问题，有研究者进行过探讨，如许黎英《略论谢灵运山水诗和李白的因革》②，从艺术角度介绍了李白对谢灵运山水诗的继承，但也忽视了某些方面。如从个性上看，李白与谢灵运有很多相近之处：二人对自己的才华都极有信心，热心于政治，也因文学而受到统治者的重视；但二人的政治生涯都非常坎坷，谢灵运数次被打击，最终被杀，李白亦遭流放；在现实的冲突面前，他们的行为都带有狂的特征，李白较之谢灵运更是有过之而无不及；精神与现实的反差使他

---

① 欧阳修、宋祁：《新唐书》，第 5765 页。
② 许黎英：《略论谢灵运山水诗和李白的因革》，《浙江学刊》2002 年第 5 期。

们在文学中都对退隐表达了向往,也都有寄情山水的共同经历。可以这么说,较之王维,李白与谢灵运的山水诗在精神上更为接近。这也是李白接受谢灵运的精神基础。

李白非常仰慕谢灵运,而且经常自比大谢。如《赠从弟南平太守之遥二首(一)》"梦得池塘生春草,使我长价登楼诗。别后遥传临海作,可见羊、何共和之",又如《书情寄从弟邠州长史昭》"昨梦见惠连,朝吟谢公诗。东风引碧草,不觉生华池",又如《送舍弟》"吾家白额驹,远别临东道。他日相思一梦君,应得池塘生春草"。李白才华高妙,他以惠连比从弟,并借谢诗"池塘生春草,园柳变鸣禽"之典故。[①] 李白对这一典故非常喜欢,经常使用,而且他常把自己的兄弟比作惠连,自比康乐之意甚明。之所以如此,不是其他原因,而是谢灵运伟大的文学成就,使得李白真心向往,而从其创作看主要欣赏的是谢灵运的山水诗。

李白在诗歌中时常化用谢灵运的诗句,如"挂席凌蓬丘,观涛憩樟楼"(《与从侄杭州刺史良游天竺寺》),实际化用谢灵运《游赤石进帆海》之"扬帆采石华,挂席拾海月";又如"结桂空伫立,折麻恨莫从"(《夕霁,杜陵登楼寄韦繇》)出谢灵运《从斤竹涧越岭溪行》之"握兰勤徒结,折麻心莫展";又如"海月破圆景,菰蒋生绿池"(《新林浦阻风寄友人》),实际化用谢灵运《登池上楼》中名句"池塘生春草"。这种情况在李白的山水诗中大量存在。而且李白还经常成句成句地将谢灵运的诗移植到自己的诗歌中,如《酬殷明佐见赠五云裘歌》云:"故人赠我我不违,着令山水含清晖。顿惊谢康乐,诗兴生我衣。襟前林壑敛暝色,袖上云霞收夕霏。"这几句诗中引用了谢灵运《石壁精舍还湖中作》中的三句。从上文更可以看出,谢灵运"池塘生春草"一句在李白诗中运用更多,或直接运用,或取其意境,百用而不厌,都能出新。李白虽以才华自许,在诗中却直引谢灵运的诗句,这说明他确实喜欢谢灵运的诗歌,对谢灵运也是极为敬重的。

李白到过会稽,《新唐书·李白传》记"天宝初,南入会

---

① 《诗品》中"宋法曹参军谢惠连"条引《谢氏家录》云:"康乐每对惠连,辄得佳语。后在永嘉西堂,思诗竟日不就,寤寐间,忽见惠连,即成'池塘生春草',故尝云:'此语有神助,非我语也。'"

第七章 后世对元嘉文学历史地位的认识

稽"①。在此之前,李白受到了唐玄宗的礼遇,但时间不长,由于受到诬陷与压制,他主动请求自放。玄宗也答应了他的要求。从长安放归后,李白没有返回故乡,而是游历江南,到了会稽。他为什么到会稽?或者因为这里山水秀丽,或者因为他在心里已经将自己比作了谢灵运,因为谢灵运也曾有过相似的经历。李白在会稽遍游山水,走访了谢灵运的故迹。他作了很多与谢灵运有关的山水诗,如:

沧老卧江海,再欢天地清。病闲久寂寞,岁物徒芬荣。借君西池游,聊以散我情。扫雪松下去,扪萝石道行。谢公池塘上,春草飒已生。花枝拂人来,山鸟向我鸣。田家有美酒,落日与之倾。醉罢弄归月,遥欣稚子迎。(《游谢氏山亭》)

康乐上官去,永嘉游石门。江亭有孤屿,千载迹犹存。我来游秋浦,三入桃陂源。千峰照积雪,万壑尽啼猿。兴与谢公合,文因周子论。扫崖去落叶,席月开清樽。溪当大楼南,溪水正南奔。回作玉镜潭,澄明洗心魂。此中得佳境,可以绝嚣喧。清夜方归来,酣歌出平原。别后经此地,为余谢兰荪。(《与周刚清溪玉镜潭宴别》)

乘君素舸泛泾西,宛似云门对若溪。且从康乐寻山水,何必东游入会稽。(《与谢良辅游泾川陵岩寺》)

谢公之彭蠡,因此游松门。余方窥石镜,兼得穷江源。将欲继风雅,岂徒清心魂。前赏逾所见,后来道空存。况属临泛美,而无洲渚喧。漾水向东去,漳流直南奔。空濛三川夕,回合千里昏。青桂隐遥月,绿枫鸣愁猿。水碧或可采,金精秘莫论。吾将学仙去,冀与琴高言。(《入彭蠡,经松门,观石镜,缅怀谢康乐,题诗书游览之志》)

在这些诗中,李白不仅大量融汇了谢灵运山水诗的优美诗句,而且主动将自己当作谢灵运的后继者。他不但在思想上希图追步往者,在诗歌艺术上亦是如此。所以李白对谢灵运的接受非常全面,谢灵运山水诗是李白的重要启迪者,也是李白山水诗精神上的实际

---

① 欧阳修、宋祁:《新唐书》,第 5762 页。

先导。

从诗歌发展的历史来看,谢灵运是古典诗歌典范艺术形态形成过程中的重要节点,他改变了中国诗歌古朴的特色,其华美清丽、自然而不失典雅的诗歌不仅使中古诗歌声色大开,而且在诗歌的艺术技法上多有建树,是唐代山水诗兴象玲珑艺术特征的重要源头。谢灵运是其中最具有代表性的作家,其复杂的人格、狂放而潇洒的行为本身已经为唐代诗人所仰慕,他的诗歌与后来的谢朓一起直接启迪了唐代诗人。这应当说是谢灵运,也可以说是元嘉文学对整个中国古代文学发展的重要贡献之一。但是,谢灵运本身思想与经历的局限导致他的诗歌存在一定的缺陷。萧子显在《南齐书·文学传》论中对谢灵运诗歌缺陷的评价是"酷不入情"[1],这种缺陷产生的根本是谢灵运士族出身所带来的先天思想,作为高门世族的代表,谢灵运深受东晋以来士族文化的影响,士族文化虽然高雅精致,却有自我封闭的特点。因此谢灵运的诗作崇尚自我,体现出与社会主动疏离的意识,虽然华美却缺乏广阔的社会视野,气度狭小。钟嵘也评价谢灵运云"尚巧似,而逸荡过之,颇以繁芜为累"[2]。士族文化的群体区别意识引导了谢灵运在诗歌中习惯表现自己高超的艺术技巧与渊博的学识,大量使用华丽的辞藻与生僻的典故,诗歌因此成为少数人才能透彻理解的东西。好在其天才横溢,才能使作品雅俗共赏。即便如此,他对当时文坛依然产生了一些负面的影响,如南朝诗坛一直存在深密雅丽一派。盛唐诗人所处的天地已经与刘宋时代天差地别,谢灵运诗歌中士族文化背景在盛唐诗人中已经淡化。他们对谢灵运诗歌的艺术价值与缺陷有深刻的理解,因此可以带着扬弃的眼光来审视谢灵运留下的文学遗产。他们接受了谢诗高超的艺术技巧与新丽的语言,却在诗歌的境界上展现了与谢诗迥异的特色:开放的精神态势、昂扬的气度、强烈的社会责任意识以及自由而慷慨的文学品格。当然,这种谢诗中缺乏的文学品质,也有渊源:鲍照诗歌却恰恰给他们提供了在气质上超越谢灵运的范本。

---

[1] 萧子显:《南齐书》,中华书局1972年版,第908页。
[2] 钟嵘著,陈延杰注《诗品注》,人民文学出版社1961年版,第29页。

二　初盛唐诗人对鲍照诗歌气质的接受

在元嘉三大家中，鲍照的诗歌也有华丽与巧似的特征。但鲍诗的华丽与巧似在诗坛上并不具备开创意义，这主要是因为刘宋诗歌格调奠定者是谢灵运，鲍照诗歌存在对谢诗的学习。然而，与谢灵运相比，鲍照诗歌是南朝诗歌的异类。钟嵘评之云："贵尚巧妙，不避危仄，颇伤清雅之调，故言险俗者，多以附照。"①《南齐书·文学传》论亦云："发唱警挺，操调险急，雕藻淫艳，倾炫心魂，亦犹五色之有红紫、八音之有郑卫，斯鲍照之遗烈也。"②虞炎在《鲍照集序》中也评鲍诗"虽乏精典，而有超丽"③。这种异类的风格，实际是鲍照诗歌具有与六朝诗歌整体潮流迥异的气质：既能辞藻华丽、典故精妙，又能通俗清新，思想驳杂，不避险俗。这种气质对盛唐诗人产生了直接的启迪④，而这种接受的本质是鲍照与初盛唐诗人存在思想与诗歌气质追求上的共性因素。谢灵运与鲍照文学存在区别的关键是，鲍照是一个具有文学天分的寒族作家，他在作品中灌注的气质因素必然与谢灵运不同。谢灵运出身士族高门，虽然他也有政治欲望，也受到了现实的挤压，但他能用已经形成的士族文化中的高蹈与之对抗。然而士族文化本身具有封闭的特征，这就使得谢灵运的诗歌在情感表达的广度与深度上无法与鲍照相比。鲍照出身底层，生活经历丰富，思想较之士族作家开放自由，这恰恰赋予其文学作品慷慨、自由、多变的特质，也正是这种寒族作家独特的气质，启迪了初盛唐作家。

需要注意的是，自从士族在六朝逐渐控制社会政治与文化，寒族作家在六朝各个阶段都存在，太康文学甚至出现了庞大的寒族作

---

① 钟嵘著，陈延杰注《诗品注》，人民文学出版社1961年版，第47页。
② 萧子显：《南齐书》，第908页。
③ 严可均：《全上古三代秦汉三国六朝文》，第2929页。
④ 如吕寅《鲍照对李白和杜甫诗歌的影响》（《文史哲》1999年第5期）认为："鲍照那潇洒俊逸、自由浪漫的乐府诗，对李白磊落豪放的歌行体产生了极为强烈的影响，而他那感时伤怀、关注民生的创作倾向，也深刻地影响了杜甫沉郁顿挫的美学倾向。"张瑞君《李白与鲍照诗歌的继承关系》（《山西大学学报》2004年第5期）认为："李白领悟鲍照诗歌豪迈深沉的气势，受鲍照诗歌强烈的主观色彩影响。鲍诗写妇女题材中有风骨；鲍诗的语言奔放流畅，自然俊发；鲍诗的结构起句突起、收句陡收，中间疏放；鲍诗想象奇妙，意象奇异。"

家群体。① 南北朝时期,士族作家占据了绝对优势,寒族作家已经不成系统。而鲍照却以其独特的文学成就突出于南朝,他的作品带有一种独特的寒族气质。这种气质中有进取的因素,也有进取受挫后的失落与愤激,还有士族作家缺乏的自由精神的渴望,以及发自内心的自信以及特立独行。因此,与西晋时期的左思相比,鲍照诗歌的寒族气质更加突出,对后世文学的影响也更为深刻。左思虽出身寒门,却"家世儒学",退居之后,"专意典籍"(《晋书·文苑·左思传》)②,这种思想主导下的左思文学具有浓厚的儒学气息,其诗"典以怨,颇为精切,得讽喻之致"③(《诗品》"晋记室左思"条)。鲍照也出身贫寒,但与左思不同的是,他的家世中缺乏儒学背景,儒学对其文学创作所产生的影响很少,因此在文学表现形态上,他异于左思:既有类似谢灵运诗歌的华丽,也有"巧似""险俗"等特征,尤其是他的乐府,既有沉郁激昂的一面,又有艳冶缠绵的一面。与六朝雅正诗风迥异,在当时虽为人推崇却也备受质疑。

鲍照对初盛唐诗人产生影响的主要原因在于,这一时期作家队伍发生变化。从社会的角度看,初唐乃至盛唐,依然是一种士族社会状态,这也是为什么根源于士族文化的齐梁文风在初唐得以风靡的真正原因。太宗皇帝即位之后,重定世族次序以及仕宦婚姻依然讲求门第的情况说明:世族制度在初唐时期依然深入人心。然而进士制度(科举制度)的出现及逐步完善给处于社会底层的寒门子弟提供了进入仕途、提高自身地位的真正契机。社会逐渐恢复,文化在基层日益繁荣,许多寒门子弟进入文学创作的队伍。文学创作队伍的组成成分发生了极大变化。当然,这些寒族作家与鲍照一样,心里充满了对自我才华的自信、对功名的渴望。如李冗《独异记》记陈子昂:"十年居京师,不为人知。时东市有卖胡琴者,其价百万,日有豪贵传视,无辨者。子昂突出于众,谓左右:'可辇千缗市之。'众咸惊,问曰:'何用之?'答曰:'余善此乐。'或有好事者曰:'可得一闻乎?'答曰:'余居宣阳里。'指其第处。'并具有酒,明日专候。不唯众君子荣顾,且各宜邀召闻名者齐赴,乃幸遇

---

① 白崇:《论西晋寒族文学》,《中国文学研究》2010年第2期。
② 房玄龄:《晋书》,中华书局1974年版,第2375、2377页。
③ 钟嵘著,陈延杰注《诗品注》,人民文学出版社1961年版,第28页。

也.'来晨,集者凡百余人,皆当时重誉之士。子昂大张宴席,具珍羞。食毕,起捧胡琴,当前语曰:'蜀人陈子昂有文百轴,驰走京毂,碌碌尘土,不为人所知。此乐,贱工之役,岂愚留心哉!'遂举而弃之。异文轴两案,遍赠会者。会既散,一日之内,声华溢都。"① 这与《南史·鲍照传》所记:"照始尝谒义庆未见知,欲贡诗言志,人止之曰:'卿位尚卑,不可轻忤大王。'照勃然曰:'千载上有英才异士沉没而不闻者,安可数哉?大丈夫岂可遂蕴知能,使兰艾不辨,终日碌碌,与燕雀相随乎?'"② 二人对功名的渴望是何等的相似!盛唐寒族出身的作家游历山川、从军边塞、诗酒唱和,但他们依然受当时门阀大族的压抑,志向不得伸展,初唐四杰、陈子昂、李白等皆如此,心中皆有一股不平之气,这一点与鲍照也极为相似。也就是说,鲍照与初盛唐寒门出身的作家在精神上具有一定的同构性,这一点是鲍照能够对初盛唐文人产生影响的最根本原因。

鲍照诗歌的自由气质启发了初盛唐诗人。鲍照五言创作在艺术开创性上先天不足,但其乐府诗,开创的色彩却极为明显,而且气质独特。鲍照乐府诗很多采用的是七言歌行体。这种诗体民歌多用之,因此在魏晋时期被视为俗体,南朝士族主流文人很少使用。从文体的角度而言,六朝五言诗的发展背后存在士族文化自我封闭的因素,如声律、骈对等艺术形式的探索,都是给原本较为自由的五言诗体加上了层层束缚。七言歌行相对于五言诗而言,因为是民乐俗体,表达限制最小,也最为自由。士族文人坚持文学的雅俗之别,七言歌行体无法进入主流文体层面。鲍照文体观念的自由使其在面对七言歌行时不避其俗,又对其进行了大胆的改造,使其成为自由抒发情志的工具。正因如此,谢灵运诗歌对自我情志的表达不及鲍照。王夫之称鲍照为七言之祖,虽然在文体学上值得推敲,却也有其道理:"七言之制,断以明远为祖何?前虽有作者,正荒忽中鸟径耳。……明远于此,实已范围千古。故七言不自明远来,皆蒹稗而已。"③ 自由的文体观念给鲍照诗歌带来的是鲜规往则的态度与旷达洒脱、自由恣肆的风神。其乐府作品四言、五言、七言、

---

① 李冗:《独异记》,中华书局1983年版,第83~84页。
② 李延寿:《南史》,中华书局1983年版,第360页。
③ 王夫之:《古诗评选》,文化艺术出版社1997年版,第45页。

三言,甚至赋体句、骚体句通通被他合理地组合在一起,形成一种具有较强节奏感的诗体,更折射出了一种自由奔放的胸怀,一种不拘一格的气势。这对唐人产生了重要影响。类似于鲍照的七言、杂言歌行体在初盛唐作家笔下得到了大量运用,其格调实祖出于鲍照。因为初盛唐诗人的思想较之六朝更为驳杂,也更为开放,所以鲍照诗歌在思想表达上的自由也同样吸引了初盛唐诗人。鲍照诗较之同时代的颜、谢诸人更为复杂,感叹时命、游仙放逸、及时享乐、批评时弊,甚者男女别离等诸种题材均有创作,丝毫不受时代影响,大胆学习民歌,所以从形式到内容,鲍照都展示了一种放达格调,加之其诗气势俊逸、华丽艳冶,与初盛唐诗人自由开放的审美心理非常接近,因此唐代作家如李颀、崔颢、李白等人的乐府皆明显有鲍照的影子。如李白之《行路难三首》之二:

  大道如青天,我独不得出。羞逐长安社中儿,赤鸡白狗赌梨栗。弹剑作歌奏苦声,曳裾王门不称情。淮阴市井笑韩信,汉朝公卿忌贾生。君不见昔时燕家重郭隗,拥篲折节无嫌猜。剧辛、乐毅感恩分,输肝剖胆效英才。昭王白骨萦蔓草,谁人更扫黄金台。行路难,归去来。

这首诗在文体上,五言、七言、三言杂糅,甚至运用了散文句法,直接突破了五言节奏法则的束缚。在情感与格调气质上,这首诗与鲍照诗歌非常接近,在情感表达的深度与广度上较之鲍照诗歌更胜一筹,如果说鲍照在其所处时代文学创作依然有所顾忌的话,李白所处的时代则给了他最大的表达自由。鲍照的歌行体作品思想充沛、语言通俗,却依然带有民间俗体的特征。① 但盛唐诗人则以玲珑秀美之气予以代替,如崔颢《行路难》:"君不见,建章宫中金明枝,万万长条拂地垂。二月三月花如霰,九重幽深君不见。艳彩朝含四宝宫,香风旦入朝云殿。汉家宫女春未阑,爱此芳香朝暮看。看去看来心不忘,攀折将安镜台上。双双素手剪不成,两两红

---

① 参见王钟陵《中国中古诗歌史》,南京教育出版社 1988 年版,第 614~615 页。亦可参见曹道衡《论鲍照诗歌的几个问题》,《中古文学史论文集》,中华书局 1986 年版。

妆笑相向。建章昨夜起春风,一花飞落长信宫。长信丽人见花泣,忆此珍树何嗟及。我昔初在昭阳时,朝攀暮折登玉墀。只言岁岁长相对,不寤今朝遥相思。"这首诗与鲍照七言乐府诗在风格上都具有自然流美的特征,华美却不带宫体文学气质。

其次,鲍照诗歌所蕴涵的愤激情绪为初盛唐诗人所接受。初盛唐作家如初唐四杰、陈子昂、李白、杜甫都有过大体相似的经历。在外界因素的干扰下,他们都有一种沉郁、悲愤的情怀,抒而为文,一种激昂壮烈之气充斥于文字之间,而这种沉郁跌宕之气,其源在鲍照。方回云:"明远多为不得志之辞,悯夫寒士下僚之不达,而恶夫逐物奔利者之苟贱无耻,每篇必致意于斯。唐以来诗人多有此体,李白、陈子昂集中可考。"① 在初盛唐诗人的作品中,随处可见那种类似鲍照拟乐府气度的作品。如陈子昂《感遇三十八首》之十六:

圣人去已久,公道缅良难。蚩蚩夸毗子,尧禹以为谩。骄荣贵工巧,势利迭相干。燕王尊乐毅,分国愿同欢。鲁连让齐爵,遗组去邯郸。伊人信往矣,感激为谁叹。②

又如李白之《拟行路难三首》之一:

金樽清酒斗十千,玉盘珍羞直万钱。停杯投箸不能食,拔剑四顾心茫然。欲渡黄河冰塞川,将登太行雪满山。闲来垂钓碧溪上,忽复乘舟梦日边。行路难,行路难,多岐路,今安在。长风破浪会有时,直挂云帆济沧海。

这些诗歌中都包含着强烈的激愤情绪,那种在压制之下志向难伸的苦闷,对理想的执着,对历史的向往以及对现实的失望交织在一起。从这些诗句中分明可以看到诗人内心情绪的动荡,这使读者很自然地联想到鲍照的《拟行路难十八首》。如果向上追溯,除屈原之外,唯有鲍照情感表达上可与初盛唐诗人相比。从形式看,陈子昂的《感遇三十八首》与李白的《拟行路难三首》都是组诗,

---

① 李庆甲:《瀛奎律髓汇评》,上海古籍出版社1988年版,第1851页。
② 徐鹏:《陈子昂集》(修订版),上海古籍出版社2013年版。

通过这种组诗的形式表达自己志向与现实的冲突,在初盛唐诗人笔下极为普遍。这些组诗在形式上都追求自由,情感表达上追求深沉悲壮。如果从源头上讲,鲍照无疑是这种诗歌风潮的开启者。

鲍照为后人提供的文学遗产中,文学的技巧不及谢灵运,但其作品所蕴涵的文学气质,较之谢灵运更为自由,也更为丰富,是鲍照诗歌之所以能够脱离六朝士族文学藩篱的重要原因。盛唐诗人在思想上与行为上与鲍照相近,使他们在文学气质上更容易接受鲍照,鲍照也因此成为构成盛唐气象的重要文学渊源。但鲍照诗歌在气质上也存在缺陷,王通《中说事君篇》云:"鲍照、江淹,古之狷者也,其文急以怨。"① 虽然这句话说的有些刻薄,却依然表明隋唐之际的文人对鲍照诗歌格调促狭的缺陷有所认识。这种缺陷与鲍照的思想以及人生经历有关。鲍照对自己才华较为自信,却一直没有真正的机会,即便在孝武帝时期得到了重视,也只不过是皇帝御下的爪牙,自己更是要小心谨慎。这种经历让鲍照内心充满狂躁不平之气,必然使其作品带上了底层文人的狷介之气。但盛唐诗人对自己更为自信,时代为他们提供了更为广阔的天地

从上面的论述中不难看出,以谢灵运为代表的山水诗与以鲍照为代表的诗歌从不同的角度影响了初盛唐诗人的创作,他们对盛唐诗歌华美劲健,兴象玲珑文学品格的形成具有引导作用。初盛唐诗人对鲍照与谢灵运的继承存在选择性接受。他们从谢灵运的诗歌中学到了清新秀美与细腻精致,却抛弃了谢诗的士族气质。他们从鲍照的诗歌中学到了自由的气度与慷慨的格调,并将其与谢诗的优点融合,形成了具有时代特色的诗歌风格。他们对鲍照与谢灵运互补性的接受,实际上引导了他们的诗歌创作全面超越鲍照与谢灵运,这正是文学发展的真正模式。②

第三节　明代文人对谢灵运诗典范意义的认识

诗文等传统文学发展到明代,已经达到难以超越的局面,倾向

---

① 郑春颖:《文中子中说译注》,黑龙江人民出版社2003年版,第51页。
② 本节由本书作者与刘竞副教授合作完成。

于各种文风的作家都可以在文学遗产中找到学习的对象。当明代文人回视历史上各阶段文学,并选择适合自己的学习对象时,也表明了他们对各阶段文学的态度。

明代文学思潮非常复杂,影响最大的是以李梦阳、何景明为代表的前七子与以王世贞、李攀龙为代表的后七子复古派。他们在文学上崇尚汉魏盛唐,对六朝多有批评。如李梦阳《章园饯会诗引》云:"六朝偏安,故其文藻以弱""大抵六朝之调凄婉,故其辞靡,其字俊逸,故其弊媚。"[①]何景明在《汉魏诗集序》中也说:"晋逮六朝,作者益盛而风益衰。其志流,其政倾,其俗放,靡靡乎不可止也。"[②]但是,如果因为复古派作家批评六朝文学,而认为前后七子否定六朝文学的话,则明显是错误的。廖可斌先生认为"对于学古应取法的榜样,前后七子的看法基本一致,即古诗以汉魏为师,旁及六朝;近体诗以盛唐为师,旁及初唐"[③]。李梦阳虽批评六朝文风,甚至不满其好友顾璘、朱升之等人学习六朝,但他也认为应当"择而从之"(《章园饯会诗引》)。这里就出现了一个问题,前后七子说"择而从之",那么何"择"又何弃之呢?笔者认为,在"择"的层面中,谢灵运诗歌是其中一个很重要的部分。

明中期值得注意的一个现象是,以李梦阳为代表的复古派对六朝文风多有批评,同时也对中古文学(包括南朝文学)进行系统整理,发起者就是李梦阳。他整理的第一位南朝作家是谢灵运。在《空同集》卷五十中有《刻阮嗣宗诗序》《刻贾子序》《刻诸葛孔明文集序》《刻陈思王集序》《刻陶渊明集序》《刻陆谢诗序》。其中《刻陆谢诗序》非常值得重视,其文云:

　　李子至都昌登石壁山,览谢氏精舍遗址,俯仰四顾,慨然兴怀焉。知县徐冠曰:"故有'精舍'二字嵌山壁,二十年前邑人犹及见之,后被盗剜去,亡矣。"于是李子登舟,乃往观于嵌壁。是时秋高水落,壁礧礧立,怪石撑拄,而嵌横于其上,风雨蚀剥,萝藓交翳。李子乃顾谓徐生曰:"子亦知谢康

---

① 李梦阳:《空同集》卷五十六,《文渊阁四库全书》集部201册,第516页。
② 何景明:《大复集》卷三十四,《文渊阁四库全书》集部206册,第301页。
③ 廖可斌:《复古派与明代文学思潮》,(台湾)文津出版社1994年版,第212页。

乐之诗乎？是六朝之冠也。然其始本于陆平原，陆谢二子则又并祖曹子建。故钟嵘曰曹刘殆文章之圣，陆谢为体贰之才。夫五言者，不祖汉则祖魏，固也。乃其下者即当效陆谢矣。所谓画鹄不成尚类鹜者也。呜呼，此可易与不知者道哉？"今辑陆诗得八十四首，谢诗得六十四首，俾徐生刻于邑斋。①

在这篇文章中，李梦阳虽然对谢灵运诗歌评价不高，但认为谢诗是"六朝之冠"。他对谢诗进行辑录也表明，谢诗在复古派文人眼中也有可取之处。之后又有沈启原、黄省曾等对谢灵运集进行全面整理。黄省曾，字勉之，吴人，《明史·文苑·李梦阳传》记："吴人黄省曾、越人周祚，千里致书，愿为弟子。"② 《明史·文苑·文征明传》附《黄省曾》记："从王守仁、湛若水游，又学诗于李梦阳。"③ 可见他在文艺思想上与李梦阳大体相似。黄省曾对谢灵运极为推崇，在《上李空同书》中评谢诗曰："独谢集稍不易评。愚则以为，登涉之言，缔构密致，妙绝穷情，极态如川月岭云，玩之有余，即之不得。虽骨气稍劣建安，而寓目辄书，万象罗会。使后代擅场之士，内无乏思，外无遗物，皆斯人为之启导也。"④ 由他与沈启原整理的谢灵运集后来由焦竑校刊，兹《题谢康乐集后》云：

谢康乐集世久不传，其见《文选》者诗四十首止耳。后李献吉增乐府若干首，黄勉之增若干首，吾师沈道初先生冥搜博访，复得赋若干首，诗若干首，杂文若干首，譬之裒虬龙之片甲，集旃檀之寸枝，总为奇香异采，不可弃也。辑成合刻之而以校事委余，余读之叹曰：嗟乎，诗至于此，又黄初正始之一大变也。弃淳白之用而骋丹臒之奇，离质木之音而竞宫商之巧，岂非世运相乘，古朴易解，即谢客有不得自主耶。然殷生言文有神来气来情来，摹画于步骤者神蹟，雕刻于体句者气局，组缀于藻丽者情涸，康乐雕刻组缀并擅，工奇而不□三敝

---

① 李梦阳：《空同集》，《文渊阁四库全书》集部201册，第465页。
② 张廷玉等：《明史》，中华书局1974年版，第7348页。
③ 张廷玉等：《明史》，中华书局1974年版，第7363页。
④ 李梦阳：《空同集》卷六十二附，《文渊阁四库全书》集部201册，第574页。

第七章 后世对元嘉文学历史地位的认识

者，神情足以运之耳。何者？以兴致为敷叙点缀之词，则敷叙点缀皆兴致也；以格调寄俳章偶句之用，则俳章偶句皆格调也。以故芙蕖初日，惠休揖其高标；错彩镂金，颜生为之却步，非此故欤。不然李唐以来，类欲攀附屈宋之逸驾，薄齐梁之后尘矣，遽使之规迹古风，配陶凌谢其可乎？余观弘正一二作者，类遗其情而模古之词句，追其下也。又模模之者之词句，本之不硕而第繁其枝，欲其有可食之实，可匠之材，难矣。以彼知为诗，不知其所以诗也。然则是集不可无传而于今也为尤甚，故于校雠既竣，而为发明先生之意如此。①

在焦竑心目中，谢灵运的诗歌地位比较高："康乐雕刻组缀并擅，工奇而不□三敝"，明显将其置于六朝文风之上。

崇尚盛唐之诗、秦汉之文的复古派文人率先整理谢灵运诗文集，这是很有意味的，说明他们对谢灵运并不排斥，也视为可学习的对象。李梦阳也吸取了谢灵运诗歌艺术营养，黄省曾认为李氏"览眺诸篇""逼类康乐"②。以黄省曾对谢灵运的推崇，这一评价绝对是一种褒扬，李梦阳对这一评价也没有提出反对意见。

而早年生长于吴地的前七子之一徐祯卿，对谢灵运诗歌也存在较为明显的接受。徐祯卿，字昌穀，吴县人，弘治十八年（1505）进士，《明史·文苑》有传。徐祯卿早年在吴中与文征明、唐寅等交游，诗学六朝晚唐。后因科举进京，结识李梦阳等人，文风大变，转而学盛唐汉魏，成为前七子之中的重要成员。在《谈艺录》中他对六朝华靡之风有所不满："'诗缘情而绮靡'，则陆生之所知，固魏诗之渣秽耳。嗟夫！文胜质衰，本同末异，此圣哲所以感叹，翟朱所以兴哀也。"③ 但在他生前所亲自编定，并由李梦阳作序的诗文集《迪功集》中，却明显存在对谢灵运的学习，如：

> 朱峦蔚灵奥，云海互盘旋。阴霞绚石室，夹筱蔽清涟。翠羽纷嘲哳，琼蕊合芬妍。桂岭屯苍霭，桃蹊迷紫烟。朝登郡楼

---

① 焦竑：《焦氏澹园集》卷二二，《四库禁毁书丛刊》集部61册，234页。
② 李梦阳：《空同集》卷六十二附，《文渊阁四库全书》集部201册，第574页。
③ 徐祯卿：《谈艺录》，《历代诗话》，中华书局1981年版，第766页。

望,佳气郁葱芊。挹景企嘉客,临风怀羽仙。冥赏非偶惬,神理岂虚传。建德寡民务,山水发清弦。顺性奚矫迹,知道在忘筌。非君秉渊尚,兹理谁为宣。(《学谢灵运赋华子岗诗赠赵建昌》)①

　　豫章山水郡,庐岳此深蟠。吴楚开雄镇,东南表巨观。中天浮黛色,百里暧晴峦。渐近云消豁,俄惊势郁盘。锦屏围合沓,玉笋屡丛攒。诘曲群形变,登临万象宽。风高六月霆,气懔九江寒。石镜明花外,香炉出雾端。剑芒遥矗矗,龙脉故丸丸。瑶草幽难掇,青莲秀可餐。赤城虚瀑布,彭蠡更波澜。禹迹于兹盛,崇功振古刊。壮怀凌绝顶,倦鸟息飞翰。霄汉心何有,沉冥性所欢。将修梵门术,欲上羽人坛。净社花垂白,名岩灶覆丹。昔贤非不达,于道自相安。爱胜真忘返,遗荣亦未难。聊须偃松竹,遂可挂缨冠。祗为怀佳侣,淹留独寤叹。(《庐山》)②

　　这两首诗明显学习了谢灵运,文辞华美精巧,新颖多变,雅而不靡,富赡而不冗繁,尤其是《庐山》,其结构极似谢灵运山水诗,甚至还有一条说玄论道的尾巴。所以,从李梦阳、徐祯卿的创作与思想看,前七子虽不满华艳六朝之风,却对谢灵运颇为宽容。这一点当然也与谢灵运乃至元嘉整体诗风有关。前文已叙,谢灵运诗歌尚处于由古体到近体的变革中,也是以雅诗传统为主导,与汉魏近而与齐梁远,正不在前七子所谓靡浮华艳范围之内。

　　但前七子对谢灵运也有批评,李梦阳虽然没有直接批评,但评价不高是一个事实。而前七子中另一位著名作家王廷相在《答黄省曾秀才》中说:"余谓诗至王谢,当为诗变之极,亦佳亦可恨耳,唯留意五言者始知之。"(《王氏家藏集》卷二十七)③王廷相虽认为谢灵运诗歌"佳",但语气较为严厉。可见,批评与接受共存是前七子对待谢灵运诗歌的特点。

　　前七子固执于模拟,气势浩大却弊病丛生。后七子兴起,对前

---

① 徐祯卿:《迪功集》,《文渊阁四库全书》集部207册,第741页。
② 徐祯卿:《迪功集》,《文渊阁四库全书》集部207册,第746页。
③ 王廷相:《王氏家藏集》,《原国立北平图书馆甲库善本丛书》737册,国家图书馆出版社2013年版,第1360页。

七子多有纠正。但较值得注意的是，后七子对谢灵运诗歌更加重视。王世贞对谢灵运极为推崇，曰"谢灵运天质奇丽，运思精凿，虽格体创变，是潘陆之余法也，其雅缛乃过之。清晖能娱人、游子澹忘归，宁在池塘春草下耶。挂席拾海月，事俚而语雅；天鸡弄和风，景近而趣遥"①。又曰："余始读谢灵运诗，初甚不能入，既入而渐爱之，以至于不能释手。其体虽或近俳，而其意有似合掌者。然至秾丽之极而反若平淡，琢磨之极而更似天然。"②又云："西京建安，似非琢磨可到，要在专习凝领之久，神与境会，忽然而来，浑然而就，无歧级可寻，无声色可指。三谢固自琢磨而得，然琢磨之极，妙亦自然。"③王世贞之弟王世懋在《艺圃撷余》中对谢灵运的地位给予高度评价，他说："古诗，两汉以来，曹子建出而始为宏肆，多生情态，此一变也。自此作者多入史语，然不能入经语。谢灵运出而易辞，庄语无所不为用矣。剪裁之妙，千古为宗，又一变也。"④在谢诗可不可学问题上，王世贞的态度很明确，他认为谢灵运、谢惠连甚至谢朓是可学的："世人选体，往往谈西京建安，便薄陶谢。此似晓不晓者。毋论彼时诸公，即齐梁纤调，李杜变风，亦自可采。贞元而后，方足覆瓿。大抵诗以专诣为境，以饶美为材。师匠宜高，捃拾宜博。"⑤王世懋亦云："作古诗先须辨体……即为建安，不可堕落六朝一语。为三谢，纵极排丽，不可杂入唐音。"⑥后七子对谢诗艺术中表现出的华美、雕饰有了更为深刻的认识，在态度上更为客观。

廖可斌先生在《复古派与明代文学思潮》中指出在明代有倾向华丽一派。⑦这一派对谢灵运更加重视，代表人物是杨慎。杨慎字用修，号升庵，正德十六年（1521）状元，后因触怒明世宗，被流放云南数十年。他的诗歌崇尚华丽，薛蕙在《升庵诗序》中说：

---

① 王世贞：《艺苑卮言》，《历代诗话续编》，中华书局1983年版，第994页。
② 王世贞：《读书后》，《文渊阁四库全书》集部224册，第35页。
③ 王世贞：《艺苑卮言》，《历代诗话续编》，中华书局1983年版，第960页。
④ 王世懋：《艺圃撷余》，《历代诗话》，中华书局1981年版，第774页。
⑤ 王世贞：《艺苑卮言》，《历代诗话续编》，中华书局1983年版，第960页。
⑥ 王世懋：《艺圃撷余》，《历代诗话》，中华书局1981年版，第775页。
⑦ 参见廖可斌《复古派与明代文学思潮》，第六章第五节，（台湾）文津出版社1994年版。

"其穷极词章之绮靡，可以见其卓绝之才"①。《升庵集》卷二十有《赤岸山送别效谢灵运》：

> 兹山亘长江，合沓气象分。朱壤凝炎德，光辉灼颓雯。阳景有先晓，阴霞迟余曛。朝暮多奇态，草木含灵氤。既下鸾鹤侣，亦来麋鹿群。石床闷古藓，丹灶流烟濆。游屐久芜没，仙迹空尘氛。曰予敦玄尚，偕子挹清芬。东嶕拾瑶草，西岊采香芸。行泛青木水，坐睇峨眉云。踯躅守鮭径，謦咳何当闻。②

这首诗模拟的痕迹非常明显，写景清静悠远，用词精雕细刻，与谢灵运诗歌的风格非常一致。同卷又有《于役江乡言辞友生》一诗，也是效谢灵运之作，诗尾作者自注云："玉溪云全篇不减康乐。"③又有《雨宿大宁馆》，诗尾作者亦记："禺山云近谢灵运。"④可见也是拟谢之作。杨慎在明代号称大才，其将他人论诗之语系于诗后，沾沾自喜之情可见一斑，亦可见其对谢灵运诗歌的重视。

薛蕙也是偏重词采一派中的重要代表。四库馆臣在《考功集》提要中说："正、嘉之际，文体初新，北地、信阳声华方盛，蕙诗独以清削婉约介乎其间，古体上挹晋宋，近体旁涉钱郎。"⑤他对谢灵运的文学成就予以高度评价。汪士贤《汉魏名家集》之《谢康乐集》前集诸家评语为"诗品"引薛蕙语云："薛君采云曰清曰远，乃诗之至美也，灵运以之。王、孟、韦、刘抑其次也。"⑥而其《考功集》卷二十有《杂体诗》二十首，序云："诗自曹、刘下逮颜、谢，体裁各异，均一时之隽也。及江文通拟诸家三十首，虽间有未尽，然可谓妙解群藻矣。余慕其殊丽，依之为二十首。"⑦其中有《谢临川游山》：

---

① 薛蕙：《考功集》，《文渊阁四库全书》集部211册，第112页。
② 杨慎：《升庵集》，《文渊阁四库全书》集部209册，第164页。
③ 杨慎：《升庵集》，《文渊阁四库全书》集部209册，第164页。
④ 杨慎：《升庵集》，《文渊阁四库全书》集部209册，第165页。
⑤ 《四库全书总目》，中华书局1965年版，第1503页。
⑥ 汪士贤：《汉魏名家集·谢康乐集》，万历十一年刻本。
⑦ 薛蕙：《考功集》，《文渊阁四库全书》集部211册，第20页。

第七章　后世对元嘉文学历史地位的认识

徂节淹登临，开岁促游玩。阴崖雪犹积，阳溪冰始泮。进帆憩绝壁，抗策陟穷岸。抚化虽未盈，即事已可玩。幽谷风华媚，晴峰云彩粲。寻异迹转缅，览胜景迭换。洲分岛参错，岩聚岫回乱。丹梯架悬梁，石室构层馆。初经洞穴底，乍出翠微半。羽人谢世运，灵景变昏旦。汗漫无冥筌，疏属有尘绊。放怀聊自慰，含情为谁叹。①

这首诗可谓规步于谢诗，其格调、风格无一不类似谢诗，典型地反映了拟古诗的作风。

其他明代文人对谢灵运诗歌也非常推崇。如陆采，他"于文喜称六代，诗初规摹盛唐，晚宗谢康乐，造语往往似之"②。从这一材料中可以看出，陆采早期崇尚盛唐诗歌，与前后七子较为接近。后来，他的兴趣逐渐转移到谢灵运诗歌上。这说明，谢灵运诗歌在明代部分文人心目中具有很高的地位。而且观明人文集，凡以五古形式描写山水的诗歌，无论其复古趋向如何，大多带有谢灵运山水诗的痕迹，如唐顺之《游西山碧云寺作得悦字》（《荆川集》卷二）；边贡《再游石门洞》（《华泉集》卷一），皇甫涍《度谢公岭入灵岩观天柱鸾霞天总诸胜》（《皇甫少玄集》卷十）等，皆可以明显看出谢灵运山水诗的影响。

谢灵运以天才之姿，运匠心于诗歌之中，其诗典雅华美又不失古朴，的确是古典诗歌中难得的精品。从本节的论述中可以看出，明代文人虽认为六朝文学有许多缺陷，但对谢灵运的山水诗极为推崇，赋予其很高的地位，并深受其影响。不同文学思想的作家共同存在对谢灵运诗歌的摹写说明，在明中期时人的意识中，谢灵运的诗歌具有一定的典范意义。这说明，谢灵运诗歌经历了时间的考验。这给我们客观评价元嘉文学作出了榜样。

---

① 薛蕙：《考功集》，《文渊阁四库全书》集部211册，第23页。
② 陆粲：《陆子余集》，《文渊阁四库全书》集部213册，第610页。

元嘉文学系年

凡例：本系年起自晋安帝元兴三年（404），终于宋明帝泰始二年（466）。

对于顾绍柏《谢灵运年谱》，缪钺《颜延之年谱》，钱仲联《鲍参军集注》，丁福林《鲍照年谱》，曹道衡、刘跃进《南北朝文学编年史》，本系年简称为顾谱、缪谱、钱氏《集注》、丁谱、《编年史》。

本系年所收人物皆在文学上有一定成就，或以文学闻名于当时。而一般归入晋代、齐梁的作家，本系年不考订其作品，只涉及其大致生平。

404 年　甲辰　晋安帝元兴三年

刘裕、刘毅等人在京口起兵讨伐桓玄，三月入建康，桓玄胁持安帝奔江陵。五月，桓玄被杀。（《晋书·安帝纪》《宋书·武帝纪》）

谢灵运二十岁，初入仕途。

《宋书》本传记谢灵运元嘉十年（433）被杀，时四十九岁，上推其生于东晋孝武帝司马曜太元十年（385），本年二十岁。关于谢灵运入仕时间，诸谱一般系于义熙元年，然而谢灵运《初去郡诗》明言"牵丝及元兴，解龟在景平"，其起家时间当在元兴年间，亦符合甲族子弟二十入仕之例。故系于本年。

谢瞻二十岁。为刘裕镇军参军。

谢瞻字宣远，谢灵运族兄，元嘉初期著名作家，六岁能属文。《宋书》本传记其卒于永初二年（421），时三十五岁，顾绍柏《谢灵运年谱》考订"三十五"为"三十七之误"，可从，则与谢灵运生于同年，本年二十岁。

《宋书》本传记谢瞻早年生平为："初为桓伟安西参军，楚台秘书郎。瞻幼孤，叔母刘抚养有恩纪，同于至亲。刘弟柳为吴郡，将姊俱行，瞻不能违，解职随从。"曹道衡、沈玉成《中古文学史料丛考》认为谢瞻随刘柳至吴郡在本年，可从。本传又记"寻为高祖镇军、琅邪王大司马参军"，刘裕任镇军在本年三月。故系于本年。

颜延之二十一岁。

《宋书》本传记其卒于孝建三年（456），时年七十三岁，则上推其生于晋孝武帝司马曜太元九年（384）。

傅亮三十一岁，丹阳尹孟昶以为建威参军。

傅亮于元嘉三年（426）被诛，时年五十三岁，则上推其生于晋孝武司马曜宁康二年（374）。则本年三十一岁。《宋书》本传记："桓玄篡位，闻其博学有文采，选为秘书郎，欲令整正秘阁，未及拜而玄败。义旗初，丹阳尹孟昶以为建威参军。"

裴松之三十三岁。

裴松之，字世期，河东闻喜人，刘宋时期著名的史学家。《宋书》卷六十四有传，记其卒于元嘉二十八年（451），时八十岁，上推其生于东晋简文帝司马昱咸安二年（372）。本年三十三岁。

何尚之二十三岁。

何尚之，字彦德，庐江灊人。大明四年（460）卒，年七十九岁，上推生于东晋孝武帝司马曜太元七年（382），本年二十三岁。何尚之是元嘉时期著名的宫廷文人，也是著名的学者。

谢晦十五岁。

谢晦于元嘉三年（426）被诛，时年三十七岁，则上推其生于东晋孝武帝司马曜太元十五年（390）。

刘义庆二岁。

《宋书》卷五十一附《刘道规传》后。刘义庆卒于元嘉二十一年（444），时年四十二岁。上推其生于东晋安帝司马德宗元兴二年（403），本年二岁。刘义庆本是长沙王刘道怜子，因刘道规无子，故过继给道规。

范泰五十岁，任国子博士。

范泰，字伯伦，顺阳山阴人。《宋书》卷六十有传，记其"博览篇籍，好为文章"。元嘉五年卒（428），时年七十四岁，则上推其生于东晋穆帝司马聃永和十一年（355），本年五十岁。《宋书》

本传记;"义旗建,国子博士。"

范晔七岁。

范晔,字尉宗,范泰子。《宋书》卷六十九有传。元嘉二十二年(445)被诛,时年四十八岁,则上推其生于东晋安帝司马德宗隆安二年(398),本年七岁。

何承天三十五岁,为长沙公陶延寿辅国府参军,后除浏阳令,去职还都。

何承天,东海郯人。晋宋之际著名学者,也是一位较有名气的文学家。《宋书》卷六十四有传,记其卒于元嘉二十四年(447),时年七十八岁,则上推其生于东晋废帝司马奕太和五年(370)。本年,为长沙公陶延寿辅国府参军,除浏阳令,不久去职还建康。《宋书》本传记:"义旗初,长沙公陶延寿以为其辅国府参军,遣通敬于高祖,因除浏阳令,寻去职还都。"

宗炳三十岁。

宗炳字少文,南阳涅阳人。《宋书·隐逸传》有传,宗炳不仅是当时一位著名的画家,也是一位作家,有集十六卷,现存诗歌两首。《宋书》本传记其卒于元嘉二十年(443),时六十九岁,上推生于东晋孝武帝司马曜宁康三年(375),本年三十岁。

王韶之二十五岁。

王韶之是元嘉时期著名的文人。据《宋书》本传,卒于元嘉十二年(435),时五十六岁,上推生于东晋孝武帝司马曜太元五年(380),本年二十五岁。

405年　乙巳　晋安帝义熙元年

正月,刘毅破江陵,安帝被迎回,改元义熙。五月,刘毅击灭桓振,桓玄篡位事件结束。(《晋书·安帝纪》《宋书·武帝纪》)

谢灵运二十一岁,为琅邪王司马德文大司马行参军。

参见《宋书》本传。又《晋书·安帝纪》记琅邪王司马德文本年任大司马,灵运本年三月入大司马府。谢灵运入仕所任之官职,最初不详,本年始有记载。

谢瞻二十一岁,任琅邪王大司马参军。

见《宋书》本传。又据《晋书·安帝纪》司马德文本年始任大司马。曹道衡、沈玉成《中古文学史料丛考》以为义熙五年(409)朝廷置琅邪王左右长史、司马、从事中郎四人,谢瞻入府,并无实证。而参军与上述诸职务本亦不同。

颜延之二十二岁，本年入仕。

《宋书》本传记："晋恭思皇后葬，应须百官，湛之取义熙元年除身，以延之兼侍中。"颜延之出身于儒学世家，其曾祖颜含，为东晋著名儒者，官至右光禄大夫；父祖官位均不显著，但出身士族无疑。二十余入仕，亦合惯例，然所居何职不详。

陶渊明于去年任职于刘裕建威将军参军，本年三月去职，八月任彭泽县令，十一月离任。①

傅亮三十二岁，除员外散骑侍郎。

《宋书》本传记："义熙元年，除员外散骑侍郎，直西省，典掌诏命。转领军长史。"

殷仲文任职刘裕府。

《晋书·殷仲文传》记："（桓）玄为刘裕所败，（殷仲文）随玄西走……至巴陵，因奉二后投义军，而为镇军长史，转尚书。"

范泰五十一岁，入为黄门郎、御史中丞。

《宋书》本传记："司马休之为冠军将军、荆州刺史，以泰为长史、南郡太守。又除长沙相、散骑常侍，并不拜。入为黄门郎、御史中丞。"按，司马休之任荆州刺史时间，史无明书，但据《晋书·安帝纪》，义熙元年，休之已在荆州刺史任上。姑系于本年。

裴松之三十四岁，为吴兴故鄣令。

《宋书》本传记："义熙初，为吴兴故鄣令，在县有绩。入为尚书祠部郎。"

何承天三十六岁，宗炳三十一岁，谢晦十六岁，王韶之二十六岁，何尚之二十四岁，范晔八岁，刘义庆三岁。

406年　丙午　晋义熙二年

十月，以击败桓玄功，封刘裕豫章郡公、刘毅南平郡公、何无忌安成郡公（《宋书·武帝纪》）。

谢灵运二十二岁，为刘毅抚军记室参军。

《宋书》本传记"抚军将军刘毅镇姑孰，以为记室参军"。《宋书·州郡志（二）》记："（晋）安帝义熙二年，豫州刺史刘毅戍姑孰。"

---

① 袁行霈：《陶渊明集笺注》，中华书局2003年版，第857页。

何承天三十七岁。为刘毅抚军行参军。

《宋书》本传记"抚军将军刘毅镇姑孰,版为行参军",又记"毅尝出行,而鄢陵县史陈满射鸟,箭误中直帅,虽不伤人,处法弃市,承天议"云云。

作《陈满事议》,见上。

范泰五十二岁,颜延之二十三岁,傅亮三十三岁,宗炳三十二岁,王韶之二十七岁,何尚之二十五岁,范泰五十二岁,裴松之三十五岁,谢瞻二十二岁,谢晦十七岁,范晔九岁,刘义庆四岁。

407年　丁未　晋义熙三年

八月,遣刘敬宣等攻蜀。参见《晋书·安帝纪》。

谢惠连生。

谢惠连,元嘉时期著名作家,钟嵘《诗品》将其列入中品。据《宋书》本传,谢惠连卒于元嘉十年(433),时年二十七岁,上推生于本年。

殷仲文被杀。

《宋书·武帝纪》记:"闰月,府将骆冰谋作乱,将被执,单骑走,追斩之。诛冰父永嘉太守球。球本东阳郡史,孙恩之乱,起义于长山,故见擢用。初桓玄之败,以桓冲忠贞,署其孙胤。至是冰谋以胤为主,与东阳太守殷仲文潜相连结。乃诛仲文及仲文二弟。凡桓玄余党,至是皆诛夷。"但《晋书·殷仲文传》记:"仲文素有名望,自谓必当朝政,又谢混之徒畴昔所轻者,并皆比肩,常怏怏不得志。忽迁为东阳太守,意弥不平。刘毅爱才好士,深相礼接,临当之郡,游宴弥日。行至富阳,慨然叹曰:'看此山川形势,当复出一伯符。'何无忌甚慕之。东阳,无忌所统,仲文许当便道修谒,无忌故益钦迟之,令府中命文人殷阐、孔宁子之徒撰义构文,以俟其至。仲文失志恍惚,遂不过府。无忌疑其薄己,大怒,思中伤之。时属慕容超南侵,无忌言于刘裕曰:'桓胤、殷仲文乃腹心之疾,北虏不足为忧。'义熙三年,又以仲文与骆球等谋反,及其弟南蛮校尉叔文并伏诛。"可见,殷仲文谋反实际也是刘裕消除异己的一种手段。

殷仲文是晋宋之际著名的作家,对当时文风的转移有一定的影响。

傅亮三十四岁。约于本年任刘毅抚军记室参军,补领军司马。

《宋书》本传记:"义熙元年,除员外散骑侍郎,……亮未拜,遭母忧,服阙,为刘毅抚军记室参军,又补领军司马"。时间当在本年左右,姑系于本年。

作《侍中王公碑》,王公者,王谧也,卒于义熙三年,追赠侍中、司空,参见《晋书·王谧传》。

范泰五十三岁。坐议殷祠事谬,白衣领职,出为东阳太守。

范泰议殷祠事,据《宋书·礼志》记,在义熙二年(406)。出守东阳在其后,故系于本年。

何承天三十八岁,宗炳三十三岁,谢灵运二十三岁,谢瞻二十三岁,颜延之二十四岁,王韶之二十八岁,何尚之二十六岁,裴松之三十六岁,谢晦十八岁,范晔十岁,刘义庆五岁。

408年 戊申 晋义熙四年

正月,以刘裕为录尚书事,扬州刺史,入辅朝政。刘敬宣等人攻蜀不克,退还。(《宋书·武帝纪》)

袁淑生。

袁淑于元嘉三十年(453)被杀,时年四十六岁,上推其生本年,《宋书》卷七十本传记其"少有风气,年数岁,伯父湛谓家人曰:'此非凡儿。'至十余岁,为姑夫王弘所赏。不为章句之学,而博涉多通,好属文,辞采遒艳,纵横有才辩"。

何尚之二十七岁。起为临津令。

《宋书》本传不记尚之入仕年月,但义熙九年尚之转刘裕镇西主簿,依照晋宋地方官员六年任期推,大约本年入仕。

张畅生。

张畅,字少微,吴郡吴人,《宋书》卷四十六、五十九各有传。畅卒于大明元年(457),时五十岁,上推生于本年。

范泰五十四岁,何承天三十九岁,傅亮三十五岁,宗炳三十四岁,王韶之二十九岁,谢灵运二十四岁,谢瞻二十四岁,颜延之二十五岁,裴松之三十七岁,谢晦十九岁,范晔十一岁,刘义庆六岁,谢惠连二岁。

409年 己酉 晋义熙五年

四月,刘裕伐南燕,从建康出发。五月,到下邳。六月,克临朐,围广固。刘毅为卫将军、开府仪同三司。九月,进刘裕太尉、中书监,刘裕固让。(《晋书·安帝纪》《宋书·武帝纪》)

谢晦二十岁，为孟昶建威府中兵参军。

《宋书》本传记："晦初为孟昶建威府中兵参军。"但具体时间《宋书》并未说明，根据甲族子弟二十入仕之例，大约在本年。另，《宋书·武帝纪》记本年三月，刘裕伐燕，以孟昶监中军留守，大约在此时谢晦入孟昶府。

范泰五十五岁，何承天四十岁，宗炳三十五岁，王韶之三十岁，何尚之二十八岁，谢灵运二十五岁，谢瞻二十五岁，颜延之二十六岁，傅亮三十六岁，裴松之三十八岁，范晔十二岁，刘义庆七岁，谢惠连三岁，张畅两岁，袁淑两岁。

410年　庚戌　晋义熙六年

二月，晋军破广固，俘慕容超。南燕亡。卢循、徐道覆乘虚北进，攻长沙、豫章等郡。刘裕得讯南还。四月，刘裕到建康。五月，卢循、徐道覆在桑落洲大破刘毅军，进逼建康，与刘裕相持。十二月，刘裕在大雷大破卢、徐，又破之于左里。（《晋书·安帝纪》《宋书·武帝纪》）

傅亮三十七岁。

作《为刘毅军败自解表》。刘毅军败事，据《宋书·武帝纪》记在义熙六年。

谢晦二十一岁，为太尉参军。

《宋书》本传记："昶死，高祖问刘穆之：'孟昶参佐，谁堪入我府？'穆之举晦，即命为太尉参军。"据《宋书·武帝纪》《晋书·安帝纪》，孟昶因卢循之事自杀在本年五月。

范泰五十六岁，加振武将军。

见《宋书》本传。

裴松之三十九岁，入为尚书祠部郎。

《宋书》本传记："义熙初，为吴兴故鄣令，在县有绩。入为尚书祠部郎。"晋宋之际地方官员任期一般为六年，姑且系于本年。

作《请禁私碑表》，《宋书》本传记："松之以世立私碑，有乖事实，上表陈之曰：'……'由是并断。"《宋书·礼志》记："义熙中，尚书祠部郎裴松之又议禁断，于是至今。"立碑事本当属于祠部，姑且系于本年。

何承天四十一岁，宗炳三十六岁，王韶之三十一岁，何尚之二十九岁，谢灵运二十六岁，谢瞻二十六岁，颜延之二十七岁，范晔十三岁，刘义庆八岁，谢惠连四岁，张畅三岁，袁淑三岁。

411年　辛亥　晋义熙七年

晋军破始兴，杀徐道覆。卢循屡败，南走袭破合浦，至交州，为交州刺史杜慧度所斩。二月，加刘裕太尉、中书监。(《晋书·安帝纪》《宋书·武帝纪》)

谢灵运二十七岁。

随刘毅至江州，入庐山，见慧远。参顾谱。

傅亮三十八岁，迁散骑侍郎，转中书黄门侍郎。

《宋书》本传记："七年，迁散骑侍郎，复代（滕）演直西省。仍转中书黄门侍郎，直西省如故。"

范泰五十七岁，迁侍中，转度节尚书。

《宋书》本传记："卢循之难，泰预发兵千人，开仓给稟，高祖加泰振武将军。明年，迁侍中，寻转度支尚书。"按，据《宋书·武帝纪》，卢循之难在去年。

为尚书仆射谢混所赏。《宋书》本传记："时仆射陈郡谢混，后进知名。高祖尝从容问混：'泰名辈可以比谁？'对曰：'王元太一流人也。'"按，据《宋书·谢混传》不记其何年任仆射，但《晋书·安帝纪》记义熙八年九月，刘裕害"尚书左仆射谢混"，又记义熙六年五月，"尚书左仆射孟昶自杀"。则谢混任仆射当在此时间段之内。姑系于本年。

作《赠袁湛谢混诗》。《晋书·袁湛传》记湛少冲粹自立而无文华，不为流俗所重，时谢混为仆射，范泰赠湛及混诗云云。

何承天四十二岁，为高祖太尉行参军。

《宋书》本传记何承天入高祖太尉府前又补宛陵令，又为赵恢司马，时间俱难以考订。刘裕受太尉在本年二月，大约本年承天转入太尉府。

裴松之四十岁，宗炳三十七岁，王韶之三十二岁，何尚之三十岁，颜延之二十八岁，谢瞻二十七岁，谢晦二十二岁，范晔十四岁，刘义庆九岁，谢惠连五岁，张畅四岁，袁淑四岁。

412年　壬子　晋义熙八年

四月，晋以刘毅都督荆、宁、秦、雍四州，荆州刺史。九月，刘裕以诏书宣布刘毅有"谋为不轨"之罪，率军赴江陵攻毅。十月，毅兵败自杀。十一月，刘裕命朱龄石攻蜀。(《晋书·安帝纪》

《宋书·武帝纪》）

　　谢灵运二十八岁。

　　九月，随刘毅至江陵，为卫军从事中郎。毅诛后，转为刘裕太尉参军。参《宋书》本传、《晋书·刘毅传》。

　　作《中书诗》。参顾谱。

　　谢混被杀。

　　谢混，字益寿，在晋义熙年间与刘毅结党，对抗刘裕。本年九月，刘裕收混，并赐死。参见《宋书·武帝纪》《晋书·谢混传》《晋书·刘毅传》。谢混是晋宋文风转变的关键作家，与殷仲文一起改变了玄言诗风。

　　谢晦二十三岁，入为太尉主簿。

　　《宋书》本传记："义熙八年，土断侨流郡县，使晦分判扬、豫民户，以平允见称，入为太尉主簿。"

　　范泰五十八岁，徙太常。

　　《宋书》本传记："徙为太常。初，司徒道规无子，养太祖，及薨，以兄道怜第二子义庆为嗣。高祖以道规素爱太祖，又令居重。道规追封南郡公，应以先华容县公赐太祖。泰议曰：'公之友爱，即心过厚。礼无二嗣，义隆宜还本属。'"按，据《宋书·临川武烈王道规传》，道规卒于义熙八年。

　　作《临川王道规嗣议》，参上。

　　何承天四十三岁，除太学博士。

　　《宋书》本传记："高祖讨刘毅，留诸葛长民为监军。长民密怀异志，刘穆之屏人问承天曰：'公今行济否云何？'承天曰：'不忧西不时判，别有一虑耳。公昔年自左里还入石头，甚脱尔，今还，宜加重复。'穆之曰：'非君不闻此言。项日愿丹徒刘郎，恐不复可得也。'除太学博士。"按，刘裕伐刘毅在本年十月。但九年二月，"公至自江陵……（诸葛长民）将谋作乱，公克期至京邑，而每淹留不进。公卿以下频日奉候于新亭，长民亦骤出。既而公轻舟，已还东府"（《宋书·武帝纪》）。似听承天之计。

　　约于本年作《鼓吹铙歌十五篇》，《宋书·乐志》记："鼓吹铙歌十五篇，何承天义熙中私造。"从其中《雍离篇》《战城南篇》看，明显有歌颂刘裕的倾向，姑且系于本年。

　　宗炳三十八岁，刘裕辟为主簿，不就。

212

《宋书》本传记："高祖诛刘毅,领荆州,问毅府谘议参军申永曰:'今日何施而可?'永曰:'除其宿衅,倍其泽惠,贯叙门次,显擢才能,如此而已。'高祖纳之,辟炳为主簿,不起。问其故,答曰:'栖丘饮谷,三十余年。'"

裴松之四十一岁,王韶之三十三岁,何尚之三十一岁,颜延之二十九岁,谢瞻二十八岁,傅亮三十九岁,范晔十五岁,刘义庆十岁,谢惠连六岁,张畅五岁,袁淑五岁。

413年　癸丑　晋义熙九年

二月,杀诸葛长民。七月,朱龄石平蜀,斩谯纵。九月,封义真为桂阳公。(《晋书·安帝纪》《宋书·武帝纪》)

谢灵运二十九岁,为秘书丞。

作《佛影铭》。参见顾谱、杨谱。

颜延之三十岁,犹未婚。

《宋书》本传记:"延之少孤贫,居负郭,室巷甚陋。好读书,无所不览,文章之美,冠绝当时。饮酒不护细行,年三十,犹未婚。"又记:"妹适东莞刘宪之,穆之子也。穆之既与延之通家,又闻其美,将仕之,先欲相见,延之不往也。"缪谱以延之本年尚未入仕,此说值得商榷。穆之欲仕延之,并不意味着颜延之在此之前从未踏入过仕途。或中间又去职。

刘义恭生。

刘义恭出生。《宋书》卷六十一有传,记其于前废帝永光元年(465)八月被杀,时年五十三岁。上推其生于本年。义恭在刘宋诸王中属于较有文学才华的一个,有集十五卷。现存诗十首,另有残句三。《宋书》本传记:"幼而明颖,姿颜美丽,高祖特所钟爱,诸子莫及也。"义恭爱好文学,在元嘉时期有着重要的地位。

王韶之三十四岁,任尚书祠部郎。

《宋书》本传记:"韶之家贫,父为乌程令,因居县境。好史籍,博涉多闻。初为卫将军谢琰行参军。伟之少有志尚,当世诏命表奏,辄自书写,太元、隆安时事,小大悉撰录之,韶之因此私撰《晋安帝阳秋》,既成,时人谓宜居史职,即除著作佐郎,使续后事,讫义熙九年。善叙事,辞论可观,为后代佳史,迁尚书祠部郎。"

何尚之三十二岁。任刘裕镇西将军主簿。

《宋书》本传记："家贫，起为临津令。高祖领征西将军，补府主簿。"按：刘裕并未任征西将军。本年二月，刘裕加镇西将军（《晋书·安帝纪》、《宋书·武帝纪》），"征"当为"镇"之误。

何偃生。

何偃，何尚之子，是元嘉时期一位著名的文人，也是一位著名的玄学家，《宋书》本传记其："素好谈玄，注《庄子逍遥篇》传于世。"何偃卒于大明三年（459），时四十六岁，上推生于本年。

范泰五十九岁，何承天四十四岁，裴松之四十二岁，傅亮四十岁，宗炳三十九岁，谢瞻二十九岁，谢晦二十四岁，范晔十六岁，刘义庆十一岁，谢惠连七岁，张畅六岁，袁淑六岁。

414年　甲寅　晋义熙十年

刘裕起东府。（《宋书·武帝纪》）

范晔十七岁。州辟主簿，不就。

《宋书》本传记："少好学，博涉经史，善为文章，能隶书，晓音律。年十七，州辟主簿，不就。"

鲍照生。

关于鲍照的生年，诸史均无记载，故而有多种说法，其中尤以钱仲联的义熙十年（414）说影响较大。今依之。

范泰六十岁，何承天四十五岁，裴松之四十三岁，宗炳四十岁，王韶之三十五岁，何尚之三十三岁，谢灵运三十岁，谢瞻三十岁，颜延之三十一岁，傅亮四十一岁，谢晦二十五岁，刘义庆十二岁，何偃两岁，谢惠连八岁，张畅七岁，袁淑七岁，刘义恭两岁。

415年　乙卯　晋义熙十一年

正月，晋刘裕攻荆州刺史司马休之。雍州刺史鲁宗之助休之。裕兵破江陵、襄阳。休之府吏韩延之，以书责刘裕。三月，击败司马休之。四月，司马休之奔羌。加授刘裕太傅、扬州牧，置左右长史、司马、从事中郎四人。（《晋书·安帝纪》《宋书·武帝纪》）

谢灵运三十一岁。

作《赠安成》，其序云："从兄宣远，义熙十一年正月作守安成，其年夏赠以此诗，到其年冬有答。"

谢瞻三十一岁，任安成相。

作《于安成答灵运》，并见上谢灵运条。

颜延之三十二岁。为后将军、吴国内史刘柳参军，因转主簿，与陶渊明交往。

参见《宋书》本传，《宋书·隐逸传·陶渊明传》，曹道衡、沈玉成《中古文学史料丛考》第277～278页。

王微生。

王微，字景玄，琅琊临沂人，王弘从子。《宋书》本传记其"少好学，无不通览，善属文，能书画，兼解音律、医方、阴阳术数。"卒于元嘉三十年（453），时年三十九岁，上推生于本年。

傅亮四十二岁，为太尉从事中郎，掌记室。

《宋书》本传记："会西讨司马休之，以为太尉从事中郎，掌记室。"西讨司马休之事据《宋书·武帝纪》记，为本年正月事。

刘义庆十三岁。袭封南郡公，除给事，不拜。

见《宋书》本传。

何承天四十六岁。为世子刘义符征虏参军，转西中郎中军参军、钱唐令。

见《宋书》本传。

王韶之三十六岁，补通直郎，领西省事。

《宋书》本传记："晋帝自孝武以来，常居内殿，武官主书于中通呈，以省官一人管司诏诰，任在西省，因谓之西省郎。傅亮、羊徽相代领西省事，转中书侍郎。"

范泰六十一岁，裴松之四十四岁，宗炳四十一岁，何尚之三十四岁，谢晦二十六岁，范晔十八岁，谢惠连九岁，张畅八岁，袁淑八岁，何偃三岁，刘义恭三岁，鲍照两岁。

416年　丙辰　晋义熙十二年

正月，刘裕加领平北将军、兖州刺史。三月，加刘裕中外大都督。八月，率军北伐，世子刘义符为尚书右仆射，刘穆之为左仆射，居京留守。九月，至彭城。十月，军至洛阳，修复晋五陵。同月，封刘裕为宋公，备九锡之礼，位在诸侯王上。进相同。置宋国侍中、黄门侍郎、尚书左丞、郎。（《晋书·安帝纪》《宋书·武帝纪》）

谢灵运三十二岁。

为骠骑将军刘道怜谘议参军，后转为中书侍郎。

顾谱认为此事在十一年，本传记"高祖伐长安"之"长安"当作"荆州"，此误。刘裕北伐确以世子留守，并调刘道怜入京为

辅。《宋书·长沙景王道怜传》记："高祖平定三秦，方思外略，征道怜还为侍中、都督徐兖青三州扬州之晋陵诸军事、守尚书令、徐兖二州刺史，持节、将军如故。"故谢灵运曾在本年入刘道怜府无误。

又转为中书侍郎，世子刘义符中军谘议、黄门侍郎。奉使在彭城慰劳刘裕。

作《愁霖》《赠从弟弘元时为中军功曹往京》《岁暮》。参顾谱。

谢瞻三十二岁，任宋国中书、黄门侍郎、相国从事中郎。

见《宋书》本传。又据《宋书·武帝纪》义熙十二年十月，刘裕进相国，宋公，置宋国侍中、黄门侍郎。谢瞻本年入刘裕府。

作《答康乐秋霁诗》，此诗为答谢灵运作。

颜延之三十三岁。入豫章公世子府，为世子中军行参军。

参见《宋书》本传，考见曹道衡、沈玉成《中古文学史料丛考》第278页。

作《北使洛》《还至梁城作诗》。考见缪谱。

傅亮四十三岁。从北征。

见《宋书》本传。《宋书·武帝纪》记为本年八月事。

作《策加宋公九锡文》，刘裕加九锡在本年，见《宋书·武帝纪》。

作《为宋公修楚元王庙》。

刘裕自认为楚元王刘交之后，故推尊刘交为祖，并修其墓于彭城，故此文当作于傅亮随刘裕北伐至彭城时，而据《宋书·武帝纪》，本年八月至十三年（417）正月之间，刘裕在彭城。

何尚之三十五岁。从刘裕征长安。

《宋书》本传记："从征长安，以公事免，还都。"

谢晦二十七岁。从征关洛。

于彭城代刘裕作诗《彭城会作》。事见《南史》本传，关于刘裕在彭城所进行的文学活动，本书第二章有所考证。

刘义庆十四岁。

随刘裕北伐。见《宋书》本传。

范晔十九岁，为高祖刘裕相国掾。

《宋书》本传记其任高祖相国掾。据《宋书·武帝纪》，刘裕

216

授宋公在本年十月左右。

裴松之四十五岁，任刘裕司州主簿，转治中从事史。

《宋书》本传。另据《宋书·武帝纪》刘裕加司州刺史在本年。

刘裕克洛阳，行司州事。

见《宋书》本传。

宗炳四十二岁，辟太尉掾，不起。

《宋书》本传记："高祖开府辟召，下书曰：'……南阳宗炳，雁门周续之……可下辟召，以礼屈之。'于是，并辟太尉掾。皆不起。"另据《宋书·武帝纪》："（义熙）十二年正月，诏公依旧辟士。"故系于本年。

范泰六十二岁，何承天四十七岁，王韶之三十七岁，谢惠连十岁，张畅九岁，袁淑九岁，何偃四岁，刘义恭四岁，鲍照三岁，王微两岁。

417 年　丁巳　晋义熙十三年

正月，留刘义隆镇彭城，刘裕亲自北上，过张良庙。二月，檀道济至潼关。八月，沈田子破姚泓，克长安，擒姚泓。九月，刘裕至长安。十月，进刘裕为宋王。十一月，刘穆之卒。刘裕于十二月由长安返回，留次子义真镇长安。（《晋书·安帝纪》《宋书·武帝纪》）

谢灵运三十三岁。

一月，由彭城返京，并作《撰征赋》。作《庐山慧远法师诔》及《铭》。参考顾谱。

谢瞻三十三岁，随刘裕北伐。

作《经张子房庙诗》。

郑鲜之作《行经张子房庙诗》，二诗当作于同时。

傅亮四十四岁。

作《从武帝平闽中诗》

逯钦立认为"闽"者为"关"之误，因刘裕未曾赴闽，故此诗系于本年。

作《为宋公修张良庙》《为宋公至洛阳谒五陵表》《征思赋》。

据《宋书·武帝纪》："（义熙）十三年正月……军次留城，经张良庙，令曰：'……'"。而刘裕攻克洛阳时间《宋书·武帝纪》

《晋书·安帝纪》皆未明记，但《宋书·武帝纪》记本年三月"大军入河"，《晋书·安帝纪》记本年五月克潼关。则《为宋公至洛阳谒五陵表》作于本年三月到五月之间。《征思赋》创作时间也在本年，其文曰："洒三川之积尘，廓二崤之重岨，觌高掌于华阳，聆鸣凤于洛浦。"显然是随刘裕深入北方故地时所作。作《九月九日登陵嚣馆赋》，文中有"玩中原之芳菊，惜兰圃之凋蕙。……眇天末以遥瞪，怨故乡之阻辽"，可见是进入中原故地时作。

谢晦二十八岁，转晦从事中郎。

《宋书》本传记："（晦与刘穆之不协）终穆之世不迁。穆之丧问至……其日教出，转晦从事中郎。"

范泰六十三岁，兼司空，与右仆射袁湛授宋公九锡，随军到洛阳。

见《宋书》本传。

作《经汉高庙诗》。据《汉书·高帝纪》，汉高祖庙在长安长陵，又据《宋书·武帝纪》，本年九月，刘裕至长安。作《为宋公祭嵩山文》，嵩山在今河南登封，与洛阳较近，此文当作于范泰随刘裕到洛阳时作。

何承天四十八岁，裴松之四十六岁，宗炳四十三岁，王韶之三十八岁，何尚之三十六岁，颜延之三十四岁，范晔二十岁，刘义庆十五岁，谢惠连十一岁，张畅十岁，袁淑十岁，何偃五岁，刘义恭五岁，鲍照四岁，王微三岁。

418年　戊午　晋义熙十四年

正月，关中晋将自相残杀。六月，刘裕受相国、宋公、九锡之命。十月，刘义真听信谗言，杀王修。刘裕派朱龄石赴长安接回刘义真。十一月，刘义真纵兵大掠东撤。十二月，刘裕杀安帝，立琅琊王德文，是为恭帝。（《宋书·武帝纪》）

谢灵运三十四岁。应刘裕之召，往彭城任宋国黄门侍郎，迁相国从事中郎。

作《九日从宋公戏马台集送孔令诗》《彭城宫中直感岁暮》。参顾谱。

颜延之三十五岁。为宋国博士，迁世子舍人。

参见《宋书》本传。

谢瞻三十四岁。任宋国黄门侍郎、宋国中书。

作《九日从宋公戏马台集送孔令诗》。《宋书·孔季恭传》记："宋台初建，令书以为尚书令，加散骑常侍，又让不受。乃拜侍中、特进、左光禄大夫。辞事东归，高祖饯之戏马台，百僚咸赋诗以述其美。"刘裕任命孔季恭尚书令事，据《宋书·武帝纪》在义熙本年六月。但孔季恭坚持退隐，为了送别孔季恭，刘裕于彭城戏马台大会诸人。谢灵运、谢瞻皆有诗作。

返家，责弟谢晦。出为豫章太守。

《宋书》本传记："弟晦时为宋台右卫，权遇已重，于彭城还都迎家，宾客辐辏，门巷填咽。时瞻在家，惊骇谓晦曰：'汝名位未多，而人归趣乃尔。吾家以素退为业，不愿干豫时事，交游不过亲朋，而汝遂势倾朝野，此岂门户之福邪？'……及还彭城，言于高祖曰：'臣本素士，父、祖位不过二千石。弟年始三十，志用凡近，荣冠台府；位任显密，福过灾生，其应无远。特乞降黜，以保衰门。'前后屡陈，高祖以瞻为吴兴郡，又自陈请，乃为豫章太守。"

傅亮四十五岁，除宋国侍中，领世子中庶子。徙宋国中书令。

《宋书》本传记："宋国初建，令书除侍中，领世子中庶子。徙中书令。"

作《为送（宋）公求加赠刘前军表》《司徒刘穆之碑》，此处"刘前军"，据文中乃是"故尚书左仆射前军将军臣穆之"。刘穆之卒于晋义熙十三年（417）十一月，导致了刘裕放弃北伐而返回彭城，此表当作于刘裕至彭城之后。

谢晦二十九岁，为宋国右卫将军、侍中。

《宋书》本传记："宋台初建，为右卫将军，寻加侍中。"

刘义庆十六岁。拜辅国将军、北青州刺史，未之任，徙都督豫州诸军事、豫州刺史。

见《宋书》本传。

范泰六十四岁。随刘裕还彭城。

见《宋书》本传。

裴松之四十七岁，任世子洗马。

《宋书》本传记："宋国初建，毛德祖使洛阳。高祖敕之曰：'裴松之廊庙之才，不宜久尸边务，今召为世子洗马，与殷景仁同，可令知之。'"

王韶之三十九岁，毒杀晋安帝。

见《宋书》本传。

何承天四十九岁，宗炳四十四岁，何尚之三十七岁，范晔二十一岁，谢惠连十二岁，张畅十一岁，袁淑十一岁，何偃六岁，刘义恭六岁，鲍照五岁，王微四岁。

419 年　己未　晋恭帝元熙元年

正月改元，朝廷征刘裕入朝，进爵为王，刘裕辞之。七月，始受。八月，刘裕移镇寿阳。九月，以刘义真为扬州刺史，镇石头。（《宋书·武帝纪》）

谢灵运三十五岁。随刘裕返回建康，任世子左卫率，不久被罢。

见《宋书》本传，另参见顾谱。

傅亮四十六岁，入京劝晋恭帝禅位于刘裕。

《宋书》本传记："从还寿阳，高祖有受禅意，而难于发言，乃集朝臣宴饮，从容言曰：'桓玄暴篡，鼎命已移，我首唱大义，复兴皇室，南征北伐，平定四海，功成业著，遂荷九锡。今年将衰暮，崇极如此，物戒盛满，非可久安。今欲奉还爵位，归老京师。'群臣唯盛称功德，莫晓此意。日晚坐散，亮还外，乃悟旨，而宫门已闭，亮于是扣扉请见，高祖即开门见之。亮入便曰：'臣暂宜还都。'高祖达解此意，无复他言，直云：'须几人自送？'亮曰：'须数十人便足。'于是即便奉辞。"

范晔二十二岁，为义康冠军参军。

见《宋书》本传。《宋书·彭城王义康传》记"（义康）年十二，宋台除督豫司雍并四州诸军事、冠军将军、豫州刺史"，时义康尚未封彭城王，而义康元嘉二十八年被杀时为四十三岁，上推其生于晋义熙五年，本年十二岁。

何承天五十岁。为宋国尚书祠部郎，与傅亮共撰朝仪。

《宋书》本传记："高祖在寿阳，宋台建，召为尚书祠部郎，与傅亮共撰朝仪。"

范泰六十五岁，裴松之四十八岁，宗炳四十五岁，王韶之四十岁，何尚之三十八岁，颜延之三十六岁，谢瞻三十五，谢晦三十岁，刘义庆十七岁，谢惠连十三岁，张畅十二岁，袁淑十二岁，何偃七岁，刘义恭七岁，鲍照六岁，王微五岁。

420年　庚申　晋元熙二年　宋武帝永初元年

六月，刘裕代晋，是为宋武帝。晋恭帝被废为零陵王。本月乙卯，改晋《泰始历》为《永初历》。八月，立王太子为皇太子。（《宋书·武帝纪》）

谢灵运三十六岁，降为康乐县侯，任散骑常侍。迁太子左卫率。

见《宋书》本传。作《谢康乐侯表》，参见顾谱。

谢瞻三十六岁。

作《王抚军庚西阳集别，时为豫章太守，庾被征还东》。参见曹道衡、沈玉成《中古文学史料丛考》。

颜延之三十七岁，为太子舍人。

《宋书》本传记："高祖受命，补太子舍人。"

作《直东宫答郑尚书诗》。《宋书·郑鲜之传》记："高祖践阼，迁太常，都官尚书……永初二年，出为丹阳尹。"故系于本年。

傅亮四十七岁，迁太子詹事，中书令如故，封建成县公。

《宋书》本传记："永初元年，迁太子詹事，中书令如故。……封建成县公……入直中书省，专典诏命。"

作《与沈林子书》。《宋书·自序》记："高祖践阼，（林子）以佐命功，封汉寿县伯，食邑六百户，固让，不许。傅亮与林子书"云云。

作《为尚书八座奏封诸皇弟皇子》。文中曰："第某皇弟皇子等，神姿颖哲，大成俱茂……并可封郡王。"考元嘉三年（426）之前同时封皇子、皇弟的时间只有永初元年。

谢晦三十一岁，迁中领军，侍中如故，以佐命功，封武昌县公。

《宋书》本传记："高祖受命，于石头登坛，备法驾入宫。晦领游军为警备，迁中领军，侍中如故，以佐命功，封武昌县公。"

刘义庆十八岁。袭封临川王。

见《宋书》本传。

范泰六十六岁，拜金紫光禄大夫，加散骑常侍。

《宋书》本传记："高祖受命，拜金紫光禄大夫，加散骑常侍。"

立祇洹寺，《宋书·范泰传》记："暮年事佛甚精，于宅西立祇洹精舍。"《高僧传》卷七《释慧义传》记："宋永初元年，车骑

范泰立祗洹寺。"

作《鸾鸟诗》并序。其序云:"昔罽宾王结罝峻卯之山,获一鸾鸟。"罽宾是西域古国,为大乘佛教发源地。此诗当作于范泰热心向佛时,故系于本年。

范晔二十三岁,转刘义康右军参军。

见《宋书》本传。又《宋书·彭城王义康传》记:"永初元年,封彭城王,食邑三千户,进号右将军。"

何尚之三十九岁,赐爵都乡侯。

《宋书》本传不记赐爵时间,本年刘裕登基,大封功臣,故系于本年。

宗炳四十六岁,征为太子舍人,不起。

《宋书》本传记:"宋受禅,征为太子舍人。"不应。

王韶之四十一岁,加骁骑将军,掌宋书。见《宋书》本传。

作《为晋恭帝禅诏》《禅策》《玺书禅位》。本年晋宋禅代,这几篇文章显然作于本年。

作《请定不赎罪四条启》《驳王寔之请假事》,《宋书》本传记:"高祖受禅,加骁骑将军,本郡中正,黄门如故,西省职解,复掌宋书。有司奏东冶士朱道民禽三叛士,依例放遣,韶之启曰:'……'又驳员外散骑侍郎王寔之请假事"云云。

何承天五十一岁,裴松之四十九岁,宗炳四十六岁,谢惠连十四岁,张畅十三岁,袁淑十三岁,何偃八岁,刘义恭八岁,鲍照七岁,王微六岁。

421年　辛酉　宋永初二年

二月,宋武帝亲自策试诸州郡秀才、孝廉。四月,下诏废诸淫祠。九月,使人杀晋恭帝。(《宋书·武帝纪》)

谢灵运三十七岁,在朝任职。

作《三月三日侍宴西池》《侍泛舟赞》。参顾谱。

颜延之三十八岁。徙尚书仪曹郎、太子中舍人,连挫周续之。

《宋书》本传记:"高祖受命,补太子舍人。雁门人周续之隐居庐山,儒学著称,永初中,征诣京师,开馆以居之。高祖亲幸,朝彦毕至,延之官列犹卑,引升上席。上使问续之三义,续之雅仗辞辩,延之每折以简要。即连挫续之,上又使还自敷释,言约理畅,莫不称善,徙尚书仪曹郎,太子中舍人。"周续之入京时间史无明载，姑系于此，颜延之与周续之辩论事亦当同时。

作《三月三日诏宴西池诗》。参缪谱。

谢瞻卒。时年三十七岁。

《宋书·谢瞻传》记："永初二年，在郡遇疾，不肯自治……疾笃还都……遂卒，时年三十五。""三十五"当为"三十七"之误，考见顾谱。

谢庄生。

谢庄，字希夷，谢弘微子，元嘉时期著名作家，精通诗赋，钟嵘《诗品》将其列入下品。《宋书》卷八十五本传记其卒于宋明帝泰始二年（466），时年四十六岁，上推生于宋武帝永初二年。

傅亮四十八岁，转尚书仆射。

《宋书》本传记："转尚书仆射，中书令、詹事如故。"

作《让尚书仆射表》，本年傅亮任尚书仆射。作《与蔡廓书》。《宋书·蔡廓传》记"时中书令傅亮任寄隆重，学冠当时，朝廷仪典，皆取定于亮，每谘廓然后施行。……时疑扬州刺史庐陵王义真朝堂班次，亮与廓书曰"云云。《宋书·武帝纪》记永初二年正月"以扬州刺史庐陵王义真为司徒，以尚书仆射、镇军将军徐羡之为尚书令、扬州刺史……三年改南豫州刺史"。

谢晦三十二岁，免侍中。

《宋书》本传记："二年，坐行玺封镇西司马、南郡太守王华大封，而误封北海太守球，版免晦侍中。"

颜竣生。

颜竣，字士逊，颜延之子，《宋书》卷七十五有传，未言年寿多少。《建康实录》孝武帝大明三年（459）记"夏五月，建城侯颜竣死于狱"。曹道衡、沈玉成《中古文学史料丛考》以为其生年约在永初间。姑且系于本年。

范泰六十七岁，领国子祭酒。

见《宋书》本传。

作《请建国学表》，作《谏改钱法》。见《宋书》本传。

裴松之五十岁，征为国子博士。

《宋书》本传记："除零陵内史，征为国子博士。"松之任零陵内史在时间上很难找到线索，但在本年，宋武帝有意建立国学，松之又是当时著名学者，故其任国子博士大约在本年。

何承天五十二岁，宗炳四十七岁，何尚之四十岁，王韶之四十二岁，范晔二十四岁，刘义庆十九岁，谢惠连十五岁，张畅十四岁，袁淑十四岁，何偃九岁，刘义恭九岁，鲍照八岁，王微七岁。

422年　壬戌　宋永初三年

五月，宋武帝死。太子义符立，是为少帝，徐羡之、傅亮、谢晦辅政。北魏明元帝闻刘裕死，命奚斤等攻宋，陷滑台，逼虎牢；又命叔孙建等攻略青、兖等郡。（《宋书·武帝纪》《宋书·少帝纪》）

谢灵运三十八岁，在京任职，与庐陵王刘义真交往。后为权臣所忌，出为永嘉太守。

参考顾谱。

作《答谢谘议》《武帝诔》《永初三年七月十六日之郡初发都》《邻里相送方山诗》《过始宁墅》《富春渚》《初往新安至桐庐口》《夜发石关亭》《七里濑》等。参考顾谱。

颜延之三十九岁，为正员郎，兼中书，寻徙员外常侍。

《宋书》本传记："时尚书令傅亮自以文义之美，一时莫及，延之负其才辞，不为之下，亮甚疾焉。庐陵王义真颇好辞义，待接甚厚，徐羡之等疑延之为同异，意甚不悦。少帝即位，以为正员郎，兼中书，寻徙员外常侍，出为始安太守"。（缪谱以为本年颜延之外任，故将此事系于今年，但实际上颜延之外任始安是在元嘉元年。）据《宋书·傅亮传》，傅亮为尚书令亦在去年，故系于本年。

傅亮四十九岁，受顾命，少帝继位，进为中书监。

《宋书》本传记："明年（永初三年），高祖不豫，与徐羡之、谢晦并受顾命。"另据《宋书·少帝纪》，本年六月，"以尚书仆射傅亮为中书监"。

作《立学诏》，据《宋书·武帝纪》记此诏作于永初三年春。

谢晦三十三岁，加中书令。

《宋书》本传记："转领军将军、散骑常侍，依晋中军羊祜故事，入直殿省，总统宿卫。……少帝即位，加领中书令。"

范晔二十五岁，入补尚书外兵郎。

见《宋书》本传。按，范晔早年仕历与义康关系很大。据《宋书·彭城王义康传》，本年义康任南徐州刺史，南徐州刺史治在京口。范晔可能本年随义康到京口，后入补尚书外兵郎。

何承天五十三岁，补南台治书侍御史。

《宋书》本传记："永初末，补南台治书侍御史。"

作《社颂》，《社颂序》曰："余以永初三年八月大社，聊为此文。"

王韶之四十三岁，迁侍中，骁骑如故。

见《宋书》本传。

结交徐羡之、傅亮等。

《宋书》本传记："韶之为晋史，序王珣货殖，王廞作乱。珣子弘，廞子华，并贵显，韶之惧为所陷，深结徐羡之、傅亮等。"

何尚之四十一岁，任庐陵王刘义真车骑谘议参军。

《宋书》本传记："少帝即位，为庐陵王义真车骑谘议参军。义真与司徒徐羡之、尚书令傅亮等不协，每有不平之言，尚之谏戒，不纳。"

范泰六十八岁，裴松之五十一岁，宗炳四十八岁，刘义庆二十岁，谢惠连十六岁，张畅十五岁，袁淑十五岁，何偃十岁，刘义恭十岁，鲍照九岁，王微八岁，谢庄两岁，颜竣两岁。

423年　癸亥　宋少帝景平元年

正月，北魏陷金墉。四月，檀道济北征，北魏克虎牢，执司州刺史毛德祖。（《宋书·少帝纪》）

谢灵运三十九岁，在永嘉任上，年底去职返乡隐居。

作《答弟书》《晚出西射堂》《登永嘉绿嶂山》《游岭门山》《斋中读书》《与诸道人辩宗论》《答纲琳二法师》《答王卫军》。这些作品无法确定具体创作时间，姑且系于本年，但可以肯定为谢灵运永嘉任上作。作《登池上楼诗》《东山望海诗》《登上戍石鼓山诗》《种桑诗》《石室山诗》《白云曲》《春草吟》《过白岸亭诗》《读书斋诗》《游赤石进帆海诗》《舟向仙岩寻三皇井仙迹》《游南亭诗》《登江中孤屿》《白石岩下径行田》《行田登海江盘屿山》《过瞿溪山饭僧》《命学士讲书诗》诸诗以及《游名山志》之《石室山》《泉山》《东阳郡》《缙云山》《北亭与吏民别诗》《初去郡诗》《东阳溪中赠答二首》《辞禄赋》《归途赋》《述祖德诗二首》《会吟行》《与庐陵王义真笺》。参考顾谱。

谢惠连十七岁。

作《读书诗》。《宋书·谢灵运传》记："灵运去永嘉还始宁，

时方明为会稽郡。灵运尝自始宁至会稽造方明,过视惠连,大相知赏。时(何)长瑜教惠连读书,亦在郡内,灵运又以为绝伦。"谢灵运还会稽在景平元年,故系于本年。

王僧达生。

王僧达是刘宋时期作家,《宋书》卷七十五有传,记其于大明二年(458)被杀,时年三十六岁。上推其生于本年。

范泰六十九岁,加位特进。

见《宋书》本传。

周续之卒。

周续之是晋宋之际著名的儒家学者,也是一位著名的隐士,但他与刘宋政权多有联系。《宋书》本传记:"高祖践阼,复召之,乃尽室俱下。上为开馆东郭外,招集生徒。乘舆降幸,并见诸生,问续之《礼记》'傲不可长'、'与我九龄'、'射与翚圃'三义,辨析精奥,称为该通。续之素患风痹,不复堪讲,乃移并钟山。景平元年卒,时年四十七。"他对元嘉儒学的繁荣有一定贡献。

何承天五十四岁,裴松之五十二岁,傅亮五十岁,宗炳四十九岁,王韶之四十四岁,何尚之四十二岁,颜延之四十岁,谢晦三十四岁,范晔二十六岁,刘义庆二十一岁,谢惠连十七岁,张畅十六岁,袁淑十六岁,何偃十一岁,刘义恭十一岁,鲍照十岁,王微九岁,谢庄三岁,颜竣三岁。

424年 甲子 宋景平二年 文帝元嘉元年

春正月,废南豫州刺史庐陵王义真为庶人,徙新安郡,杀之。五月,徐羡之、傅亮等人废少帝。六月,杀之。七月,迎宜都王刘义隆登基,是为文帝。八月,改元元嘉。(《宋书·少帝纪》《宋书·文帝纪》)

谢灵运四十岁。隐居于会稽。

《宋书》谢灵运本传记:"灵运父祖并葬始宁县,并有故宅及墅,遂移籍会稽,修营别业,傍山带江,尽幽居之美。与隐士王弘之、孔淳之等纵放为娱,有终焉之志。每有一诗至都邑,贵贱莫不竞写,宿昔之间,士庶皆遍,远近钦慕,名动京师。"可见隐居会稽时期是其山水诗创作成熟,并开始产生巨大影响的阶段。

作《石壁立招提精舍》《石壁精舍还湖中作》《田南树园激流植楥》《南楼中望所迟客》《初范光禄祇洹像赞二首》《和从弟惠连

无量寿颂》《答范光禄书》《〈维摩诘经〉中十譬赞八首》《伤己赋》《逸民赋》《入道至人赋》《衡山岩下见一老翁四五少年赞》《王子晋赞》《书帙铭》。参考顾谱。顾谱将《鞫歌行》一首也系于本年，不敢苟同，另考。

颜延之四十一岁，外任始安，经寻阳，与陶渊明酣饮。

见《宋书·隐逸传·陶渊明传》。颜延之外任始安时间，缪谱以为在永初三年（422），曹道衡、沈玉成《中古文学史料丛考》系于景平二年（424）。但颜延之外任，当在文帝继位后。颜延之《祭屈原文》中云："惟有宋五年月日"，又有《阳给事诔》。阳给事者，阳瓒，在永初三年（422）滑台之战中，为北魏所杀，事见《宋书·索虏传》。少帝在位曾给予表彰，后颜延之为诔，文中有"逮元嘉廓祚，圣神纪物"，可见是作于本年，但在文帝继位改元之后，其外任也当在作诔之后。

作《祭屈原文》《阳给事诔》，考见上。

傅亮五十一岁，领护军将军，文帝即位加散骑常侍、左光禄大夫。

《宋书》本传记："景平二年，领护军将军……太祖登阼，加散骑常侍、左光禄大夫。"作《感物赋》《诗》三首。见《宋书》本传。

谢晦三十五岁，出为荆州刺史。

《宋书》本传记：少帝既废，出为荆州刺史。

刘义庆二十二岁，转散骑常侍、秘书监。徙度支尚书，迁丹阳尹，加辅国将军。

见《宋书》本传。

关于刘义庆任丹阳尹的时间，《宋书》本传及《宋书·文帝纪》均未明记。但其本传曰："在京尹九年，出为使持节，都督荆雍益宁梁南北秦七州诸军事、平西将军、荆州刺史。"而据《宋书·文帝纪》，刘义庆出任荆州刺史在元嘉九年（432）。故其任丹阳尹当在本年。

刘义恭十二岁，监南豫豫司雍秦并六州诸军事、冠军将军、南兖州刺史，代庐陵王义真镇历阳。文帝即位，封江夏王，进号抚军将军。

见《宋书》本传、《宋书·少帝纪》、《宋书·文帝纪》。

范泰七十岁，致仕。
《宋书》本传记："景平初，加位特进。明年致仕，解国子祭酒。少帝在位，多诸愆失，上封事极谏……少帝虽不能纳，亦不加遣。"

作《上封事极谏少帝》见上条。

以庐陵王义真、少帝被杀，不满傅亮、徐羡之等人。《宋书》本传记："徐羡之、傅亮等与泰素不平，及庐陵王义真、少帝见害，泰谓所亲曰：'吾观古今多矣，未有受遗顾托，而嗣君见杀，贤王婴戮者也。'"

何承天五十五岁，为谢晦南蛮长史，后转卫军谘议参军，领记室。

《宋书》本传记："谢晦镇江陵，请为南蛮长史。"按，据《宋书·文帝纪》《宋书·谢晦传》，谢晦赴江陵荆州刺史任在本年八月。又据《宋书·文帝纪》记谢晦进卫将军亦在本年八月。

作《尹嘉罪议》。《宋书》本传记"时有尹嘉者，家贫，母熊自以身贴钱，为嘉偿责。坐不孝当死"，承天议云云。

何尚之四十三岁，入为中书侍郎，文帝继位，又出为临川内史。

《宋书》本传记："义真被废，入为中书侍郎。太祖即位，出为临川内史。"义真被废、文帝继位为本年事。

宗炳五十岁，征通直郎，不就。
见《宋书》本传。

王韶之四十五岁，任吴兴太守。
见《宋书》本传。

作《临郡察潘综吴逵孝廉教》，《宋书·潘综传》记："综乡人秘书监丘继祖、廷尉沈赤黔以综异行，廉补左民令史，除遂昌长，岁满还家。太守王韶之临郡，发教曰'……'"

裴松之五十三岁，何偃十二岁，范晔二十七岁，谢惠连十八岁，张畅十七岁，袁淑十七岁，鲍照十一岁，王微十岁，谢庄四岁，颜竣四岁，王僧达两岁。

425 年　乙丑　宋元嘉二年

正月，徐羡之、傅亮奉表归政，文帝亲政。（《宋书·文帝纪》《宋书·徐羡之传》）

谢灵运四十一岁,仍居会稽。

作《于南山往北山经湖中瞻眺》《从斤竹涧越岭溪行》《昙隆法师诔》;作《游名山志》之《会稽郡·石壁山》《临江楼》《南门楼》《石门山》《浮玉山》《横山》《神子溪》《石篑山》;《山居赋》亦大体成于本年。参考顾谱。

颜延之四十二岁,在始安。

作《独秀山诗》。《桂林风土记》:"独秀山在城西北一百步,直耸五百余尺,周回一里,平地孤拔秀异,下有洞穴,凝垂乳窦。路通北山,旁回百余丈,豁然明朗,宋光禄卿颜延年牧此郡,常于北山石室中读书,遗迹犹存,尝赋诗……"现存残句。故系于本年。

傅亮五十二岁。

作《喜雨赋》,其曰:"伊元嘉之初载,肇休明于此年。"又有"春霆殷以远响,兴雨霈而载涂。"元嘉元年无春天,三年正月,傅亮被杀。可见,此赋作于本年。

范泰七十一岁。

上《表贺元正并陈旱灾》,见《宋书》本传。

作《乞加赠庐陵王义真表》。《宋书》本传记"时太祖虽当阳亲览,而羡之等犹秉重权,复上表"云云,此表为泰诸子所禁,不奏。据《宋书·文帝纪》,徐羡之、傅亮等上表归政,文帝亲览朝政在本年正月。

陆澄生。

陆澄,字彦渊,是宋齐之际著名儒者,《南齐书》本传记其卒于齐郁林王萧昭业隆昌元年(494),时七十岁。上推其生年为本年。

何承天五十六岁,裴松之五十四岁,宗炳五十一岁,王韶之四十六岁,何尚之四十四岁,谢晦三十六岁,范晔二十八岁,刘义庆二十三岁,谢惠连十九岁,张畅十八岁,袁淑十八岁,何偃十三岁,刘义恭十三岁,鲍照十二岁,王微十一岁,谢庄五岁,颜竣五岁,王僧达三岁。

426年 丙寅 宋元嘉三年

正月,司徒、扬州刺史徐羡之、尚书令傅亮被杀,文帝亲征谢晦。二月,到彦之、檀道济破谢晦,诛之。五月,遣使巡行天下。

(《宋书·文帝纪》)

谢灵运四十二岁。征为秘书监。

作《还旧园作,见颜范二中书诗》《庐陵王墓下作诗》《初至都诗》《庐陵王诔》。参顾谱。

整理秘阁,并撰《晋书》,迁侍中。《宋书》本传记:"使整理秘阁书,补足遗阙。又以晋氏一代,自始至终,竟无一家之史,令灵运撰《晋书》,粗立条流。书竟不就。寻迁侍中,日夕引见,赏遇甚厚。"从"寻迁侍中"可见谢灵运在粗立《晋书》条目后即迁侍中,可能在本年。

谢惠连二十岁,丁父忧。

《宋书·谢方明传》记:"方明元嘉三年,卒官,时四十七。"

作《赠杜德灵诗》十余首。《宋书·刘义宗传》记:"德灵雅有姿色,为义宗所宠爱,本为会稽郡吏。谢方明为郡,方明子惠连爱幸之,为之赋诗十余首。"《宋书·谢方明传》亦记:"惠连先爱幸会稽郡吏杜德灵,及居父忧,赠以五言诗十余首。"

颜延之四十三岁,征为中书侍郎,转太子中庶子,顷之领步兵校尉。

见《宋书》本传。

作《始安郡还都与张湘州登巴陵城楼》,张湘州,即张邵,据《宋书·张邵传》。

作《和谢监灵运》,谢灵运有《还旧园作见颜范二中书诗》,时文帝起谢灵运秘书监,故称谢监。

傅亮被诛,时年五十三岁。

作《与谢晦书》,见《宋书》本传。

作《辛有赞》《穆生赞》《董仲道赞》。《宋书》本传记:"亮自知倾覆,求退无由,又作《辛有》、《穆生》、《董仲道》赞,称其见微之美。"姑系于本年。

谢晦被诛,时年三十七岁。

作《悲人道》、《连句诗》(与谢世基连句而成)。见《宋书》本传。

谢世基受谢晦牵连,被杀。

谢世基生平不甚详,其主要事迹见《宋书·谢晦传》。

作《连句诗》,见《宋书·谢晦传》。

刘义恭十四岁，监南徐兖二州扬州之晋陵诸军事、徐州刺史。文帝征谢晦，义恭还镇京口。见《宋书》本传、《宋书·文帝纪》。

范泰七十二岁，进位特中、左光禄大夫、国子祭酒，领江夏王师。

见《宋书》本传。

劝王弘上书征彭城王义康。《宋书》本传记："时司徒王弘辅政，泰谓弘曰：'天下务广，而权要难居，卿兄弟盛满，当深存降挹。彭城王，帝之次弟，宜征还入朝，共参朝政。'弘纳其言。"按，据《宋书·王弘传》，王弘辅政在徐羡之等被诛后，而在文帝亲征谢晦时，王弘与义康已留京居守。

作《因旱蝗上表》。见《宋书》本传。

作《与司徒王弘诸公书论道人踞食》、《答释慧义书》、《与竺道生释慧观书论踞食》、《论沙门踞食表》三首。上述诸文当作于本年左右。而以《论沙门踞食表》三首为最后，表一云："臣近难慧义踞食……司徒弘，达悟有理中，不以臣言为非。……慧严、道生，本自不企，慧观似悔始位。"表二云"陛下近游祗洹"，表三云："慧观答臣，都无理据……臣弘亦谓为然。慧义弘阵已崩，走伏路绝。……臣近难慧观，辄复上呈如左。"按，王弘为司徒在元嘉三年。

范晔二十九岁，出为荆州别驾从事。

见《宋书》本传。按，据《宋书·彭城王义康传》，本年义康改任荆州刺史。

何承天五十七岁。

作《为谢晦奉表自理》《为谢晦檄京邑》《又为谢晦上表》。文帝讨伐谢晦、谢晦谋反事在本年。何承天为谢晦府吏，三文皆本年作。参《宋书》何承天本传。

裴松之五十五岁，任大使出巡，返京上《奉使巡行反奏事》。

见《宋书》本传。约于本年转中书侍郎，司冀二州大中正。

张畅十九岁，起家徐佩之主簿。

《宋书》卷五十九本传记："畅少与从兄敷、演、敬齐名，为后进之秀。起家为太守徐佩之主簿，佩之被诛，畅驰出奔赴，制服尽哀，为论者所美。"据《宋书·文帝纪》，徐佩之谋反被诛事在本年十二月。

宗炳五十二岁，王韶之四十七岁，何尚之四十五岁，刘义庆二十四岁，袁淑十九岁，何偃十四岁，鲍照十三岁，王微十二岁，谢庄六岁，颜竣六岁，王僧达四岁，陆澄两岁。

427年　丁卯　宋元嘉四年
二月，文帝行幸丹徒，谒京陵。三月，回京。
谢灵运四十三岁，在京。
作《从游京口北固应诏诗》《苦寒行》《拟魏太子邺中集八首》《罗浮山赋》。参顾谱。
谢庄七岁。
《宋书》本传记："年七岁，能属文，通《论语》。"
颜延之四十四岁。
作《与王昙生书》，王弘之卒，延之欲为诔，未成。《宋书·隐逸传·王弘之传》记；"始宁沃川有佳山水，弘之又依岩筑室。谢灵运、颜延之并相钦重。……弘之（元嘉）四年卒，时年六十三。颜延之欲为作诔，书与弘之子昙生曰：'君家高世之节，有识归重，豫染豪翰，所应载述。况仆托慕末风，窃以叙德为事，但恨笔短不足书美。'诔竟不就。"谢灵运、颜延之与王弘之交往时间当在永初年间，时二人皆在京师。颜延之对王弘之高节非常敬慕，故欲作诔。
作《陶征士诔》，据《宋书·隐逸传·陶渊明传》《晋书·隐逸传·陶潜传》等记载，陶渊明卒于本年。颜延之与陶渊明是很好的朋友，二人交往甚多。
范泰七十三岁。
作《旱灾未已加以疾疫又上表》。《宋书》本传记"时旱灾未已，加以疾疫，泰又上表"云云。按，据《宋书·文帝纪》记本年五月，京师疾疫。
陶渊明卒。
据《宋书》本传以及颜延之《陶征士诔》，所记，陶渊明卒于本年。
何承天五十八岁，裴松之五十六岁，宗炳五十三岁，王韶之四十八岁，何尚之四十六岁，范晔三十岁，刘义庆二十五岁，谢惠连二十一岁，张畅二十岁，袁淑二十岁，何偃十五岁，刘义恭十五岁，鲍照十四岁，王微十三岁，谢庄七岁，颜竣七岁，王僧达五岁，陆澄三岁。

428 年　戊辰　宋元嘉五年

正月乙亥，下诏求谠言；甲申，车驾临玄武馆阅武。(《宋书·文帝纪》)

谢灵运四十四岁，告假归会稽。

作《入东道路诗》《上书劝伐河北》。参顾谱。返乡后，与谢惠连等人为友。被弹劾，免官。见《宋书》本传。《离合诗》大约作于本年。见顾谱。

谢惠连二十二岁，与谢灵运作山泽之游。

见本年"谢灵运"条。《离合诗二首》《夜集作离合诗》可能是与谢灵运聚会时作。姑系于本年。

颜延之四十五岁。

受诏与谢灵运共作《北上篇》。考见缪谱。

范泰卒。时年七十四岁。

见《宋书》本传。

作《与谢侍中书》，谢侍中者，谢灵运。文中曰："吾犹存旧情，东望慨然。……如卿问栖僧于山，范泰敬谓祇洹塔内赞，因炽公相示，可少留意省之。"此作当作于谢灵运初返会稽时。

范晔三十一岁，丁忧。

据《宋书·范泰传》，范泰于本年八月去世。

张畅二十一岁，任衡阳王义季征虏行参军。

《宋书》本传不记此事时间，但根据《宋书·衡阳王义季传》，本年义季任征虏将军，故系于本年。

何承天五十九岁，裴松之五十七岁，宗炳五十四岁，王韶之四十九岁，何尚之四十七岁，刘义庆二十六岁，袁淑二十一岁，何偃十六岁，刘义恭十六岁，鲍照十五岁，王微十四岁，谢庄八岁，颜竣八岁，王僧达六岁，陆澄四岁。

429 年　己巳　宋元嘉六年

正月，以骠骑将军、荆州刺史彭城王义康为司徒，与王弘共同辅政。三月，立皇子劭为皇太子，以丹阳尹临川王义庆为尚书左仆射。

谢灵运四十五岁。

作《七夕咏牛女》《登临海峤初发强中作，与从弟惠连，见羊

何共和之》《赠王琇》；《游名山志》之《强中》《天姥山》二则作于本年。见顾谱。

又作《却东西门行》《燕歌行》《鞠歌行》《前缓声歌》《顺东西门行》《陇西行》《豫章行》诸乐府。这些乐府在谢惠连集中亦有同题作，有些明显在诗意、用韵上与灵运相同，大约是同时而作。本年是谢灵运与谢惠连文学交往较密的一年。故系于本年。拟乐府诗的主题一般与旧作有相近之处，故而很难从内容上判断，如《鞠歌行》，实际是陆机旧作的模拟，在主题上也都有失意感叹，这就有两种可能：一是确为不得意时作，二是仅仅为模拟。谢惠连也有《鞠歌行》，主题、风格与谢灵运相近，二作作于同时的可能性较大，而这一时期谢灵运也较为失意。故将其系于本年。

谢惠连二十三岁。

作《三月三日曲水集诗》，从诗中云"携朋适郊野""蚩云兴翠岭""解辔偃崇丘，藉草绕回壑"可以看出，此诗是作者与众友人一起到山野中去进行修禊，而所去之地有高山流水。极有可能是与谢灵运等人在一起。而其父谢方明卒于元嘉三年（426），据《建康实录·宋太祖文皇帝纪》记是在本年闰五月，以二十七月丁忧核之，当在元嘉五年（428）四月期满。而元嘉七年（430）春，谢灵运出游、谢惠连赴任。故系于本年。《泛南湖至石帆诗》《泛湖归出楼中望月诗》《七月七日夜咏牛女诗》与上作大体同时，可系于同年。作《陇西行》《豫章行》《却东西门行》《燕歌行》《鞠歌行》《前缓声歌》《顺东西门行》等。参上谢灵运条。

袁淑二十二岁，为彭城王义康司徒祭酒。

《宋书》本传记："本州命主簿，著作佐郎，太子舍人，并不就，彭城王义康命为司徒祭酒。义康不好文学，虽外相礼接，意好甚疏。"《宋书·文帝纪》记义康任司徒在永嘉六年春正月。

刘义庆二十七岁，加尚书仆射。

见《宋书》本传。

刘义恭十七岁。改授散骑常侍、都督荆湘雍益梁宁南北秦八州诸军事、荆州刺史。因骄奢不节，文帝以书诫之。见《宋书》本传。

裴松之五十八岁，注成《三国志》，出为永嘉太守。

《宋书》本传记："上使注陈寿《三国志》，松之鸠集传记，增广异闻，既成奏上。上善之，曰：'此为不朽矣。'"松之表云："自就撰集，已垂期月，写校始讫，谨封上呈。……元嘉六年七月二十四日，中书侍郎西乡侯裴松之上。"

上《三国志表》，见上。

《宋书》本传于上表之后，又记："出为永嘉太守，勤恤百姓，吏民便之。"大约在本年。

何尚之四十八岁，入为黄门侍郎，又任尚书吏部郎，左卫将军。

尚之还朝任职时间，《宋书》未记。但元嘉元年（424），尚之出任临川内史，根据地方官六年期限，应在本年回朝任职。

张畅二十二岁，任彭城王义康平北主簿，司徒祭酒。

《宋书》本传亦不记此事时间，据《宋书·彭城王义康传》，本年义康任司徒，南徐州刺史，领平北将军。故系于本年。

宗炳五十五岁，征为太子中舍人、庶子，并不就。

《宋书》本传记："元嘉初，又征通直郎，东宫建，征为太子中舍人，庶子，并不应。"据《宋书·文帝纪》本年三月立刘劭为太子。

何承天六十岁，王韶之五十岁，颜延之四十六岁，范晔三十二岁，何偃十七岁，鲍照十六岁，王微十五岁，谢庄九岁，颜竣九岁，王僧达七岁，陆澄五岁。

430 年　庚午　宋元嘉七年

三月，遣到彦之北伐。十一月，虎牢为北魏攻克，又遣檀道济北伐助到彦之，到彦之败。（《宋书·文帝纪》《宋书·檀道济传》）

文帝作《元嘉七年以滑台战守弥时遂至陷没乃作诗》，见《宋书·索虏传》。

谢灵运四十六岁。

作《酬从弟惠连诗》《石门新营所住四面高山回溪石濑修林茂竹诗》《登石门最高顶诗》《石门岩上宿诗》《发归濑三瀑布望两溪诗》。参顾谱。

谢惠连二十四岁，为司徒彭城王义康法曹参军。

见《宋书》本传。

作《雪赋》。《雪赋》创作时间无记。但根据其中以梁王菟园之背景展开叙述，显然是有藩王幕府特征。而此时惠连府主是彭城

王义康，与文中之梁王颇有相似之处，梁王也是文景时期地位显赫的诸侯王。姑系于本年。

作《祭古冢文》。《宋书》本传记："元嘉七年，方为司徒彭城王义康法曹参军。是时义康治东府城，城堑中得古冢，为之改葬，使惠连为祭文，留信待成，其文甚美。又为《雪赋》，亦以高丽见奇。"

作《西陵遇风献康乐》，诗云："我行指孟春，春仲尚未发。"可见是春别灵运赴任时作。

作《夜集叹乖诗》，诗中云"吾生赴遥命""质明即行辙"，当在本年即将赴任时作。

作《作孔曲阿别诗》。此诗是作者经过曲阿时作。曲阿，本名云中。诗中云"行人虽念路，为尔暂淹留"，当是出行时作。曲阿在京口附近。而元嘉七年，惠连赴义康参军任，时义康已在京师。据《宋书》义康传记，元嘉六年（429），王弘请征义康，义康因得入为司徒、录尚书事，并任徐州刺史，而刺史之治所，即在京口。九年又领扬州刺史。而曲阿在地理位置上处于京口东南，为会稽到京口之间必经之地。故此诗当作于本年惠连赴任时作。

与区惠恭交往，参加《诗品》下"宋监典事区惠恭"条："惠恭本胡人，为颜师伯幹。颜为诗笔，辄偷定之。后造《独乐赋》，语侵给主，被斥。及大将军修北第，差充作长。时谢惠连兼记室参军，惠恭时往共安陵嘲调。末作《双枕诗》以示谢。谢曰：'君诚能，恐人未重。且可以为谢法曹造。'遗大将军。见之赏叹，以锦二端赐谢。谢辞曰：'此诗，公作长所制，请以锦赐之。'"

王微十六岁，州举秀才、衡阳王义季右军参军，并不就。

参见《宋书》本传。

范晔三十三岁，任征南将军檀道济司马，领新蔡太守。

《宋书》本传记："服终，为征南大将军檀道济司马，领新蔡太守。道济北征，晔惮行，辞以脚疾，上不许，使由水道统载器仗部伍。"据《宋书·文帝纪》，檀道济北伐是在本年十一月，亦应刘宋丁忧二十七月之说。刘宋时期丁忧时间一般为三年，但实际只有二十七个月。《宋书·礼志》记："宋武帝永初元年，黄门侍郎王准之议：'郑玄丧制二十七月而终，学者多云得礼。晋初用王肃议，祥禫共月，遂以为制。江左以来，唯晋朝施用；搢绅之士，犹多遵玄议。宜使朝野一体。'诏可。"

何承天六十一岁，为到彦之右军录事。

见《宋书》本传。据《宋书·文帝纪》，到彦之北伐在本年三月。

到彦之军败，补尚书殿中郎，兼左丞。

见《宋书》本传。又据《宋书·文帝纪》，到彦之军败在本年十一月。

作《薄道举事议》。《宋书》本传记："吴兴余杭民薄道举为劫。制同籍期亲补兵。道举从弟代公，道生等并为大功亲，非应在补谪之例，法以代公等母存为期亲，则子宜随母补兵。"承天议云云。此事本传置于"不为仆射殷景仁所平，出为衡阳内史"之前，而据《宋书·殷景仁传》，殷景仁于元嘉九年（432）任尚书仆射。姑系于本年。

孝武帝刘骏生。

《宋书·孝武帝纪》记："世祖孝武皇帝讳骏，字休龙，小字道民，文帝第三子也。元嘉七年秋八月庚午生。"刘骏爱好文学，在刘宋诸帝中最具文学才能，有集三十一卷，钟嵘在《诗品》中将他列入下品。

裴松之五十九岁，宗炳五十六岁，王韶之五十一岁，何尚之四十九岁，颜延之四十七岁，刘义庆二十八岁，张畅二十三岁，袁淑二十三岁，何偃十八岁，刘义恭十八岁，鲍照十七岁，谢庄十岁，颜竣十岁，王僧达八岁，陆澄六岁。

431年　辛未　宋元嘉八年

二月，滑台为北魏所陷，檀道济引军还。三月，下诏令简约。闰六月，下诏兴军。十二月，罢湘州并荆州。（《宋书·文帝纪》《宋书·檀道济传》）

谢灵运四十七岁。

与孟𫖮有矛盾，入京自辩。作《诣阙自理表》《山家》。在京期间，造《四部目录》，改治《涅槃经》，作《十四音训叙》。为《金刚般若经》，亦约在本年。十二月，出任临川内史。作《初发石首城》。并见顾谱。

袁淑二十四岁，不附刘湛，以父疾免官。

见《宋书》本传。刘湛于本年入朝任太子詹事、给事中、本州

大中正,与殷景仁并被任遇。见《宋书·刘湛传》。又记:"湛初入朝,委任甚重。日夕引接,恩礼绸缪。善论治道,并谙前世故事,叙致铨理,听者忘疲。"故将此事系于本年。

作《种兰诗》。《南史·袁淑传》记"从母兄刘湛欲其附己,而淑不为改意,由是大相乖失。淑乃赋诗曰"云云。

刘义庆二十九岁。解仆射,求外任。

《宋书》本传记:"(元嘉)八年,太白星犯右执法,义庆惧有灾祸,乞求外镇。……固求解仆射,乃许之,加中书令,进号前将军,常侍、尹如故。"又据《宋书·文帝纪》,义庆解仆射时间在本年八月。

刘铄生。

刘铄,字休玄,文帝第四子。《宋书》卷七十二有传。另据《宋书·孝武帝纪》,刘铄薨于元嘉三十年(453)七月,时二十三岁,上推其生于本年。刘铄有集五卷,于《诗品》之中被列入下品。

范晔三十四岁,为司徒从事中郎。

《宋书》本传记:"军还,为司徒从事中郎。顷之,迁尚书吏部郎。"据《宋书·文帝纪》,檀道济返回建康是在本年二月。"司徒"为彭城王义康,义康元嘉六年(429)始为司徒。

刘道产任襄阳太守,当地百姓为《襄阳乐歌》。

《宋书》道产本传记:"(元嘉)七年,征为后军将军,明年,迁竟陵王义宣左将军谘议参军……雍州刺史,襄阳太守。善于临民,在雍部政绩尤著,蛮夷前后叛戾不受化者,并皆顺服,悉出缘沔为居。百姓乐业,户民丰赡,由此有《襄阳乐歌》,自道产始也。"

何尚之五十岁,丁父忧。

据《宋书》尚之本传,本年其父何叔度卒。

何承天六十二岁,裴松之六十岁,宗炳五十七岁,王韶之五十二岁,颜延之四十八岁,谢惠连二十五岁,张畅二十四岁,何偃十九岁,刘义恭十九岁,鲍照十八岁,王微十七岁,谢庄十一岁,颜竣十一岁,王僧达九岁,陆澄七岁,刘骏两岁。

432年 壬申 宋元嘉九年

五月,王弘薨。六月,司徒、南徐州刺史彭城王义康改领扬州

刺史。(《宋书·文帝纪》《宋书·彭城王义康传》)

谢灵运四十八岁,赴临川内史任。

作《道路忆山中诗》《入彭蠡湖诗》《登庐山绝顶望诸峤诗》《初发入南城诗》《入华子冈是麻源第三谷诗》《题落崄石诗》《送雷次宗诗》《孝感赋》;《游名山志》之《临川郡:华子冈》。见顾谱。

谢庄十二岁。

《宋书》本传记:"及长,韶令美容仪,太祖见而异之,谓尚书仆射殷景仁、领军将军刘湛曰;'蓝田出玉,岂虚也哉。'"据《宋书·殷景仁传》《宋书·刘湛传》,殷景仁任尚书仆射在元嘉九年(432);同年,刘湛代殷景仁为领军将军。刘湛本因殷景仁之力返朝任职,但不久即有睚眦,终势同水火。文帝对二人称道谢庄,当在二人共职之初,关系尚好时,故系于本年。

王微十八岁,起家司徒祭酒,转主簿。

据《宋书·文帝纪》本年五月王弘薨;六月,司徒、南徐州刺史彭城王义康改领扬州刺史。义康秉政自本年方成规模。王微约于本年起家。

袁淑二十五岁,补衡阳王义季右军主簿,迁太子洗马,以脚疾不拜。

见《宋书》本传。衡阳王义季任右军将军,据《宋书·衡阳王义季传》在本年。故将此事系于本年。

刘义庆三十岁,出为平西将军、荆州刺史。

见《宋书》本传、《宋书·文帝纪》。

刘义恭二十岁。征为都督南兖徐兖青冀幽六州诸军事、征北将军,开府仪同三司、南兖州刺史,镇广陵。

见《宋书》本传。时诏群臣举才,上《举才表》荐宗炳等人。见《宋书》本传。

范晔三十五岁,迁宣城太守。

删众家《后汉书》为一家之作。《宋书》本传记:"元嘉九年冬,彭城太妃薨,将葬,祖夕,僚故并集东府。晔弟广渊,时为司徒祭酒,其日在直。晔与司徒左西属王深宿广渊许,夜中酣饮,开北牖听挽歌为乐。义康大怒,左迁晔宣城太守。不得志,乃删众家《后汉书》为一家之作。"由上可知范晔删他人之作为《后汉书》

始于本年，姑系之。

何承天六十三岁，出为衡阳内史。

《宋书》本传记："承天为性刚愎，不能屈意朝右，颇以所长侮同列，不为仆射殷景仁所平，出为衡阳内史。"殷景仁为尚书仆射在本年，姑系之。

何尚之五十一岁，任左卫将军，领太子中庶子。

《宋书》本传记："服阙，复为左卫，领太子中庶子。尚之雅好文义，从容赏会，甚为太祖所知。"

张畅二十五岁，任江夏王义恭征北记室参军，晋安太守。

《宋书》本传不记此事时间，据《宋书》义恭本传，本年义恭任征北将军。故系于本年。

何偃二十岁，任临川王刘义庆平西主簿。

何偃早年仕历，《宋书》本传记载不详，但根据《宋书·文帝纪》，本年六月，刘义庆出任平西将军，荆州刺史，何偃大约本年入仕，并入刘义庆府中。

裴松之六十一岁，宗炳五十八岁，王韶之五十三岁，颜延之四十九岁，谢惠连二十六岁，鲍照十九岁，王微十八岁，颜竣十二岁，王僧达十岁，陆澄八岁，刘骏三岁，刘铄两岁。

433年　癸酉　宋元嘉十年

十一月，氐王杨难当袭宋梁中，据有汉中。（《宋书·文帝纪》）

谢灵运四十九岁。临川被收，徙付广州，于广州被杀。

作《临川被收诗》《登狐山》《入涑溪》《长歌行》《岭表诗》《临终诗》《岭表赋》。见顾谱。

谢惠连卒。时年二十七岁。

《宋书》本传记："（元嘉）十年，卒，时年二十七。既早亡，且轻薄多尤累，故官位无显。"

颜延之五十岁。

作《应诏观北湖田收诗》。《文选》卷二十二所收，引"集曰：元嘉十年也"。

王韶之五十四岁，任祠部尚书，加给事中。坐去郡长取送故，免官。

《宋书》本传记："羡之被诛，王弘入为相，领扬州刺史。弘虽与韶之不绝，诸弟未相识者，皆不复往来。韶之在郡，常虑为弘所绳，夙夜勤厉，政绩甚美，弘亦抑其私憾。太祖两嘉之。在任积年，称为良守，加秩中二千石。十年，征为祠部尚书，加给事中。坐去郡长取送故，免官。"

何承天六十四岁，裴松之六十二岁，宗炳五十九岁，何尚之五十二岁，范晔三十六岁，刘义庆三十一岁，张畅二十六岁，袁淑二十六岁，何偃二十一岁，刘义恭二十一岁，鲍照二十岁，王微十九岁，谢庄十三岁，颜竣十三岁，王僧达十一岁，陆澄九岁，刘骏四岁，刘铄三岁。

434年　甲戌　宋元嘉十一年

四月，宋梁、南秦二州刺史萧思话遣将破杨难当，收复汉中。（《宋书·文帝纪》）

颜延之五十一岁，忤刘湛，出为永嘉太守，未赴，罢职。

作《应诏宴曲水诗》《三月三日曲水诗序》。二作并为《文选》所收，李善注引裴子野《宋略》曰："文帝十一年三月丙申，禊饮于乐游苑，且祖道江夏王义恭、衡阳王义季。有诏会者咸作诗，诏太子中庶子颜延年作序。"作《五君咏》，《宋书》本传记："延之好酒疏诞，不能斟酌当世，见刘湛、殷景仁专当要任，意有不平，常云：'天下之务，当与天下共之，岂一人之智所能独了！'辞甚激扬，每犯权要。谓湛曰：'吾名器不升，当由作卿家吏。'湛深恨焉，言于彭城王义康，出为永嘉太守。延之深怨愤，乃作《五君咏》以叙竹林七贤，山涛、王戎以显贵被黜……湛及义康以其辞旨不逊，大怒。时延之已拜，欲黜为远郡，太祖与义康诏曰：'……'乃以光禄勋车仲远代之。延之与仲远世素不协，屏居里巷，不豫人间者七载。"

作《拜永嘉太守辞东宫表》，本年颜延之尚任太子中庶子。

作《释何衡阳达性论》《重释何衡阳达性论》《又释何衡阳达性论》。何尚之《答宋文帝赞扬佛教事》曰："元嘉十二年五月乙酉，有司奏丹阳尹萧摹之上言称'……'是时有沙门慧琳，假服僧次，而毁其法，著《白黑论》。并拘滞一方，诋呵释教。永嘉太守颜延之、太子舍人宗炳，信法者也，检驳二论，各万余言。"从这一材料中可以看出，元嘉十二年（435）前，两派的论战已经开始。

释慧琳作《白黑论》，引起何承天、宗炳、颜延之等人的论战。

《宋书·夷蛮传》:"尝著《均善论》……论行于世。旧僧谓其贬黜释氏,欲加摈斥。"而颜、宗、何等人论战事,见上颜延之条。

何承天六十五岁。

作《达性论》,按何尚之《答文帝赞扬佛教事》中提到元嘉十二年（435）萧摹之上书,论及慧琳《白黑论》与何承天《达性论》,说明已经在社会中较有影响。

作《与宗居士书论释慧琳白黑论》、《答宗居士书》（《释均善论》）、《答宗居士书》、《答颜光禄》、《重答颜光禄》、《报应问》,这些关于佛教的论文应当都与本年的佛教论战有关,故系于本年。

裴松之六十三岁,入补通直为常侍,复领司冀二州大中正。

《宋书》本传未记其入补时间,但本年颜延之被贬出为永嘉太守,说明裴松之已离永嘉太守任。

宗炳六十岁,作《答何衡阳书》《又答何衡阳书》《明佛论》,上述文中皆与何承天论辨时所作,故系于本年。

王韶之五十五岁,何尚之五十三岁,范晔三十七岁,刘义庆三十二岁,张畅二十七岁,袁淑二十七岁,何偃二十二岁,刘义恭二十二岁,鲍照二十一岁,王微二十岁,谢庄十四岁,颜竣十四岁,王僧达十二岁,陆澄十岁,刘骏五岁,刘铄四岁。

435年　乙亥　宋元嘉十二年

正月,封黄龙国主冯弘为燕王。四月,下诏求才。（《宋书·文帝纪》）

颜延之五十二岁。求那跋陀罗自天竺泛海至广州,文帝遣使迎至建康,颜延之访问之。见《高僧传》卷三《宋京师中兴寺求那跋陀罗传》。

刘义庆三十三岁。

作《荐庾实等表》。《宋书》本传记:"（元嘉）十二年,曾使内外群官举士,义庆上表曰:'……伏见前临沮令新野庾寔,秉真履约,爱敬淳深。昔在母忧,毁瘠过礼,今罹父疚,泣血有闻。行成闺庭,孝著邻党,足以敦化率民,齐教轨俗。前征奉朝请武陵龚祈,恬和平简,贞洁纯素,潜居研志,耽情坟籍,亦足镇息颓竞,奖励浮动。处士南郡师觉,才学明敏,操介清修,业均井渫,志固冰霜。臣往年辟为州祭酒,未汙其虑。若朝命远暨,玉帛遐臻,异人间出,何远之有。'"又记:"在州八年,为西土所安。撰《徐州先贤传》十卷，奏上之。又拟班固《典引》为《典叙》，以述皇代之美。"

《宋书》本传记其入京后又出补南琅邪太守，元嘉十四年（437）致仕，出补事大约在本年。

刘骏六岁，立为武陵王。

见《宋书·孝武帝纪》。

王韶之五十六岁，任吴兴太守，卒。

见《宋书》本传。

何尚之五十四岁，迁侍中。见《宋书》本传。

作《列叙元嘉赞扬佛教事》，此文从"元嘉十二年五月乙酉"至"尚之对曰"，当取自史书，并非正文。文中又记尚之时任侍中，故系于本年。

何承天六十六岁，裴松之六十四岁，宗炳六十一岁，范晔三十八岁，张畅二十八岁，袁淑二十八岁，何偃二十三岁，刘义恭二十三岁，鲍照二十二岁，王微二十一岁，谢庄十五岁，颜竣十五岁，王僧达十三岁，陆澄十一岁，刘铄五岁。

436年　丙子　宋元嘉十三年

正月，文帝有疾，诛司空、江州刺史檀道济，立第二皇子浚为始兴王。（《宋书·文帝纪》）

颜延之五十三岁。

《宋书》本传记："晋恭思皇后葬，应须百官，湛之取义熙元年除身，以延之兼侍中。邑吏送札，延之醉，投札于地曰：'颜延之未能事生，焉能事死！'"晋恭思皇后薨于本年七月，见《晋书·后妃·传恭思褚皇后传》。

何承天六十七岁，为州司所纠，系狱。

《宋书》本传记："昔在西与士人多不协，在郡又不公清，为州司所纠，被收系狱，值赦免。"此事本传不言何时，但据十二年萧摹之上表看，其尚未系狱，依然在衡阳内史任上。考元嘉九年至十六年（432～439），大赦有三：十二年（435）春正月、十三年（436）三月、十四年（437）正月。承天可能本年系狱，不久赦免。

何尚之五十五岁，任丹阳尹，立玄学。

《宋书》本传记："十三年，彭城王义康欲以司徒左长史刘斌

为丹阳尹，上不许。乃以尚之为尹，立宅南郭外，置玄学，聚生徒。东海徐秀，庐江何昙、黄回，颍川荀子华，太原孙宗昌、王延秀，鲁郡孔惠宣，并慕道来游，谓之南学。"

裴松之六十五岁，受诏作《元嘉起居注》，出补南琅邪太守。

裴子野《宋略总论》记："子野祖宋中大夫西乡侯以文帝十三受诏撰《起居注》。"（《建康实录》卷十四）

宗炳六十二岁，范晔三十九岁，刘义庆三十四岁，张畅二十九岁，袁淑二十九岁，何偃二十四岁，刘义恭二十四岁，鲍照二十三岁，王微二十二岁，谢庄十六岁，颜竣十六岁，王僧达十四岁，陆澄十二岁，刘骏七岁，刘铄六岁。

437 年　丁丑　宋元嘉十四年

裴松之六十六岁，致仕。

见《宋书》本传。

何承天六十八岁，宗炳六十三岁，何尚之五十六岁，颜延之五十四岁，范晔四十岁，刘义庆三十五岁，张畅三十岁，袁淑三十岁，何偃二十五岁，鲍照二十四岁，王微二十三岁，谢庄十七岁，颜竣十七岁，王僧达十五岁，陆澄十三岁，刘骏八岁，刘铄七岁。

438 年　戊寅　宋元嘉十五年

征处士雷次宗到建康，于鸡笼山开馆授徒。（《宋书·隐逸传·雷次宗传》）

范晔四十一岁。迁长沙王义欣镇军长史，加宁朔将军。

《宋书》本传记范晔在宣城太守任上"数年"，而长沙王义欣于元嘉十年（433）即进号领军将军，显然范晔任镇军长史在此之后。义欣于元嘉十六年（439）薨，则范晔任职必在此之前。故系于此年。

刘义庆作《游鼍湖诗》，鼍湖，《太平寰宇记》卷一百四十四记"鼍湖在（沔阳）县东二十里"，沔阳属荆州，可见是义庆荆州时作，姑系于本年。

何承天六十九岁，裴松之六十七岁，宗炳六十四岁，何尚之五十七岁，颜延之五十五岁，刘义庆三十六岁，张畅三十一岁，袁淑三十一岁，何偃二十六岁，刘义恭二十六岁，鲍照二十五岁，王微二十四岁，谢庄十八岁，颜竣十八岁，王僧达十六岁，陆澄十四岁，刘骏九岁，刘铄八岁。

439年　己卯　宋元嘉十六年

正月，文帝于北郊阅武，扬州刺史、司徒、彭城王义康进大将军。何尚之立玄学、何承天立史学、谢元立文学，与雷次宗的儒学，四学并建。(《宋书·文帝纪》《建康实录》)

颜延之五十六岁。

作《庭诰》。《宋书》本传记"闲居无事，为《庭诰》之文"。姑且系于此年。

鲍照二十六岁，任临川王侍郎。

关于鲍照入仕时间存在争议。钱仲联以为于本年入仕，然《南史》本传记："照始尝谒义庆未见知，欲贡诗言志，人止之曰：'卿位尚卑，不可轻忤大王。'"可见鲍照在以文学打动义庆之前已在义庆府中，但职位应当非常卑微。故而丁谱以为鲍照初入仕途是在元嘉十二年（435），地点在荆州。此说将鲍照入仕时间提前是有见地的，但以为鲍照二十岁时即西游荆州也值得斟酌。姑从钱氏。

作《解褐谢侍郎表》《游思赋》①《登大雷岸与妹书》《凌烟楼铭》《佛影颂》《野鹅赋》《登庐山》《登庐山望石门》《从登香炉峰》《望孤石》等。参钱氏《集注》。

袁淑三十二岁，任临川王义庆谘议参军。

《宋书》本传记："卫将军临川王义庆雅好文章，请为谘议参军。顷之，迁司徒左西属。"据《宋书·临川武烈王道规传·刘义庆传》记："（元嘉）十六年，改授散骑常侍、都督江州豫州之西阳晋熙新蔡三郡诸军事、卫将军、江州刺史。"著《俳谐集》，现存《鸡九锡文》《劝进笺》《驴山公九锡文》《大兰王九锡文》。据宁稼雨先生考订，《世说新语》成书时间大致在元嘉十六年（439），袁淑是否参与此事，不得而知，但可知此时袁淑在临川王府中。集书之事盛行，《俳谐集》或亦于此间作。

刘义庆三十七岁，改授散骑常侍、都督江州豫州之西阳晋熙新蔡三郡诸军事、卫将军、江州刺史。

见《宋书》本传。《宋书·文帝纪》记此事在本年四月。

《世说新语》约成于本年。参本年袁淑条。

---

① 苏瑞隆先生认为，《游思赋》作于鲍照前去荆州加入临海王刘子顼幕府时，聊备一说，见《鲍照诗文研究》，中华书局2006年版，第54页。

刘义恭二十七岁，为司空。

见《宋书》本传。

刘铄九岁，封南平王。

见《南史》本传。

范晔四十二岁。母卒，丁忧。

《宋书》本传记："兄暠为宜都太守，嫡母随暠在官。十六年，母亡，报之以疾，晔不时奔赴，及行，又携妓妾自随，为御史中丞刘损所奏，太祖爱其才，不罪也。"

何承天七十岁，除著作佐郎，撰国史，为荀伯子所嘲。

见《宋书》本传。

何尚之五十八岁，任祀部尚书，领国子祭酒。

《宋书》本传记："湛欲领丹阳，乃徙尚之为祠部尚书，领国子祭酒。尚之甚不平。"《宋书》不记刘湛任丹阳尹时间，次年刘湛被杀，姑将尚之任祀部尚书事系于本年。

张畅三十二岁，任衡阳王义季安西记室参军，晋安太守。

《宋书》本传未记畅任安西记室参军时间，据《宋书》刘义季本传，本年义季任安西将军。

又任临川王义庆卫军从事中郎。

据《宋书·刘义庆传》，本年义庆任卫将军。

宗炳六十五岁，衡阳王义季在荆州，拜访宗炳，命为谘议参军，不起。

见《宋书》本传。衡阳王义季任荆州刺史在本年（《宋书·衡阳王义季传》）

刘骏十岁，任湘州刺史，戍石头。

见《宋书·孝武帝纪》、《宋书·文帝纪》。

裴松之六十八岁，何偃二十七岁，王微二十五岁，谢庄十九岁，颜竣十九岁，王僧达十七岁，陆澄十四岁。

440 年　庚辰　宋元嘉十七年

十月，诛刘湛及彭城王义康之党羽，迁义康为江州刺史。（《宋书·文帝纪》《宋书·彭城王义康传》《宋书·刘湛传》）

鲍照二十七岁。

作《还都道中二首》《还都口号》《行京口至竹里》《发白渚》《浔阳还都道中》《还都至三山望石头城》，参见钱氏《集注》。作

《芙蓉赋》，《宋书·符瑞志》记本年刘义庆于浔阳发现"连理芙蓉"，此时鲍照正在刘义庆府中，《芙蓉赋》有可能作于本年。

谢庄二十岁，初为始兴王浚后军法曹行参军，转为太子舍人。

《宋书·二凶传·始兴王浚传》记："（元嘉）十六年，都督湘州诸军事、后将军、湘州刺史。仍迁使持节、都督南豫豫司雍并五州诸军事、南豫州刺史，将军如故。十七年，为扬州刺史，将军如故，置佐领兵。"大约此时谢庄入刘浚府。

王微二十六岁，约于本年任始兴王后军功曹记室参军、太子舍人、始兴王友。

参见《宋书》本传、《宋书·二凶传·始兴王浚传》。

颜延之五十七岁，起为始兴王浚后军谘议参军。

《宋书》本传记："刘湛诛，起延之为始兴王浚后军谘议参军。"

作《袁皇后哀策文》。《宋书·后妃传·袁皇后传》记："元嘉十七年，疾笃，上执手流涕问所欲言，后视上良久，乃引被覆面。崩于显阳殿，时年三十六。上甚相悼痛，诏前永嘉太守颜延之为哀辞，文甚丽。"延之在《袁皇后哀策文》中云："惟元嘉十七年七月二十六日，大行皇后崩于显阳殿。粤九月二十六日，将迁座于长宁陵。……（皇帝）乃命史臣，累德述怀。"从文中看，当时颜延之依然在家闲居。而据《宋书·文帝纪》始兴王刘浚任扬州刺史在本年十二月，颜延之当此时又起。且从文章中作者自称"史臣"看，颜延之闲居期间，并非不预人间，与政治还保持了一定联系。

袁淑三十三岁，迁司徒左西属。

见《宋书》本传。司徒，当指江夏王义恭。据《宋书·文帝纪》记，本年十月，临川王义庆改任南兖州刺史、尚书仆射。而大将军、原司徒刘义康于本月被幽禁于江州，江夏王义恭改任司徒、录尚书事。袁淑当于此时入义恭司徒府。

刘义庆三十八岁，改任南兖州刺史。

见《宋书》本传。《宋书·文帝纪》记此事在本年十月。

刘义恭二十八岁，为侍中、都督扬南徐兖三州诸军事、录尚书、领太子太傅，并代义康为司徒。

《宋书》本传记："十六年，进位司空。明年，大将军彭城王义康有罪出藩，征义恭为侍中、都督扬南徐兖三州诸军事、司徒、

录尚书，领太子太傅、持节如故，给班剑二十人，置仗加兵，明年，解督南兖。"

刘铄十岁，都督湘州诸军事、冠军将军、湘州刺史。不之镇，领石头戍事。

见《宋书》本传。

范晔四十三岁，服阕，为始兴王浚后军长史，领南下邳太守。

《宋书》本传记："服阕，为始兴王浚后军长史，领南下邳太守。及浚为扬州，未亲政事，悉以委晔。"按，据《宋书·二凶传·始兴王浚传》，刘浚于元嘉十六年进后将军、十七年任扬州刺史。这里牵涉到为嫡母守孝时间的问题，《宋书·礼志》记："元嘉十七年，元皇后崩。皇太子心丧三年。礼心丧者，有禫无禫，礼无成文，世或两行。皇太子心丧毕，诏使博议。有司奏：'丧礼有禫，以祥变有三渐，不宜便除即吉，故其间服以纋缟。心丧已经十三月，大祥十五月，祥禫变除，礼毕余一期，不应复有禫。宣下以为永制。'诏可。"可见刘宋时期母丧丁忧时间并不固定。

何承天七十一岁，任太子率更令，著作如故。

《宋书》本传记："（元嘉）十六年，除（何承天）著作佐郎，撰国史。承天年已老，而诸佐郎并名家年少，颍川荀伯子嘲之，常呼为奶母。……寻转太子率更令。"《宋书·五行志》记："宋文帝元嘉十八年秋七月，天有黄光，洞照于地。太子率更令何承天谓之荣光，太平之祥，上表称庆。"其《久丧不葬议》，《宋书》置于承天任太子率更令之后，中云"十六年冬"，此表必作于十六年（439）后，而其任太子率更令也在之后、十八年（441）之前，姑系于本年。

何尚之五十九岁，迁吏部尚书，察左卫将军范晔异常。

《宋书》本传记："湛诛，迁吏部尚书。时左卫将军范晔任参机密，尚之察其意趣异常，白太祖宜出为广州，若在内衅成，不得不加以鈇钺，屡诛大臣，有亏皇化。"

刘骏十一岁，任南豫州刺史，戍石头。

见《宋书·孝武帝纪》《宋书·文帝纪》。

范岫生。

范岫，字懋宾，永明时期作家，《梁书》有传，记其卒于梁武帝萧衍天监十三年（514），时年七十五岁。上推其生于本年。另据

《南史·范岫传》，范岫还是颜延之的外孙。

裴松之六十九岁，宗炳六十六岁，张畅三十三岁，何偃二十八岁，颜竣二十，王僧达十八岁，陆澄十六岁。

441年　辛巳　宋元嘉十八年

十一月，氐王杨难当又攻汉川。十二月，龙骧将军裴方明与梁、秦二州刺史刘真道讨之。（《宋书·文帝纪》）

颜延之五十八岁。

作《赭白马赋》，其序云："惟宋二十有二载。"李善注曰"宋文帝十七年"，误。

王球卒，为作石志。《宋书·王球传》记："（元嘉）十八年，卒，时年四十九岁。"《南齐书·礼志》记："宋元嘉中，颜延之作王球石志，素族无碑策，故以纪德。"

袁淑三十四岁。出为宣城太守。

《宋书》本传记："卫将军临川王义庆雅好文章，请为谘议参军。顷之，迁司徒左西属，出为宣城太守。"刘义庆任卫将军、江州刺史，在元嘉十六年（439）四月，次年（440）十月，改任南兖州刺史。同月，江夏王义恭代义康为司徒，袁淑大约此时入义恭司徒府。关于出守宣城时间，《宋书》未记，但元嘉二十六年（449）任尚书吏部郎之前，袁淑又在宣城太守任后补中书侍郎，丁母忧，又任太子中庶子。宋地方官任期一般六年，故可推大约本年出守宣城。

作《登宣城郡诗》。袁淑出任宣城太守见上，故系于此。

刘义庆三十九岁，加开府仪同三司。

《宋书》本传未记开府时间。《宋书·文帝纪》记曰："夏五月壬午，卫将军南兖州刺史临川王义庆、征北将军南徐州刺史南谯王义宣并开府仪同三司。"

刘义恭二十九岁，解督南兖。

见元嘉十七年（440）事。按，义恭实都督扬州、南徐州、兖州，解督"南兖"当为"南徐"之误。

范晔四十四岁，任左卫将军。

《宋书·沈演之传》记："十七年，义康出藩，诛（刘）湛等，以演之为右卫将军。（殷）景仁寻卒，乃以后军长史范晔为左卫将军，与演之对掌禁旅，同参机密。"又据《宋书·文帝纪》，殷景

249

仁卒于元嘉十七年（440）十一月。可见范晔任左卫将军时间大致在元嘉十八年（441）左右。

何承天七十二岁

作《白鸠颂》，《宋书·符瑞志》记："宋文帝元嘉十八年庚午，会稽山阴商世宝获白鸠，眼足并赤，扬州刺史始兴王浚以献。太子率更令何承天上表曰：……，其《白鸠颂》曰……"

沈约生。

沈约是永明时期著名作家，声律论的创始人之一，字休文，吴兴人。《梁书》本传记其卒于梁武帝萧衍天监十二年（513），时年七十三岁，上推其生于本年。

谢朏生。

谢朏是齐梁时期作家，字敬冲，谢庄之子。《梁书》本传记其卒于梁武帝萧衍天监五年（506），时年六十六岁，上推其生于本年。

裴松之七十岁，宗炳六十七岁，何尚之六十岁，张畅三十四岁，何偃二十九岁，鲍照二十八岁，王微二十七岁，谢庄二十一岁，颜竣二十一岁，王僧达十九岁，陆澄十七岁，刘骏十二岁，刘铄十一岁，范岫两岁。

442 年　壬午　宋元嘉十九年

正月，下诏兴学，国子学建立。五月，刘真道、裴方明破氐王杨难当。十二月，下诏修孔子墓。（《宋书·文帝纪》）

颜延之五十九岁。为太子中庶子。

《宋书·何承天传》记："（元嘉）十九年，立国子学，以本官领国子博士。皇太子讲《孝经》，承天与中庶子颜延之同为执经。"缪谱以为此为误记。《宋书·颜延之传》对延之元嘉年间仕历记载并不详细，中庶子或为兼任。

颜竣二十二岁，为太学博士，太子舍人。本年太学立。

见《宋书》本传。

何承天七十三岁，以本官领国子博士。

见《宋书》本传。

何尚之六十一岁，领国子祭酒。

《宋书》本传记："国子学建，领国子祭酒。"

何偃三十岁，约于本年任丹阳尹，迁庐陵王友，太子舍人，中书郎，太子中庶子。

《宋书》对这段时间何偃仕历记载时间不详，但本年左右，庐陵王刘绍开始招募幕僚，故系于本年。

王僧达二十岁，为始兴王浚后军参军，迁太子舍人。

《宋书》本传记："少好学，善属文。年未二十，以为始兴王浚后军参军，迁太子舍人。"僧达于元嘉三十年（453）作《求徐州启》曰"从官委褐，十有一载"，可见其本年入仕。

裴松之七十一岁，宗炳六十八岁，范晔四十五岁，刘义庆四十岁，张畅三十五岁，袁淑三十五岁，刘义恭三十岁，鲍照二十九岁，王微二十八岁，谢庄二十二岁，陆澄十八岁，刘骏十三岁，刘铄十二岁，范岫三岁，沈约两岁，谢朓两岁。

443 年　癸未　宋元嘉二十年

十二月，下诏兴农。（《宋书·文帝纪》）

谢庄二十三岁，转太子舍人、庐陵王文学、太子洗马、中舍人、庐陵王绍南中郎谘议参军。

见《宋书》本传。《宋书·庐陵孝献王义真传》（附《刘绍传》）记："元嘉九年，袭封庐陵王。少而宽雅，太祖甚爱之。二十年，出为南中郎将、江州刺史，时年十二。"谢庄出入于太子府、庐陵王府时间当作本年左右。

王微二十九岁，约于本年丁父忧。

《宋书》本传不记其丁忧时间，但记："父忧去官。服阕，除南平王铄右军谘议参军。"南平王刘铄任右将军时间《宋书》未记，但《宋书·文帝纪》记元嘉二十七年（450）二月，"右将军、豫州刺史南平王铄进号平西将军"，而刘铄任豫州刺史时间在元嘉二十二年（445）六月，其任右将军当在同时，王微大约本年丁忧，二十二年（445）服阕。

刘义庆四十一岁，因白虹贯城，野麇入府，求还。

见《宋书》本传，义庆本年应当还在刺史任上。据《宋书·符瑞志》记："元嘉二十年七月，盱眙考城县柞树二株连理，南兖州刺史临川王义庆以闻。"可见本年七月义庆还在广陵。明年正月义庆薨。故将此事系于本年。

王僧达二十一岁。

临川王义庆使沙门慧观造僧达。《宋书》本传记："性好鹰犬，

与闾里少年相驰逐，又躬自屠牛。义庆闻如此，令周旋沙门慧观造而观之。僧达陈书满席，与论文义，慧观酬答不暇，深相称美。"

颜延之六十岁，为御史中丞。

作《宋南郊登歌》三首，参见曹道衡、刘跃进《编年史》。

何承天七十四岁，撰亲耕仪注。

《宋书·礼志》："元嘉二十年，太祖将亲耕，以其久废，使何承天撰定仪注。"

作《元嘉历表》《奏改漏刻简》，《宋书·律历志》："宋太祖颇好历数，太子率更令何承天私撰新法。元嘉二十年，上表曰：'臣授性顽惰，少所关解。自昔幼年，颇好历数，耽情注意，迄于白首。臣亡舅故秘书监徐广，素善其事，有既往《七曜历》，每记其得失，自太和至太元之末，四十许年。臣因比岁考校，至今又四十载。故其疏密差会，皆可知也。……伏惟陛下允迪圣哲，先天不违，劬劳庶政，寅亮鸿业，究渊思于往籍，探妙旨于未闻，穷神知化，罔不该览。是以愚臣欣遇盛明，效其管穴。伏愿以臣所上《元嘉法》下史官考其疏密。若谬有可采，庶或补正阙谬，以备万分。"

宗炳卒，时年六十九岁。

见《宋书》本传。

何长瑜卒。

何长瑜事迹见《宋书·谢灵运传》《南史·谢灵运传》。《南史·谢灵运传》记："庐陵王绍镇寻阳，以长瑜为南中郎行参军，掌书记之任。行至板桥，遇暴风溺死。"据《宋书·文帝纪》，刘绍任江州刺史、镇寻阳是在本年二月。何长瑜著作，据《隋书·经籍志》记载有集八卷，现存诗二首，在《诗品》中被列入下品。

裴松之七十二岁，何尚之六十二岁，颜延之六十岁，范晔四十六岁，张畅三十六岁，袁淑三十六岁，何偃三十一岁，刘义恭三十一岁，鲍照三十岁，颜竣二十三岁，陆澄十九岁，刘骏十四岁，刘铄十三岁，范岫四岁，沈约三岁，谢朓三岁。

444年　甲申　宋元嘉二十一年

正月，卫将军临川王义庆薨。七月，下诏兴农。(《宋书·文帝纪》《宋书·刘义庆传》)

鲍照三十一岁。

作《通世子自解启》《临川王服竟还田里诗》《重与世子启》。

见钱氏《集注》。该年鲍照返回乡里，叙写农耕生活的《园葵赋》应作于该年前后。

颜延之六十一岁，约于本年任御史中丞。

缪谱以为颜延之任御史中丞在去年，并引《南齐书·刘休传》云："建元初，为御史中丞。顷之，休启曰：'臣窃寻宋世载祀六十，历职斯任者五十有三，校其年月，不过盈岁。'"并云延之"为御史中丞时间当亦甚短"。明年四月延之为国子祭酒，解御史中丞，故系于本年为妥。

刘义庆卒，时年四十二岁。

见《宋书》本传及《宋书·文帝纪》。刘义庆是刘宋皇室成员中比较爱好文学的一位，他在刺史任上组织大批文人编纂了《世说新语》等书，在文学史上有一定的地位。

刘义恭三十二岁，进太尉，领司徒。

《宋书》本传记："二十一年，进太尉，领司徒，余如故。义恭既小心恭慎，且戒义康之失，虽为总录，奉行文书而已，故太祖安之。"

颜竣二十四岁，任武陵王刘骏抚军主簿。

《宋书》本传记："出为世祖抚军主簿，甚被爱遇，竣亦尽心补益。"按，据《宋书·孝武帝纪》记："（元嘉）二十一年，加督秦州，进号抚军将军。"而据《宋书·文帝纪》，刘骏加抚军是在本年七月。

范晔四十七岁，迁太子詹事。

《宋书·沈演之传》记："二十一年，诏曰：'……侍中领右卫将军演之……右（当为左）卫将军晔……并美彰出内，诚亮在公，能克懋厥猷，树绩所莅。演之可中领军，晔可太子詹事。'"《资治通鉴》卷一百二十四亦记元嘉二十一年（444）二月，"领右卫将军沈演之为中领军，左卫将军范晔为太子詹事"。

刘骏十五岁，加督秦州，进号抚军将军。

见《宋书·孝武帝纪》《宋书·文帝纪》。

何承天七十五岁，弹劾谢元，又为谢元所劾，坐白衣领职。

《宋书》本传记："承天与尚书左丞谢元素不相善，二人竞伺二台之违，累相纠奏。……义恭素奢侈，用常不充，二十一年，逆就尚书换明年资费。而旧制出钱二十万，布五百匹以上，并应奏

闻，元辄命议以钱二百万给太尉。事发觉，元乃使令史取仆射孟颉命。元时新除太尉谘议参军，未拜，为承天所纠。上大怒，遣元长归田里，禁锢终身。元时又举承天卖苓四百七十束与官属，求贵价，承天坐白衣领职。"

江淹生。

江淹是齐梁时期著名的作家，字文通，济阳考城人。《梁书》本传记其卒于梁武帝萧衍天监四年（505），时年六十二岁，上推其生年为该年。

张融生。

张融，字思光，吴郡吴人，张畅子，南齐时期著名作家。《南齐书》本传记其卒于齐明帝萧鸾建武四年（497），时年五十四岁，上推其生于该年。

裴松之七十三岁，何尚之六十三岁，张畅三十七岁，袁淑三十七岁，何偃三十二岁，王微三十岁，谢庄二十四岁，王僧达二十二岁，陆澄二十岁，刘铄十四岁，范岫五岁，沈约四岁，谢朓四岁。

445年　乙酉　宋元嘉二十二年

正月，用御史中丞何承天《元嘉新历》。十二月，太子詹事范晔谋反，伏诛，免大将军、彭城王义康为庶人。（《宋书·文帝纪》《宋书·范晔传》《宋书·彭城王义康传》）

鲍照三十二岁，在家闲居。

钱氏以为鲍照在临川王义庆卒后又入衡阳王义季府中，并以《见卖玉器者》《从过旧宫》为例。然此说并无有力的直接证据。从其《园葵赋》看，他曾经在退居期间进行了农业劳动，因此并不是立刻转入其他幕府。钱说不敢贸然相从。

作《园葵赋》。

王微三十一岁，约于本年任南平王铄右军谘议参军，称疾不就，仍除中书侍郎。

考见元嘉二十年（443）王微条。

谢庄二十五岁，在庐陵王府中。

范晔《狱中与诸甥侄书》曰："年少中，谢庄最有其分。"二人在元嘉十七年（440）左右同在始兴王府中供职，有所了解。

《自浔阳至都集道里名为诗》。《宋书·刘绍传》记："二十二年入朝，加荣载，进都督江州、豫州之西阳晋熙新蔡三郡诸军事。"

谢庄应当从刘绍由江州返京受命时作此诗。

颜延之六十二岁，由御史中丞转国子祭酒，造郊庙歌诗。

《宋书·乐志》记："（元嘉）二十二年，南郊，始设登哥，诏御史中丞颜延之造哥诗，庙舞犹阙。"

作《皇太子释奠会诗》。《宋书·礼志》记："元嘉二十二年，太子释奠。""宋文帝元嘉二十二年四月，皇太子讲《孝经》通，释奠国子学，如晋故事。"进国子祭酒事，考见缪谱以及曹道衡、沈玉成《中古文学史料丛考》。

作《为皇太子侍宴饯衡阳南平二王应诏诗》。《宋书·衡阳王义季传》记："（元嘉）二十二年九月，征北将军衡阳王义季、右将军南平王铄出镇，上于武帐冈祖道。"

王僧达二十三岁，约于本年迁太子洗马。

僧达任太子洗马，《宋书》未记时间。按，僧达于元嘉二十六年（449）即为宣城太守，此前在丁忧之中，以丁忧二十七月年例，其父卒于元嘉二十四（447）年左右。之前任太子洗马，而其迁太子洗马或在该年前后。故系于此处。

作《释奠诗》。皇太子释奠事见颜延之条。

刘铄十五岁，迁使持节、都督南豫豫司雍秦并六州诸军事，南兖州刺史。

见《宋书》本传。任豫州刺史。《宋书》本传记："时太祖方事外略，乃罢南豫并寿阳，即以铄为豫州刺史，寻领安蛮校尉，给鼓吹一部。"

范晔四十八岁，谋反，被诛。作《狱中与诸甥侄书》

事见《宋书》本传。

范广渊涉入范晔谋反事，被诛。

范广渊为范晔之弟，事迹见《宋书·范晔传》。今存诗一首。

孔熙先涉入范晔谋反事，被诛。

孔熙先事迹以及《狱中上书》并见《宋书·范晔传》。

孔休先涉入范晔谋反事，被诛。

孔休先事迹以及《谕众檄文》并见《宋书·范晔传》

何承天六十七岁，与颜延之同为皇太子执经。

见《宋书》本传。

作《时释奠颂》，元嘉中释奠事见该年颜延之条。

255

何尚之六十四岁，任尚书右仆射，加散骑常侍。谏文帝体恤民力。

《宋书》本传记："二十二年，迁尚书右仆射，加散骑常侍。是岁造玄武湖，上欲于湖中立方丈、蓬莱、瀛洲三神山，尚之固谏乃止。时又造华林园，并盛暑役人工，尚之又谏，宜加休息，上不许，曰：'小人常自暴背，此不足为劳。'"

上《表谏行幸侵夜》。

《宋书》本传记："时上行幸，还多侵夕，尚之又表谏曰：'……'亦优诏纳之。"

作《密奏庾炳之得失》《又陈庾炳之愆过》《又答问庾炳之事》。《宋书·庾炳之传》记"炳之为人强急，而不耐烦，宾客干诉非理者，忿詈形于辞色。素无术学，不为众望所推。……领选既不缉众论，又颇通货贿。炳之请急还家，吏部令史钱泰、主客令史周伯齐出炳之宅谘事。泰能弹琵琶，伯齐善歌，炳之因留停宿。尚书旧制，令史谘事，不得宿停外，虽有八座命，亦不许。为有司所奏。上于炳之素厚，将恕之，召问尚书右仆射何尚之，尚之具陈炳之得失。又密奏"云云。故系于该年。

刘骏十六岁，出为雍州刺史。

《宋书·孝武帝纪》记："（元嘉）二十一年，加督秦州……明年，徙都督雍梁南北秦四州荆州之襄阳竟陵南阳顺阳新野随六郡诸军事、宁蛮校尉、雍州刺史，持节、将军如故。自晋氏江左以来，襄阳未有皇子重镇，时太祖欲经略关、河，故有此授。"

作《与庐陵王绍别诗》。诗中云："连岁矜离心，今兹幸良集。"按，据《宋书·庐陵王义真传·刘绍传》记，元嘉二十年，绍出为南中朗将，江州刺史，本年入朝。故云。诗中又云："未尽欢娱怀，已伤歧路及。舳舻引江介，飞旌背尔邑。"当是二人同离京城，之后又别，刘骏西行时作。故云。

何尚之六十四岁，领建平王师，徙中书令，中护军。

《宋书》不记尚之任中书令时间，二十三年（446）尚之迁尚书右仆射，姑将任中书令时间系于该年。

裴松之七十四岁，张畅三十八岁，袁淑三十八岁，何偃三十三岁，刘义恭三十三岁，颜竣二十五岁，陆澄二十一岁，范岫六岁，沈约五岁，谢朓五岁，江淹两岁，张融两岁。

446 年　丙戌　宋元嘉二十三年

三月，北魏袭兖、豫二州，青、冀二州刺史申恬破之。九月，文帝驾临国子学，策试诸生。《宋书·文帝纪》又记："是岁，大有年。筑北堤，立玄武湖，筑景阳山于华林园。"

文帝作《北伐诗》，见《宋书·索虏传》。

袁淑三十九岁，入补中书侍郎，以母忧去职。

《宋书》本传记："出为宣城太守，入补中书侍郎，以母忧去职。"《资治通鉴·齐武帝永明元年》记："宋末，以治民之官六年过久，乃以三年为断，谓之小满。"今年任职宣城期满，入为中书侍郎。丁母忧时间不详，姑系于本年。

何承天七十七岁，裴松之七十五岁，颜延之六十三岁，张畅三十九岁，何偃三十四岁，刘义恭三十四岁，鲍照三十三岁，王微三十二岁，谢庄二十六岁，颜竣二十六岁，王僧达二十四岁，陆澄二十二岁，刘骏十七岁，刘铄十六岁，范岫七岁，沈约六岁，谢朓六岁，江淹三岁，张融三岁。

447 年　丁亥　宋元嘉二十四年

八月，征北大将军、徐州刺史衡阳王义季薨。十月，豫章胡诞世反，平之。(《宋书·文帝纪》)

鲍照三十四岁，始兴王刘浚引为国侍郎。

作《拜侍郎上疏》《和王丞》《河清颂》。参见钱氏《集注》。

张畅作《河清颂》。

参见《宋书·符瑞志》

刘义恭三十五岁。

作《奏徙彭城王义康》。《宋书·彭城王义康传》记："(元嘉)二十四年，豫章胡诞世、前吴平令袁恽等谋反，袭杀豫章太守桓隆、南昌令诸葛智之，聚众据郡，复欲奉戴义康。太尉录尚书江夏王义恭等奏曰：'投畀之言，义著《雅》篇，流殛之教，事在《书》典。庶人义康负衅深重，罪不容戮。……曾不遇愆甘引，而谗言同众，很悖徼幸，每形辞色，内宣家人，外动民听，不逞之族，因以生心。'"

作《嘉禾甘露颂》。《宋书·符瑞志》记，元嘉二十四年(447)七月，嘉禾旅生华林园及景阳山，园丞梅道念以闻，江夏王义恭上表以颂云云。

刘铄十七岁。

作《拟古》三十余首。《南史》本传记："（铄）少好学，有文才，未弱冠，《拟古》三十余首，时人以为亚迹陆机。"这些诗作于刘铄十八岁之前，姑系于本年。

何承天卒，时年七十八岁。

见《宋书》本传。

刘骏十八岁，在荆州刺史任。

作《登作乐山诗》。《艺文类聚》卷七引《荆南图志》："邓城西七里有作乐山，诸葛亮常登此山为《梁甫吟》。"刘宋时，邓城属雍州。故可断定此诗作于雍州任上，姑系于本年。

孔稚珪生。

孔稚珪是永明时期作家，字德璋，会稽山阴人，《南齐书》本传记其卒于齐东昏侯萧宝卷永元三年（501），时年五十五岁，上推其生于本年。

何尚之六十六岁，上《以一大钱当两议》。

《宋书》本传记"先是患货重，铸四铢钱，民间颇盗铸，多翦凿古钱以取铜，上患之。二十四年，录尚书江夏王义恭建议，以一大钱当两，以防翦凿，议者多同。尚之议"云云。

裴松之七十六岁，颜延之六十四岁，张畅四十岁，袁淑四十岁，何偃三十五岁，王微三十三岁，谢庄二十七岁，颜竣二十七岁，王僧达二十五岁，陆澄二十三岁，范岫八岁，沈约七岁，谢朓七岁，江淹四岁，张融四岁。

448年　戊子　宋元嘉二十五年

二月，宣武场成，下诏校猎。闰二月，大蒐于宣武场。（《宋书·文帝纪》）

袁淑四十一岁，服阕，为太子中庶子。

《宋书》本传记："服阕，为太子中庶子。"其母卒于前年，其服阕大约是本年。

刘义恭三十六岁。

作《答诏愍雷次宗诏》。《宋书·隐逸传·雷次宗传》记元嘉二十五年（448），次宗卒于钟山，时年六十三岁，文帝告知义恭此事，义恭答书云云。

颜竣二十八岁，转安北主簿。

258

《宋书》本传记："元嘉中，上不欲诸王各立朋党，将诏竣补尚书郎，吏部尚书江湛以为竣在府有称，不宜回改，上乃止。遂随府转安北、镇军、北中郎府主簿。"按，据《宋书·文帝纪》《宋书·孝武帝纪》，孝武帝任安北将军、镇军将军、北中郎将分别在元嘉二十五年（448）、二十七年（450）、二十八年（451）。

刘铄十八岁。

作《答移魏若库辰树兰》。《宋书·索虏传》记元嘉二十五年，虏宁南将军、豫州刺史北井侯若库辰树兰移书豫州云云，右将军、豫州刺史南平王铄答云云。

刘骏十九岁，改任徐州刺史，又领兖州刺史。

据《宋书·文帝纪》，分别为本年四月、六月事。

作《登鲁山诗》。鲁山在江夏附近（今武汉）。诗中云："解帆憩通渚，息徒凭椒丘。"分明是路过鲁山时作。大约是由雍州刺史任上返京时作。

作《拜衡阳王义季墓诗》，衡阳王义季去年八月薨（《宋书·文帝纪》）。诗中云："昧旦凭行轼，濡露及山庭。"显然是与旅行有关。又云："长杨敷晚素，宿草披初青。""宿草"，《礼记·檀弓》："朋友之墓，有宿草而不哭焉。"孔颖达疏云："宿草，陈根也，草经一年则根陈也。"可见此诗作于本年。

何尚之六十七岁，迁左仆射，领汝阴王师，常侍如故。

见《宋书》本传。

张畅四十一岁，任安北长史，沛郡太守。

《宋书》本传记："孝武镇彭城，畅为安北长史，沛郡太守。"据《宋书·孝武帝纪》，本年刘骏任安北将军，镇彭城。

裴松之七十七岁，颜延之六十五岁，何偃三十六岁，鲍照三十五岁，王微三十四岁，谢庄二十八岁，王僧达二十六岁，陆澄二十四岁，范岫九岁，沈约八岁，谢朓八岁，江淹五岁，张融五岁，孔稚珪两岁。

449年　己丑　宋元嘉二十六年

二月，文帝幸丹徒，谒京陵，并准备进攻北魏。（《宋书·文帝纪》）

鲍照三十六岁，随始兴王刘濬往京口。

作《奉始兴王白纻舞曲》《蒜山被始兴王命作》《征北世子诞

育上表》。参见钱氏《集注》。

谢庄二十九岁,转随王诞后军谘议,并领记室。与沈怀文共掌辞令,并与江智渊友善。

《宋书·竟陵王诞传》记:"二十六年,出为都督雍梁南北秦四州荆州之竟陵随二郡诸军事、后将军、雍州刺史。以广陵凋弊,改封随郡王。"《宋书·沈怀文传》记:"随王诞镇襄阳,出为后军主簿,与谘议参军谢庄共掌辞令。"《宋书·江智渊传》记:"及为随王诞佐,在襄阳,诞待之甚厚。时谘议参军谢庄、府主簿沈怀文并与智渊友善。"

作《怀国引》,此诗当在他乡时作,参曹道衡、刘跃进《编年史》第148~149页。

随王刘诞作《襄阳乐》。

《乐府诗集》引《古今乐录》:"《襄阳乐》者,宋随王诞之所作也。诞始为襄阳郡,元嘉二十六年仍为雍州刺史,夜闻诸女歌谣,因而作之。所以歌和中有'襄阳来夜乐'之语也"。

颜延之六十六岁。

作《车驾幸京口侍游蒜山作》《车驾幸京口三月三日侍游曲阿后湖作》《车驾幸京口侍游蒜山作》。李善注云;"集曰:元嘉二十六年也。"本年文帝巡京口,盖颜延之随从。

袁淑四十二岁,迁尚书吏部郎,出为始兴王征北长史,南东海太守,欲作《封禅书》。

见《宋书》本传。《宋书》本传记:"元嘉二十六年,迁尚书吏部郎。其秋,大举北伐,淑侍坐从容曰:'今当鸣銮中岳,席卷赵、魏,检玉岱宗,今其时也。臣逢千载之会,愿上《封禅书》一篇。'太祖笑曰:'盛德之事,我何足以当之。'出为始兴王征北长史、南东海太守。"始兴王刘浚任征北将军时间,据《宋书·文帝纪》是在本年。

刘义恭三十七岁,领国子祭酒。

作《白马赋》。《宋书》本传记:"(元嘉)二十六年,领国子祭酒。时有献五百里马者,以赐义恭。"故赋中曰:"八埏稽首以宾庭,九荒敛衽而纳贽。"

王僧达二十七岁,为宣城太守。

《宋书》本传记:"(母忧)服阕,为宣城太守。性好游猎,而山郡无事，僧达肆意驰骋，或三五日不归，受辞讼多在猎所，民或相逢不识，问府君所在，僧达曰：'近在后。'"在郡时间似不短。姑系于本年。

刘铄十九岁，进号平西将军，不拜。

见《宋书》本传。

裴松之七十八岁，何尚之六十八岁，张畅四十二岁，何偃三十七岁，王微三十五岁，颜竣二十九岁，陆澄二十五岁，范岫十岁，沈约九岁，谢朏九岁，江淹六岁，张融六岁，孔稚珪三岁。

450年　庚寅　宋元嘉二十七年

二月，北魏攻汝南诸郡。三月，因军兴，罢国子学。七月，遣宁朔将军王玄谟北伐，江夏王义恭出次彭城，总统诸军。十二月，宋军于盱眙战败，北魏军至长江。（《宋书·文帝纪》《宋书·索虏传》）

鲍照三十七岁。

作《送别王宣城》。参见钱氏《集注》。

谢庄三十岁。

《宋书》本传记："元嘉二十七年，索虏寇彭城，虏遣尚书李孝伯来使，与镇军长史张畅共语，孝伯访问庄及王微，其名声远布如此。"

王微三十六岁，江湛拟举为吏部郎，作书拒之。

《宋书》本传不记王微拒绝江湛推荐时间。据《宋书》江湛本传，"元嘉二十七年，转为吏部尚书"。

作《与从弟僧绰书》。《宋书》王微本传又记"微既为始兴王浚府吏，浚数相存慰，微奉答笺书，辄饰以辞采。微为文甚古，颇抑扬。袁淑见之，谓之诉屈。微因此又与从弟僧绰书"云云。考《宋书·袁淑传》，袁淑在元嘉二十六年（449）秋开始，任始兴王征北长史，大约于这一时期见到王微与刘浚的通信，故将此文系于本年。

作《与何偃书》。《宋书》本传记"时论者或云微之见举，庐江何偃亦豫其议，虑为微所咎，与书自陈。微报之"云云，可见此事与拒绝江湛事同时或稍后。

袁淑四十三岁。

上《防御索虏议》。《宋书》本传记；"时索虏南侵，遂至瓜

步,太祖使百官议防御之术,淑上曰:'……'"《宋书·文帝纪》记北魏军至瓜步在本年冬十二月。

刘义恭三十八岁,出镇彭城,总统诸军,解国子祭酒。

《宋书》本传记:"(元嘉)二十七年春,索虏寇豫州,太祖因此欲开定河、洛。其秋,以义恭总统群帅,出镇彭城。解国子祭酒。虏遂深入,径至瓜步,义恭与世祖闭彭城自守。"《宋书·张畅传》记:"元嘉二十七年,索虏托跋焘南侵,太尉江夏王义恭总统诸军,出镇彭、泗。时焘亲率大众,以至萧城,去彭城十数里。彭城众力虽多,而军食不足,义恭欲弃彭城南归。"后为张畅所阻。

作《彭城戏马台集诗》,诗中曰:"骋骛辞南京,弭节憩东楚。懿藩重遐望,兴言集僚侣。于役未云淹,时迁变溽暑。"明显是由京师外任,于彭城召集僚属集诗时作。而义恭到彭城在元嘉年间仅此一次。作《拟古诗》,诗曰:"束甲辞京洛,负戈事乌孙。"此诗为残句,本年军兴,且义恭实际为统帅,诗句中涉及军旅之事,明显是本年作。作《答诫勒》。见《宋书》本传。

颜竣三十岁,任镇军主簿。

考见元嘉二十五年(448)。与释僧含交往。《宋书》本传记:"初,沙门释僧含粗有学义,谓竣曰:'贫道粗见谶记,当有真人应符,名称次第,属在殿下。'竣在彭城尝向亲人叙之,言遂宣布,闻于太祖。"本年刘骏在彭城,故系于本年。

刘骏二十一岁,降号镇军将军。

见《宋书·孝武帝纪》《宋书·文帝纪》。

作《北伐诗》。

何偃三十八岁,行义阳国事。

《宋书》本传记:"时义阳王昶任东宫,使偃行义阳国事。"据《宋书·晋熙王昶传》记元嘉二十二年(445),刘昶始封义阳王,而他任"东宫"当指元嘉二十七年(450)任南彭城下邳二郡太守事,此为刘昶所任第一职。

张畅四十三岁,作《弃彭城南归议》。

《宋书》卷五十九本传记"元嘉二十七年,索虏托跋焘南侵,太尉江夏王义恭总统诸军,出镇彭、泗。时焘亲率大众,已至萧城,去彭城十数里。彭城众力虽多,而军食不足,义恭欲弃彭城南归,计议弥日不定。时历城众少食多,安北中兵参军沈庆之建议,欲以车营为函箱阵，精兵为外翼，奉二王及妃媛直趋历城，分兵配护军萧思话留守。太尉长史何勖不同，欲席卷奔郁洲，自海道还京都。义恭去意已判，唯二议未决，更集群僚谋之。众咸遑扰，莫有异议。畅曰"云云。

畅名为北魏所知。

《宋书》卷五十九本传记："（托跋）焘送骆驼、骡、马及貂裘、杂饮食，既至南门，门先闭，请钥未出。畅于城上视之，虏使问：'是张长史邪？'畅曰：'君何得见识？'虏使答云：'君声名远闻，足使我知。'"

何尚之六十九岁，作《发丁民议》。

见《宋书·索虏传》。

裴松之七十九岁，颜延之六十七岁，王僧达二十八岁，陆澄二十六岁，刘铄二十岁，范岫十一岁，沈约十岁，谢朓十岁，江淹七岁，张融七岁，孔稚珪四岁。

451年　辛卯　宋元嘉二十八年

正月，北魏军北撤，围攻盱眙，臧质、沈璞坚守。二月，北魏军多疾疫，烧攻具撤兵。（《宋书·文帝纪》《宋书·自序》）

鲍照三十八岁，侍郎报满辞任。

作《侍郎报满辞阁疏》《与王宣城诗》。参见钱氏《集注》。

刘义恭三十九岁，降号骠骑将军，领南兖州刺史，移镇盱眙。

《宋书·文帝纪》记此为本年二月事，领南兖州刺史在本年五月。

王僧达二十九岁，入卫京师，又出为宣城太守，徙任义兴。

见《宋书》本传。

作《与沈璞书》。《宋书·自序》记虏退之后，宣城太守王僧达书与璞曰云云。此是僧达第二次任宣城。

作《答丘珍孙书》。《南史·隐逸·褚伯玉传》记："王僧达为吴郡，苦礼致之，伯玉不得已，停郡信宿，才交数言而退。"宁朔将军丘珍孙与王僧达云云，僧达答书云云。

颜竣三十一岁，任北中郎将主簿，迁南中郎参军。作《与虏互市议》。

见《宋书》本传。

刘铄二十一岁，授散骑常侍、抚军将军。

见《宋书》本传。

裴松之卒，时年八十岁。

见《宋书》本传。

刘骏二十二岁，降号北中郎将，改南兖州刺史。

《宋书·孝武帝纪》叙述刘骏元嘉二十七年（450）、二十八年（451）事不当。"二十七年，坐汝阳战败，降号镇军将军。又以索虏南侵，降为北中郎将。二十八年，进督南兖州、南兖州刺史，当镇当阳。寻迁都督江州荆之江夏豫州之西阳晋熙新蔡四郡诸军事、南中郎将、江州刺史，持节如故。"据《宋书·文帝纪》，刘骏降号北中郎将在元嘉二十八年（451）二月。

作《之江州诗》，考见上。

何尚之七十岁，转尚书令，令太子詹事。

见《宋书》本传。

范云生。

范云，字彦龙，南乡武阴人，永明时期著名作家，"竟陵八友"之一。《梁书》本传记其卒于梁武帝萧衍天监二年（503），时年五十三岁，上推生于本年。

颜延之六十八岁，张畅四十四岁，袁淑四十四岁，何偃三十九岁，王微三十七岁，谢庄三十一岁，陆澄二十七岁，范岫十二岁，沈约十一岁，谢朓十一岁，江淹八岁，张融八岁，孔稚珪五岁。

452 年　壬辰　宋元嘉二十九年

正月，下诏恢复农业。五月，罢湘州并荆州。八月，因北魏太武帝二月死，遣萧思话攻北魏，无功而返。十月，又使司州刺史鲁爽攻北魏，无功。（《宋书·文帝纪》）

鲍照三十九岁，自南兖州返建康。

作《瓜步山楬文》《学陶彭泽体》《和王义兴七夕》。参见钱氏《集注》。又据曹道衡《鲍照几篇诗文的写作时间》，在元嘉二十九年至三十年（452~453）任永安令。

谢庄三十二岁，除太子中庶子。

作《赤鹦鹉赋应诏》。《宋书》本传记："（元嘉）二十九年，除太子中庶子。时南平王铄献赤鹦鹉，普诏群臣为赋。太子左卫率袁淑文冠当时，作赋毕，赍以示庄，庄赋亦竟，淑见而叹曰：'江东无我，卿当独秀。我若无卿，亦一时之杰也。'遂隐其赋。"

袁淑四十五岁。

作《鹦鹉赋》，见上谢庄条。

作《与何尚之书》，见本年何尚之条。

作《真隐传》。《南史·何尚之传》记："二十九年致仕，于方山著《退居赋》以明所守，而议者咸谓尚之不能固志。文帝与江夏王义恭诏曰：'羊、孟尚不得告谢，尚之任遇有殊，便当未宜申许。'尚之还摄职。……于是袁淑乃录古来隐士有迹无名者，为《真隐传》以嗤焉。"

颜延之六十九岁，上表求解职，不许。

作《求上解职表》，见《宋书》本传记。

刘义恭四十岁，还朝，改授大将军、都督扬南徐二州诸军事、南徐州刺史，镇东府。

作《答诏问何尚之致仕事》。《宋书·何尚之传》记尚之于元嘉二十九年（452）致仕，文帝不许，并与义恭诏称"今朝贤无多，且羊、孟尚不得告谢，尚之任遇有殊，便未宜申许邪"，义恭答诏云云。

作《丹徒宫集诗》，据《宋书》义恭本传，元嘉二十九年至孝建二年（452～455），义恭任南徐州刺史，驻扎在京口。此诗当作于这一时期，姑系于本年。

何尚之七十一岁，致仕，作《退居赋》。

《宋书》本传记"二十九年，致仕，于方山著《退居赋》以明所守，而议者咸谓尚之不能固志，太子左卫率袁淑与尚之书"云云。后文帝敦劝，复出，委任甚重，本传记："尚之既还任事，上待之愈隆。是时复遣军北伐，资给戎旅，悉以委之。"

何偃四十岁，作《北伐议》，迁始兴王刘浚征北长史，南东海太守。

《宋书》本传记"（元嘉）二十九年，太祖欲更北伐，访之群臣，偃议曰：'内干胡法宗宣诏，逮问北伐。……然淮、泗数州，实亦凋耗，流佣未归，创痍未起。且攻守不等，客主形异，薄之则势艰，围之则旷日，进退之间，奸虞互起。窃谓当今之弊易衂，方来之寇不深，宜含垢藏疾，以齐天道。'迁始兴王浚征北长史、南东海太守。"

张畅四十五岁，王微三十八岁，颜竣三十二岁，王僧达三十

岁，陆澄二十八岁，刘铄二十二岁，范岫十三岁，沈约十二岁，谢朓十二岁，江淹九岁，张融九岁，孔稚珪六岁，范云两岁。

453年　癸巳　宋元嘉三十年

二月，宋太子劭杀文帝（407～453）及大臣江湛、徐湛之、袁淑等，自立，改元太初。三月，沈庆之拥武陵王骏起兵讨劭。四月，武陵王从寻阳东下，至新亭即位，是为孝武帝。五月，诸军克台城，杀劭。七月，下诏禁华侈。（《宋书·文帝纪》《宋书·孝武帝纪》《宋书·二凶传》）

鲍照四十岁。

作《侍宴覆舟山二首》《谢永安令解禁上启》《和王护军秋夕诗》。参见钱氏《集注》、曹道衡《鲍照几篇诗文的写作时间》。

谢庄三十三岁，转司徒左长史，又示忠心于孝武帝。孝武帝即位，除侍中。

参见《宋书》本传。

作《密诣世祖启》《索虏互市议》《申言节俭诏书事》。并见《宋书》本传。

王微卒。时年三十九岁。作《告弟僧谦灵》。

见《宋书》本传。

颜延之七十岁，致仕。刘劭弑文帝，以颜延之为光禄大夫。

《宋书》本传记："二十九年，上表自陈曰：'……乞解所职，随就药养。'不许。明年致事。元凶弑立，以为光禄大夫。"

孝武帝即位，以颜延之为金紫光禄大夫，领湘东王师。

见《宋书》本传。

作《赠谥袁淑诏》《赠恤袁淑遗孤诏》。《宋书·袁淑传》记："世祖即位，使颜延之为诏曰：'……'又诏曰：'……'"作《谢子竣封建城侯表》。《宋书·颜竣传》记颜竣因助孝武帝登基，加封建城县侯。颜延之此表为此事作。

袁淑四十六岁，因反对刘劭篡逆，被杀。

参见《宋书》本传。

刘义恭四十一岁，进太尉、录尚书六条事、南徐徐二州刺史。进位太傅，领大司马。

参见《宋书》本传。

作《上世祖劝进表》。《宋书》本传记："世祖时在新林浦，义恭既至，上表劝世祖即位。"

作《诈进元凶劭策》。《宋书·二凶·刘劭传》记刘劭弑文帝自立，孝武诸人起兵，"江夏王义恭虑义兵仓卒，船舫陋小，不宜水战。乃进策曰：'……'"

王僧达三十一岁，为尚书右仆射，出为南蛮校尉，加征虏将军。不行。补护军将军，又任征虏将军、吴郡太守。期岁五迁。

见《宋书》本传。

作《求徐州启》。见《宋书》本传。

颜竣三十三岁，转谘议参军，领录事。世祖即位，转侍中，迁左卫将军、散骑常侍，封建城县侯。

《宋书》本传记："三十年春，以父延之致仕，固求解职，不许。赐假未发，而太祖崩问至，世祖举兵入讨。转谘议参军，领录事，任总外内，并造檄书。……时世祖屡经危笃，不任咨禀。凡厥众事，竣皆专断施行。世祖践阼，以为侍中，俄迁左卫将军，加散骑常侍，辞常侍，见许。封建城县侯，食邑二千户。"

作《为世祖檄京邑》。《宋书·颜延之传》亦记："先是，子竣为世祖南中郎谘议参军。及义师入讨，竣参定密谋，兼造书檄。劭召延之，示以檄文，问曰：'此笔谁所造？'延之曰：'竣之笔也。'又问：'何以知之？'延之曰：'竣笔体，臣不容不识。'劭又曰：'言辞何至乃尔？'延之曰：'竣尚不顾老父，何能为陛下？'"

刘铄二十三岁，进侍中、司空。

见《宋书》本传。

为孝武帝所毒杀。《宋书》本传记："铄素不推事世祖，又为元凶所任，上乃以药内食中毒杀之。"

张畅四十六岁，佐刘义宣起兵，元凶事平，征为吏部尚书，为义宣所留。

见《宋书》本传。

作《为南谯王义宣与从弟永书》。《宋书·张永传》记"三十年，元凶弑立，起永督青州徐州之东安东莞二郡诸军事、辅国将军、青州刺史。司空南谯王义宣起义，又板永为督冀州青州之济南安乐太原三郡诸军事、辅国将军、冀州刺史。永遣司马崔勋之、中兵参军刘则二军驰赴国难。时萧思话在彭城，义宣虑二人不相谐缉，与思话书，劝与永坦怀。又使永从兄长史张畅与永书"云云。

何尚之七十二岁,又任尚书令,领吏部,加特进。

《宋书》本传记:"元凶弒立,进位司空,领尚书令。时三方兴义,将佐家在都邑,劭悉欲诛之,尚之诱说百端,并得免。世祖即位,复为尚书令,领吏部,迁侍中、左光禄大夫,领护军将军。寻辞护军,加特进。复以本官领尚书令。"

何偃四十一岁,任大司马长史,迁侍中,领太子中庶子。

《宋书》本传记:"世祖即位,任遇无改,除大司马长史,迁侍中,领太子中庶子。"大司马为江夏王义恭,据《宋书·孝武帝纪》,义恭任大司马在本年五月。

作《进谠言》。《宋书》本传记:"会世祖即位,任遇无改,……时责百官谠言,偃以为:'宜重农恤本,并官省事,考课以知能否,增俸以除吏奸。责成良守,久于其职。都督刺史,宜别其任。'"此文严可均《全宋文》失收。

陆澄二十九岁,范岫十四岁,沈约十三岁,谢朓十三岁,江淹十岁,张融十岁,孔稚珪七岁,范云三岁。

454年　甲午　宋孝武帝孝建元年

正月,改元孝建。二月,豫州刺史鲁爽、车骑将军江州刺史臧质、丞相荆州刺史南郡王义宣、兖州刺史徐遗宝举兵反。四月,沈庆之击破鲁爽,斩之。五月,王玄谟破义宣。六月,臧质被杀,义宣于江陵赐死。十月,下诏敬孔子。(《宋书·孝武帝纪》)

孝武帝刘骏二十五岁。

作《幸中兴堂饯江夏王诗》。江夏王刘义恭在孝武帝时期唯有本年十一月曾除镇京口,其他时间均在建康。故系于本年。

鲍照四十一岁,除海虞令。

虞炎《鲍照集序》记:"孝武初,除海虞令。"故系于本年。

谢庄三十四岁,迁左卫将军,拜吏部尚书。

《宋书》本传记:"孝建元年,迁左卫将军。……其年,拜吏部尚书。"

作《上搜才表》《与江夏王义恭笺》。《宋书》本传记:"于时(孝建元年)搜才路狭,乃上表曰:'……伏惟陛下膺庆集图,缔宇开县,夕爽选政,昃旦调风,采言斯舆,观谣厌远,斯实辰阶告平,颂声方制。臣窃惟隆陂所渐,治乱之由,何尝不兴资得才,替因失士。……如臣愚见,宜普命大臣,各举所知,以付尚书,依分铨用。若任得其才，据主延赏；有不称职，宜及其坐。'"又记："庄素多疾，不愿居选部，与大司马江夏王义恭笺自陈，曰：'下官凡人，非有达概异识，俗外之志，实因羸疾，常恐奄忽，故少来无意于人间，岂当有心于崇达邪。顷年乘事回薄，遂果饕非次，既足贻诮明时，又亦取愧朋友。……公恩盼弘深，粗照诚恳，愿侍坐言次，赐垂拯助，则苦诚至心，庶获哀允。若不蒙降祐，下官当于何希冀邪。仰凭悯察，愿不垂吝。'"

作《宋明堂歌九首》。《通典》卷一百四十一记："孝武孝建元年，有司奏：'前殿中曹郎荀万秋议郊庙宜设乐。'……孝武又使谢庄造郊庙舞乐、明堂诸乐歌辞"。

《为尚书八座奏封皇子郡王》云："第某皇弟皇子等……可封郡王。"《宋书·孝武纪》记孝建元年（454），二年（455）春，两次封诸皇弟。可能与谢庄此表有关。可系于本年。《为尚书八座奏改封郡长公主》约作于同时。

刘义恭四十二岁，还镇京口。

上《省录尚书表》《奏请严章服》。《宋书》本传记："孝建元年，南郡王义宣、臧质、鲁爽等反，加黄钺，白直百人入六门。事平，以臧质七百里马赐义恭，又增封二千户。世祖以义宣乱逆，由于强盛，至是欲削弱王侯。义恭希旨，乃上表省录尚书。"同传记竟陵王诞上表请严章服，义恭亦上表。

作《与朱修之书》。《宋书·南郡王义宣传》记，义宣反，大司马江夏王义恭等与荆州刺史朱休之云云。按，义宣反在本年。

王僧达三十二岁，置佐领兵，被禁锢。

参见《宋书》本传。

颜竣三十四岁，转吏部尚书，领骁骑将军。兼领军。

见《宋书》本传。

又为丹阳尹，加散骑常侍。《宋书》本传记："义宣、（臧）质诸子藏匿建康、秣陵、湖熟、江宁县界，世祖大怒，免丹阳尹褚湛之官，收四县官长，以竣为丹阳尹，加散骑常侍。"

何尚之七十三岁。

作《上言请原竺超民等》。《宋书》本传记"丞相南郡王义宣、车骑将军臧质反，义宣司马竺超民、臧质长史陆展兄弟并应从诛，尚之上言"云云。

作《分置荆郢二州议》。《宋书》本传记"时欲分荆州置郢州,议其所居。江夏王义恭以为宜在巴陵,尚之议"云云。按:据《宋书·州郡志》,孝建元年(454),分荆州之江夏、竟陵、随、武陵、天门,湘州之巴陵,江州之武昌,豫州之西阳,又以南郡之州陵、监利二县度属巴陵,立郢州。

张畅四十七岁,义宣败,下廷尉,复为都官尚书,领太子右卫率。

见《宋书》本传。

颜延之七十一岁,何偃四十二岁,陆澄三十岁,范岫十五岁,沈约十四岁,谢朓十四岁,江淹十一岁,张融十一岁,孔稚珪八岁,范云四岁。

455年　乙未　宋孝建二年

孝武帝下令裁减王侯的车服、器用、乐舞等,以削弱王侯。八月,雍州刺史武昌王刘浑被废、自杀。九月,宣武场阅武。(《宋书·孝武帝纪》)

谢庄三十五岁。

作表奏闻降甘露,见《宋书·符瑞志》记:"孝建二年三月戊午,甘露降丹阳秣陵尚书谢庄园竹林,庄以闻。"

刘义恭四十三岁,进督东南兖二州,其冬征为扬州刺史。

见《宋书》本传。按,"东"后当缺"扬"字。考刘宋一代,并无东兖州之称,唯有东扬州,孝建元年(454),分扬州之会稽、东阳、新安、永嘉、临海五郡为东扬州。(《宋书·州郡志》)

作《章太后毁庙议》。《宋书·礼志》记;"宋孝武帝孝建元年十月戊辰,有司奏章皇太后庙毁置之礼。二品官议者六百六十三人。太傅江夏王义恭以为"云云。

作《奏斩臧质事》。《宋书·臧质传》记臧质死后,义恭等上书云云,而据《宋书·孝武帝纪》,此为本年六月事。作《与义宣书》,事见《宋书·南郡王义宣传》。

颜竣三十五岁。

作《郊庙乐议》。见《宋书·乐志》。作《铸四铢钱议》《铸二铢钱议》。见《宋书》本传。

张畅四十八岁,任会稽太守。

见《宋书》卷五十九本传。

何偃作《临轩夹扶议》。《宋书·礼志》记："孝建二年十一月乙巳，有司奏：侍中、祭酒何偃议：'自今临轩，乘舆法服，恭华盖，登殿宜依庙齐以夹御，侍中、常侍夹扶上殿，及应为王公兴，又夹扶，毕，还本位。'"

颜延之七十二岁，何尚之七十四岁，何偃四十三岁，鲍照四十二岁，王僧达三十三岁，陆澄三十一岁，范岫十六岁，沈约十五岁，谢朓十五岁，江淹十二岁，张融十二岁，孔稚珪九岁，范云五岁。

456 年　丙申　宋孝建三年

本年人事变动频繁，七月，江夏王义恭解扬州，十月领军将军柳元景加骠骑将军。（《宋书·孝武帝纪》）

鲍照四十三岁，迁太学博士、兼中书舍人，出为秣陵令。

作《月下登楼连句》《玩月城西门廨中》《代放歌行》《为柳令让谢骠骑表》《谢秣陵令表》。参见钱氏《集注》。

谢庄三十六岁，免官。

参见《宋书》本传。

颜延之卒，时年七十三岁。

见《宋书》本传。颜延之是元嘉时期著名作家，元嘉诗风的代表人物。

作《赠王太常》。《宋书·王僧达传》记："（僧达）孝建三年，除太常。"

刘义恭四十四岁，解扬州，进位太宰，领司徒。

《宋书》本传记："义恭撰《要记》五卷，起前汉迄晋太元，表上之，诏付秘阁。时西阳王子尚有盛宠，义恭解扬州以避之。乃进位太宰，领司徒。"按，义恭解扬州、进太宰、领司徒，并未在同一时间。据《宋书·文帝纪》，本年七月义恭解扬州，十月进位太宰、领司徒。

作《要记》五卷，见上。

作《铸四铢钱议》。《宋书·颜竣传》记："及世祖即位，又铸孝建四铢。三年，尚书右丞徐爰议曰：'……'始兴郡公沈庆之立议曰：'……'上下其事公卿，太宰江夏王义恭议曰：'……'"

王僧达三十四岁，除太常，上表求解职。免官。除江夏王义恭长史、临海太守，又徙太宰长史。作《上表解职》。

见《宋书》本传。

作《答颜延年诗》《祭颜光禄文》。考见本年"颜延之"条。

颜竣三十六岁,加中书令。

上《让中书令表》、《奏荐孔觊王彧为散骑常侍》,见《宋书·孔觊传》。

代谢庄为吏部尚书。领太子左卫率,未拜,丁忧。见《宋书》本传。按,竣父延之本年卒。

何尚之七十五岁,张畅四十九岁,何偃四十四岁,陆澄三十二岁,范岫十七岁,沈约十六岁,谢朓十六岁,江淹十三岁,张融十三岁,孔稚珪十岁,范云六岁。

457 年　丁酉　宋孝武帝大明元年

正月,改元大明,遣使巡行。二月,北魏攻兖州。八月,司空、南徐州刺史竟陵王诞改任南兖州刺史。刘诞在平定刘劭谋逆、义宣起兵事件上起到了关键作用,孝武帝颇加猜忌。(《宋书·孝武帝纪》《宋书·竟陵王诞传》)

谢庄三十七岁,起为都官尚书。

参见《宋书》本传。

作《奏改定刑狱》《瑞雪咏》。参见《宋书》本传。作《为八座太宰江夏王表请封禅》,此表见《初学记》卷十三。《宋书·礼志》记:"世祖大明元年十一月戊申,太宰江夏王义恭表曰:'……今龙麟已至,凤皇已仪,比李已实……宜其从天人之诚,遵先王之则,备万乘,整法驾,修封泰山……'"谢庄此表大约是议论此事。

刘义恭四十五岁。

作《诗》(此为残句),其中云:"大明总神武。乘时以御天。金牒封梁甫。玉简禅岱山。"又上《请封禅表》。见上谢庄条。《宋书》本传又记:"时世祖严暴,义恭虑不见容,乃卑辞曲意,尽礼祇奉,且便辩善附会,俯仰承接,皆有容仪。每有符瑞,辄献上赋颂,陈咏美德。大明元年,有三脊茅生石头西岸,累表劝封禅,上大悦。"

作《垦起湖田议》。《宋书·孔季恭传·孔灵符传》记孔灵符大明初任丹阳尹,山阴民多田少,上表求徙民于余姚、鄞、鄮三县界,垦起湖田。孝武使公卿商议,太宰江夏王义恭议云云。

王僧达三十五岁。迁左卫将军，领太子中庶子。封宁陵县五等侯。

见《宋书》本传。

颜竣三十七岁，任东扬州刺史。

《宋书》本传记："竣藉藩朝之旧，极陈得失。上自即吉之后，多所兴造，竣谏争恳切，无所回避，上意甚不说，多不见从。……疑上欲疏之，乃求外出，以占时旨。大明元年，以为东扬州刺史，将军如故。"

作《张畅卒官表》。见《宋书·张畅传》。

何偃四十五岁，任吏部尚书，与颜竣产生矛盾。

《宋书》本传记："转吏部尚书。尚之去选未五载，偃复袭其迹，世以为荣。侍中颜竣至是始贵，与偃俱在门下，以文义赏会，相得甚欢。竣自谓任遇隆密，宜居重大，而位次与偃等未殊，意稍不悦。及偃代竣领选，竣愈愤懑，与偃遂有隙。"而其父何尚之任吏部时间在元嘉三十年（453），故可见何偃任吏部尚书在本年。

张畅卒，时年五十岁。

见《宋书》卷五十九本传。

何尚之七十六岁，鲍照四十四岁，陆澄三十三岁，范岫十八岁，沈约十七岁，谢朓十七岁，江淹十四岁，张融十四岁，孔稚珪十一岁，范云七岁。

458年　戊戌　宋大明二年

六月，赠吏部尚书一人，省五兵尚书。七月，彭城民高阇谋反，伏诛。冬，北魏攻青州，颜师伯破之。（《宋书·孝武帝纪》）

鲍照四十五岁，出为永嘉令。

见钱氏《集注》。

谢庄三十八岁，为吏部尚书，迁右卫将军。

《宋书》本传记："上时亲览朝政，常虑权移臣下，以吏部尚书选举所由，欲轻其势力，二年……于是置吏部尚书二人，省五兵尚书，庄及度支尚书顾觊之并补职。迁右卫将军，加给事中。"

作《舞马赋应诏》《舞马歌》，参见《宋书》本传。

刘义恭四十六岁，作《条制诸王府镇表》。

《宋书》本传记："义恭常虑为世祖所疑，及海陵王休茂于襄阳为乱，乃上表曰：'……日者庶人忲亲，殆倾王业。去岁西寇藉

宠，几败皇基。不图襄楚，复生今崋，良以地胜兵勇，奖成凶恶。前事之不忘，后事之明兆。陛下大明绍祚，垂法万叶。臣年衰意塞，无所知解，忝皇族耆长，惭慨内深，思表管见，裨崇万一。窃谓诸王贵重，不应居边，至于华州优地，时可暂出。既以有州，不须置府。若位登三事，止乎长史掾属。若宜镇御，别差扞城大将。若情乐冲虚，不宜逼以戎事。若舍文好武，尤宜禁塞。僚佐文学，足充话言。游梁之徒，一皆勿许……'"按，《宋书·海陵王休茂传》记休茂作乱事在本年。

王僧达三十六岁，迁中书令。被诛。

见《宋书》本传。

颜竣三十八岁，免官。

《宋书》本传记："及王僧达被诛，谓为竣所谗构，临死陈竣前后忿怼，每恨言不见从。僧达所言，颇有相符据。上乃使御史中丞庾徽之奏之曰：'……'上未欲便加大戮，且止免官。"王僧达被诛见上王僧达条。

何尚之七十七岁，任左光禄，开府仪同三司，侍中。

见《宋书》本传。

何偃四十六岁，卒。见《宋书》本传。

作《郊祀遇雨议》。《宋书·礼志》记"大明二年正月丙午朔，有司奏：'今月六日南郊，舆驾亲奉。至时或雨。魏世值雨，高堂隆谓应更用后辛。晋时既出遇雨，顾和亦云宜更告。……若得迁日，应更告庙与不？'……尚书何偃议"云云。

刘绘生。

刘绘是南齐时期作家，字士章，彭城人。《南齐书》本传记其卒于齐和帝萧宝融中兴二年（502），时年四十五岁，上推生于本年。

陆澄三十四岁，范岫十九岁，沈约十八岁，谢朓十八岁，江淹十五岁，张融十五岁，孔稚珪十二岁，范云八岁。

459 年　己亥　宋大明三年

四月，孝武帝逼竟陵王刘诞反，遣沈庆之出讨，孝武帝亲御六师，出顿宣武场。七月，沈庆之克广陵，斩刘诞，诛城内男丁。九月，于玄武湖北立上林苑。（《宋书·孝武帝纪》《宋书·竟陵王诞传》）

鲍照四十六岁，客江北。

作《日落望江赠荀丞》《芜城赋》。参见钱氏《集注》。

谢庄三十九岁。

作《刘琨之诔》。《宋书·刘遵考传》记："澄之弟琨之，为竟陵王诞司空主簿，诞作乱，以为中兵参军，不就，絷系数十日，终不受，乃杀之。追赠黄门郎，诏吏部尚书谢庄为之诔。"

作《江都平解严诗》，江都，广陵之旧称，为竟陵王刘诞事平而作。

刘义恭四十七岁，省兵佐，加领中书监。

见《宋书》本传。

作《谏亲征竟陵王诞表》。见《宋书·竟陵王诞传》。

颜竣下狱死。时年三十九岁。

《宋书》本传记："及竟陵王为逆，因此陷之，召御史中丞庾徽之于前为奏，奏成，诏曰：'竣孤负恩养，乃可至此。于狱赐死，妻息宥之以远。'"

何尚之七十八岁，陆澄三十五岁，范岫二十岁，沈约十九岁，谢朓十九岁，江淹十六岁，张融十六岁，孔稚珪十三岁，范云九岁，刘绘两岁。

460 年　庚子　宋大明四年

正月，孝武帝亲耕藉田。三月，皇后亲桑于西郊。四月，下诏令节俭。九月，改封宠子襄阳王子鸾为新安王。（《宋书·孝武帝纪》）

谢庄四十岁。

作《司空何尚之墓志》。《宋书·何尚之传》记："（大明）四年，疾笃，诏遣侍中沈怀文、黄门侍郎王钊问疾。薨于位，时年七十九。"

作《侍东耕诗》。宋文帝、孝武帝皆有亲耕之举，据《宋书·文帝纪》《宋书·孝武帝纪》，文帝亲耕为元嘉二十一年（444），时谢庄在江州庐陵王刘绍府中；孝武帝本年正月乙亥也进行了亲耕藉田，故系于本年。

何尚之卒，年七十九岁。

见《宋书》本传。

萧子良生。

萧子良是永明时期作家，也是永明文人群体的核心。《南齐书》本传记其卒于齐郁林王萧昭业隆昌元年（494），时年三十五岁，上推生于本年。

任昉生。

任昉是永明时期著名作家，"竟陵八友"之一，字彦升，乐安博昌人。《梁书》本传记其卒于梁武帝天监七年（508），时年四十九岁，上推生于本年。

刘义恭四十八岁，鲍照四十七岁，陆澄三十六，范岫二十一岁，沈约二十岁，谢朓二十岁，江淹十七岁，张融十七岁，孔稚珪十四岁，范云十岁，刘绘三岁。

461年　辛丑　宋大明五年

四月，雍州刺史海陵王休茂反，被诛。八月，下诏"修葺庠序，旌延国胄"（《宋书·孝武帝纪》）。

谢庄四十一岁，为侍中，领前军将军，改领游击将军、晋安王子勋征虏长史、广陵太守，加冠军将军、江夏王义恭太宰长史。

参见《宋书》本传。

作《和元日花雪应诏诗》。《宋书·符瑞志》记："大明五年正月戊午元日，花雪降殿庭，时右卫将军谢庄下殿，雪集衣。还白，上以为瑞。于是公卿并作花雪诗。"

作《皇太子妃哀册文》。《宋书·孝武帝纪》记："闰（九）月戊子，皇太子妃何氏薨。"

沈约二十一岁，起家奉朝请。

参见林家骊先生《沈约研究》第二章"沈约生平重要事迹考辨"有关考证。

刘义恭四十九岁，鲍照四十八岁，陆澄三十七，范岫二十二岁，谢朓二十一岁，江淹十八岁，张融十八岁，孔稚珪十五岁，范云十一岁，刘绘四岁，萧子良二岁，任昉二岁。

462年　壬寅　宋大明六年

二月，复百官禄。九月，制沙门致敬人言，孝武帝妃殷淑仪死。（《宋书·孝武帝纪》《宋书·夷蛮传》）

鲍照四十九岁。为临海王子顼前军行参军，掌知内命，寻迁前军刑狱参军事。

作《登黄鹄矶》《登翻车岘》《岐阳守风》《从临海王上荆初发

新渚》等。参见钱氏《集注》。

谢庄四十二岁。又为吏部尚书，领国子博士。作《让吏部尚书表》、

参见《宋书》本传。

《殷贵妃哀策文》。文中云："惟大明六年夏四月壬子，宣贵妃薨。"

刘义恭五十岁，解司徒。

见《宋书》本传、《宋书·孝武帝纪》。作《劾蔡兴宗表》。

《宋书·蔡廓传·蔡兴宗传》记："既中旨以安都为右卫，加给事中，由是大忤义恭及法兴等，出兴宗吴郡太守。固辞郡，执政愈怒，又转为新安王子鸾抚军司马、辅国将军、南东海太守，行南徐州事。又不拜，苦求益州，义恭于是大怒，上表曰：'……'"据《宋书·始平孝敬王子鸾传》，子鸾任抚军将军为大明六年到八年（462～464）事。故系于本年。

刘峻生。

刘峻，字孝标，平原人，齐梁时期著名学者、作家。《梁书》本传记其卒于梁武帝萧衍普通二年（521），时年六十岁，上推生于本年。

陆澄三十八，范岫二十三岁，沈约二十二岁，谢朓二十二岁，江淹十九岁，张融十九岁，孔稚珪十六岁，范云十二岁，刘绘五岁，萧子良三岁，任昉三岁。

463 年　癸卯　宋大明七年

正月，下诏讲武。二月，孝武帝巡南豫、南兖二州。八月、九月，天旱。十月，太子冠，车驾巡南豫州。（《宋书·孝武帝纪》）

鲍照五十岁。

作《石帆铭》《代阳春登荆山行》《在江陵叹年伤老》《与伍侍郎别》《在荆州与张使君李居士联句》。参见钱氏《集注》。

谢庄四十三岁，仍为吏部尚书，后坐公车令张奇免官，补新安王刘子鸾长史。

参见《宋书》本传、《宋书·颜师伯传》。

作《为北中郎谢兼司徒表》《为北中郎新安王拜司徒章》。《宋书·孝武帝纪》记本年九月"庚寅，南徐州刺史新安王子鸾兼司徒"。

作《庆皇太子元服上至尊表》《皇太子元服上皇太子表》。《宋书·前废帝纪》："（大明）七年，加元服。"

作《为东海王让司空表》。《宋书·孝武帝纪》记本年十月"癸亥，卫将军、开府仪同三司东海王祎为司空"。

刘义恭五十一岁，兼尚书令，解中书监。从孝武帝巡行。

见《宋书》本传、《宋书·孝武帝纪》。

陆澄三十九岁，范岫二十四岁，沈约二十三岁，谢朏二十三岁，江淹二十岁，张融二十岁，孔稚珪十七岁，范云十三岁，刘绘六岁，萧子良四岁，任昉四岁，刘峻两岁。

464 年　甲辰　宋大明八年

闰五月，宋孝武帝死，太子子业即位，是为前废帝。以太宰义恭录尚书事。因天旱，百姓多饿死。（《宋书·孝武帝纪》《宋书·前废帝纪》）

谢庄四十四岁，任子鸾抚军长史。

见《宋书》本传，又据《宋书·孝武帝纪》记，子鸾任抚军将军在本年正月。

作《孝武帝哀策文》。

作《豫章长公主墓志铭》，豫章长公主名欣男，本年卒，事迹见《宋书·后妃传》。

刘义恭五十二岁，领太尉。后废帝即位，录尚书事。

《宋书·孝武帝纪》记此事为本年闰五月。

萧衍生。

萧衍，字叔达，《梁书·武帝纪》记："高祖以宋孝武大明八年甲辰岁生于秣陵县同夏里三桥宅。"萧衍是齐梁时期一位著名的作家，"竟陵八友"之一。

谢朓生。

谢朓，字玄晖，南朝时期著名的山水诗人。《南齐书》本传记其与齐东昏侯萧宝卷永元元年（499）被杀，时年三十六岁。上推生于本年。

丘迟生

丘迟，字希范，吴兴乌程人，父灵鞠，以文名著称于宋齐之际。《梁书·丘迟传》记其卒于梁武帝萧衍天监七年（508），时年四十五岁，上推其生于本年。

鲍照五十一岁，陆澄四十岁，范岫二十五岁，沈约二十四岁，谢朏二十四岁，江淹二十一岁，张融二十一岁，孔稚珪十八岁，范云十四岁，刘绘七岁，萧子良五岁，任昉五岁，刘峻三岁。

465年　乙巳　宋前废帝永光元年　宋明帝泰始元年

正月，改元永光。八月，诛越骑校尉戴法兴、柳元景、颜师伯、江夏王义恭。九月，杀新安王子鸾。十一月，明帝刘彧与阮佃夫、寿寂之等人杀前废帝。十二月，刘彧即位，是为明帝。十二月戊寅，镇军将军、江州刺史晋安王子勋反。（《宋书·前废帝纪》《宋书·明帝纪》）

鲍照五十二岁。

作《代挽歌行》《代蒿里行》《代门有车马客行》等。参见钱氏《集注》。

谢庄四十五岁。前废帝即位后被执，明帝即位后被释放，为散骑常侍、光禄大夫，加金章紫绶，领寻阳王师，转中书令常侍，王师如故。寻加金紫光禄大夫。

《宋书》本传记："初，世祖宠姬殷贵妃薨，庄为诔云：'赞轨尧门'，引汉昭帝母赵婕妤尧母门事，废帝在东宫，衔之。至是遣人诘责庄曰：'卿昔作殷贵妃诔，颇知有东宫不？'将诛之。或说帝曰：'死是人之所同，政复一往之苦，不足为深困。庄少长富贵，今且系之尚方，使知天下苦剧，然后杀之未晚也。'帝然其言，系于左尚方。太宗定乱，得出。及即位，以庄为散骑常侍、光禄大夫，加金章紫绶，领寻阳王师。顷之，转中书令，常侍、王师如故。"

作《泰始元年大赦诏》《让中书令表》《宋世祖庙歌二首》。

刘义恭五十三岁，被杀。

见《宋书》本传、《宋书·前废帝纪》。

作《请赦义康妻息表》。《宋书·彭城王义康传》记前废帝永光元年（465），太宰江夏王义恭表上请求释放义康后人。

王僧孺生。

王僧孺，以字行，东海郯人，《梁书》本传记其卒于梁武帝萧衍普通二年（521），时年五十八岁，上推生于本年。

柳恽生。

柳恽，字文畅，河东解人，是齐梁时期作家，《梁书》本传记

其卒于梁武帝萧衍天监十六年（517），时年五十三岁，上推生于本年。

陆澄四十一岁，范岫二十六岁，沈约二十五岁，谢朏二十五岁，江淹二十二岁，张融二十二岁，孔稚珪十九岁，范云十五岁，刘绘八岁，萧子良六岁，任昉六岁，刘峻四岁，萧衍两岁，谢朓两岁，丘迟两岁。

466 年　丙午　宋泰始二年

正月，徐州刺史申令孙、司州刺史庞孟虬、豫州刺史殷琰、青州刺史沈文秀、冀州刺史崔道固、湘州刺史何慧文、广州刺史袁昙远、益州刺史萧惠开、梁州刺史柳元怙反。二月，建武将军吴喜公平吴、吴兴、会稽三郡。八月，司徒、建安王休仁平定子勋之乱，子勋、子绥、子顼等并伏诛。十月，永嘉王子仁、始安王子真、淮南王子孟、南平王子产、庐陵王子舆、松滋侯子房并赐死。

谢庄卒。时年四十六岁。

作《为朝臣与雍州刺史袁颛书》。文见《宋书·袁颛传》，《艺文类聚》卷二十五题谢庄撰。

鲍照五十三岁。在荆州被杀。

作《代东门行》。参见钱氏《集注》。

陆澄四十二岁，范岫二十七岁，沈约二十六岁，谢朏二十六岁，江淹二十三岁，张融二十三岁，孔稚珪二十岁，范云十六岁，刘绘九岁，萧子良七岁，任昉七岁，刘峻五岁，萧衍三岁，谢朓三岁，丘迟三岁，王僧孺两岁，柳恽两岁。

参考文献

B

鲍照：《鲍参军集注》，钱仲联增补集说校，上海古籍出版社 1980 年版。
丁福林：《鲍照年谱》，上海古籍出版社 2004 年版。
《鲍参军诗注》，黄节注，人民文学出版社 1958 年版。

C

《陈书》中华书局点校本 1972 年版。
徐坚等编《初学记》中华书局 1985 年版。
姜亮夫：《楚辞学论文集》，上海古籍出版社 1984 年版。
姜亮夫：《楚辞通故》，齐鲁书社 1985 年版。
《楚辞补注》，洪兴祖补注，中华书局 1983 年版。
叶幼明：《辞赋通论》，湖南教育出版社 1991 年版。
王应麟《辞学指南》，文渊阁四库全书本。

D

顾祖禹：《读史方舆纪要》，上海书店出版社 1998 年版。
陈国符：《道藏源流考》，中华书局 1963 年版。
刘汝霖：《东晋南北朝学术编年》，中华书局 1987 年版。
田余庆：《东晋门阀政治》，北京大学出版社 1989 年版。
王世贞：《读书后》，文渊阁四库全书本。
何景明：《大复集》，文渊阁四库全书本。
徐祯卿：《迪功集》，文渊阁四库全书本。

F

马积高：《赋史》，上海古籍出版社 1987 年版。

廖可斌:《复古派与明代文学思潮》,(台湾)文津出版社 1994 年版。

G

释慧皎等:《高僧传合集》,上海古籍出版社 1991 年版。
《古诗笺》,王士禛选,闻人倓笺,上海古籍出版社 1980 年版。
钱锺书:《管锥编》,中华书局 1986 年版。
释慧皎:《高僧传》,中华书局 1992 年版。
余冠英:《古代文学杂论》中华书局 1987 年版。

H

《汉书》中华书局点校本 1983 年版。
《后汉书》中华书局点校本 1973 年版。
《汉魏古注十三经》中华书局影印本 1998 年版。
汤用彤:《汉魏两晋南北朝佛教史》,北京大学出版社 1983 年版。
张溥辑:《汉魏六朝百三家集》,光绪十八年善化章经济堂重刊本。
刘汝霖:《汉晋学术编年》,中华书局 1987 年版。
《汉魏笔记小说》,历代笔记小说集成,河北教育出版社 1994 年版。
张溥:《汉魏六朝百三家集题辞注》,殷孟伦注,人民文学出版社 1981 年版。
王运熙:《汉魏六朝唐代文学论丛》,上海古籍出版社 1981 年版。
郭建勋:《汉魏六朝骚体文学研究》,湖南教育出版社 1997 年版。
逯钦立:《汉魏六朝文学论集》,陕西人民出版社 1984 年版。
郭锡良:《汉字古音手册》,北京大学出版社 1986 年版。
余冠英:《汉魏六朝诗论丛》,上海古典文学出版社 1956 年版。
王力:《汉语诗律学(增订本)》,上海教育出版社 1979 年新 2 版。
汪士贤编:《汉魏名家集·谢康乐集》,万历十一年刻本。

J

《晋书》中华书局点校本1974年版。

许嵩:《建康实录》,中华书局1986年版。

萧绎:《金楼子》,《龙溪精舍丛书》潮阳郑氏用知不足斋本校刻。

《景定建康志》文渊阁四库全书本。

焦竑:《焦氏澹园集》,明万历三十四年刻本。

陈寅恪:《金明馆丛稿初编》,生活·读书·新知三联书店2001年版。

K

李梦阳:《空同集》,文渊阁四库全书本。

薛蕙:《考功集》,文渊阁四库全书本。

L

《梁书》中华书局点校本1973年版。

张敦颐:《六朝事迹编类》,商务印书馆丛书集成初编本。

《郡斋读书志校证》,晁公武撰,孙猛校证,上海古籍出版社1990年版。

萧统编《六臣注文选》,李善等注,浙江古籍出版社1999年版。

何文焕辑:《历代诗话》,中华书局1981年版。

丁福保辑:《历代诗话续编》,中华书局1983年版。

王运熙:《六朝乐府与民歌》,中华书局上海编辑所1961年版。

刘跃进、范子烨编:《六朝作家年谱辑要》,黑龙江教育出版社1999年版。

〔日〕小林正美:《六朝道教史研究》,李庆译四川人民出版社2001年版。

《六朝文絜笺注》,许梿选,黎经诰笺注,上海古籍出版社1982年新1版。

王力:《龙虫并雕斋文集》,中华书局1980年版。

陆粲:《陆子余集》,文渊阁四库全书本。

M

张廷玉等：《明史》，中华书局 1974 年版。

刘跃进：《门阀士族与永明文学》，生活·读书·新知三联书店 1996 年版。

N

《南齐书》中华书局点校本 1987 年版。

《南史》中华书局点校本 1983 年版。

朱铭盘：《南朝宋会要》，上海古籍出版社 1984 年版。

朱铭盘：《南朝齐会要》，上海古籍出版社 1984 年版。

赵翼：《廿二史札记》，中华书局 1984 年版。

钱大昕：《廿二史考异》，商务印书馆丛书集成初编本。

曹道衡、沈玉成：《南北朝文学史》，人民文学出版社 1991 年版。

曹道衡、刘跃进：《南北朝文学编年史》，2000 年版。

P

蒋伯潜、蒋祖怡：《骈文与散文》，上海书店出版社 1997 年版。

姜书阁：《骈文史论》，人民文学出版社 1986 年版。

钱济鄂：《骈文考》，洛杉矶中华诗会、新加坡木屋学社 1994 年版。

Q

严可均辑：《全上古三代秦汉三国六朝文》，中华书局 1958 年版。

《清诗话》，王夫之等撰，上海古籍出版社 1963 年版。

郭绍虞编《清诗话续编》上海古籍出版社 1983 年版。

S

《史记》中华书局点校本 1982 年版。

《三国志》中华书局点校本 1982 年版。

《宋书》中华书局 1974 年版。

《隋书》中华书局点校本 1982 年版。

王鸣盛：《十七史商榷》，中国书店影印本 1987 年版。

郦道元：《水经注疏》，杨守敬疏，扬州古籍出版社 1989 年版。

参考文献

王先谦：《释名疏证补》，上海古籍出版社 1984 年版。
《世说新语笺疏》，刘义庆撰，余嘉锡笺疏，上海古籍出版社 1993 年版。
许学夷：《诗源辨体》，人民文学出版社 1981 年版。
许慎：《说文解字注》，段玉裁注，上海古籍出版社 1981 年版。
林家骊：《沈约研究》，杭州大学出版社 1999 年版。
钟嵘：《诗品集注》，曹旭集注，上海古籍出版社 1994 年版。
曹旭：《诗品研究》，上海古籍出版社 1998 年版。
钟嵘：《诗品注》，陈延杰注，人民文学出版社 1961 年版。
唐作藩：《上古音手册》，江苏人民出版社 1982 年版。
程章灿：《世族与六朝文学》，黑龙江教育出版社 1998 年版。
胡应麟：《诗薮》，上海古籍出版社 1979 年新 1 版。
启功：《诗文声律论稿》，中华书局 1977 年版。
杨慎：《升庵集》，文渊阁四库全书本。

T

乐史：《太平寰宇纪》，清乾隆五十八年刻本。
袁行霈：《陶渊明集笺注》，中华书局 2003 年版。
胡仔：《苕溪渔隐丛话》，人民文学出版社 1962 年版。

W

《魏书》中华书局点校本 1984 年版。
萧统编《文选》，李善注，中华书局 1981 年版。
许敬宗编：日本影弘仁本《文馆词林》残卷，罗国威整理，中华书局 2001 年版。
遍照金刚：《文镜秘府论校注》，王利器校注，中国社会科学出版社 1983 年版。
刘勰：《文心雕龙今译》，周振甫校释，人民出版社 1983 年版。
黄侃：《文心雕龙札记》，上海古籍出版社 2000 年版。
王运熙、杨明：《魏晋南北朝文学批评史》，上海古籍出版社 1989 年版。
贺昌群：《魏晋清谈思想初论》，商务印书馆 1999 年版。
骆鸿凯：《文选学》，中华书局 1989 年版。
李士彪：《魏晋南北朝文体学》，上海古籍出版社 2004 年版。

张少康：《文赋集释》，人民文学出版社 2002 年版。
吴云主编《魏晋南北朝文学研究》，北京出版社 2001 年版。
程章灿：《魏晋南北朝赋史》，江苏古籍出版社 1992 年版。
罗宗强：《魏晋南北朝文学思想史》，中华书局 1996 年版。
钱志熙：《魏晋诗歌艺术原论（修订本）》，北京大学出版社 2005 年版。
穆克宏：《魏晋南北朝文学史料述略》，中华书局 1997 年版。
徐师曾：《文体明辨序说》，人民文学出版社 1962 年版。

X

王先谦：《荀子集解》，中华书局 1988 年版。
逯钦立辑：《先秦汉魏晋南北朝诗》，中华书局 1983 年版。
罗宗强：《玄学与魏晋士人心态》，浙江人民出版社 1991 年版。
钟优民：《谢灵运论稿》，齐鲁书社 1985 年版。
《谢灵运诗选》，叶笑雪选，古典文学出版社 1957 年版。
《谢灵运集校注》，顾绍柏校注，中州古籍出版社 1987 年版。

Y

李吉甫：《元和郡县图志》，中华书局 1983 年版。
王象之：《舆地纪胜》，中华书局 1992 年版。
林宝：《元和姓纂》，中华书局 1994 年版。
郭茂倩编《乐府诗集》，中华书局 1979 年版。
徐陵编《玉台新咏笺注》，吴兆宜注，中华书局 1985 年版。

Z

谭其骧：《中国历史地图集》，地图出版社 1982 年版。
陈振孙：《直斋书录解题》，上海古籍出版社 1987 年版。
任继愈主编《中国佛教史》，中国社会科学出版社 1981 年版。
任继愈主编《中国道教史》，上海人民出版社 1990 年版。
卿希泰主编《中国道教史》，四川人民出版社 1988 年版。
郭绍虞主编《中国历代文论选》，上海古籍出版社 1979 年版。
刘师培：《中国中古文学史讲义》，人民文学出版社 1959 年版。
王瑶：《中古文学史论集》，上海古籍出版社 1982 年版。
陈庆元：《中古文学论稿》，天津人民出版社 1992 年版。

章培恒、骆玉明主编《中国文学史》，复旦大学出版社 1996 年版。

《中国历代著名文学家评传》（第一卷），山东教育出版社 1983 年版。

《中国大百科全书》，中国文学卷　中国大百科全书出版社 1986 年版。

郭绍虞：《照隅室古典文学论集》，上海古籍出版社 1983 年版。

王中陵：《中国中古诗歌史》，江苏教育出版社 2005 年版。

葛兆光：《中国思想史》，复旦大学出版社 2001 年版。

曹道衡、沈玉成：《中古文学史料丛考》，中华书局 2003 年版。

刘振东：《中国儒学史》，广东教育出版社 1998 年版。

于景祥：《中国骈文史》，吉林人民出版社 2002 年版。

郭预衡：《中国散文史》，上海古籍出版社 2000 年版。

胡大雷：《中古文学集团》，广西师范大学出版社 1996 年版。

曹道衡：《中古文学史论文集》，中华书局 1986 年版。

刘文忠：《中古文学与文论研究》，学苑出版社 2000 年版。

汪涌豪、骆玉明主编《中国诗学》，东方出版中心 1999 年版。

褚斌杰：《中国古代文体概论》，北京大学出版社 1984 年版。

傅刚：《〈昭明文选〉研究》，中国社会科学出版社 2000 年版。

图书在版编目(CIP)数据

元嘉文学研究/白崇著. -- 北京：社会科学文献出版社, 2017.10
（羊城学术文库）
ISBN 978 - 7 - 5201 - 1366 - 3

Ⅰ.①元… Ⅱ.①白… Ⅲ.①中国文学 - 古典文学研究 - 南朝时代 Ⅳ.①I206.391

中国版本图书馆 CIP 数据核字（2017）第 222073 号

·羊城学术文库·
元嘉文学研究

著　　者 / 白　崇

出 版 人 / 谢寿光
项目统筹 / 王　绯
责任编辑 / 李　镇　孙燕生

出　　版 / 社会科学文献出版社·社会政法分社（010）59367156
　　　　　 地址：北京市北三环中路甲29号院华龙大厦　邮编：100029
　　　　　 网址：www.ssap.com.cn
发　　行 / 市场营销中心（010）59367081　59367018
印　　装 / 三河市尚艺印装有限公司

规　　格 / 开　本：787mm × 1092mm　1/16
　　　　　 印　张：18.5　字　数：291千字
版　　次 / 2017年10月第1版　2017年10月第1次印刷
书　　号 / ISBN 978 - 7 - 5201 - 1366 - 3
定　　价 / 78.00元

本书如有印装质量问题，请与读者服务中心（010 - 59367028）联系

版权所有 翻印必究